LESLEY PEARSE
Glorias Geheimnis

Weitere Titel der Autorin:

Das helle Licht der Sehnsucht
Wenn tausend Sterne fallen
Wo das Glück zu Hause ist
Im zarten Glanz der Morgenröte
Der Wind trägt dein Lächeln
Wo die Hoffnung blüht
Mein Herz war nie fort
In der Ferne ein Lied
Bis dein Herz mich findet
Durch stürmische Zeiten
Denn dunkel ist dein Herz
Schatten der Erinnerung
Echo glücklicher Tage
Doch du wirst nie vergessen
Der Zauber eines frühen Morgens
Als wir Freundinnen waren
Am Horizont ein helles Licht
Das Geheimnis von Carlisle
Das Mädchen aus Somerset
Zeiten voller Hoffnung
Jeden Tag ein bisschen Zuversicht

Über die Autorin:

Die gefühlvollen Romane von Lesley Pearse sind in Großbritannien und vielen weiteren Ländern regelmäßig große Bestseller und haben sich weltweit über fünf Millionen Mal verkauft. Neben dem Schreiben engagiert Lesley Pearse sich intensiv für die Bedürfnisse von Frauen und Kindern und ist Präsidentin des Britischen Kinderschutzbundes. Sie lebt in der Nähe von Bristol, liebt ihren Garten und ist stolze Großmutter.

LESLEY
PEARSE

Glorias Geheimnis

ROMAN

Aus dem Englischen von
Britta Evert

lübbe

Dieser Titel ist auch als E-Book erschienen

MIX
Papier aus verantwortungsvollen Quellen
FSC® C014496

Vollständige Taschenbuchausgabe

Deutsche Erstausgabe

Titel der englischen Originalausgabe: »The House Across the Street«
Originalverlag: Michael Joseph, an imprint of Penguin Books, UK

Textredaktion: Ulrike Strerath-Bolz, Augsburg
Umschlaggestaltung: Manuela Städele-Monverde
nach einem Layout von © Penguin Random House
Unter Verwendung von Motiven von © Miguel Sobreira/Trevillion Images,
© Mark Owen/Trevillion Images und © L. V. Clark/getty-images
Satz: hanseatenSatz-bremen, Bremen
Gesetzt aus der Adobe Garamond Pro
Druck und Verarbeitung: GGP Media GmbH, Pößneck
Printed in Germany
ISBN 978-3-404-18074-5

2 4 5 3 1

Sie finden uns im Internet unter
www.luebbe.de
Bitte beachten Sie auch: www.lesejury.de

Für Olive Bedford, meine treue Leserin in Neuseeland, die mir im Lauf von gut zwanzig Jahren eine Freundin und Vertraute, ja, fast eine Mutter geworden ist. Anlässlich ihres neunzigsten Geburtstags will sie nach England kommen, um ihre Verwandten und mich zu besuchen. Sie ist ein Quell der Inspiration, und ich kann mir nicht vorstellen, dass sie jemals eine alte Dame wird.

PROLOG

Bexhill-on-Sea, 1964

Draußen auf der Straße wurde eine Autotür zugeschlagen, und Katy spähte aus dem Fenster.

Es war der alte schwarze Humber, den sie schon ein paar Mal gesehen hatte. Zwei Frauen stiegen aus und betraten den Gartenweg, der zum Haus auf der anderen Straßenseite führte. Katy bügelte gerade im vorderen Gästezimmer; von ihrem eigenen Schlafzimmer, das auf der Rückseite des Hauses lag, sah man nur in den Garten. Rob, ihr jüngerer Bruder, behauptete, sie wäre neugierig und ständig am Kommen und Gehen anderer Leute interessiert. Sie leugnete es, aber tatsächlich fand sie das Haus gegenüber sehr geheimnisvoll.

Mrs Gloria Reynolds, die Besitzerin, führte in der Stadt einen schicken Modesalon namens *Gloria's Gowns*, nur zwei Türen von der Anwaltskanzlei entfernt, in der Katy als Sekretärin arbeitete. Allein die Tatsache, dass Mrs Reynolds ein Geschäft besaß und noch dazu eine sehr attraktive geschiedene Frau war, reichte aus, um Katys Interesse zu wecken, aber ausschlaggebend waren vor allem die eigenartigen Besucher und Gäste, die den Weg zu Mrs Reynolds' Haus fanden.

An der Fahrerin des schwarzen Humber war nichts besonders bemerkenswert: Sie war in mittleren Jahren, pummelig, grauhaarig und mit demselben Tweedmantel bekleidet, den sie bei jedem anderen ihrer Besuche getragen hatte. Auf Katy wirkte sie wie die Art Frau, die mit einem Arzt oder Pfarrer oder Ähnlichem verheiratet war; sicher sprach sie ein gepflegtes Englisch und war eine leidenschaftliche Gärtnerin.

Aber die Frauen, die sie mitbrachte, unterschieden sich deutlich von ihr oder Mrs Reynolds. Die meisten waren wesentlich jünger, oft ziemlich schäbig gekleidet, und manche von ihnen – wie zum Beispiel die Frau heute, die hinkte – schienen verletzt zu sein. Eines Tages im Sommer, als Katy gerade im Vorgarten Unkraut jätete, war eine Frau erschienen, die nicht nur ein blaues Auge, sondern ein verschwollenes, übel zugerichtetes Gesicht hatte.

Auch anderen Nachbarn waren die merkwürdigen Besucherinnen aufgefallen. Einige glaubten, Gloria würde Frauen helfen, die gerade aus dem Gefängnis entlassen worden waren, oder dass es sich um Frauen handelte, die an irgendwelchen schweren Krankheiten litten. Prostituierte, Trinkerinnen, Frauen, die ein Kind verloren hatten – alle diese Möglichkeiten wurden in Betracht gezogen. Auf jeden Fall waren die meisten Nachbarn überzeugt, dass Gloria ein Herz von Gold haben musste, wenn sie diesen Frauen, aus welchen Gründen sie auch zu ihr kommen mochten, helfen wollte.

Es beschämte Katy zutiefst, dass ihre Mutter, was das Gerede anging, die Ausnahme von der Regel war.

Hilda Speed war für ihre scharfe Zunge bekannt; manche Leute behaupteten, sie hätte noch nie etwas Gutes über andere gesagt. Sowie Glorias Name fiel, schürzte sie missbilligend die Lippen. »Das sieht man doch gleich, was das für eine ist«, pflegte sie zu sagen. Sie hielt nichts von Glorias Rotfuchsmantel, ihren hohen Absätzen, den engen Röcken und dem kastanienbraunen Haar, das sie laut Hilda färbte, um erstes Grau zu kaschieren.

Katy trat näher ans Fenster und beobachtete durch die Gardinen, wie die ältere Frau die jüngere am Arm fasste und den Gartenweg hinaufführte. Sie wünschte, sie hätte das Gesicht dieser Frau erkennen können, weil es schwer war, das Alter einer Person einzuschätzen, die man nur von hinten sah, aber vermutlich war sie noch jung, denn sie trug Keilhosen und eine Lederjacke, und ihr langes dunkles Haar war zu einem Pferdeschwanz gebunden.

Die ältere Frau sperrte die Haustür auf – ein weiterer Umstand, der Hilda mit Argwohn erfüllte. »Welche Frau lässt schon Leute in ihr Haus, wenn sie selbst nicht da ist?«, sagte sie immer. Und heute konnte Gloria nicht da sein, weil es der letzte Samstag vor Weihnachten war und in ihrem Laden mit Sicherheit Hochbetrieb herrschte. Rob hatte gewitzelt, ihre Mum wäre so kratzbürstig, dass nur dann Besucher zu ihnen kommen würden, wenn sie wüssten, dass Hilda außer Haus war.

Als die beiden Frauen im Haus verschwunden waren, bügelte Katy weiter und dachte dabei über die geheimnisvollen Besucherinnen nach. Sie plauderte immer gern mit Gloria, wenn sie zu ihr ins Geschäft ging. Erst letzten Monat hatte sie sich ein wunderschönes smaragdgrünes Chiffonkleid gekauft, das sie anziehen wollte, wenn sie Weihnachten tanzen ging.

Aber Gloria war der Typ Frau, der sich eher für andere interessierte, als über sich selbst zu reden. Immerhin wusste Katy, dass sie zwei Töchter und einen Sohn hatte. Die eine Tochter wohnte in Hastings und hatte zwei kleine Kinder, der Sohn lebte irgendwo im Norden. Aber so gern Katy sich auch nach den Leuten erkundigt hätte, die in Glorias Haus kamen, sie traute sich nicht. Sie wollte nicht zugeben, dass sie Gloria nachspionierte, außerdem war es unhöflich, jemanden, den man nicht näher kannte, nach persönlichen Dingen zu fragen.

Katy fand, dass Gloria eine gute Eheberaterin abgegeben hätte, denn sie war ein Mensch, dem man sich gern anvertraute. Katy hatte ihre roten Haare immer verabscheut, aber dank Gloria wusste sie jetzt, dass sie nicht karottenrot, sondern rotblond und sehr hübsch waren. Vor zwei Jahren hatte Gloria für sie ein hellgrünes Sommerkleid ausgesucht, um zu beweisen, dass sie recht hatte. Katy probierte es an und war begeistert, weil ihre Haarfarbe auf einmal viel dezenter wirkte. Sie kaufte das Kleid, und es war zu ihrem Lieblingsstück geworden und hatte sie animiert, mehr Sachen in dieser Farbe zu kaufen. Sie war Gloria sehr dankbar, dass sie ihr neues Selbstvertrauen geschenkt hatte.

Erst vor Kurzem hatte Gloria ihr geraten, Bexhill zu verlassen. »Es ist voller alter Leute und das langweiligste Kaff in England«, meinte sie seufzend und wedelte mit ihrer Hand in Richtung Straße, auf der nur Rentner unterwegs zu sein schienen. »Ziehen Sie nach London, mieten Sie zusammen mit ein paar anderen Mädchen eine Wohnung und genießen Sie das Leben! Die einzigen Typen, die man hier bei den Tanzveranstaltungen im De La Warr Pavillon kennenlernt, sind Hafenarbeiter. Jeder, der nur ein bisschen Mumm in den Knochen hat, schwirrt ab nach London. Da ist wenigstens was los!«

Katy wusste, dass Gloria recht hatte. Die meisten ihrer ehemaligen Mitschülerinnen waren inzwischen verheiratet, manche hatten schon zwei oder drei Kinder. Sie alle hatten junge Männer aus dem Ort geheiratet und Häuser vom sozialen Wohnungsbau bezogen, und alles deutete darauf hin, dass ihr Leben genauso verlaufen würde wie das ihrer Eltern. Das war nicht die Zukunft, die Katy sich wünschte. Sie und ihre Freundin Jilly redeten ständig davon, ihren Horizont zu erweitern; vielleicht wurde es allmählich Zeit, damit anzufangen.

»Von *vielleicht* kann keine Rede sein«, sagte Katy laut zu sich selbst. »Hier in Bexhill hält dich nichts mehr.«

Ihr Bruder Rob, der auf die Universität ging, war für die Weihnachtsfeiertage heimgekommen. Erst am Vorabend hatte er gesagt, er würde wahrscheinlich nicht noch einmal kommen, weil ihre Mutter immer so schlecht gelaunt war. Aber wenn auch noch Katy das Haus verließ, wäre ihr Vater Hilda auf Gnade und Barmherzigkeit ausgeliefert. Schon jetzt wurde er von seiner Frau verhöhnt und schikaniert, und wenn es so weiterging, würde er immer mehr Zeit in seinem Büro oder in seinem Gartenschuppen verbringen, um ihr aus dem Weg zu gehen. Rob mochte ihre Mutter lediglich für mürrisch halten, aber er hatte auch noch nie wirklich erlebt, wie hässlich sie sich ihrem Mann gegenüber manchmal verhielt. Wenn ihr Sohn zu Hause war, nahm sie sich immer ein bisschen zusammen.

Als sie ihre Mutter von unten rufen hörte, lief Katy zur Tür. »Wolltest du etwas von mir, Mum?«, rief sie hinunter.

»Mit dem Bügeln bist du inzwischen hoffentlich fertig, oder?«

Katy trat ein paar Schritte vor, damit sie ihre Mutter sehen konnte. Alles an Hilda Speed war scharf und spitz – ihre Zunge, ihre Gesichtszüge sowie ihr Verstand und ihre Augen, denen nichts entging. Sogar ihr Körper schien nur aus scharfen Kanten zu bestehen, knochig und mager, mit spitzen Knien und Ellbogen. Obwohl sie erst Ende vierzig war, wirkte sie älter, weil sie kaum jemals lachte oder ihre Lippen auch nur zu einem Lächeln verzog.

»Ich bin gerade beim letzten Laken«, antwortete Katy. »Warum? Hast du noch etwas für mich zu tun?«

»Nein, ich wollte bloß wissen, was du treibst.«

Katy verdrehte die Augen. Ihr ganzes Leben lang hatte ihre Mutter sie ständig kontrolliert. Von der Schule heimgehen, eine Nachricht übermitteln – allem, was außerhalb des Hauses stattfand, wurde eine bestimmte Zeitspanne zugemessen, und wenn Katy nicht innerhalb dieses Zeitraums zurückkam, wurde sie sofort ausgefragt. Es war, als könnte ihre Mutter den Gedanken nicht ertragen, dass ihre Tochter vielleicht einer Freundin oder Nachbarin begegnet und auf einen kurzen Schwatz stehen geblieben war.

»Ich lege die Sachen nur noch in den Trockenschrank und komme dann gleich runter«, sagte Katy. Sie bügelte das letzte

Laken zu Ende, legte den Stapel Wäsche in den Schrank und ging in ihr Zimmer. Weil sie den Moment, nach unten zu gehen, noch ein bisschen hinauszögern wollte, setzte sie sich an ihren Frisiertisch und betrachtete sich im Spiegel.

Ihre Freundin Jilly fand, Katy sollte sich über ihre »interessante Blässe« freuen, statt darüber zu jammern, wie lange es dauerte, um im Sommer auch nur ein kleines bisschen braun zu werden. Jetzt, mit dreiundzwanzig, hatte sie ihr Aussehen endlich akzeptiert: Ihr langes, glattes rotgoldenes Haar, den Hauch von Sommersprossen auf ihrer Nase, den samtigen Pfirsichton ihrer Haut, ihre grünen Augen. Ihre Augen gefielen ihr sogar richtig gut; jeder bewunderte sie, weil sie so groß und strahlend waren. Zum Glück hatte sie braune Wimpern und Augenbrauen, nicht blonde wie so viele Rothaarige. Außerdem war sie schlank und langbeinig. Natürlich wäre es nicht schlecht, wenn sie ein kleines Stück größer wäre als mit ihren mickrigen eins achtundfünfzig, aber man konnte nicht alles haben.

Sie hatte nicht den Eindruck, dass sie äußerlich nach einem ihrer Elternteile geraten war. Rob sah genauso aus wie sein Vater, als Albert im selben Alter war: Einen Meter fünfundsiebzig groß, gute Figur, dunkelbraune Augen und Haare. Auch Hilda hatte braune Augen, und sie hatte erzählt, ihr Haar wäre kastanienbraun gewesen, bevor es grau wurde. Aber Katy hatte ein herzförmiges Gesicht, während das ihrer Mutter länglich war. Hildas Nase war spitz, Katys klein und sanft gerundet.

»Solange du nicht so schwierig wie Mum oder so schwach wie Dad wirst, haut es schon hin«, sagte sie zu ihrem Spiegelbild.

»Katy!«

Die schrille Stimme ihrer Mutter tönte durchs Treppenhaus. Katy seufzte. Bis Weihnachten war es noch ein paar Tage hin, aber schon jetzt war Hilda absolut unausstehlich. Kein Wunder, dass Rob keine Lust mehr hatte, auch in Zukunft die Feiertage daheim zu verbringen.

KAPITEL 1

Januar 1965

»Feuer! Feuer! Los, los, aufwachen!«

Katy schrak abrupt aus dem Schlaf, als sie die gellenden Schreie ihrer Mutter hörte. Mit einem Satz war sie aus dem Bett und griff hastig nach ihrem Morgenmantel. Als sie in ihre Hausschuhe schlüpfte, hörte sie ihren Vater.

»Um Himmels willen, Hilda! Das Feuer ist auf der anderen Straßenseite, für uns besteht keinerlei Gefahr. Lass die Kinder doch in Ruhe schlafen!«

Seine Stimme klang resigniert, und Katy tat es in der Seele weh, ihn so zu hören. Er hatte in den letzten Tagen bis spät am Abend im Büro gearbeitet, weil in seiner Firma, einem technischen Betrieb, eine Buchprüfung bevorstand.

»Du würdest ja nicht mal dran denken, ins Wasser zu springen, wenn deine Füße schon in Flammen stünden!«, gab Hilda zurück. »Du Trottel!«

Normalerweise wirkten derartige Bemerkungen auf Katy wie das rote Tuch auf einen Stier, aber jetzt wollte sie bloß das Feuer sehen.

Rob kam in dem Moment aus seinem Zimmer, als Katy an seiner Tür vorbeiging. »Was in aller Welt ist los?«, fragte er verschlafen und umklammerte den Bund seiner Schlafanzughose, als hätte er Angst, sie könnte hinunterrutschen.

»Irgendwo brennt es, aber wahrscheinlich übertreibt Mum mal wieder«, antwortete sie. »Wollen wir nicht mal schauen, was los ist?«

Aber als sie das Schlafzimmer ihrer Eltern betraten, stellten sie zu ihrer Überraschung fest, dass es vom Feuerschein auf der anderen Straßenseite fast taghell war.

»Oh mein Gott!«, rief Katy und starrte mit offenem Mund aus dem Fenster. Lodernde rote und gelbe Flammen züngelten an der Front des Hauses empor und erhellten die ganze Straße. Vor dem Hintergrund des dunklen Nachthimmels entstand ein schauriges Bild. Das war kein kleiner Küchenbrand, sondern ein wahres Inferno.

»Ich fasse es nicht«, stieß Katy mit bebender Stimme hervor. »Die arme Mrs Reynolds! Hoffentlich ist sie nicht mehr da drinnen! Hat jemand die Feuerwehr alarmiert?«

»Ja, natürlich habe ich das gemacht«, sagte ihr Vater, der gerade seine Hose über den Pyjama zog. »Ich mag ein Trottel sein, aber ich schaffe es gerade noch, drei Mal die Neun zu wählen. Und jetzt gehe ich nachschauen, ob sie noch rechtzeitig aus dem Haus gekommen ist, und wenn es so ist, werde ich sie und ihre Nachbarn aus den Nebenhäusern hierher zu uns bitten.«

Katy hörte den stählernen Unterton in seiner Stimme und drehte sich zu ihm um. »Bravo, Dad! Kann ich irgendwie helfen?«

»Nein, Rob und du, ihr bleibt hier drinnen im Warmen bei eurer Mutter«, sagte er und warf dabei einen Blick auf seine Frau, die sich wieder ins Bett gelegt hatte, als wäre nichts Ungewöhnliches vorgefallen. »Sieht so aus, als wäre es draußen klirrend kalt.«

Er hatte recht; dort, wo das Feuer nicht hinreichte, glitzerten Straße und Bürgersteig von Eis.

»Lieber Gott, lass sie bitte draußen sein!« Katy wurde ganz elend, als sie sich ausmalte, was passiert sein könnte. Auf der Straße standen ein paar Nachbarn und beobachteten das Feuer, aber Mrs Reynolds befand sich nicht unter ihnen. Sie drehte sich zu ihrer Mutter um. »Mrs Reynolds ist nicht da draußen,

Mum. Hast du sie gesehen, als du vom Feuer aufgewacht bist und rausgeschaut hast?«

»Nein, aber es brannte schon lichterloh, als ich wach wurde. Ich denke, sie wird zu einem der anderen Häuser gelaufen sein.«

Katy nickte. Sie hoffte dasselbe. »Normalerweise besucht sie Samstagabend ihre Tochter. Hoffentlich hat sie das auch heute gemacht!«

»Seit wann kennst du die Person gut genug, um über ihr Kommen und Gehen Bescheid zu wissen?«, fragte Hilda scharf.

Katy sah ihren Bruder an und verdrehte die Augen. Wie typisch für ihre Mutter, dass ihr mehr daran lag, zu erfahren, woher ihre Tochter Mrs Reynolds kannte, statt ihr Mitgefühl mit der armen Frau auszudrücken.

»Da ihr Geschäft nur zwei Türen weiter vom Büro ist, wäre es ausgesprochen unhöflich, nie mit ihr zu sprechen«, gab Katy kurz zurück. »Ich mag sie, man kann sich gut mit ihr unterhalten, und eine ihrer beiden Töchter ist dreiundzwanzig, genauso alt wie ich. Aber es ist die ältere, die sie samstags immer besucht; sie lebt in Hastings.«

Das laute Gebimmel des Feuerwehrwagens übertönte jede etwaige Erwiderung ihrer Mutter. Katy drehte sich wieder zum Fenster um und schaute hinaus. Immer mehr Leute fanden sich ein, um sich den Brand anzuschauen. Dicht hinter einem zweiten Löschfahrzeug folgte ein Einsatzwagen der Polizei. Zwei Polizisten sprangen heraus, um die Menschenmenge weiter die Collington Avenue hinunter zu drängen.

Das Feuer brannte jetzt so stark, dass Katy die Hitze sogar durch die Fensterscheiben spüren konnte. Während die Feuerwehrleute die Schläuche ausrollten, sah sie, wie ihr Vater mit Mr und Mrs Harding sprach, einem alten Ehepaar. Die beiden Pensionisten lebten im Nachbarhaus des brennenden Gebäudes und beobachteten, in ihre Mäntel gehüllt, furchtsam die Feuersbrunst. Offenbar hatten sie Angst, die Flammen könnten demnächst auf ihr Haus übergreifen. Katy nahm an, dass ihr Vater die beiden drängte, zu ihnen zu kommen und im Warmen zu warten.

Rob stellte sich neben Katy ans Fenster und drückte leicht ihren Unterarm, ein stummes Zeichen der Missbilligung, weil ihre Mutter nicht auch draußen war und irgendwie zu helfen versuchte.

»Ich stelle mal Wasser auf«, sagte Katy. Sie musste irgendetwas tun; einfach nur dazustehen und zuzuschauen, wie ein Haus abbrannte, schien schrecklich. »Vielleicht bringt Dad ein paar Leute mit, also sollte ich vielleicht auch ein paar Sandwiches machen. Möchtest du irgendwas, Mum?«, fragte sie ihre Mutter.

»Ein Kakao wäre schön, und vielleicht ein Stück von dem Obstkuchen, den ich heute Nachmittag gebacken habe.«

Katy nickte und ging nach unten. Unfassbar, dass ihre Mutter angesichts des Feuers so ungerührt blieb! Selbst wenn sie Mrs Reynolds nicht mochte, konnte es ihr doch unmöglich egal sein, ob sie am Leben war oder in den Flammen umkam! Was die Hastings anging, hatten die beiden hier schon fünfzehn Jahre, bevor Katy zur Welt gekommen war, gewohnt, und sie und Rob waren nach der Schule oft in ihrem Haus gewesen, um mit ihnen Tee zu trinken. Im Grunde waren die beiden fast so etwas wie Ersatzgroßeltern gewesen. Es musste furchtbar sein, in ihrem Alter befürchten zu müssen, ihr Haus könnte mitsamt allem, was ihnen lieb und teuer war, zerstört werden.

Als sie den Kessel füllte, gesellte sich Rob zu ihr. »Manchmal wünschte ich, ich wäre noch fünf«, sagte er mit bekümmert heruntergezogenen Mundwinkeln. »Damals wusste ich noch nicht, dass andere Mütter etwas mit ihrer Familie unternehmen und singen und tanzen oder mit ihren Kindern durch den Garten toben. Ich fasse es nicht, dass sie nicht mit Dad rausgegangen ist, um zu sehen, ob sie helfen kann. Was ist bloß los mit ihr, Schwesterchen? Sie muss ein Herz aus Stein haben. War sie von Geburt an so oder ist irgendwas mit ihr passiert?«

»Ich weiß es nicht, Rob«, seufzte Katy. »Früher habe ich in der Sonntagsschule gebetet, sie soll sich ändern. Das Schlimmste ist, dass mir kaum noch auffällt, wie kalt und hart sie ist. Nur weil jetzt etwas so Dramatisches passiert, etwas, das für alle Beteiligten schlimme Folgen hat, wird mir wieder bewusst, wie eigenartig sie ist.«

»Ich komme in den Ferien garantiert nicht mehr nach Hause«, sagte Rob. Er absolvierte gerade sein letztes Jahr an der Universität von Nottingham, wo er Gartenbau studierte. »Jedes Mal, wenn ich hier bin, kommt es mir wie eine Strafe vor, nicht wie eine freudige Heimkehr. Dich und Dad vermisse ich natürlich, aber mit ihr komme ich einfach nicht mehr klar. Sie giftet mich an, als wäre es eine Zumutung, dass ich am Leben bin. Ich glaube, sie hat mich noch nie nach meinen Freunden gefragt oder wie mir mein Studium gefällt oder auch nur, wie mein Zimmer aussieht. Das Einzige, was sie macht, ist scheuern und putzen.«

Katy sah, dass ihr Bruder den Tränen nahe war, und schloss ihn in die Arme. Er war drei Jahre jünger als sie, und sie hatten sich immer sehr nahegestanden. Weil man ihnen, als sie klein waren, nie erlaubt hatte, bei anderen Kindern daheim zu spielen, hatten sie geglaubt, alle Mütter wären wie ihre eigene. Später, als sie draußen spielen durften und feststellten, dass dem nicht so war, fanden sie eigene Mittel und Wege, um zu kompensieren, dass sie eine Mutter hatten, von der sie kaum jemals Zeichen von Zuneigung bekamen.

Rob war handwerklich sehr geschickt, er konnte aus praktisch nichts alle möglichen Sachen basteln – Seifenkistenwagen, Flitzebogen, Stelzen und vieles andere –, und deshalb war er allgemein beliebt. Katy suchte sich ihre Nische, indem sie unerschrocken auf Bäume kletterte, an Türen klingelte und dann wegrannte oder den Clown spielte, um die anderen Kinder zum Lachen zu bringen. Obwohl die Geschwister vom Temperament her sehr unterschiedlich waren – Rob war eher schüchtern, Katy hingegen offen und kontaktfreudig –, ergänzten sie sich bestens und gaben ein gutes Team ab.

»Ich habe mir überlegt, ob ich nicht nach London gehen soll«, gestand Katy. »Seltsamerweise war es Mrs Reynolds, die mich auf die Idee gebracht hat. Sie findet, dass Bexhill die ödeste Stadt in England ist und dass ich in eine Großstadt ziehen und es ordentlich krachen lassen soll. Sie hat recht, Bexhill ist stinklangweilig. Das höchste der Gefühle sind die Tanzveranstaltungen am Samstagabend. Die einzigen Jungs, die ich je kennenlerne, sind dieselben, mit denen ich zur Schule gegangen bin, und die Hälfte davon ist mittlerweile verheiratet und hat Kinder.«

»Ich würde dir ja nahelegen, nach Nottingham zu ziehen, weil ich dich echt gern in meiner Nähe hätte, aber ich weiß nicht, ob die Stadt so toll ist, wenn man nicht gerade dort studiert. Außerdem werde ich nach meinem Abschlussexamen im Juni auch nicht mehr dort sein. London ist der Ort, wo es so richtig abgeht, sagt man.«

Katy lächelte ihren Bruder an. »Ich will dir auf keinen Fall in Nottingham in die Quere kommen. Und wenn ich nach London gehe, kannst du zu mir ziehen.«

Während Katy Butterbrote strich, dachte sie über ihre Eltern nach. Sie hatte einmal heimlich einen Blick auf ihren Trauschein geworfen. Die beiden hatten im Juli 1941 geheiratet, und sie war im März desselben Jahres zur Welt gekommen, vier Monate vor der Hochzeit. Anscheinend war das damals, mitten im Krieg, nichts Ungewöhnliches gewesen; es hieß, die Menschen lebten für den Augenblick, und manche Frau musste feststellen, dass sie schwanger war, nachdem ihr Liebster an die Front abkommandiert worden war. Aber die Vorstellung, ihre Mutter könnte von Leidenschaft mitgerissen worden sein, fiel Katy ausgesprochen schwer. Hilda war eine überzeugte Gegnerin von vorehelichem Geschlechtsverkehr. Als sie versuchte, Katy alles über die Vögel und die Bienen zu erklären, machte sie ein Gesicht, als müsste sie allein schon bei dem Gedanken an derartige Dinge würgen. Aber vielleicht hatte sie es schwer gehabt, als sie mit ihrem Baby ganz auf sich allein gestellt gewesen war.

Das erklärte freilich immer noch nicht, warum ihr Vater Hilda anziehend genug gefunden hatte, um sie auch nur anzusprechen, geschweige denn mit ihr zu schlafen. Albert war in jeder Hinsicht das genaue Gegenteil von Hilda: freundlich, gütig, liebevoll. Noch dazu war er ein gut aussehender Mann, groß, mit dichtem, dunklem Haar, blitzend weißen Zähnen und einem charmanten Lächeln.

Katy hätte ihre Mutter nur zu gern nach dieser Zeit und ihrer Romanze mit Albert gefragt, aber Hilda neigte nicht zu vertraulichen Geständnissen und empfand persönliche Fragen als Affront, selbst wenn sie von ihren eigenen Kindern kamen.

Aber es war nicht nur die problematische Beziehung zu ihrer Mutter, die in Katy den Wunsch weckte, ihr Elternhaus zu verlassen. Sie sehnte sich nach dem Leben und Treiben einer Großstadt. Hier in Bexhill fühlte sie sich, als würde sie unter einem Mikroskop leben. Wenn ihre Mutter sie nicht gerade ins Kreuzverhör nahm, wurde sie von Freunden und Nachbarn scharf beobachtet.

Bexhill war nicht nur langweilig, es war scheintot! Man erzählte sich, dass die Polizei einmal den Pfarrer mit aufs Revier genommen und verhört hatte, weil er an einem Winterabend noch nach neun Uhr abends auf der Straße gewesen war. Die Polizeibeamten hielten ihn für einen Einbrecher und glaubten ihm erst, dass er eine kranke alte Dame besucht hatte, als er seinen Schal abnahm und seinen Priesterkragen zeigte.

Über diese Geschichte hatte sich Katy immer amüsiert. Doch trotz der Unzulänglichkeiten Bexhills hing sie an ihrer

Heimatstadt. Abgesehen vom Meer gab es hier breite, von Bäumen gesäumte Straßen – wenigstens dort, wo sie mit ihrer Familie lebte –, und lebendigere Städte, wie Hastings oder Brighton, waren leicht mit dem Bus zu erreichen.

Rob war aus der Küche gegangen, um seiner Mutter Kakao und Kuchen zu bringen. Als er wiederkam, wurde Katy in die Gegenwart zurückgeholt.

»Das Feuer scheint jetzt unter Kontrolle zu sein«, sagte er. »Aber in dem Haus kann niemand überlebt haben.«

Katy lief ins Wohnzimmer und schaute aus dem Fenster. Rob hatte recht, die Flammen loderten nicht mehr an der Fassade empor, und der Feuerschein im Vorderzimmer schien erloschen zu sein. Ihr stieg ein Kloß in die Kehle. Auch wenn Mrs Reynolds bei ihrer Tochter und in Sicherheit war, musste es schrecklich für sie sein, all ihr Hab und Gut verloren zu haben. Aber wesentlich schlimmer war natürlich die Möglichkeit, eine so nette Frau könnte in den Flammen umgekommen sein. Die Vorstellung war einfach zu tragisch.

Rob trat zu ihr. »Ich fürchte, Mr und Mrs Harding können nicht in ihr Haus zurück«, meinte er nachdenklich. »Es ist zwar nicht abgebrannt, aber die Hitze und der Qualm dürften einiges beschädigt haben. Sie sind alt und gebrechlich, und ich glaube, sie haben keine Verwandten, zu denen sie gehen könnten.«

Da Katy dazu nichts einfiel, erinnerte sie ihren Bruder daran, dass sie noch Sandwiches machen musste. Beide wandten sich vom Fenster und von dem Bild der Zerstörung ab und gingen in die Küche zurück. Rob schürte das Feuer im Ofen, während Katy Brote belegte.

»Wirst du Mum und Dad sagen, dass du in den Ferien nicht mehr heimkommen willst?«, fragte sie ihren Bruder. »Oder kommst du einfach jedes Mal mit irgendeiner Ausrede?«

Rob machte ein verlegenes Gesicht. »Letzteres, denke ich. Ich bin nicht so mutig wie du.«

»Eigentlich finde ich es eher diplomatisch. Ich meine, dann wird Dad nicht so traurig sein, oder? Mir gefällt die Vorstellung, ihn hier zurückzulassen, auch nicht, aber wahrscheinlich erwarten Eltern von ihren Kindern, dass sie irgendwann aus dem Haus gehen.«

»Wer weiß, vielleicht ist Mum ja netter zu Dad, wenn sie nur noch zu zweit sind«, meinte Rob.

Fast wie aufs Stichwort ging die Hintertür auf, und ihr Vater kam mit einem Schwall eisiger Luft herein. »Brrr, draußen ist es eiskalt«, sagte er und rieb seine Hände aneinander. »Mr und Mrs Harding gehen zu den Bradys, ein Stück die Straße hinunter. Sie spielen mit den beiden gelegentlich Bridge und sind dort besser aufgehoben als hier.«

»Was ist mit den Suttons?«, fragte Rob. Das war das Ehepaar, das auf der anderen Seite von Nummer 26 lebte.

»Na ja, da ihr Haus nicht direkt an das von Mrs Reynolds angrenzt, ist auch kein Schaden entstanden. Sie waren mit den Feuerwehrleuten drin, um den Zustand zu überprüfen, und haben gesagt, dass es zwar nach Rauch stinkt, aber ansonsten alles in Ordnung ist. Trotzdem wollen sie bei ihrer Tochter bleiben, bis sich der Rauch verzogen hat. Sie ist schon unterwegs.«

»Haben die Feuerwehrleute feststellen können, ob Mrs Reynolds im Haus war?«, wollte Katy wissen.

Albert runzelte die Stirn. »Bis jetzt noch nicht. Mrs Harding sagt, dass sie früher am Abend daheim gewesen sein muss, weil sie den Fernseher gehört hat. Später wurde er abgeschaltet, was hoffentlich bedeutet, dass Mrs Reynolds das Haus verlassen hat. Aber die Feuerwehr kann noch nicht hinein. Wir müssen einfach die Daumen drücken, dass sie irgendwo anders und in Sicherheit ist.«

»Weiß man schon, wie das Feuer entstanden ist?«, fragte Rob.

»Ich habe gehört, wie einer der Polizisten sagte, es bestehe der Verdacht auf Brandstiftung. Aber das lässt sich erst dann mit Bestimmtheit sagen, wenn das Feuer völlig erloschen und das Haus ausgekühlt ist.« Er machte eine Pause. Seine dunklen Augen glänzten, als wären sie tränenfeucht. »Falls das Feuer absichtlich gelegt wurde und Mrs Reynolds darin umgekommen ist, würde ich denjenigen, der ihr das angetan hat, liebend gern mit eigenen Händen erwürgen.«

Als Katy am nächsten Morgen aufwachte, hatte sie einen Moment lang das Gefühl, sie müsste geträumt haben, dass es gegenüber gebrannt hatte. Das Läuten der Kirchenglocken von *Little Common* rief die Gläubigen zur Acht-Uhr-Messe, und einen Moment lang war Katy fast verärgert, weil sie von dem Gebimmel an einem Sonntagmorgen so früh geweckt wurde; schließlich war sie erst um fünf Uhr wieder ins Bett gekommen. Andererseits hatte der Glockenklang etwas Tröstliches, als könnte nichts wirklich Schlimmes passieren, wenn er ertönte.

Sie stand auf und ging ins Gästezimmer, um aus dem Fenster zu schauen. Da war es, schlimmer als erwartet, die rußgeschwärzte, immer noch qualmende Ruine eines Hauses, das Dach zur Hälfte eingestürzt, die Fensterscheiben geborsten, der einst so gepflegte Vorgarten zertrampelt und voller Schutt. Selbst durch das geschlossene Fenster konnte sie den feuchten, halb brandigen, halb chemischen Geruch von Zerstörung wahrnehmen.

Es war noch zu früh am Tag, als dass Menschen unterwegs gewesen wären, und noch dazu bitterkalt, und da Rob und ihre Eltern anscheinend noch schliefen, legte sie sich wieder ins Bett.

Gegen elf Uhr morgens fing es an, zu schneien. Katy saß auf der Fensterbank im Wohnzimmer und beobachtete, was sich auf der Straße abspielte. Abgesehen von den Schaulustigen, die einen Blick auf das abgebrannte Haus werfen wollten, waren etliche Feuerwehrleute anwesend, die in Gruppen herumstanden. Anscheinend war es im Haus noch zu heiß oder wegen der Einsturzgefahr zu riskant, um hineinzugehen. Auch Polizisten waren unterwegs, um von Haus zu Haus zu gehen und Nachbarn zu befragen, ob ihnen in der vergangenen Nacht etwas Ungewöhnliches aufgefallen wäre. Einige Männer in Zivil begutachteten das Haus, vermutlich Beamte vom Bauamt oder der Baupolizei, dachte Katy.

Kurz nach dem Lunch, als Katy sich mit einer Tasse Tee ins Wohnzimmer setzen und ein bisschen lesen wollte, sah sie, wie Polizisten aus Haus Nummer 26 kamen. Sie trugen eine abgedeckte Bahre.

Katy wäre vor Schreck beinahe die Tasse aus der Hand gefallen. Sie und ihre Familie waren der festen Meinung gewesen, es habe keine Todesfälle gegeben. Und jetzt wurde zu ihrem Entsetzen noch eine zweite Bahre hinausgetragen!

Ein Blick auf die Gesichter der Polizisten und Feuerwehrleute sagte ihr, dass sie genauso verstört waren wie sie selbst. Offensichtlich war in der Zeit, als sie und ihre Familie zu Mittag aßen, einiges an verbrannten Möbeln und Zimmertüren aus dem Haus geschleppt und auf den Schutthaufen im Garten geworfen worden. Wahrscheinlich hatten die Feuerwehrmänner dabei auch die beiden Toten entdeckt.

Katy lief schluchzend ins Esszimmer, wo ihr Vater und ihr Bruder in Lehnstühlen vor dem Kamin saßen und die Sonntagszeitung lasen. »Es gibt zwei Tote!«, platzte sie heraus. »Die Polizei hat sie gerade herausgetragen!«

Rob und ihr Vater waren einen Moment lang zu schockiert, um ein Wort herauszubringen, und starrten sie nur fassungslos an.

»Wie furchtbar!«, sagte Albert schließlich mit brüchiger Stimme. »Ihre arme Familie! Glaubst du, bei der zweiten Toten handelt es sich um ihre Tochter?«

Katy fing an zu weinen. »Die Tochter, die sie immer am Samstagabend besucht, hat zwei kleine Kinder. Sie hat mir erzählt, dass sie nie über Nacht bleiben, deshalb wird sie es wohl nicht gewesen sein«, brachte sie schluchzend heraus.

»Es gibt noch eine Tochter und einen Sohn«, sagte Albert nachdenklich. »Sie erwähnte mir gegenüber, dass ihre jüngere Tochter unbedingt Karriere machen will, als Anwaltsgehilfin, wenn ich mich nicht irre. Der Sohn lebt in Manchester.«

»Ja, stimmt, ich kann mich erinnern, dass sie mir das auch erzählt hat«, sagte Katy. »Bei der Gelegenheit hat sie mir auch vorgeschlagen, mich um Arbeit in einer Anwaltskanzlei zu bemühen, weil man da besser bezahlt wird.«

»Wenn es wirklich Brandstiftung war, hat irgendjemand zwei Menschen auf dem Gewissen«, sagte Rob, das Gesicht vor Zorn gerötet. »Was für ein furchtbarer Gedanke! Und ausgerechnet hier in Bexhill, wo sonst nie etwas passiert!«

»Sprechen wir vor eurer Mutter lieber nicht darüber«, sagte Albert mit gesenkter Stimme. »Dann gäbe es für sie den ganzen Abend kein anderes Thema, und das könnte ich nicht ertragen. Sie hat etwas gegen Mrs Reynolds, seit ich einmal bei ihr war, um einen tropfenden Wasserhahn zu reparieren.«

»Wo ist Mum eigentlich?«, fragte Rob.

»Spazieren«, antwortete Albert. »Weiß der Himmel, wie sie bei der Kälte auf diese Idee gekommen ist. Aber sie war nicht davon abzubringen, und als ich ihr anbot, sie zu begleiten, hat sie mir fast den Kopf abgebissen. Aber mittlerweile sollte sie daheim sein, es wird schon dunkel.«

»Ich fange mal an, das Abendessen zu richten«, sagte Katy. »Obwohl mir nach dem Anblick dieser beiden Bahren der Appetit gründlich vergangen ist.«

KAPITEL 2

Als Katy aufwachte, fiel mattgraues Licht in ihr Zimmer, und sie wusste sofort, dass es in der Nacht geschneit hatte.

Als Kind war sie vor Freude immer ganz aus dem Häuschen gewesen, wenn es Schnee gab, aber nach den Ereignissen des Vortags hätte sie sogar ein nächtliches Erdbeben oder ein Hurrikan kaltgelassen.

Flora, eine Kollegin, hatte ihr einmal von ihrer Nachbarin erzählt, die völlig unerwartet gestorben war. »Ich habe mich gefühlt, als hätte mir jemand in den Bauch getreten«, hatte sie gesagt. »Seltsam eigentlich, denn wir haben uns gar nicht besonders nahegestanden.«

Damals hatte sich Katy ein bisschen über Floras Bemerkung gewundert, aber jetzt fühlte sie sich genauso: fassungslos, erschüttert und doch außerstande zu begreifen, warum sie so betroffen war. Vielleicht deshalb, weil sie gern mehr über Gloria Reynolds gewusst hätte? Oder hatte sie etwa ein schlechtes Gewissen, weil sie die Frau so oft beobachtet hatte?

Der Tod war eine völlig neue Erfahrung für Katy. Beide Großelternpaare waren vor ihrer Geburt gestorben. Möglicherweise empfanden andere Menschen in einer derartigen Situation dasselbe wie sie.

Sie beschloss, ihre Freundin Jilly zu fragen. Jilly kam aus einer großen Familie, in der über alles und jedes lang und breit diskutiert wurde. Sie würde wissen, ob Katys Reaktion normal war.

Sie stand auf, zog die Vorhänge zurück und war trotz ihrer

gedrückten Stimmung gerührt, als sie die dicke weiße Schneeschicht sah, die den Garten bedeckte.

Die kahlen Blumenbeete, der alte Rasenmäher, der Apfelbaum, Zaun und Gartenschuppen: Alles war wie von Zauberhand in eine winterliche Märchenwelt verwandelt worden. Dennoch schien es nicht richtig zu sein, dass alles so schön aussah, wo sich doch erst vor Kurzem eine furchtbare Tragödie ereignet hatte.

Eine Stunde später trottete Katy auf dem Weg zur Arbeit die Straße hinunter. Unter ihrem Kleid trug sie eine karierte Hose, darüber zwei Pullover und ihren braunen Wintermantel und zusätzlich eine grüne Strickmütze, Handschuhe, Schal und Gummistiefel. Ihre Halbschuhe, die sie im Büro anziehen wollte, steckten in ihrer Handtasche. Schneefall an einem Montagmorgen, bevor die Streufahrzeuge unterwegs gewesen waren, bedeutete möglicherweise, dass einige ihrer Kollegen, die außerhalb wohnten, heute nicht kommen konnten und sie selbst mehr Arbeit als sonst haben würde. Ein deprimierender Gedanke.

Doch trotz der Kälte war sie froh, aus dem Haus zu sein. Beim Frühstück war die Atmosphäre sehr angespannt gewesen. Normalerweise kündigte sich die schlechte Laune ihrer Mutter durch lautes Klappern mit Geschirr und das Knallen von Schranktüren an, und früher oder später kam es zu einem Wutausbruch. Aber heute war es anders gewesen – kein Lärm, nicht einmal scharfe Bemerkungen. Auf einen Außenstehenden hätte alles ganz normal gewirkt. Aber Katy wusste es besser; sie hatte die höhnisch verzogenen Mundwinkel gesehen, die unterschwellige Gehässigkeit gespürt. So war es immer, wenn es in ihrer Mutter brodelte.

Rob erzählte, er habe gehört, wie ihr Vater spät in der Nacht mit Hilda gestritten hatte. Worum es dabei ging, hatte er allerdings nicht verstehen können.

Vermutlich hatte ihre Mutter wieder über Mrs Reynolds hergezogen, dachte Katy, wie schon am Sonntagmorgen, als Albert irgendwann die Beherrschung verloren hatte. Seiner Meinung nach gehörte es sich einfach nicht, schlecht über Tote zu reden.

Katys Hoffnung, die Arbeit würde sie ablenken, erwies sich als falsch. Die Tragödie hatte in sämtlichen Tageszeitungen Schlagzeilen gemacht, und da jeder im Büro wusste, dass Katy in der Collington Avenue direkt gegenüber dem abgebrannten Haus lebte, konnten es ihre Kollegen kaum erwarten, mehr von ihr zu erfahren.

Sogar Mr Marshfield, der Seniorpartner, kam eigens aus seinem Büro, um Fragen zu stellen. Normalerweise redete er nur mit Katy, wenn sie für ihn ein Diktat aufnehmen sollte.

Er machte ein bekümmertes Gesicht. »Mrs Reynolds war eine Klientin von uns«, sagte er. »Sie war so ein lebensfroher Mensch. Ich mochte sie sehr. Und ihre Tochter ist mit ihr gestorben, heißt es?«

Katy hatte von dem Mann noch nie gehört, wie er Sympathie für einen seiner Mitmenschen aussprach. Sie und die anderen Mädchen hatten ihm heimlich den Spitznamen I-Aah gegeben, nach dem sauertöpfischen Esel in *Pu der Bär*. Wie I-Aah war er ein absoluter Pessimist, und sein langes, schmales Gesicht verzog sich nie zu einem Lächeln.

»Es steht noch nicht fest, wer die zweite Frau war, Mr Marshfield. Ich hoffe, es war nicht Mrs Reynolds' Tochter, aber wer sie auch gewesen sein mag, auch sie muss Angehörige haben, die um sie trauern werden. Die Polizei scheint davon auszugehen, dass das Feuer vorsätzlich gelegt wurde. Aber warum sollte jemand eine so nette Frau wie Gloria Reynolds töten wollen?«

»Ein verschmähter Liebhaber vielleicht?«, warf Mrs Edwards, Marshfields Sekretärin, ein. Sie war hoffnungslos romantisch und kaufte ständig Hochzeitsmagazine, um sich an den Bildern zu begeistern und Pläne für die Verehelichungen ihrer Söhne zu schmieden, obwohl noch nicht einer der vier jungen Männer eine feste Freundin hatte. Außerdem besaß sie eine lebhafte Phantasie, die von der Lektüre gruseliger Horrorgeschichten angefeuert wurde.

»Vielleicht war ihr Laden nur Tarnung«, meinte Sandra, die dümmliche Bürokraft, die im Archiv arbeitete. »Sie könnte eine Spionin gewesen sein!«

»Sehr wahrscheinlich«, bemerkte Mr Marshfield sarkastisch. »Machen Sie sich lieber wieder an die Arbeit, Sandra. Und achten Sie darauf, den Briefverkehr in den richtigen Akten abzulegen!«

Den ganzen Tag über kam Mrs Reynolds' schockierendes Ableben immer wieder zur Sprache. Da in Bexhill so gut wie nie etwas Aufregendes passierte, war es nicht weiter verwunderlich, dass jeder, der die Tote auch nur flüchtig gekannt hatte, darüber reden wollte. Leute, die noch nie zuvor die Kanzlei von Franklin, Spencer and Marshfield betreten hatten, tauchten jetzt unter irgendeinem Vorwand auf. Tatsächlich kamen so viele, dass sich die Angestellten gezwungen sahen, an der Eingangstür Zeitungspapier auszulegen, um den Schnee aufzusaugen, den die Besucher hereinschleppten.

Auf dem Heimweg – früher als sonst, weil es wieder zu schneien begonnen hatte – überlegte Katy, wann sie sich das letzte Mal mit der Geschäftsfrau unterhalten hatte. Ende November war sie in den Laden gegangen, um sich nach einem Kleid für die Tanzveranstaltungen umzusehen, die alljährlich an den Weihnachtsfeiertagen stattfanden. Sie sah Gloria Reynolds deutlich vor sich, die weiblichen Kurven, an jenem Tag in einem roten Etuikleid mit einem breiten schwarzen Lackledergürtel und passenden hochhackigen Schuhen, das kastanienbraune Haar wie üblich zu einem Bienenkorb aufgetürmt, in den Ohren rotschwarze baumelnde Hänger, das Make-up so perfekt, dass ihr Teint makellos wirkte.

»Schön, dass Sie vorbeischauen, Katy«, sagte sie. »Ich habe nämlich genau das richtige Partykleid für Sie.«

Sie griff nach einem smaragdgrünen Chiffonkleid und schüttelte es aus, um Katy zu zeigen, wie sich der Stoff bauschte. »Ein toller Kontrast zu Ihren Haaren! Und schauen Sie nur, wie der Rock schwingt!«

Katy war wie immer hingerissen, nicht nur weil Gloria genau wusste, was ihren Kundinnen am besten stand, sondern weil sie jeder von ihnen das Gefühl gab, etwas Besonderes zu sein.

Als Katy in dem Kleid, das ihr wie angegossen passte und, wie sie insgeheim dachte, einen Filmstar aus ihr machte, aus der Umkleidekabine kam, schlug Gloria entzückt die Hände zusammen.

»Ich musste sofort an Sie denken, als es hereinkam«, sagte sie. »Es ist wie für Sie gemacht, Farbe und Schnitt sind einfach perfekt. Aber Sie sollten es an einem sehr viel aufregenderen Ort als Bexhill tragen, meine Liebe.«

Sie habe das Gefühl, dass sich in England gewaltige Veränderungen anbahnten, vor allem in London, fuhr sie fort. »Ich habe es gespürt, als ich das letzte Mal da war«, sagte sie. »Endlich ist Schluss mit der Prüderie der Fünfzigerjahre à la Doris Day! In London schießen überall schicke kleine Läden aus dem Boden; man nennt sie Boutiquen, und die tollen Klamotten werden von talentierten jungen Designern entworfen. Und dann die Diskotheken – Tanzsäle sind mittlerweile kalter Kaffee. Wenn ich in Ihrem Alter wäre, Katy, wäre ich wie der Blitz auf und davon!«

Katy hatte darüber auch schon in Zeitschriften gelesen, aber Glorias Enthusiasmus schien alles viel realer und greifbarer zu machen.

»Aber ich habe doch meinen Job in der Kanzlei«, wandte sie ein. »Was, wenn ich in London keine so gute Stellung finde?«

»Unsinn, Katy! In London gibt es Tausende Anwälte, und Sie werden dort eine Stelle finden, wo man Ihnen doppelt so viel zahlt wie hier. Gute Bürokräfte wie Sie sind Gold wert! Meine Elsie arbeitet als Sekretärin in einer Anwaltskanzlei, ich weiß also, wovon ich rede.«

»Aber hier sind alle meine Freunde. In London kann es sehr einsam sein, habe ich gehört.«

»Ach was, Katy, ein Mädchen wie Sie wird schnell genug neue Freundschaften schließen. Sie teilen sich mit ein paar anderen Mädchen eine Wohnung, und Sie werden sehen, im Handumdrehen gibt es Partys und Tanz und Rendezvous mit ehrgeizigen jungen Männern, die ein Ziel vor Augen haben. Ich wette, die einzigen Männer, die Sie hier am Samstagabend im Pavillon zum Tanzen auffordern, arbeiten auf der Werft oder in irgendeinem Laden.«

Katy drehte sich vor dem Spiegel hin und her und ließ den Rock wirbeln. Das Kleid war einfach ein Traum, auch wenn es mehr als zwei Wochenlöhne kostete. »Zugegeben, ich habe ein paar Mechaniker, Landarbeiter und sogar einen Müllmann kennengelernt«, gestand sie mit einem Grinsen. »Auf jeden Fall keinen, der meinen Puls zum Rasen gebracht hätte. Aber so einen finde ich in London womöglich auch nicht, und meiner Mum und meinem Dad wäre es gar nicht recht, wenn ich von hier fortgehe.«

»Sie müssen Ihr eigenes Leben leben, nicht das Ihrer Eltern«, sagte Gloria fest. »In dem Kleid sehen Sie wie ein Model aus – umwerfend genug, um jedem Mann den Kopf zu verdrehen. Außerdem will Ihr Dad bestimmt nur Ihr Bestes, und ihm dürfte klar sein, dass Bexhill für junge Leute nicht besonders viel zu bieten hat.«

An dem Abend nach dieser Unterhaltung mit Mrs Reynolds hatte Katy sich ausgemalt, nach London zu gehen. Sie stellte sich vor, wie sie und ihre Freundin Jilly in einer schicken kleinen Wohnung lebten und an den Wochenenden jeden Abend auf die Pauke hauten. Später unterhielten sich die beiden Mädchen über diese Möglichkeit und überlegten, ob sie nicht im Januar ein paar Urlaubstage nutzen sollten, um eine kleine Erkundungstour nach London zu machen. Aber dann waren sie eifrig damit beschäftigt, Weihnachtseinkäufe zu erledigen und darüber nachzudenken, was sie zu den Tanzveranstaltungen an Weihnachten und Silvester anziehen sollten, und ihr Plan kam nicht mehr zur Sprache.

Als Katy jetzt durch die wirbelnden Schneeflocken nach Hause stapfte, bedrückte sie der Gedanke zutiefst, dass sie nicht die Zeit gefunden hatte, Gloria Reynolds vor Weihnachten noch einmal zu sehen und ihr für ihre Ratschläge zu danken. Und nun würde sie die Frau nie wiedersehen, Glorias Geschäft würde bald seine Pforten für immer schließen. Das wäre ein Gefühl, fand Katy, als würde in der Stadt ein helles Licht erlöschen. Vielleicht sollte sie tatsächlich nach London ziehen, als eine Art Hommage an diese sympathische Frau.

Vor dem Haus ihrer Eltern stand ein blauweißer Polizeiwagen.

»Da ist ja meine Tochter«, hörte Katy ihre Mutter sagen, als sie ihren Mantel und ihre Gummistiefel auszog. »Aber sie hat bestimmt nichts gehört oder gesehen, sie schläft wie ein Murmeltier.«

Katy ging ins Wohnzimmer, wo sie ihre Mutter in Gesellschaft von zwei Polizeibeamten antraf. Hilda hatte Tee gemacht und sogar einen Teller mit Keksen bereitgestellt. Im Kamin prasselte ein Feuer, und mit dem tiefroten Teppich und dem Goldbrokat der dreiteiligen Sitzgarnitur wirkte das Zimmer sehr gediegen und anheimelnd.

»Das ist Katy«, sagte ihre Mutter. »Ich habe der Polizei schon gesagt, dass du nichts gehört oder gesehen hast.«

»Das stimmt. Ich habe erst etwas mitbekommen, als Mum uns aufgeweckt hat«, sagte Katy und schaute den älteren der beiden Polizisten an. Sie war ihm schon einmal kurz begegnet, als er bei ihr im Büro war, um wegen eines Einbruchs in einem der Nachbarhäuser auf der High Street zu ermitteln. Er war um die vierzig, groß und breitschultrig und hatte eine Glatze, nette zwinkernde braune Augen und ein freundliches Lächeln. Sie erinnerte sich auch an seinen Namen: Sergeant Ransome. »Eine furchtbare Sache. Ich hoffe, Sie schnappen den Täter.«

»Wir sammeln immer noch Informationen. Im Moment versuchen wir gerade, uns ein Bild von Mrs Reynolds zu machen. Haben Sie sie gekannt, Katy?«

»Ja, ich habe oft bei ihr im Geschäft eingekauft, und ich hatte sie sehr gern«, sagte Katy. »Ich glaube, jeder mochte sie. Sie war sehr warmherzig und freundlich.«

»Hat sie mit Ihnen je über ihr Privatleben gesprochen?«

Katy schüttelte den Kopf. »Nicht wirklich, nur dass sie zwei Töchter hat – und einen Sohn, der in Manchester lebt. Normalerweise besuchte sie die eine Tochter, die selbst schon Kinder hat, samstags nach der Arbeit. Ich glaube, diese Tochter wohnt in Hastings. Elsie, die andere, arbeitet als Sekretärin für einen Rechtsanwalt in London. Den Namen der anderen Tochter kenne ich nicht.«

»Wenn Sie abends in Bexhill ausgehen, ist Ihnen Mrs Reynolds dabei manchmal begegnet? In einer Bar, bei einer Tanzveranstaltung oder dergleichen?«

»Nein, nie.«

»Ihr Büro ist nur zwei Häuser weiter von ihrem Modesalon. Haben Sie jemals Gerede über sie gehört? Über Männerbekanntschaften vielleicht?«

Katy warf ihrer Mutter einen Blick zu. Sie hatte das Gefühl, Hilda könnte der Polizei gegenüber angedeutet haben, ihre Nachbarin wäre eine Art Femme fatale.

»Der einzige Klatsch, den ich je gehört habe, war meiner Meinung nach völlig unbegründet und stammte von erbärmlichen, boshaften Frauen, die neidisch auf sie waren, weil sie eine so attraktive und erfolgreiche Frau war«, sagte Katy fest und wandte dabei den Blick von ihrer Mutter ab.

Einen Moment lang herrschte betretenes Schweigen, nur das Feuer im Kamin knisterte. Katy spähte wieder zu ihrer Mutter und stellte fest, dass sie die Lippen zusammenpresste und die Stirn runzelte. Nachher bekomme ich garantiert Ärger, dachte Katy bei sich.

Sergeant Ransome schlug vor, das Gespräch unter vier Augen fortzusetzen, ging mit Katy in die Diele und schloss die Wohnzimmertür hinter sich. Der andere Polizist blieb bei ihrer Mutter.

»Ich habe gemerkt, dass Ihnen nicht ganz wohl dabei ist, sich in Gegenwart Ihrer Mutter näher dazu zu äußern«, sagte er. »Aber fahren Sie jetzt ruhig fort, erzählen Sie mir alles, was Sie für wichtig halten. Und ob unbegründet oder nicht, ist Ihnen je zu Ohren gekommen, dass Gloria Reynolds eine Affäre mit einem verheirateten Mann hatte?«

»Nein, nie«, antwortete Katy entschieden. »Es schockiert mich ein wenig, dass man so etwas von ihr behaupten könnte, wo sie doch gerade erst gestorben ist.«

»Ja, aber falls es stimmt, könnte der Betreffende ihr Mörder sein«, sagte Ransome ruhig. »Nur wenige Leute werden von Fremden getötet; fast immer hat jemand die Hand im Spiel, der dem Opfer nahestand.«

»Hat jemand von den Besucherinnen erzählt, die sie hatte?«, fragte Katy. »Ich kann mir allerdings nicht vorstellen, dass sie etwas damit zu tun haben. Manchmal kamen Frauen zu ihr, gewöhnlich in einem alten schwarzen Humber, der von einer Frau mittleren Alters gefahren wurde.«

Ransome machte ein überraschtes Gesicht. »Nein, das hat bisher noch niemand erwähnt. Wollen Sie damit sagen, es waren Gäste, die auf einen Drink kamen?«

»Nein, das glaube ich nicht. Außerdem kamen die meisten tagsüber, wenn Mrs Reynolds in ihrem Geschäft war. Die ältere Frau hatte einen Schlüssel zum Haus.«

Ransome runzelte die Stirn. »Wie oft ist das vorgekommen?«

»Keine Ahnung. Mir ist es nur samstags manchmal aufgefallen, und auch dann nur, wenn ich zufällig aus einem der vorderen Fenster schaute. Aber den Humber habe ich mehrmals vor dem Haus stehen sehen, wenn ich von der Arbeit kam.«

»Haben Sie sich Gedanken gemacht, welchen Grund die Frauen für ihr Kommen haben mochten?«

»Ich habe mir überlegt, ob Mrs Reynolds vielleicht so etwas wie Eheberatung macht oder ob es möglicherweise Frauen waren, die eben erst aus dem Gefängnis entlassen worden waren. Wissen Sie, Mrs Reynolds war sehr nett und fürsorglich. Darüber haben auch andere Nachbarn gesprochen, und einige von ihnen haben ein paar sehr unschöne Sachen angedeutet. Aber ich glaube nicht, dass auch nur ein Funken Schlechtigkeit an Gloria Reynolds war.«

»Würden Sie eventuell eine der Besucherinnen wiedererkennen?«

»Die ältere Frau, die das Auto gefahren hat, auf jeden Fall. Die Frauen, die mit ihr kamen, wohl kaum.«

»Die Autonummer?«

Katy schüttelte den Kopf. »Tut mir leid.«

»Nun, damit haben Sie uns auf jeden Fall weitergeholfen. Rufen Sie mich bitte an, falls Ihnen noch etwas einfällt.« Sergeant Ransome reichte ihr eine Karte, auf der sein Name und die Telefonnummer des Polizeireviers standen.

»Das mache ich«, versprach sie. »Ich hoffe wirklich, Sie erwischen den Täter. Mir ist der Gedanke unerträglich, dass eine so bezaubernde Dame auf derart schreckliche Weise ums Leben kommen musste.«

Während des Abendessens herrschte eine angespannte Atmosphäre. Rob schnitt Katy heimlich eine Grimasse, was sie dahingehend deutete, dass schon den ganzen Tag dicke Luft im Haus war.

Alle schwiegen, aber Katy spürte, dass ihre Mutter kurz vor einem Zornausbruch stand, der sich aller Wahrscheinlichkeit nach gegen sie richten würde.

»Ich denke, ich fahre morgen nach Nottingham zurück«, sagte Rob plötzlich. »Ich muss noch ein Projekt beenden und brauche Informationen, an die ich eher dort in der Bibliothek herankomme.«

»Gute Idee, mein Junge«, sagte Albert. »Der Einstieg ins nächste Semester wird dir leichter fallen, wenn du ein paar Tage Zeit hast, um dich wieder einzugewöhnen.«

»Was weißt du schon davon?«, sagte Hilda giftig. »Du bist doch nie auch nur in die Nähe einer Universität gekommen.«

»Wie viele Männer in meinem Alter sind angesichts des drohenden Kriegsausbruchs schon auf die Universität gegangen?«, gab Albert zurück. »Ich war damals im selben Alter wie Rob. Und dass ich nicht auf der Uni war, heißt noch lange nicht, dass ich mir nicht vorstellen kann, wie es dort zugeht.«

Katy sah ihre Mutter an. Wie schaffte sie es bloß, ihren Mann immer als Versager dastehen zu lassen? Während des Kriegs hatte er bei den Royal Engineers gedient. Nach seiner Entlassung vom Militär hatte sein Onkel ihn in seiner Firma in Hastings aufgenommen und dafür gesorgt, dass er in der Werkstatt und in der Abendschule eine Lehre machte. Mittlerweile war er Geschäftsführer von *Speed Engineering*, und unter seiner Leitung war das Unternehmen immer erfolgreicher geworden. Das war der Grund, warum sie das große Haus in der Collington Avenue besaßen, warum Katy und Rob Privatschulen besucht hatten und es Hilda nie an etwas gefehlt hatte. Trotzdem nörgelte sie ständig an ihrem Mann herum.

Alberts Blick wanderte von Katy zu Rob. »Ich für meinen Teil bin sehr froh, dass keiner von euch den Krieg miterleben musste. Alles, was ich mir jetzt für euch wünsche, ist, euch glücklich zu sehen. Und wenn das bedeutet, dass ihr von Bexhill und eurer Mutter und mir weggehen müsst, ist das für mich absolut in Ordnung.«

Das abfällige Schnauben ihrer Mutter ärgerte Katy.

»Wie schön, dass du derselben Meinung bist, Mummy«, sagte sie zuckersüß. »Erst heute habe ich darüber nachgedacht, ob ich mir nicht in London eine Wohnung und einen Job suchen soll. Ich habe noch ein paar Urlaubstage übrig, also fahre ich nächste Woche vielleicht mal hin und schaue mich um.«

»Schön dumm von dir, wenn du mich fragst.« Hilda stand auf und räumte das Geschirr ab. »Hier hast du einen guten Job und ein schönes Zuhause. In London hausen die Leute in erbärmlichen Verhältnissen.«

Sie rauschte mit dem Geschirr aus dem Esszimmer. Albert, Rob und Katy wechselten vielsagende Blicke, während sie auf das Geräusch von klirrendem Porzellan warteten, das sicher nicht lange auf sich warten lassen würde.

»Ist das dein Ernst, Katy?«, fragte Rob sie leise.

»Eigentlich habe ich erst gemerkt, wie ernst es mir ist, als sie sich so albern aufgeführt hat«, sagte Katy. »Tut mir leid, Daddy, aber es wird unerträglich. Alles ist besser, als jeden Abend heimzukommen und so etwas zu erleben.«

»Ich mache dir keine Vorwürfe«, sagte Albert ruhig. »Ich würde am liebsten auch weggehen. Hier hält mich nichts mehr, aber ich habe ›in guten wie in schlechten Zeiten‹ gelobt, und dieses Versprechen muss ich halten.«

»Das musst du nicht, Daddy. Sie hat deine Treue nicht verdient.« Katy erhob ihre Stimme, um das Scheppern von Töpfen und Pfannen zu übertönen. »Du besorgst dir eine Wohnung in Hastings und ich ziehe zu dir, was meinst du?«

Sie sah, wie ein Funken Hoffnung in seinem Gesicht aufflackerte und wieder erlosch. »Das geht nicht, Katy. Der Gedanke ist sehr verlockend, aber es würde nicht funktionieren.«

»Du glaubst, sie würde zu *Speed Engineering* gehen und Krach schlagen?«

»Ich weiß es.«

»Du sagst, du willst, dass wir glücklich sind, aber wie soll das gehen, wenn wir wissen, was du mit ihr mitmachst?«, sagte Rob. »Du solltest einen Schlussstrich ziehen.«

Plötzlich fiel allen gleichzeitig auf, dass das Klappern und Klirren verstummt war und ihre Mutter gehört haben musste, was Rob gesagt hatte. Er stöhnte und fuhr sich mit einer Hand übers Gesicht.

Katy wurde übel. Sie alle wussten, dass Hilda Kritik sehr schlecht aufnahm. Auf die eine oder andere Art und Weise würde sie ihre Familie für das, was gerade gesagt worden war, büßen lassen.

Am nächsten Morgen verließen Rob und Katy um halb neun mit ihrem Vater das Haus. Er wollte Rob beim Bahnhof und Katy bei ihrem Büro absetzen. Obwohl es keiner von ihnen laut aussprach, empfanden es alle als ungeheure Erleichterung, aus dem Haus zu kommen. Schneepflüge hatten die Hauptstraßen geräumt, und auch wenn der schmutzige Schnee, der sich im Rinnstein türmte, nicht schön aussah, waren die Wege frei.

Normalerweise buk Hilda für Rob einen Kuchen zum Mitnehmen nach Nottingham, packte ihm für die Reise Sandwiches ein und machte viel Getue um ihn. Dieses Mal nicht. Am Vorabend war sie wie ein Eisberg gewesen. Sie hatte einige Hemden von Rob mit der Anweisung, sie einzupacken, ungebügelt in seinen Schoß fallen lassen, bevor sie sich in einen Sessel sinken ließ und den Rest des Abends eisernes Schweigen bewahrte. Und heute Morgen hatte sie sich nicht einmal von ihnen verabschiedet.

Wenn Hilda früher in einer so hässlichen Stimmung war, hatte Katy ihren Vater angefleht, ihre Mutter dazu zu bringen, professionelle Hilfe in Anspruch zu nehmen. Er hatte stets mit dem Sprichwort geantwortet: »Du kannst ein Pferd zum Wasser führen, aber du kannst es nicht zwingen, zu trinken.« Er behauptete, er habe es schon oft versucht, sei aber immer gescheitert.

»Mir graut jetzt schon davor, heute Abend heimzukommen«, gestand Katy, als sie Rob am Bahnhof abgesetzt hatten und zu ihrem Büro weiterfuhren. »Ohne Rob wird es ärger denn je mit ihr werden. Du weißt ja, dass sie sich normalerweise zusammenreißt, wenn er zu Hause ist. Warum suchen wir uns nicht eine Wohnung, Dad? Für dich muss es doch noch viel schlimmer sein als für mich.«

Er antwortete erst, als er vor der Kanzlei stehen blieb. »Deine Mutter hat eine schwere Kindheit gehabt«, sagte er. Tiefe Sorgenfalten zeichneten sich auf seinem Gesicht ab. »Wenn ich verständnisvoller gewesen wäre, als ihr noch klein wart, oder rigoroser durchgegriffen hätte, als es bei ihr mit diesen Wutanfällen losging, hätte man das Problem vielleicht noch in den Griff bekommen können.«

»Immer gibst du dir selbst die Schuld, Dad.« Katy streckte ihre Hand aus und strich ihm liebevoll über die Wange. »Du bist ein guter Mensch, ein wundervoller Vater und noch dazu ein unglaublich nachsichtiger Ehemann. Es gibt nichts, was du dir vorzuwerfen hättest. Du bist erst fünfundvierzig, jung genug, um eine Frau kennenzulernen, die deinen wahren Wert erkennt. Scheidungen sind heutzutage gang und gäbe, niemand würde dich deshalb schief angucken.«

»Mal sehen, in welcher Verfassung sie heute Abend ist«, seufzte er. »Ich muss gestehen, ich bin am Rande der Verzweiflung. Vielleicht sollte ich tatsächlich mal mit einem Anwalt sprechen. Aber nicht in deiner Kanzlei, Katy – die Leute dort müssen nichts von unseren Privatangelegenheiten mitkriegen –, sondern lieber in Hastings.«

Katys Stimmung hob sich. Das war eindeutig ein Durchbruch. Ihr Vater hatte noch nie zuvor zugegeben, dass er an Scheidung dachte.

»Wir sehen uns um sechs«, sagte sie. »Fahr vorsichtig!«

Später an diesem Tag musste Katy einen Scheidungsantrag abtippen. Er kam von einer Mrs Byrne, einer Klientin, die sich wegen unzumutbaren Verhaltens ihres Ehemannes scheiden lassen wollte. Zufällig erinnerten die Klagen über ihren Mann sehr stark an alles, was Katys Vater in seiner Ehe durchmachte.

Er hat an nichts Freude, er hat an allem etwas auszusetzen. Er will nirgendwohin gehen; er nörgelt an Freunden und Nachbarn herum, obwohl sie alle wirklich nett zu ihm sind. Ich bin froh, dass ich einen Teilzeitjob habe, weil ich dadurch aus dem Haus komme, aber jeden Abend wünsche ich mir, ich müsste nicht heimgehen und ihn sehen.

Katy stiegen beim Lesen Tränen in die Augen. Sie fragte sich, ob der Richter diese Punkte für belanglos halten würde, aber sie wusste, dass ihr Vater genauso verzweifelt war, wie es diese Mrs Byrne zu sein schien.

Als sie Mr Marshfield den getippten Antrag brachte, konnte sie es sich nicht verkneifen, ihm die entscheidende Frage zu stellen.

»Mrs Byrnes Aussage hat mich sehr berührt«, sagte sie, wobei sie insgeheim hoffte, er würde sie nicht anschnauzen. »Ich kann mir gut vorstellen, wie schrecklich es sein muss, mit einem so schwierigen Mann zu leben. Sagen Sie, Sir, glauben Sie, dass ihrem Antrag auf Scheidung aufgrund dieser Beschwerdepunkte stattgegeben wird?«

Mr Marshfield stützte seine Ellbogen auf den Schreibtisch und legte seine Hände zusammen, fast als wollte er beten. Das machte er immer, wenn er nachdachte, und alle im Büro fanden es sehr komisch.

»Nein, ich denke, der Richter wird den Antrag abweisen«, sagte er schließlich. »Schließlich hat Mr Byrne seine Frau weder geschlagen, noch sie betrogen.«

»Dann wird er also der Ansicht sein, dass sich eine Ehefrau mit der Lieblosigkeit ihres Manns abfinden muss? Und was, wenn es andersherum wäre, wenn Mrs Byrne sich so verhalten würde? Würde ihr Mann die Scheidung bekommen?«

»Eine interessante Frage, Katy«, sagte er und bedachte sie mit einem Lächeln, das man an ihm nur sehr selten sah. »Ich vermute, der Ehemann könnte bei dem Richter auf mehr Verständnis stoßen, aber was würden Freunde und Verwandte von einem solchen Mann halten? Ein Pantoffelheld ist immer eine Witzfigur.«

Am liebsten hätte Katy ihn gefragt, was er tun würde, wenn seine Frau eine herzlose, zänkische Person wäre, aber weil das ziemlich unverschämt gewirkt hätte, dankte sie ihm nur und verließ sein Büro.

Nach der Arbeit ging Katy nicht direkt nach Hause, sondern besuchte stattdessen ihre Freundin Jilly, um sie zu fragen, was sie von einem kurzen Abstecher nach London hielt.

Jilly arbeitete bei einem Tierarzt als Sprechstundenhilfe. Ihr Traum war es, einen Job als Tierkrankenpflegerin im Zoo zu bekommen. Da ihr klar war, dass ihre Ausbildung und Erfahrung sie nicht unbedingt dafür qualifizierten, Elefanten, Affen oder andere wilde Tiere medizinisch zu versorgen, bildete sie sich fleißig weiter, indem sie Fachbücher über die verschiedensten Tierarten las.

»Komm rein«, sagte Mrs Carter, Jillys Mutter, freundlich, als sie Katy die Tür aufmachte. »Jilly ist noch nicht da, wird aber bald kommen. Möchtest du nicht zum Essen bleiben? Ich habe einen großen Schmortopf zubereitet.«

Innerhalb kürzester Zeit saß Katy mit einem Becher Tee in der Hand am Küchentisch und dachte wieder einmal bei sich, dass Jillys Mutter das absolute Gegenteil ihrer eigenen war. An Mrs Carter gab es keine Ecken und Kanten, an ihr war alles mollig und weich, dazu hatte sie ein hübsches Gesicht, lockiges blondes Haar und ein freundliches Lächeln. Die Carters lebten in einem Haus des sozialen Wohnungsbaus, das sich in jeder Hinsicht von Katys Heim unterschied. Das unordentliche kleine Wohnzimmer roch nie nach Lavendelpolitur, die Vorhänge hingen krumm und schief von der Stange, weil etliche Ringe fehlten, und ein sehr haariger Hund namens Ruin beanspruchte das Sofa für sich allein. Aber Katy hatte sich mehr als einmal gewünscht, es wäre ihr Zuhause. Wenn Jilly nicht ihr Herz daran gehängt hätte, im Londoner Zoo zu arbeiten, hätte Katy es für Wahnsinn gehalten, diese Familie zu verlassen.

Jilly und ihre jüngere Schwester Patsy kamen zusammen heim und schleuderten ihre Mäntel übers Treppengeländer, während sie einen Streit über einen Pullover fortsetzten, von dem Jilly glaubte, Patsy hätte ihn geborgt, ohne zu fragen, und ein Loch in den Ärmel gerissen.

»Schluss jetzt!«, rief Mrs Carter aus der Küche. »Soll Katy etwa denken, wir hätten keine Manieren?«

»Katy ist da?«, rief Jilly zurück und kam in die Küche gelaufen, um ihre Freundin zu umarmen. »Das ist ja eine schöne Überraschung! Ich hatte dich nicht vor dem Wochenende erwartet. Erzähl uns von dem Feuer! Furchtbar, dass Mrs Reynolds bei dem Brand umgekommen ist, nicht? Und heute Nachmittag haben sie in den Nachrichten gesagt, dass die andere Tote ihre Tochter war: die, die in London gearbeitet hat.«

Jillys Aussehen wurde oft als »interessant« bezeichnet, was

sie gar nicht gern hörte, weil sie überzeugt war, dass die Leute damit »unscheinbar« meinten. Sie war nicht wirklich hübsch, dafür war ihr Gesicht zu eckig, ihre Nase ein bisschen zu groß, ihre Augen zu hervorstehend, und außerdem war sie mit ihren eins siebzig größer als die meisten Mädchen. Ihr schien nicht bewusst zu sein, dass sie das Glück hatte, das wellige Blondhaar ihrer Mutter und ihre schönen tiefblauen Augen geerbt zu haben.

Das Adjektiv »interessant« verdankte sie eher dem Umstand, dass man sie kaum jemals vergaß. Sie war eine Naturgewalt, feuerte Fragen ab, wollte Dinge in Bewegung bringen. Alles, was sie machte, wurde in Höchstgeschwindigkeit durchgezogen. Aber wenn jemand ein Problem hatte und darüber reden wollte, war sie eine sehr gute Zuhörerin.

»Ich könnte mir vorstellen, dass Katy hergekommen ist, um ausnahmsweise einmal nicht über das Feuer sprechen zu müssen«, sagte Mrs Carter. »Ich wette, man löchert sie mit Fragen, seit es passiert ist.«

»Tut mir leid.« Jilly machte ein beschämtes Gesicht. »Daran habe ich nicht gedacht.«

Katy fühlte sich auf einmal sehr viel besser. Diese Wirkung hatte Jilly schon immer auf sie gehabt. Sie hatten sich mit dreizehn kennengelernt, als sie beide am selben Tag bei den Pfadfinderinnen eingetreten waren. Ein Blick hatte gereicht, um Freundinnen aus ihnen zu machen, und ein Jahr später hatte man sie aufgefordert, bei den Pfadfinderinnen wieder auszutreten, weil sie zu lebhaft waren. Sie konnten einfach nicht anders. Viele der Mädchen waren wahre Musterkinder, die sich bei den älteren einschleimten und bienenfleißig waren, um mehr Abzeichen einzuheimsen, während Katy und Jilly lieber draußen herumtobten, Handstand machten und Räder schlugen und andere potentielle Rebellen ermunterten, sich ihnen anzuschließen. Ihr letzter Verstoß bestand darin, ein Lagerfeuer zu dicht bei einem Kirschbaum anzuzünden, sodass der Baum Feuer fing.

Hilda hatte für Jilly nichts übrig. Sie fand, die Carters wären nicht »ihr Niveau«, und behauptete, Mr Carter wäre der Laufbursche eines Buchmachers gewesen. Katy wusste nicht genau, was das war, und es interessierte sie auch nicht. Jilly war und blieb ihre beste Freundin, auch wenn Jilly auf die öffentliche Schule ging, während sie selbst die Hamilton House School besuchte, eine Privatschule, für die Schulgeld bezahlt werden musste. Katy hatte die Erfahrung gemacht, dass man die Vorurteile ihrer Mutter am besten umging, indem man heikle Themen mied; deshalb erwähnte sie Jilly daheim kaum, obwohl sie ihre Freundin so oft wie möglich sah.

Katy hatte häufig ein schlechtes Gewissen, wenn sie daran dachte, dass die Herzlichkeit und Gastfreundschaft der Carters von ihrer eigenen Familie nie erwidert wurden. Sie hatte Jilly erzählt, wie ihre Mutter war und warum sie ihre Freundin nicht in die Collington Avenue einladen konnte, aber es war ihr sehr peinlich gewesen, diese Erklärung abgeben zu müssen.

Jilly hatte nur mit den Schultern gezuckt. »Vielleicht ist ihr mal was Schlimmes zugestoßen und sie ist deshalb so geworden«, sagte sie in ihrer üblichen großherzigen Art. »Mir macht es nichts aus.«

Katy war wie immer froh, ein paar Stunden bei den Carters zu sein; es war ein wahrer Segen, nicht darauf zu achten, was sie sagte, oder ständig zu versuchen, ihre Mutter zu beschwichtigen.

»Was führt dich mitten in der Woche zu uns?«, fragte Jilly und fuhr sich mit den Fingern durchs Haar, das von ihrer Strickmütze plattgedrückt war. »Hast du genug von der Polizeipräsenz in eurer Straße oder geht dir Rob auf die Nerven?«

»Weder noch. Rob ist heute Morgen nach Nottingham zurückgefahren, und ich habe beschlossen, mich ernsthaft nach einem Job in London umzusehen. Willst du nicht mitkommen?«

»Wow! Und ob ich will!«, rief Jilly und brach zusammen mit Mutter und Schwester in laute Jubelrufe aus.

»Darauf wartet sie schon seit Monaten«, sagte Mrs Carter.

»Und ich habe endlich ein Zimmer für mich allein, wenn sie auszieht«, fügte Patsy hinzu.

Katy empfand leisen Neid, weil Jilly eine Familie hatte, die immer auf ihrer Seite war, egal, was sie machte. »Mir steht noch eine Woche Urlaub zu«, sagte sie. »Ich glaube, du hast auch noch ein paar Tage frei, oder? Also, was hältst du davon, wenn wir mal das Terrain sondieren?«

KAPITEL 3

»Viel Glück, und amüsiert euch gut, Mädels«, sagte Albert, als er seine Tochter und Jilly am Samstagnachmittag beim Bahnhof absetzte.

»Danke, Dad«, sagte Katy und griff nach ihrem kleinen Koffer. »Ich rufe heute Abend an, damit ihr wisst, dass wir gut gelandet sind, aber ich fürchte, wenn Mum an den Apparat geht, wird sie es dir nicht ausrichten.« Sie reckte sich auf die Zehenspitzen, um ihm einen Kuss zu geben. »Ich hoffe, sie ist nicht allzu gemein zu dir.«

Es war eine seltsame Woche gewesen. Am 24. hatte die Nachricht vom Tod Winston Churchills wie eine Bombe eingeschlagen. Ihr Vater war darüber sehr traurig; er war ein großer Verehrer des Politikers gewesen.

Seit dem Abend, an dem Rob seine Abreise angekündigt hatte, war die Atmosphäre im Haus tödlich. Die Mahlzeiten wurden praktisch auf den Tisch gefeuert, Schubladen und Türen zugeknallt, und als Katy ihren Eltern mitteilte, sie würde am Samstag mit Jilly Carter nach London fahren und dort in Hammersmith bei Mrs Carters Schwester wohnen, verstärkte sich Hildas Stöhnen, Schimpfen und Krachschlagen.

»Du bei Verwandten von diesem Abschaum!«, rief sie.

Sie zeterte noch eine Weile über Mäuse, Ratten und Bettwanzen, bis Albert ihr schließlich Einhalt gebot. »Das ist einfach lächerlich«, sagte er. »Es besteht kein Grund zu der Annahme, dass diese Leute schlechter leben als wir. Außerdem ist Katy fest entschlossen, nach London zu fahren, und wenn du nicht endlich anfängst, ein bisschen freundlicher und umgänglicher zu sein, wirst du vielleicht eines Tages feststellen, dass deine Tochter fortgegangen ist und niemals wiederkommt, nicht einmal auf Besuch.«

Albert lächelte Katy an, als sie sich vor dem Bahnhof voneinander verabschiedeten. Dass seine Tochter hoffte, ihre Mutter würde nicht allzu unangenehm werden, fand er sehr nett von ihr. »Keine Sorge, ich lebe schon zu lange mit ihren Launen, um mich davon unterkriegen zu lassen. Aber während du weg bist, werde ich mal versuchen, mit ihr über unsere gemeinsame Zukunft zu reden. So wie jetzt kann es einfach nicht weitergehen.«

Als die beiden Mädchen ein Abteil ganz für sich allein gefunden hatten, stieß Katy einen Seufzer der Erleichterung aus. »Ich war überzeugt, Mum würde versuchen, mich aufzuhalten«, gestand sie ihrer Freundin. »Ich habe erwartet, dass sie so tut, als wäre sie krank oder so; das hat sie früher schon gemacht, wenn ich irgendwohin wollte. Du kannst von Glück reden, dass deine Mutter so ausgeglichen ist.«

Jilly sah heute bildhübsch aus. Sie trug zwar nur ihren alten marineblauen Mantel, hatte ihn aber mit einer quietschrosa Strickmütze und einem dazu passenden Schal aufgepeppt und Lippenstift in derselben Farbe aufgetragen.

»Sie musste es lernen, nicht so leicht aus der Ruhe zu kommen; mein Dad war während ihrer Ehe immer wieder arbeitslos. So ist es nun mal in der Baubranche, vor allem im Winter.«

»Dann will sie in Wirklichkeit vielleicht gar nicht, dass du ausziehst?«

Jilly lachte. »Nein, so ist sie nicht, sie macht ständig Witze darüber, dass es drei Pfund in der Woche kostet, mich durchzufüttern, und sie von mir nur zwei Pfund und zehn Schilling Kostgeld bekommt. Sie wünscht sich genauso wie ich, dass ich Arbeit im Londoner Zoo finde. Apropos, ich habe eine Überraschung für dich. Sie haben mich gestern Nachmittag angerufen, am Dienstagmorgen habe ich ein Vorstellungsgespräch!«

Katy stieß einen lauten Jubelruf aus. »Wahnsinn! Das müssen wir heute Abend unbedingt feiern.«

»Ich schätze, Mum hängt jetzt schon an der Strippe und erzählt Tante Joan alles. Meine Tante wird vor Begeisterung aus dem Häuschen sein – vielleicht bäckt sie sogar einen Kuchen für uns!«

Katy wusste bereits, dass Mr und Mrs Underwood – Jillys Tante Joan und Onkel Ken – sehr an ihrer Nichte hingen, weil sie selbst keine Kinder hatten. Deshalb würden sie es den Mädchen bestimmt sehr gemütlich machen und die beiden kräftig verwöhnen. Der Nachteil, wie Jilly meinte, war, dass sie nicht die halbe Nacht wegbleiben oder beschwipst nach Hause kommen konnten. Aber schließlich sollte ihr Aufenthalt in London auch nicht dazu genutzt werden, in Clubs zu gehen, zu tanzen und zu trinken. Jilly hatte ihr Vorstellungsgespräch im Zoo, und Katy wollte bei mehreren Stellenvermittlungsagenturen vorsprechen, um einen Job zu finden. Und dann mussten sie sich ja auch eine Wohnung suchen!

Als Katy und Jilly an diesem Abend in ihren Betten lagen, lauschte Katy dem Verkehr, der draußen auf der Straße immer noch herrschte, und wusste, dass es die richtige Entscheidung gewesen war, nach London zu fahren.

Mr und Mrs Underwood – oder Joan und Kenny, wie Katy sie nennen sollte – waren wirklich nette, fröhliche Leute, und ihr viktorianisches Reihenhaus war genauso warm und behaglich wie sie selbst. Sie hatten den Mädchen bereits versichert, sie könnten jederzeit wiederkommen und bei ihnen wohnen, so lange sie wollten, während sie sich in aller Ruhe eine eigene Wohnung suchten. Aber die beiden waren fest entschlossen, bereits in der kommenden Woche etwas Geeignetes zu finden. Schon schmiedeten sie Pläne, ihre neue Bleibe nach ihrem eigenen Geschmack einzurichten und Partys zu geben.

Denn Jillys Verwandte waren zwar reizend, aber auch sehr konservativ. Erst an diesem Abend hatte Joan sich sehr missbilligend über ein Mädchen geäußert, das sie im Lebensmittelladen gesehen hatte, und zwar in einem der brandneuen Miniröcke.

»Unglaublich, wie ein Mädchen so schamlos herumlaufen kann«, sagte sie empört.

Jilly und Katy hatten ihr Kichern unterdrücken müssen. Beide hatten vor, ihre Kleider und Röcke auf die in London gängige Länge zu kürzen, sowie sie sich hier niedergelassen hatten.

Den Sonntag verbrachten sie mit Joan und Ken. Sie machten einen erfrischenden Spaziergang am Flussufer entlang in Richtung Chiswick. Es war sehr kalt, der Himmel war bleigrau, aber es war eine angenehme Überraschung, dass es selbst in einer so großen Stadt weitläufige Grünanlagen gab. Nach einem mehr als üppigen Mittagessen ging der Rest des Nachmittags dahin, indem sie fernsahen und vor dem Kaminfeuer dösten. Am Montagmorgen unternahmen die Mädchen eine Erkundungstour durch Hammersmith. Joan und Kenny hatten ihnen erzählt, es wäre eine gute Wohngegend in zentraler Lage und nicht annähernd so teuer wie das nahegelegene Kensington.

Anfangs waren sie ein bisschen verstört, wie schäbig es hier aussah, aber der Immobilienmakler, an den sie sich wandten, riet ihnen, sich davon nicht abschrecken zu lassen. »Ich hätte hier zum Beispiel eine sehr gut ausgestattete Wohnung mit einem Schlafzimmer in einer anständigen Straße für nur acht Pfund die Woche«, teilte ihnen der Mann mit.

Das schien wirklich günstig, aber als sie die Wohnung besichtigten, waren sie entsetzt, wie dunkel und feucht sie war.

»Für ihn ist die wahrscheinlich perfekt, weil er etwas von einem Reptil an sich hat«, meinte Jilly, als sie sich eilig davonmachten. »Und die Vermieterin ist ein Drachen!«

Sie genehmigten sich einen Kaffee, bevor sie sich zu anderen Agenturen wagten, und mussten nach einer weiteren Besichtigung immer wieder über die Vermieterin lachen, die verkündet hatte, sie dulde keine männlichen Besucher, Partys oder laute Musik.

»Außerdem war die Bude saukalt«, sagte Katy. »Und der muffige Gestank von Schimmel! Dieser Mief würde an unseren Klamotten kleben bleiben und alle Leute, die wir treffen, in die Flucht schlagen!«

Dienstagmorgen um neun verließen sie gemeinsam das Haus und gingen zur U-Bahn-Station. Jilly musste für ihr Vorstellungsgespräch im Zoo zur Station Regent's Park fahren; Katy wollte beim Oxford Circus aussteigen, um einige Vermittlungsagenturen abzuklappern. Sie vereinbarten, sich am Spätnachmittag daheim zu treffen.

Gegen zwei Uhr war Katy bei vier Agenturen gewesen und hatte sämtliche Details ihrer gegenwärtigen Anstellung und anderer Arbeitsplätze, ihre Anschläge pro Minute beim Tippen, Prüfungsnoten und persönliche Interessen angegeben und fühlte sich leicht ermattet. Man hatte ihre Fähigkeiten im Maschineschreiben und in Steno getestet und ihr bestätigt, wie beeindruckend schnell sie war. Aber keine der Agenturen hatte auch nur ein bestimmtes Unternehmen genannt, das jemanden mit Katys Kenntnissen brauchte. Es hieß lediglich, man würde sie in Hammersmith anrufen, wenn sich etwas ergäbe. Wahrscheinlich war es ein bisschen naiv von ihr gewesen, zu glauben, man würde sie quasi vom Fleck weg engagieren.

Sie ging in ein *Wimpy*, um sich mit Kaffee und einem Hamburger zu stärken, und hätte anschließend am liebsten einen ausgedehnten Schaufensterbummel gemacht. Aber das Essen munterte sie auf, und Katy sagte sich, dass es vielleicht keine schlechte Idee wäre, gleich noch einmal zu den Agenturen zu gehen und zu fragen, ob sich inzwischen etwas für sie gefunden hätte. Wenn schon nichts anderes, würde es zumindest für ihren Einsatz sprechen, und das kam bei Arbeitgebern angeblich gut an.

Bei der ersten Agentur teilte man ihr mit, man habe schon herumtelefoniert, aber bisher noch nichts gefunden. In der zweiten warf ihr die Angestellte einen schiefen Blick zu, als wäre sie erstaunt, dass Katy die Stirn hatte, unaufgefordert wiederzukommen. Aber die üppige Blondine am Empfang von Alfred Marks, der dritten Agentur, verkündete strahlend, ihre Kollegin habe gerade in Hammersmith anrufen wollen, um mit Katy einen Termin für ein Vorstellungsgespräch auszumachen. Eine halbe Stunde später verließ Katy die Agentur wieder. Sie konnte gar nicht mehr aufhören, zu grinsen.

Schon am nächsten Morgen würde sie ein Vorstellungsgespräch bei einer Anwaltskanzlei in den Inns of Court haben. Daheim in ihrer Kanzlei in Bexhill hatte Katy Kollegen über diesen historischen Gebäudekomplex reden gehört, in dem sich die vier Kammern für britische Rechtsanwälte befanden und der sich in Hunderten von Jahren nicht verändert hatte. Auch in Filmen hatte sie gelegentlich kurze Einblicke in die altmodischen Gemäuer, die einem Roman von Dickens zu entstammen schienen, gehabt und war sehr angetan gewesen.

Aber nicht genug damit, dass sich dieser Arbeitsplatz in einer ausgesprochen interessanten Umgebung befand, noch dazu war das Gehalt für eine Anwaltssekretärin fast drei Mal so hoch wie ihr jetziger Verdienst. In der Agentur hatte man ihr gesagt, man wäre besonders beeindruckt von ihrer Akkuratesse beim Tippen, da in gesetzlichen Dokumenten keine Fehler vorkommen dürften.

Katy war so begeistert, dass sie zum Kaufhaus *Peter Robinson* am Oxford Circus ging und sich ein schwarzweißes Minikleid kaufte. Da sie klein war, reichte es bis knapp über ihre Knie, aber das Karomuster war der letzte Schrei. So ein Kleid hätte sie in Bexhill nie gefunden!

»Ich hab den Job!«, schrie Jilly in dem Moment, als Katy zur Tür hereinkam. »Es haben sich noch vier andere Mädchen beworben, aber sie haben sich für mich entschieden!«

Katy umarmte ihre Freundin. »Ich wusste es! Du bist einfach eine tolle Tierpflegerin!«

Jilly, die vor Freude strahlte, löste sich lachend von ihr. »Sagt die Frau, die noch nie gesehen hat, wie ich ein Tier pflege. Du hast mich doch höchstens dabei erlebt, wie ich Ruin füttere.«

Katy konnte ein Lächeln nicht unterdrücken. Ruin war ein ziemlich hässlicher, struppiger brauner Mischling und vom Temperament her eher schlafmützig – ganz anders als die Tiere, mit denen Jilly es im Zoo zu tun bekommen würde.

»Na ja, du redest so viel über Tiere, dass es fast so ist, als wäre man live dabei«, lachte Katy. »Und ich habe morgen ein Vorstellungsgespräch in einer Anwaltskanzlei. Was sagst du dazu?«

Beim Abendessen, einer köstlichen Fleischpastete, erzählte Jilly alles über ihr Vorstellungsgespräch.

»Da gab es einen Ausschuss mit fünf Personen«, sagte sie. »Ich hatte ganz schön weiche Knie, weil schon vier andere Mädchen auf ihr Vorstellungsgespräch warteten, und die haben alle viel kompetenter gewirkt als ich. Die Leute vom Ausschuss bombardierten mich mit Fragen über Hygiene und wollten außerdem wissen, wie man ein Tier behandelt, wenn es aus der Narkose aufwacht. Beinahe hätte ich gewitzelt, bei einem Tiger würde ich einen schnellen Abgang machen, aber zum Glück habe ich mich noch rechtzeitig gebremst und zugegeben, dass sich mein Wissen auf gewöhnliche Haustiere beschränkt. Dann habe ich noch hinzugefügt, ich könnte mir denken, dass Wildtiere zu so einem Zeitpunkt am unberechenbarsten und gefährlichsten sind und ich mich darauf verlassen würde, von einem erfahrenen Pfleger oder dem Tierarzt eingewiesen zu werden.«

»Heiliger Himmel!«, rief Joan. »Ich kann mir überhaupt nicht vorstellen, wie man einen Tiger pflegt! Und der Gedanke, dass du einem in die Nähe kommst, behagt mir, ehrlich gesagt, auch nicht sonderlich.«

»Sie kann nicht gut tierärztliche Assistentin werden, ohne in die Nähe ihrer Patienten zu kommen«, bemerkte Ken grinsend. »Aber ich bin überzeugt, dass man bei wilden Tieren kein Risiko eingeht. Haben sie dir gleich gesagt, dass du den Job hast?«

»Nein, ich musste im Nebenzimmer warten und dann noch so einen komischen Intelligenztest machen, so ein Zeug, wo man sechs Gegenstände sieht und den nennen muss, der nicht dazu passt. Oder die Unterschiede zwischen zwei Bildern finden, die auf den ersten Blick identisch aussehen. Ich kann mir wirklich nicht vorstellen, was das mit der Krankenpflege von Tieren zu tun haben soll.«

»Ich nehme an, eine gute Beobachtungsgabe ist sehr wichtig«, meinte Joan. »Ich habe irgendwo gelesen, dass man solche Tests jetzt auch in vielen Schulen macht und anhand der Resultate den Intelligenzquotienten bestimmen kann. Und danach haben sie dir dann gesagt, dass sie es mit dir versuchen wollen?«

»Ja. Einer der Männer, ein Mr Metcalf – ich glaube, er ist dort der leitende Tierarzt –, kam ins Zimmer und prüfte meine Antworten, und dann lächelte er und fragte mich, wann ich anfangen könnte. Mindestens ein Jahr lang werde ich angelernt – quasi von der Pike auf – und nur unter Aufsicht arbeiten. Aber das hatte ich auch nicht anders erwartet. Und ich war so baff, dass sie sich für mich entschieden hatten, dass ich kaum ein Wort herausbrachte.«

»Wann sollst du anfangen?«, wollte Katy wissen.

»Ich habe gesagt, dass ich erst in Bexhill kündigen muss, aber wahrscheinlich in einer Woche frei bin. Das heißt, ab nächsten

Montag in acht Tagen könnte ich schon dort anfangen. Stellt euch das mal vor!«

»Hoffentlich bekomme ich morgen auch den Job«, sagte Katy.

»Ganz bestimmt«, versicherte Jilly. »Ich komme mit und warte irgendwo in der Nähe auf dich.«

Nur für den Fall, dass man sie beim Vorstellungsgespräch auffordern würde, ihren Mantel abzulegen, zog Katy am nächsten Morgen ein hochgeschlossenes, schlichtes schwarzes Kleid an. Die Haare schlang sie im Nacken zu einem Knoten und band eine schwarze Schleife darum.

»Ein bisschen wie für eine Beerdigung«, lautete Jillys Kommentar.

Jilly trug nie schwarz; sie bevorzugte kräftige Farben, weil sie es hasste, übersehen zu werden, auch wenn Katy der Meinung war, dass niemand ihre extravagante Freundin übersehen könnte.

»Anwaltskanzleien sind eine seriöse Sache«, erwiderte Katy. »Außerdem ist mein blauer Hahnentrittmantel überhaupt nicht beerdigungsmäßig, und vielleicht brauche ich ihn ja gar nicht auszuziehen.«

»Wer weiß, womöglich verliebst du dich in einen Anwalt«, kicherte Jilly. »Das wäre doch ein Ding! Aber könntest du einen Mann ertragen, der eine Perücke trägt?«

»Perücken werden nur im Gerichtssaal getragen, Dummerchen«, sagte Katy. »Und ich gehe davon aus, dass jeder einzelne von ihnen schon längst verheiratet ist und Mundgeruch und Schweißfüße hat. Komm, gehen wir!«

Die Mädchen stiegen bei der U-Bahn-Station Temple an der Themse aus und betraten die Anlage von Middle Temple. Katy war zu nervös, um den jahrhundertealten Gebäuden, den Gaslaternen oder den antiken Toren, die in das Labyrinth der Anwaltskammern führten, besondere Aufmerksamkeit zu schenken.

Die Kanzlei von Frey, Hurst and Herbert war leicht zu finden, da das Messingschild mit den Namen darauf größer als alle anderen war, die sie gesehen hatten.

»Ich schaue mich ein bisschen in der Gegend um«, sagte Jilly. »Falls ich nicht da bin, wenn du rauskommst, warte einfach.« Sie drückte ihre Freundin kurz an sich. »Viel Glück, und vergiss nicht, was meine Mum immer sagt: ›Schau deinem Gesprächspartner in die Augen und stell intelligente Fragen.‹«

Katys Gesprächspartnerin, eine Miss Frogatt, kam zur Anmeldung, um sie in Empfang zu nehmen. Sie war eine schlanke, sehr elegante Frau um die vierzig. Ihr schlichtes schwarzes Kostüm, die hochhackigen Pumps und der schimmernde blonde Pagenkopf deuteten auf Strenge und Autorität hin.

»Guten Morgen, Miss Speed. Ich muss sagen, Ihr Nachname ist mehr als passend, falls die Angaben über Ihre Geschwindigkeit beim Tippen und Steno zutreffen. Kommen Sie, wir gehen in mein Büro, und Sie erzählen mir ein bisschen mehr über sich. Ihre Schnelligkeit werde ich später persönlich überprüfen.«

Im Vergleich zu anderen Büros, an denen sie vorbeigingen und die mit schweren roten Ledersesseln, Bücherregalen und prasselnden Kaminfeuern prunkten, war das von Miss Frogatt eher spartanisch eingerichtet: Die Ausstattung bestand aus einem Schreibtisch aus hellem Kiefernholz, einem vierstöckigen Ablagekorb und einigen Aktenschränken. Nicht einmal ein gerahmtes Foto von einem Ehemann oder anderen Familienmitgliedern war zu sehen. Aber Katy war bald klar, dass Miss Frogatt hundertprozentig Geschäftsfrau und durch und durch nüchtern und sachlich war. Man konnte sich nur schwer vorstellen, wie sie auftaute, um ein bisschen zu tratschen oder über ihr Privatleben zu sprechen.

Doch trotz dieses Auftretens war die Art und Weise, wie sie Katy über ihren gegenwärtigen Arbeitsplatz befragte, durchaus freundlich und ermutigend.

»Ich nehme hauptsächlich Diktate auf und tippe Briefe, in denen es um Scheidungen und Testamente und den Verkauf von Immobilien geht«, sagte Katy. »Und natürlich alle möglichen anderen Dokumente.«

»Sehr gut«, nickte Miss Frogatt. »Bei den Dokumenten, mit denen Sie es hier zu tun hätten, geht es vor allem um Unterlagen, die ein Rechtsanwalt bei Gericht braucht, um einen Mandanten entweder zu verteidigen oder strafrechtlich zu verfolgen. Ich möchte Sie gleich jetzt darauf aufmerksam machen, dass Sie niemals etwas weitergeben dürfen, was Sie im Zuge Ihrer Tätigkeit erfahren, an niemanden. Das ist von allerhöchster Wichtigkeit.«

»Natürlich«, sagte Katy. Das war ihr bekannt; es war ihr sofort eingebläut worden, als sie in die Kanzlei in Bexhill eintrat. »Ich weiß, wie wichtig die Frage der Vertraulichkeit in juristischen Berufen ist.«

»Freut mich, dass Ihnen das bewusst ist, Miss Speed«, sagte Miss Frogatt. »Wir hatten schon Sekretärinnen, die wie Sie aus der Provinz stammten, wo die aufregendsten Dokumente, die sie zu Gesicht bekamen, Scheidungsanträge waren. Hier bei uns geht es oft um Fälle, die in der Öffentlichkeit Aufsehen erregen – zum Beispiel Mordfälle –, aber wie verlockend es auch sein mag, darüber zu reden, ist Ihnen strikt verboten.«

Miss Frogatt überprüfte in einem anderen Zimmer Katys Kenntnisse im Maschineschreiben und in Stenografie und half ihr, ein Formular für das Bewerbungsschreiben auszufüllen. Da Katy ausschließlich für die eine Kanzlei in Bexhill und ansonsten nur während der Schulzeit gelegentlich bei Woolworth gejobbt hatte, dauerte das Ausfüllen nicht lange.

Dann verließ Miss Frogatt das Büro, ohne Katy mitzuteilen,

ob sie gehen oder hier warten sollte. Nach gut zwanzig Minuten wurde Katy allmählich nervös. Hatte man sie etwa vergessen? Oder – schlimmer noch! – erwartete man von ihr, stillschweigend zu gehen?

Sie wollte gerade aufstehen, als Miss Frogatt zurückkam. Diesmal wirkte ihr Lächeln echt. »Nun, Miss Speed, ich habe mich gerade mit Mr Marshfield in der Kanzlei in Bexhill unterhalten, und obwohl es ihn überrascht hat, dass Sie auf der Suche nach einer neuen Stellung sind, hat er Ihnen ein glänzendes Zeugnis ausgestellt. Er sagte, er würde es sehr bedauern, Sie zu verlieren.«

»Ich habe ihm nicht erzählt, dass ich daran denke, nach London zu gehen«, sagte Katy. Jetzt war es ihr ein bisschen unangenehm, dass sie an ihrem Arbeitsplatz ihre Pläne nicht erwähnt hatte.

»Tut mir leid, wenn ich Sie in Verlegenheit gebracht habe«, erwiderte Miss Frogatt, die nicht so aussah, als täte es ihr auch nur im Geringsten leid. Im Gegenteil, sie schien sehr zufrieden mit sich zu sein. »Aber ich habe schon vor einer ganzen Weile festgestellt, dass man wesentlich ehrlichere Auskünfte bekommt, wenn man die Leute direkt anspricht. Eine schriftliche Beurteilung kann sich gelegentlich als reine Erfindung entpuppen.«

Darauf fiel Katy keine passende Antwort ein. Tatsächlich hatte sie selber schon Zeugnisse für Leute getippt und dabei manchmal die Person, um die es ging, kaum wiedererkannt.

»In Ihrer Kanzlei meint man, Sie müssten nur eine Kündigungsfrist von zwei Wochen einhalten«, fuhr Miss Frogatt fort. »Also, Miss Speed, wenn Sie die Stelle haben wollen, können Sie am Montag, dem zweiundzwanzigsten Februar anfangen. Wäre Ihnen das recht?«

»Das wäre toll!«, platzte Katy ohne nachzudenken heraus und wurde gleich darauf rot. »Ich meine, ja, sehr gern, danke.«

»Schauen Sie einfach beim Hinausgehen in das letzte Büro vor dem Empfang und reden Sie mit Mrs Greenwood. Sie wird noch ein paar weitere Daten aufnehmen und Ihnen Näheres zu Ihrem Gehalt und Ihren Arbeitszeiten mitteilen. Ich freue mich darauf, Sie am zweiundzwanzigsten wiederzusehen.«

Jilly wartete draußen, als Katy aus dem Gebäude kam.

»Na?«, fragte sie und hängte sich bei ihrer Freundin ein. »Mir ist furchtbar kalt, lass uns irgendwo hingehen, wo wir es schön warm haben.«

»Ich fange am zweiundzwanzigsten Februar an, ist das zu fassen?«, rief Katy, als sie eilig davongingen. »Und ich bekomme fünfundsiebzig Pfund im Monat. So viel hätte ich nie erwartet!«

»Na ja, es sagt ja jeder, dass wir daheim in Bexhill lausig verdienen. Hast du dort jemanden gesehen, mit dem man sich anfreunden könnte? Oder interessante Männer?«

»Alle Frauen, die ich gesehen habe, waren viel älter als ich, aber ich habe auch einen Typen gesehen, der gar nicht mal so übel war, ein paar Jahre älter als ich, würde ich sagen. Dunkle Haare, schöne dunkle Augen, schicker Anzug. Er hat mir zugelächelt, als ich ging. Aber ich glaube nicht, dass dort viel geplaudert oder herumgeblödelt wird. Es war sehr ruhig. Da werde ich aufpassen müssen, dass ich nicht unangenehm auffalle!«

Später, in einem kleinen Café auf dem *Strand*, erzählte Katy ihrer Freundin von Mr Frey, dem Seniorpartner. Bevor sie ging, war sie von Mrs Greenwood dem Firmenchef vorgestellt worden.

»Er war ein bisschen einschüchternd, mit einer großen Hakennase und tiefer Stimme und sehr gepflegter Aussprache. Er hat mir so fest die Hand gedrückt, dass ich beinahe geschrien hätte. Und er hat gesagt, Miss Frogatt glaubt, dass ich ein Gewinn für die Kanzlei wäre. Da muss ich mich wohl ganz schön ins Zeug legen, um zu zeigen, dass sie sich nicht geirrt hat!«

Den Rest des Tages verbrachten die Mädchen damit, zu Immobilienmaklern zu gehen und sich dort einzutragen. Es war ziemlich bestürzend, festzustellen, dass eine Wohnung mit zwei Schlafzimmern mindestens fünfundzwanzig Pfund die Woche kosten würde. Sie überlegten, ob sie vielleicht mit einem Schlafzimmer auskommen könnten.

»Das heißt, bis wir einen Traummann kennenlernen und mit ihm allein sein wollen«, meinte Jilly und zog vielsagend eine Augenbraue hoch.

»Würdest du es tun?«, fragte Katy.

Sie hatten schon öfter darüber diskutiert, ob sie »bis zum Letzten« gehen würden. Jilly fand, mit dem richtigen Mann wäre es möglich, aber Katy hatte zu viel Angst. Rein logisch wusste sie, dass ihre Mutter bei ihr gewissermaßen Gehirnwäsche betrieben hatte, indem sie ihr einredete, Männer wären so versessen auf Sex, dass sie alles Mögliche sagen und tun würden, um zu bekommen, was sie wollten. Natürlich traf das nicht auf jeden Mann zu, das war Katy klar, aber tatsächlich waren alle Männer, die sie beim Tanzen kennengelernt hatte, wie Oktopusse gewesen und hatten ihre Hände einfach überall gehabt. Sie war überzeugt, dass sie den Mann ihrer Träume sofort erkennen würde, wenn er ihr begegnete, weil er eben nicht versuchen würde, sie zu etwas zu drängen, sondern warten würde, bis die Zeit reif dafür war.

An diesem Abend fuhren die Mädchen nach Chelsea, weil sie gehört hatten, wie spannend die King's Road mit all den schicken Läden und Bars sein sollte. Diese Aussage war keine Übertreibung; im Vergleich zu einem kalten Februarabend in Bexhill war es, als würde man in Las Vegas landen. Menschenmengen drängten sich auf den Bürgersteigen, glücklich, Teil des bunten Lebens und Treibens zu sein, und bewunderten die hell erleuchteten Schaufenster. Die unzähligen Cafés, Bars und Restaurants waren brechend voll, und aus jeder Tür wehten Musikfetzen heraus.

»So etwas hätte ich mir nie träumen lassen«, staunte Katy. »Ich wünschte, wir könnten hier wohnen. Eine tolle Gegend!«

Aber als sie vor einem Immobilienbüro stehen blieben und die Anzeigen im Fenster studierten, wurde ihnen schnell klar, dass diese Angebote weit außerhalb ihrer Reichweite lagen.

»Ist doch egal«, sagte Jilly. »Wir können jederzeit herkommen. Und jetzt genehmigen wir uns einen Drink und halten nach Typen Ausschau, mit denen wir ein bisschen flirten können!«

Als sie viel später an diesem Abend mit der U-Bahn nach Hause fuhren, konnten sie gar nicht mehr aufhören, zu kichern, teilweise, weil sie leicht beschwipst waren, aber auch wegen der beiden Männer, die ihnen Drinks spendiert hatten. Jeremy und Martin waren versnobte Burschen aus der Oberschicht, die sich einbildeten, den armen kleinen Mädchen vom Lande schon einen Gefallen zu tun, indem sie mit ihnen sprachen. Zweifellos dachten sie, sie würden die beiden später ins Bett bekommen, wenn sie ihnen nur genug Drinks verabreichten. Aber die Mädchen führten sie ganz schön an der Nase herum. Sie taten so, als wären sie total naiv und völlig überwältigt von den beiden. Und dann, als die Männer zur Theke gingen, um noch mehr zu trinken zu holen, schlüpften die zwei aus dem Pub und liefen zum Sloane Square, um dort in die U-Bahn einzusteigen.

»Die waren viel zu überzeugt von sich«, gluckste Katy. »Und beide hatten Achselschweiß und haben nicht mal gut ausgesehen. Wie Rob sagen würde: ›Auf die würde ich nicht mal pinkeln, wenn sie in Flammen stünden.‹«

»Wetten, dass die jetzt stinksauer sind, weil sie uns so viele Drinks gezahlt haben?«, grinste Jilly. »Ich hätte ihnen sagen sollen, dass sie Chloroform bräuchten, um uns in die Kiste zu kriegen.«

»Trotzdem, der Abend war super«, sagte Katy. »Ich wünschte, wir könnten in Chelsea wohnen, da ist ja echt was los. Damit lässt sich Hammersmith nicht vergleichen.«

»Nee, wirklich nicht. Aber sag das bloß nicht meinem Onkel und meiner Tante, sonst sind sie beleidigt. Sollen wir uns nicht mal in anderen Bezirken umschauen?«

»Das machen wir gleich morgen«, sagte Katy. »Aber jetzt reißen wir uns lieber zusammen, damit wir nüchtern wirken, wenn wir heimkommen.«

KAPITEL 4

»Mir graut vor dem Heimkommen«, gestand Katy, als sie und Jilly am Bahnhof von Bexhill aus dem Zug stiegen.

Es war Samstagnachmittag und genau eine Woche her, seit sie nach London gefahren waren. Katy hatte in der Zeit zwei Mal daheim angerufen, aber ihre Mutter ließ sich auf kein längeres Gespräch ein. Sie reagierte nicht einmal, als Katy ihr von dem tollen Job erzählte, den sie bekommen hatte. Außerdem behauptete sie, Albert wäre außer Haus, obwohl Katy sicher war, dass er sich nur in seinem Schuppen aufhielt und ohne Weiteres ans Telefon hätte gerufen werden können.

»Na ja, jetzt musst du bloß noch zwei Wochen durchhalten«, meinte Jilly und legte tröstend einen Arm um Katys Schultern. »Und in der ersten Woche bin ich ja auch noch da. Ein Jammer, dass wir noch keine Wohnung gefunden haben, aber ich mache mich gleich auf die Suche, wenn ich wieder in London bin.«

»Es ist wirklich total nett von deiner Tante und deinem Onkel, dass wir bei ihnen wohnen können«, sagte Katy. »Ihre Gastfreundschaft hat mir mal wieder gezeigt, wie verschroben meine Mutter ist, die nie Besuch haben will. Und bestimmt finden wir leichter eine Wohnung, wenn wir erst mal in London sind.«

Sie hatten in der vergangenen Woche mehr als zehn Wohnungen besichtigt, eine schlimmer als die andere. Bei einer befand sich das Bad hinter einem Holzbrett in der Küche, andere Unterkünfte hatten gemeinsame Badezimmer mit weiteren Mietern, und alle Wohnungen waren schmuddelig gewesen, mit schäbigen Möbeln, schmutzigen Teppichen und fleckigen

Matratzen. Wenn sie sich auf Anzeigen in den Abendausgaben der Zeitungen meldeten, waren die betreffenden Objekte bereits vergeben. Aber trotz der Enttäuschung darüber, noch nichts gefunden zu haben, hatten sie ihre Zeit in London in vollen Zügen genossen und konnten es kaum erwarten, wieder dorthin zu kommen.

Nachdem sie und Jilly sich für die nächste Woche verabredet hatten, nahm Katy ihren Koffer und machte sich schweren Herzens auf den Weg zur Collington Avenue.

»Wieder da, was?«, sagte Hilda, als Katy durch die Hintertür direkt in die Küche trat. Ihre Mutter saß am Küchentisch, polierte Messing und warf ihr einen verdrossenen Blick zu.

»Sieht ganz so aus«, erwiderte Katy. »Hatte ich nicht erwähnt, dass ich heute zurückkomme?«

»Deinen Sarkasmus kannst du dir sparen«, fuhr ihre Mutter sie an.

»Und du könntest mich vielleicht ein bisschen herzlicher begrüßen«, gab Katy zurück. »Ehrlich, Mum, du bist manchmal wirklich mehr als schwierig. Ist es ein Wunder, wenn ich von hier wegwill? Wo ist Dad? Ich möchte ihm von meinem neuen Job erzählen.«

»Dann gehst du am besten aufs Polizeirevier. Dein Vater ist verhaftet worden.«

Katy, die das für einen Witz hielt, hätte beinahe gelacht. Andererseits scherzte ihre Mutter nie, und wer würde über so etwas schon Witze reißen?

»Verhaftet?«, rief sie. »Weswegen, um Gottes willen? Du machst mir Angst, Mum. Worum geht es?«

»Um Mord. Man hat ihn verhaftet, weil er Mrs Reynolds und ihre Tochter umgebracht haben soll.«

Katys Knie wurden weich, und sie musste sich an einer Stuhllehne festhalten, um nicht umzukippen.

»Dad würde doch nie jemanden töten«, sagte sie. Ihre Stimme klang dünn und zitterig. »Wer hat so etwas behauptet?«

Hilda zuckte die Achseln und kniff die Lippen zusammen. »Sie müssen Beweise haben. Sie haben ihn gestern abgeholt, gleich nachdem er von der Arbeit kam.«

»Aber er hat geschlafen, als das Feuer ausbrach, genau wie wir alle!«

»Das habe ich der Polizei auch gesagt. Aber irgendetwas hat mich geweckt, vielleicht war es ja Albert, der wieder zu Bett ging.«

Katy starrte ihre Mutter fassungslos an. »Das kannst du unmöglich glauben! Wie kommst du dazu, so etwas zu sagen?«

Hilda griff nach einem kleinen Messingkrug und fing an, ihn hektisch zu polieren. »Ich weiß nicht mehr, was ich glauben soll. Ich hätte nie für möglich gehalten, dass er eine Affäre mit einer anderen Frau anfangen könnte, aber wie es scheint, hat er genau das getan. Und da wunderst du dich noch, wenn ich denke, er könnte sie getötet haben?«

Katy war übel und schwindlig; es war ein Gefühl, als würde sie unaufhaltsam in einen wilden Strudel gezogen, wo es nichts mehr gab, was ihr Halt geben könnte, nicht einmal ihr eigener Verstand. Sie ließ sich auf den Stuhl fallen und stützte ihren Kopf mit den Händen ab, damit der Schwindel verging.

»Mum, selbst wenn er eine Affäre mit Mrs Reynolds hatte, was ich nicht eine Sekunde glaube, würde er sie doch nie töten! Schon gar nicht, indem er ihr Haus in Brand steckt! Das hat ein Geistesgestörter getan. Dad ist freundlich, gutherzig und sehr, sehr tolerant.«

»John Christies Nachbarn haben auch gedacht, er wäre ein netter Mensch«, sagte Hilda. »Aber er hat junge Frauen ermordet und sie in seinem Haus vergraben. Und er hat zugelassen, dass sein armer, beschränkter Untermieter beschuldigt und gehängt wurde.«

»Dad ist von Christie so weit entfernt wie du von Marilyn Monroe!«, brauste Katy auf. Es machte sie rasend, wie jemand so einen Blödsinn verzapfen konnte. »Ich gehe jetzt sofort zur Polizei und rede mit ihm.«

*

Katy legte den Weg zum Revier im Laufschritt zurück und weinte dabei unaufhörlich. Obwohl es erst fünf Uhr nachmittags war, war es schon dunkel und bitterkalt, und auf den Straßen waren kaum noch Leute unterwegs.

Auf dem Revier bat sie darum, mit ihrem Vater sprechen zu dürfen. Zunächst lehnte der ältliche Diensthabende ab, aber als sie zu weinen anfing, meinte er, er würde mal schauen, was sich machen ließe, und verschwand nach hinten.

Gut zwanzig Minuten später kam er zurück. »Na schön, Miss, ich habe ihn in einen Verhörraum gebracht. Sie haben ein paar Minuten, mehr ist nicht drin.«

Der Weg durch schmale Korridore und dann grobe Steinstufen hinunter, dazu der widerwärtige Geruch nach Feuchtigkeit und Moder, all das ließ die Situation ihres Vaters noch dramatischer erscheinen, als sie ohnehin schon war. Katy bemerkte hinter einer Gittertür einen Gang, der eindeutig zu den Zellen führte, aber der Polizist bog nach rechts ab und ließ sie in einen sehr kleinen, fensterlosen Raum eintreten. Alles, was sich darin befand, waren ein winziger Tisch, zwei Stühle – und ihr Vater.

So wie jetzt hatte sie ihn noch nie gesehen: unrasiert, mit geröteten Augen, in denen nackte Angst stand. Er wirkte um Jahre gealtert und völlig verstört.

Katy warf sich in seine Arme. »Oh, Daddy, wie können die bloß glauben, du hättest das getan?«

Ihr Vater drückte sie kurz an sich und drängte sie dann sanft auf einen Stuhl. Er selbst nahm ihr gegenüber Platz und beugte sich über den Tisch, um ihr mit seinem Daumen die Tränen aus den Augen zu wischen. Sie nahm seine Hand und hielt sie ganz fest. Wieder musste sie gegen Tränen kämpfen.

»Sie haben in meinem Schuppen Paraffin gefunden«, sagte er. »Der Kanister gehört mir, ich habe ihn mal als Reservekanister für Benzin gekauft, deshalb waren natürlich meine Fingerabdrücke drauf. Aber ich schwöre bei Gott, dass ihn nie mit Paraffin gefüllt habe. Warum sollte ich? Wir haben keine Öfen, die mit Paraffin beheizt werden. Und dann haben sie noch ein bisschen Stoff gefunden, angeblich dasselbe Material, mit dem das Feuer gelegt wurde. Das Einzige, was ich in meinem Schuppen hatte, waren Lumpen, alte Hosen und Jacken und Fetzen von verschlissenen Flanelllaken. Sie haben mir das Zeug gezeigt, das sie gefunden haben. Es sah aus wie eine Gardine; völlig nutzlos zum Putzen, weil es nicht saugfähig war, und ich hatte es noch nie zuvor gesehen. Irgendjemand muss es dort hingelegt haben, um mich zu belasten.« Er machte eine Pause und sah Katy eindringlich an. »Ich habe im Bett gelegen und geschlafen, als das Feuer ausbrach. Ich war fünf Minuten bevor deine Mutter dich und Rob weckte auf, und in der Zeit habe ich die neun-neun-neun gewählt.«

»Ich glaube dir, Dad. Ich weiß, dass du niemals einem Menschen etwas antun könntest. Aber Mum ist überzeugt, dass du eine Affäre mit Gloria Reynolds hattest.«

Ihr Vater schüttelte den Kopf. »Das hat mir die Polizei auch schon gesagt. Es stimmt natürlich nicht, aber ich habe deiner Mutter verschwiegen, dass wir uns ein wenig angefreundet hatten. Du kannst dir sicher denken, warum! Weißt du noch, was für ein Theater sie gemacht hat, als ich rüberging, um den Spülkasten zu reparieren?«

Katy nickte. Sie konnte sich nur zu gut erinnern. Es war an einem Sonntag vor zwei Jahren gewesen. Mrs Reynolds war völlig aufgelöst zu ihnen gekommen, weil an der Wand ihres Badezimmers Wasser herunterlief. Albert nahm sein Werkzeug und ging mit ihr hinüber, und als er eine Stunde später zurückkam, kochte Hilda vor Wut. Sie hörte den ganzen Tag nicht auf, ihn zu beschimpfen.

»Von dem Tag an war ich öfter mal auf einen Sprung bei ihr, einfach weil sie mir sympathisch war. Sie war warmherzig, lustig und freundlich und freute sich immer, mich zu sehen. Ihr Ehemann war gewalttätig, deshalb lief sie ihm weg und musste ihre Kinder allein großziehen. Wir haben oft darüber geredet, was für eine Hölle es ist, mit einem Menschen zusammenzuleben, dessen Stimmungen so unberechenbar sind, dass man nie weiß, wann sie sich gegen dich richten. Ich hatte nie zuvor anderen gegenüber erwähnt, wie Hilda war, weil ich das Gefühl hatte, ich würde in den Augen anderer wie ein Schwächling wirken. Aber bei Gloria konnte ich mich aussprechen.«

»Ach, Dad ...« Katy fing wieder an zu weinen. »Ich hatte sie auch sehr gern. Ich kann verstehen, dass du dich ihr anvertraut hast. Aber wer mag das Feuer gelegt haben?«

»Meiner Meinung nach könnte es einer der Ehemänner der Frauen gewesen sein, denen sie geholfen hat«, sagte er nachdenklich. »Vielleicht auch ihr Exmann.«

»Frauen, denen sie geholfen hat?«, wiederholte Katy. »Was meinst du?«

»Gloria hat ihnen geholfen, von ihren gewalttätigen Männern wegzukommen«, antwortete er.

Auf einmal ging Katy ein Licht auf. Das also waren die Frauen, die sie gesehen hatte, die Frauen, die mit dem schwarzen Wagen gebracht wurden. »Sind sie mit einer molligen älteren Frau in einem schwarzen Humber gekommen?«

Ihr Vater nickte. »Ja. Also, ich habe ihre Freundin mit dem schwarzen Auto nur einmal gesehen, aber Gloria hat mir erzählt, dass sie öfter Frauen zu ihr bringt. Sie blieben einige Tage, während Gloria mit ihnen redete und ihnen behilflich war, ein neues Leben anzufangen. Natürlich musste sie es geheim halten; die Männer dieser Frauen waren gefährlich.«

Katy wurde bewusst, dass der Sergeant jeden Moment kommen und sie auffordern könnte, zu gehen. »Hör zu, Daddy, uns bleibt nicht mehr viel Zeit. Wie kann ich dir helfen?«

»Du kannst meinen Anwalt anrufen und ein Treffen mit ihm vereinbaren, um ihm ein paar Hintergrundinformationen zu geben – vor allem über das, was ich über die Frauen gesagt habe, die zu Gloria kamen. Bis gestern Abend war ich meinem Verteidiger noch nie begegnet. Sein Name ist Michael Bonham, unser Firmenanwalt hat ihn für mich aufgetrieben. Er scheint in Ordnung zu sein, und er hofft, dass er mich Montag auf Kaution freibekommen kann.« Er zog eine Visitenkarte aus seiner Jackentasche und reichte sie ihr. »Mr Bonham hat seine Privatnummer auf die Rückseite geschrieben. Rufst du ihn bitte an und fragst, ob du ihn morgen sehen kannst?« Wieder schwieg er kurz, als müsste er überlegen, was er ihr noch sagen könnte. »Und wenn du mir ein paar saubere Hemden, frische Unterwäsche und mein Rasierzeug bringen könntest, Katy, das wäre toll«, fuhr er fort.

Die Tür ging auf, und der Sergeant erschien. »Die Zeit ist um«, sagte er.

»Ich bin Montag im Gericht«, versprach Katy und ging zu ihrem Vater, um ihn zu umarmen.

»Nein, auf keinen Fall. Genau deshalb will ich, dass du dich morgen mit Bonham triffst. Bei Gericht wird sich nicht viel abspielen – es geht nur darum, die Freilassung auf Kaution zu beantragen –, deshalb ist es besser, wenn du zur Arbeit gehst.«

Katy hätte gern widersprochen, merkte aber an seinem Tonfall, dass ihr Vater es ernst meinte. Er versuchte, sie aus dieser Sache herauszuhalten; vielleicht befürchtete er, jemand, der sie kannte, könnte sie im Gerichtssaal sehen. Natürlich hätte sie dagegenhalten können, dass Montagabend, wenn die Zeitungen den Fall aufgegriffen hatten, ganz Bexhill wissen würde, dass Albert Speed unter Mordanklage stand. Aber sie musste ihm zumindest einen kleinen Rest Hoffnung lassen, sie könnte unbehelligt bleiben.

Eine letzte Umarmung, ein letztes Mal die Tränen hinunterschlucken, dann ging sie. Ihr Vater wurde zu den Zellen geführt, die Gittertür hinter ihm verschlossen. Katy lief ein Schauer über den Rücken. Wenn Dad am Montag nicht auf Kaution entlassen wurde, wie sollte er mit dem Leben hinter Gittern zurechtkommen? Er war ein Mensch, der sich gern an der frischen Luft aufhielt, lange Spaziergänge machte, im Garten arbeitete – selbst wenn er in seinem Schuppen werkelte, ließ er die Tür weit offen. Und wichtiger noch: Wie würde er je damit leben können, als Mörder gebrandmarkt zu sein?

Bevor sie wieder nach Hause ging, rief sie aus einer Telefonzelle Michael Bonham an. Es war beruhigend, mit ihm zu sprechen; seine Stimme war tief, und er zeigte sich äußerst geduldig, als sie vor Aufregung ins Stammeln geriet.

»Ich weiß, dass mein Vater dieses Feuer nicht gelegt hat«, sagte sie leidenschaftlich. »Er würde nie einer Frau etwas tun, nicht einmal einer, die er nicht mag. Und Gloria Reynolds hatte er wirklich gern, sie waren befreundet. Er ist durch und durch aufrichtig, das müssen Sie glauben.«

»Ich glaube es ja, Katy«, sagte er. »Wenn ich nicht überzeugt wäre, dass Ihr Vater die Wahrheit sagt, würde ich ihn nicht verteidigen. Ich schlage vor, wir treffen uns morgen, und Sie erzählen mir alles, was Sie wissen. Eventuell können Sie mir auch eine andere Sichtweise auf Mrs Reynolds vermitteln.«

Sie vereinbarten, sich um elf Uhr am nächsten Morgen in einem Café an der Uferpromenade zu treffen. Dann ging Katy nach Hause. Sie fühlte sich verlorener und einsamer als je zuvor in ihrem Leben. Sie war stark versucht, zu Jilly zu gehen und ihr alles zu erzählen, aber ihr war klar, dass das keine gute Idee war. Dafür war es noch zu früh. Rob musste es natürlich wissen, und sie wünschte, sie könnte ihn sofort benachrichtigen, aber sie hatte keine Nummer, unter der sie ihn erreichen konnte. Früher hatte er immer sonntagmorgens daheim angerufen, aber diesmal war er bei seiner Abreise so verärgert gewesen, dass er sich wahrscheinlich nicht so bald melden würde. Sie musste sich gleich nach dem Abendessen hinsetzen und ihm schreiben.

Vorher musste sie sich allerdings einer weiteren Begegnung mit ihrer Mutter stellen und versuchen, sie davon zu überzeugen, dass sie falschlag, wenn sie glaubte, ihr Mann hätte eine Affäre gehabt. Aber das würde nicht leicht werden. Katy wusste aus leidvoller Erfahrung, dass nichts und niemand Hilda umstimmen konnte, wenn sie sich erst einmal etwas in den Kopf gesetzt hatte.

*

Katy verließ am Sonntagmorgen kurz vor zehn mit den Sachen, um die ihr Vater gebeten hatte, das Haus. Sie hatte Rob geschrieben und ihn aufgefordert, sofort daheim anzurufen. Bei ihrer Mutter hatte sie leider keine Fortschritte gemacht. Hilda behauptete nach wie vor steif und fest, dass ihr Mann sie betrogen hätte. Ihr schien nicht klar zu sein, welche Konsequenzen eine Mordanklage nach sich ziehen würde, nämlich, dass ihr Mann zu einer lebenslangen Haftstrafe oder sogar zum Tode verurteilt werden könnte. Sie wollte ihn nicht wieder in ihrem Haus aufnehmen, auch wenn er auf Kaution freikam.

An diesem Punkt verlor Katy die Nerven. »Glaubst du wirklich, dass er das Feuer gelegt hat?«, schrie sie ihre Mutter an. »Denn wenn du das nicht glaubst, musst du ihm helfen!«

Hildas Antwort gab ihr den Rest. »Dafür, dass er es vor meiner Nase mit dieser Person getrieben hat, verdient er alles, was er bekommt!«

Katy hätte sie am liebsten geohrfeigt, um sie zur Vernunft zu bringen, aber sie hatte sich beherrscht. Ihre Mutter zu schlagen hätte alles nur noch schlimmer gemacht.

Draußen war es eiskalt, aber es tat gut, aus dem Haus zu kommen, weg von der Bösartigkeit ihrer Mutter, die sich unentwegt über Alberts angebliche Affäre ausgelassen hatte. Aber wenn sie das tatsächlich glaubte, dachte Katy, warum hatte sie ihn deswegen nicht schon längst zur Rede gestellt? Nur eine völlig Verrückte würde nachts aufwachen, weil es auf der anderen Straßenseite brannte, und daraus die Schlussfolgerung ziehen, ihr Mann hätte den Brand gelegt, um seine Untreue zu tarnen.

Das hatte Katy ihr auch gesagt. Die Antwort ihrer Mutter hatte gelautet, sie hätte eine Affäre ihres Mannes zwar vermutet, aber ihren Verdacht erst bestätigt gesehen, als er nach dem Brand immer wieder traurig auf das abgebrannte Haus starrte. Und dann hatte er noch unverhohlen geweint, als die Bahren hinausgetragen wurden! Katy wies darauf hin, dass auch sie traurig das Haus angeschaut und geweint hatte, wie vermutlich jeder Einzelne ihrer Nachbarn. Machte das sie und die anderen etwa auch zu Verdächtigen?

Nachdem sie die Sachen ihres Vaters bei der Polizei abgegeben hatte, ging Katy zum *Marine Café* an der Strandpromenade. Es war eines der wenigen Lokale am Meer, die das ganze Jahr über geöffnet hatten, und berühmt für sein üppiges englisches Frühstück. Es war Robs Lieblingscafé; Katy ging immer mit ihm hin, wenn er in den Ferien nach Hause kam.

Michael Bonham hatte gesagt, sie würde ihn sofort an seiner dunkelbraunen Lammfelljacke erkennen, und so war es auch. Tatsächlich schien die Jacke gar nicht zum Rest seiner Erscheinung zu passen. Sein Haar war extrem kurz geschnitten und mit Brillantine geglättet, und sowohl die messerscharfen Bügelfalten seiner dunkelblauen Hose als auch die auf Hochglanz geputzten teuren Schuhe hätten besser zu einem Mantel aus dunklem Wollstoff gepasst. Aber Katy hatte den Eindruck, dass er nicht wie ein Anwalt aussehen wollte und die Lammfelljacke eine Art Requisit war.

Er saß an einem Ecktisch im hinteren Bereich des Cafés, weil vermutlich niemand hören sollte, worüber sie sich unterhielten. Aus der Nähe erschien er älter, als sie auf den ersten Blick gedacht hatte; sein Gesicht war von Falten durchzogen, und seine Lider senkten sich über blassblaue Augen. Sogar sein Haar war eher weiß als blond. Sie schätzte ihn auf Ende fünfzig.

»Mr Bonham?«, sagte sie und gab ihm die Hand. »Ich bin Katy Speed.«

Er bestellte für sie beide Kaffee und fragte sie, ob sie vielleicht eine Kleinigkeit essen wollte.

»Nein, danke, ich bin zu nervös, um etwas zu essen«, antwortete sie mit einem bekümmerten Lächeln.

Er legte tröstend seine Hand auf ihre. »Das kann ich mir vorstellen. Aber nach allem, was ich von Ihrem Vater erfahren habe, glaube ich kaum, dass die Polizei daraus einen handfesten Fall konstruieren kann.«

Nachdem die Kellnerin ihren Kaffee gebracht hatte, bat Mr Bonham Katy, ihm genau zu erzählen, was in der Nacht des Brands passiert war. Dann wollte er noch von ihr wissen, was sie über Gloria Reynolds wusste.

»Sie war ein guter Mensch und sehr, sehr nett«, sagte Katy. »Ich glaube keinen Moment, dass sie und mein Vater eine Affäre hatten. Und selbst wenn es so wäre, warum sollte Dad sie dann umbringen? Meine Mutter wäre natürlich schrecklich böse gewesen, wenn sie davon Wind bekommen hätte, aber das ist sie sowieso meistens. Und eine Affäre hätte Dad den Anstoß gegeben, sie endlich zu verlassen. Um meinen Bruder und mich hätte er sich keine Sorgen machen müssen; wir sind alt genug, um mit einer Scheidung zurechtzukommen. Außerdem, wer würde schon eine Frau, die er liebt, töten, nur um zu verhindern, dass seine Ehefrau dahinterkommt?«

»So etwas kommt vor, sogar recht oft, allerdings meistens nur, wenn die Frau der vermögende Ehepartner ist. Wenn wir schon beim Thema sind, Ihr Vater ist ziemlich wohlhabend. Wäre es möglich, dass Gloria Reynolds ihn erpresst hat?«

Katy sah den Anwalt missbilligend an. »Glauben Sie, eine Frau, die anderen Frauen hilft, von ihren gewalttätigen Ehemännern wegzukommen, würde eine Erpressung auch nur ansatzweise in Betracht ziehen?«

»Sollte man nicht meinen, aber alle möglichen Leute werden zu Erpressern, Katy. Ich muss diese Frage einfach stellen.«

»Vergessen Sie nicht, dass mein Vater ein gewiefter Geschäftsmann ist«, sagte Katy schroff. »Er ist freundlich und großzügig, aber nicht dumm. Ich verstehe nicht, warum die Polizei nicht nach diesen gewalttätigen Ehemännern fahndet! Einer von denen käme doch viel eher als Täter in Frage.«

»Ja, da bin ich ganz Ihrer Meinung. Aber ich glaube, der Polizei ist gar nicht bekannt, dass Mrs Reynolds misshandelten Frauen geholfen hat. Ich habe es auch erst von Ihrem Vater erfahren. Darüber muss ich unbedingt mit der Polizei reden. Die Art Hilfe, die sie anbot, erforderte absolute Diskretion und Verschwiegenheit. Wenn diese Männer wussten, wer ihren Frauen dabei half, ihnen zu entkommen, ist es mehr als wahrscheinlich, dass sie versucht haben, sie und ihre Kinder aufzuspüren und wieder mit nach Hause zu schleppen.«

»Also könnte einer von ihnen zum Hauptverdächtigen werden?«

»Für uns auf jeden Fall. Aber wie gesagt, die Polizei wusste zum Zeitpunkt der Verhaftung Ihres Vaters noch nichts von den misshandelten Frauen, die bei Mrs Reynolds Unterschlupf fanden. In ihren Augen reicht der Umstand aus, dass in seinem Gartenschuppen ein Kanister Paraffin mit den Fingerabdrücken Ihres Vaters und ein Stück Stoff gefunden wurde, das mit dem identisch ist, der bei der Brandstiftung verwendet wurde.«

Katy verdrehte ungeduldig die Augen. »Halten Sie meinen Vater für einen Dummkopf?«

»Ganz und gar nicht.«

»Schön. Wenn er dieses schreckliche Verbrechen begangen hätte, würde er dann Beweise wie den Kanister und den Stoff in seinem Schuppen liegen lassen, damit die Polizei die Sachen dort findet?«

Bonham grinste. »Wohl kaum. Und glauben Sie mir, darauf werde ich auch die Staatsanwaltschaft hinweisen. Sie sehen Ihrem Vater nicht ähnlich, Katy, aber Sie haben dieselbe direkte Art wie er. Das gefällt mir.«

Sie unterhielten sich noch eine Weile, und Katy erzählte ihm von ihrer Arbeit in einer Anwaltskanzlei und dem neuen Job, den sie in London gefunden hatte. »Wer weiß, ob man mich in einem der beiden Büros noch haben will, wenn das rauskommt«, sagte sie zerknirscht.

»Herauskommen wird es leider auf jeden Fall. Bexhill ist sehr klein, und Ihr Vater ist ein bekannter Geschäftsmann. Deshalb würde ich Ihnen raten, gleich morgen früh den Seniorpartner Ihrer hiesigen Kanzlei zu informieren. Wenn er es von Ihnen zuerst erfährt, wird er wahrscheinlich milder gestimmt sein. Vielleicht ist er trotzdem der Meinung, Sie sollten sofort Ihr Arbeitsverhältnis beenden, vielleicht aber auch nicht. Was den Job in London angeht, so sehe ich keinen Grund, warum Sie Ihren neuen Arbeitgebern gegenüber irgendetwas erwähnen sollten. Es betrifft sie ja ohnedies nicht.«

»Wie kann ich meinem Vater helfen?«, fragte sie. »Werden Sie mit Glorias anderen beiden Kindern sprechen? Ich meine, sie wissen vielleicht, wie sie zu Dad stand.«

»Ich will unbedingt mit ihnen sprechen, und da die Beerdigung diesen Freitag stattfindet, werde ich hingehen und versuchen, mit ihnen und eventuell einigen engeren Freunden zu reden.«

»Ich wäre auch gern dabei, um ihr die letzte Ehre zu erweisen«, sagte Katy. »Aber ich fürchte, es wäre eher unangebracht, wenn ich als Tochter des Verdächtigen dort auftauche.«

Bonham schürzte die Lippen. »Das sehe ich genauso, Katy. In Situationen wie dieser ist es im Allgemeinen besser, sich bedeckt zu halten. Aber ich versuche auf jeden Fall, mit der Tochter zu reden.«

Plötzlich fiel Katy etwas ein. »Da gab es noch eine Frau namens Marleen, die gelegentlich in Glorias Laden gearbeitet hat, wenn besonders viel los war oder Gloria mal einen Tag frei haben wollte«, sagte sie. »Ich hatte den Eindruck, dass es sich um eine alte Freundin handelt, nicht nur um eine Mitarbeiterin. Sie wohnt in Cooden Beach, aber leider weiß ich ihre Adresse nicht.«

»He, das ist ein nützlicher Hinweis!« Bonham strahlte. »Vielleicht kann sie mir etwas über die Frau mit dem schwarzen Humber sagen.«

»Ich wünschte, ich könnte irgendetwas tun, um zu helfen«, sagte Katy bekümmert.

Bonham strich ihr mit dem Handrücken leicht über die Wange. »Sie können sich den Kopf zerbrechen, ob Ihnen noch irgendwelche Freunde einfallen, die Gloria erwähnt hat, oder auch Leute, die sie nicht mochten. Fragen Sie bei Ihren Bekannten herum; Klatsch kann manchmal sehr hilfreich sein. Die Polizei hat gleich nach dem Feuer die direkten Nachbarn befragt, aber vielleicht kennen Sie ja noch andere Leute in der Straße, die mit ihr bekannt waren.«

Katy nickte. Im Moment fiel ihr niemand ein, aber sie würde darüber nachdenken und auf jeden Fall herumfragen. »Ich werde mein Bestes tun«, sagte sie.

»Ich muss jetzt los«, sagte Bonham und stand auf. »Heute

kommen Verwandte zum Mittagessen, und ich kriege Ärger mit meiner Frau, wenn ich ihr nicht ein bisschen zur Hand gehe. So, Katy, Sie haben meine Nummer, also, wenn Ihnen irgendetwas einfällt, sei es auch noch so unbedeutend, melden Sie sich bei mir! Und wenn Sie wie geplant nach London ziehen, hinterlassen Sie mir bitte Ihre Adresse und Telefonnummer.«

Katy verließ mit ihm das Café. Sein Angebot, sie nach Hause zu fahren, lehnte sie ab. »Ein Spaziergang wird mir guttun«, sagte sie, als sie seine Hand schüttelte. »Vielleicht wirkt er beruhigend genug auf mich, dass ich die Gegenwart meiner Mutter ertrage und nicht auf sie losgehe.«

Bonham lachte und legte seine Hand auf ihre Schulter. »Das ist eine schwere Zeit für Sie, Katy. Bewahren Sie sich Ihren Sinn für Humor und glauben Sie an Ihren Vater, dann wird am Ende alles gut, davon bin ich überzeugt.«

Montagmittag schlüpfte Katy aus dem Büro, um sich in der Apotheke Aspirin zu holen, weil sie starke Kopfschmerzen hatte. Nach ihrem Treffen mit Bonham war sie gestern noch zu Jilly gegangen, um ihr und ihrer Familie zu sagen, was passiert war, und zum Mittagessen dortgeblieben. Obwohl sie ihre Mutter angerufen und ihr mitgeteilt hatte, dass sie sich verspäten würde, bekam sie einiges zu hören, als sie gegen sechs nach Hause zurückkehrte. Manchmal schien es, als wäre es Hildas Berufung, die Märtyrerin zu spielen. Prompt stürzte sie sich in diese Rolle und gab den vertrauten Sermon »Und ich sitze hier ganz allein zu Hause« von sich. Katy war versucht, ihre Mutter darauf hinzuweisen, dass sie nicht allein wäre, wenn sie ihren Mann bei der Polizei nicht als Brandstifter angeschwärzt hätte. Sie verkniff sich die Bemerkung nur, weil sie nicht sicher war, ob Hilda das tatsächlich behauptet hatte.

Dann hatte sie sich an diesem Morgen für das Gespräch mit Mr Marshfield wappnen müssen. Sie hatte erwartet, er würde entsetzt sein, wenn sie ihm von der Verhaftung ihres Vaters erzählte, und sie auffordern, sofort seine Kanzlei zu verlassen. Aber zu ihrer Überraschung erwies er sich als äußerst mitfühlend.

»Das ist doch absolut lächerlich!«, rief er. »Mir fällt niemand ein, der weniger zu einer solchen Tat fähig wäre!«

»Ich hoffe, die Polizei und die Staatsanwaltschaft sehen das genauso«, sagte Katy. »Mr Marshfield, eigentlich wollte ich heute mit vierzehn Tagen Kündigungsfrist kündigen, weil ich in London eine andere Stellung gefunden habe. Aber unter den Umständen wäre es Ihnen vielleicht lieber, wenn ich sofort gehe.«

»Mir war klar, dass Sie uns verlassen würden, als wir gebeten wurden, Ihnen eine Empfehlung auszustellen, meine Liebe. Aber ich werde Sie ganz bestimmt nicht auffordern, sofort zu gehen, nicht eine so erstklassige Angestellte wie Sie. Mehr noch, falls Sie beschließen, Ihres Vaters wegen doch nicht nach London zu gehen, können Sie bei uns bleiben, so lange Sie wollen.«

Katy konnte kaum glauben, wie freundlich dieser sonst so kühle, reservierte Mann zu ihr war. Ihr traten Tränen in die Augen. »Vielen Dank, Sir«, sagte sie gepresst. »Sie können sich gar nicht vorstellen, wie gerührt ich bin. Aber ich fürchte, meine Anwesenheit könnte sich nachteilig auf die Kanzlei auswirken.«

»Warum sollte das so sein, meine Liebe? Sie sind seit Jahren bei uns und kennen die meisten unserer Klienten. Ihr Vater ist ein allseits geachteter Mann, und Gloria Reynolds war ein wunderbarer Mensch. Ich glaube, die meisten Leute werden in der Verhaftung Ihres Vaters das sehen, was es ist: ein Irrtum der Polizei. Und nun an die Arbeit! Der Betrieb kommt zum Erliegen, wenn wir keine Briefe mehr aussenden!«

Aber Katys Kopfschmerzen waren geblieben, und es war furchtbar schwer, sich auf etwas zu konzentrieren, wenn ihr so viel auf der Seele lag. Sie hoffte, ein kurzer Spaziergang an der frischen Luft würde sie aufmuntern.

Sie kaufte das Aspirin und schlenderte zur Strandpromenade. Bei so schlechtem Wetter wie heute war, wie nicht anders zu erwarten, kaum ein Mensch unterwegs. Hohe Wellen schlugen donnernd an den Strand und über die Kaimauer.

Für einen Spaziergang war es zu stürmisch, deshalb verließ Katy nach ein paar Minuten die Promenade und bog in eine Seitenstraße ein. Auf einmal fiel ihr auf, wie ein Auto, das ihr bekannt vorkam, ein Stück weiter vorn am Straßenrand einparkte.

Der schwarze Humber! Katy konnte ihr Glück kaum fassen. Sie beschleunigte ihre Schritte und erreichte den Wagen in dem Moment, als die mollige Dame ausstieg, die sie schon so oft gesehen hatte.

»Entschuldigen Sie«, stieß Katy atemlos hervor. »Aber ich glaube, Sie waren mit Gloria Reynolds befreundet. Könnte ich vielleicht kurz mit Ihnen sprechen, falls Sie einen Moment Zeit haben?«

Die ältere Frau, die sichtlich befremdet war, einfach auf der Straße angesprochen zu werden, runzelte die Stirn. »Ja, meinetwegen. Sie wissen wohl, dass sie vor Kurzem ums Leben gekommen ist?«

Anscheinend hielt die Frau sie für eine Journalistin und war nicht gerade begeistert von der Vorstellung, mit der Presse zu sprechen.

»Ja, das weiß ich. Ich wohne im Haus gegenüber, und ich hatte Gloria sehr gern. Ich bin übrigens nicht von der Zeitung, Ehrenwort«, fügte Katy hinzu. »Aber ich muss unbedingt mit Ihnen reden.«

Die Frau wirkte immer noch unschlüssig. »Nun, ich muss heute Nachmittag noch einiges erledigen, ich habe also nur ein paar Minuten für Sie übrig. Aber wir sollten nicht in diesem scheußlichen Wind stehen bleiben. Gehen wir lieber hinein!«

Es war ein ganz gewöhnliches Reihenhaus, und als die Frau

die Eingangstür aufsperrte, fiel Katy sofort auf, dass die Einrichtung aus den frühen Fünfzigerjahren stammte: ein Telefontischchen mit Spindelbeinen und schwarzgelb gemusterte Tapeten.

»Ich weiß leider nicht, wie Sie heißen, aber ich bin Katy Speed. Da ich gegenüber von Gloria wohne, habe ich Sie oft dort gesehen. Glorias Tod ist eine furchtbare Tragödie.«

»Das ist wahr«, sagte die Frau. Ihre dunklen Augen füllten sich mit Tränen. »Ich bin Edna Coltrain. Sind Sie vielleicht Alberts Tochter?«

»Ja. Dann kennen Sie ihn also?«

»Ich bin ihm nur einmal begegnet, aber Gloria hat oft von ihm gesprochen und mir auch gezeigt, wo er wohnt. Er hat ihr so manches Mal geholfen. Sie mochte ihn sehr gern.«

Nach all den schlimmen Dingen, die vorgefallen waren, tat es gut, etwas Erfreuliches zu hören.

»In diesem Fall wird es Sie schockieren, zu hören, dass man ihm die Brandstiftung und den Tod von Gloria und ihrer Tochter zur Last legt«, sagte Katy. »Das ist Wahnsinn! Er würde niemals jemandem etwas tun, schon gar nicht einer Frau, die er so sehr geschätzt und bewundert hat.«

Alle Farbe wich aus Ednas Gesicht.

»Tut mir leid, wenn ich Sie erschreckt habe«, sagte Katy und bat Edna, sich zu setzen, während sie ihr eine Tasse Tee machte. »Dad hat mir erzählt, was Sie und Gloria tun. Meiner Meinung nach ist es viel wahrscheinlicher, dass ein Zusammenhang zwischen Ihrer Tätigkeit und dem Brand besteht.«

Katy ging in die Küche und machte Tee. Als sie zurückkam, war Edna nicht mehr ganz so blass, wirkte aber immer noch schwer erschüttert.

Auch ihr Wohnzimmer war offensichtlich in den Fünfzigerjahren stecken geblieben. Alles war entweder rot oder grau, und über dem Kaminsims hing ein großer konvexer Sonnenspiegel. Katy schätzte Edna auf Mitte vierzig. Sie war klein und pummelig, und sie hatte ein hübsches Gesicht mit sanften dunklen Augen und einem schönen Teint.

»Ich konnte es gar nicht fassen, als ich hörte, dass Gloria und ihre Tochter Elsie bei dem Feuer ums Leben gekommen sind.« Edna nahm die Tasse Tee, die Katy ihr reichte. Ihre Hände zitterten genauso wie ihre Stimme. »Ich habe gehört, dass es Brandstiftung gewesen sein soll, aber das hielt ich für reines Gerede. Und jetzt erzählen Sie mir, dass man Ihren Vater verdächtigt! Warum? Gloria hielt ihn für einen liebenswürdigen und anständigen Mann.«

»Das ist er auch«, sagte Katy. »Irgendjemand hat sich einige Mühe gemacht, um ihn zu belasten. Die Polizei hat in seinem Schuppen Paraffin gefunden.«

»Ich nehme an, die Hälfte aller Männer in England hat Paraffin im Schuppen!«

»Nun, Dad hatte keins; wir haben keine Heizgeräte, für die man Paraffin benötigt. Zum letzten Mal hat er den Kanister für Benzin benutzt, und natürlich sind überall seine Fingerabdrücke drauf. Dann wurde auch noch ein Stück Vorhangstoff gefunden, der mit den Stofffetzen identisch ist, die in dem abgebrannten Haus entdeckt wurden. Ich denke, bei dem Täter muss es sich um den Ehemann einer jener Frauen handeln, denen Sie und Gloria geholfen haben.«

»Oh mein Gott!« Edna legte entsetzt eine Hand an ihren Hals. »Ich hatte immer Angst, dass uns einer von ihnen gefährlich werden könnte. Das habe ich auch Gloria gesagt, aber sie meinte, Despoten wären feige. Sie würden ihre Frauen misshandeln, vor allen anderen Leuten aber kneifen.«

»Wie es aussieht, hat sie sich geirrt«, sagte Katy. »Werden Sie zur Polizei gehen und eine Aussage machen?«

»Du meine Güte, nein, das bringe ich nicht über mich«, stieß Edna hervor. »Ich könnte nachts vor Angst kein Auge mehr zutun.«

Katy setzte sich neben die ältere Frau auf die Couch und nahm ihre Hand. »Edna, nach allem, was ich von Gloria weiß, würde sie von Ihnen erwarten, dass Sie der Polizei helfen, indem Sie alles sagen, was Sie wissen. Man wird Sie beschützen.«

»Ich kann nicht, Katy, ich kann nicht. Ich war ebenfalls mit einem gewalttätigen Mann verheiratet. Wenn er wüsste, wo ich bin, würde er sofort kommen und mich töten.«

Plötzlich konnte Katy viel besser verstehen, was Gloria, Edna und all die anderen Frauen durchgemacht hatten – ständig mit der Furcht im Nacken zu leben, ihr Mann könnte ihnen auf den Fersen sein, musste schrecklich sein. Und Ednas Angst war ja nicht unbegründet. Jede Art von Öffentlichkeit könnte ihren Mann auf sie aufmerksam machen.

»Ich sage ja nicht, dass Sie vor Gericht aussagen müssen. Erklären Sie der Polizei einfach, was Gloria und Sie gemacht haben. Wenn die Beamten wissen, dass Sie Angst vor Ihrem Mann haben, wird man auf Sie aufpassen.«

»Schön wär's«, sagte Edna aufgebracht. »Wir und die anderen betroffenen Frauen sind alle mit Verletzungen und gebrochenen Knochen im Krankenhaus gewesen, und dort hat man die Polizei verständigt. Alles, was die Beamten machen, ist, die Männer aufs Revier zitieren, ihnen die Leviten lesen und sie dann wegschicken, meistens direkt nach Hause, wo sie ihre Frauen erneut verprügeln können. Ich gehe jede Wette ein, dass auch die meisten Polizisten ihre Ehefrauen schlagen. Sie vertreten die Ansicht, dass ein Mann das Recht hat, seine Frau zu bestrafen, wenn sie nicht nach seiner Pfeife tanzt.«

»Bitte, Edna! Ich komme mit Ihnen«, flehte Katy sie an. »Wenn Sie nicht zur Polizei gehen wollen, reden Sie mit Dads Anwalt. Ich bin überzeugt, Gloria würde das auch wollen.«

»Sie verstehen das nicht, Katy.« Edna rang die Hände. »Gloria und mir ist es nur gelungen, Frauen nach einem Leben in Angst und Schrecken zu einem Neubeginn zu verhelfen, weil wir alles, was wir taten, streng geheim gehalten haben. Einige dieser Frauen waren nicht etwa geschundene Kreaturen aus ärmlichen Verhältnissen, sondern entstammten der gehobenen Mittelschicht und waren mit intelligenten, einflussreichen Männern verheiratet. Die Art Männer, die ihre Finger überall im Spiel hatten. Was Sie verlangen, könnte die Sicherheit von Dutzenden Frauen und ihren Kindern gefährden.«

Auf einmal wurde Katy eindringlich bewusst, dass Edna und Gloria etwas ganz Besonderes waren, genauso wie das, was sie leisteten. Sie waren mutig und selbstlos, und statt sich damit zufriedenzugeben, selbst mit einem blauen Auge davongekommen zu sein, hatten sie sich weit aus dem Fenster gelehnt, um anderen in der gleichen Notlage zu helfen. Der Tod von Gloria und ihrer Tochter war der Beweis, wie gefährlich so etwas sein konnte. Wie konnte sie jetzt von Edna erwarten, ihr Leben aufs Spiel zu setzen?

KAPITEL 5

Später am Tag, kurz bevor sich Katy auf den Heimweg machen wollte, rief Mr Bonham sie im Büro an.

»Tut mir aufrichtig leid«, sagte er und bestätigte damit ihre Befürchtungen. »Leider wollte sich der Richter nicht auf eine Kaution einlassen, weil es um ein Kapitalverbrechen geht. Ihr Vater hat mich gebeten, Sie anzurufen. Er sagt, Sie sollen nicht den Mut verlieren. Er ist überzeugt, dass die Wahrheit schließlich doch noch ans Licht kommt.«

Tränen quollen aus Katys Augen. »Aber das ist schrecklich ungerecht!«, brachte sie mühsam heraus. »Dad ist der anständigste Mensch der Welt. Er wäre nie geflohen.«

»Ich denke, dessen war sich der Richter bewusst, aber er muss darauf achten, dass dem Gesetz Genüge getan wird. Ihr Vater kommt heute Abend ins Gefängnis von Lewes, könnte aber später nach Brixton in London verlegt werden, weil dort die meisten Angeklagten, denen Schwerverbrechen zur Last gelegt werden, ihre Untersuchungshaft absitzen. Wenigstens ist es dort für Sie leichter, ihn zu besuchen, wenn Sie nach London ziehen.«

»Aber wie wird er das verkraften?«, schluchzte Katy.

»Diese Frage hat er für Sie beantwortet. ›Erinnern Sie meine Tochter daran, dass ich bei der Armee war‹, hat er gesagt. ›Es wird dort nicht viel anders sein.‹ Außerdem hat er gesagt, Sie sollen den Job in London annehmen und Ihr Leben genießen.«

»Er glaubt doch nicht etwa, ich würde ihn vergessen?«, stieß Katy entsetzt hervor.

»Nein, nein, das hat er nicht gemeint. Ich denke, er wollte

damit sagen, dass Sie und Ihre Freundin sich eine schöne Zeit machen und zur Abwechslung einmal jung und unbeschwert sein sollen. Er ist froh, dass Sie endlich von daheim wegkommen.«

Katy riss sich zusammen und erzählte ihm von ihrem Treffen mit Edna und allem, was sie dabei erfahren hatte.

»Es überrascht mich nicht, dass sie so reagiert; es gibt praktisch keinerlei Schutz für Frauen mit gewalttätigen Ehemännern«, sagte Bonham. »Ich könnte Mrs Coltrain als Zeugin vorladen lassen, aber es wäre mir lieber, sie würde ihre Aussage aus freien Stücken machen.«

»Ich habe ihr meine Adresse und Telefonnummer – und auch Ihre – gegeben, für den Fall, dass sie ihre Meinung ändert«, sagte Katy. »Vielleicht schämt sie sich, wenn sie Freitag an die Beerdigung denkt, weil sie nicht den Mut hat, hinzugehen, und entschließt sich doch noch, uns zu helfen.«

»Mag sein«, sagte er. »Andererseits kann ich voll und ganz verstehen, warum sie sich fürchtet. Dass ihre Freundin durch einen Brandanschlag ums Leben gekommen ist, ist bei Gott Grund genug für eine große Portion Angst. Männer für die Misshandlung von Ehefrauen zu bestrafen ist die einzige Möglichkeit, unsere Gesellschaft zu ändern und ein Zeichen zu setzen, dass so etwas nicht toleriert werden darf.«

Rob rief Dienstagabend von einer Telefonzelle aus an. Zum Glück war Katy am Apparat; Hilda hätte sie vielleicht nicht mit ihrem Bruder sprechen lassen.

»Ich wünschte, ich hätte wie üblich am Sonntag angerufen«, war das Erste, was er mit bebender Stimme sagte. »Ich habe deinen Brief heute Morgen bekommen und kann einfach nicht glauben, dass Dad verhaftet worden ist. Warum hat Mum mir nicht ein Telegramm geschickt?«

»Sie schaltet mal wieder auf stur«, erwiderte Katy zurückhaltend, weil sie überzeugt war, dass ihre Mutter heimlich lauschte. »Ich bin so froh, dass du endlich anrufst. Von der Verhaftung habe ich auch erst erfahren, als ich aus London zurückkam. Wie ich dir in meinem Brief geschrieben habe, wollte Dad nicht, dass ich bei der Kautionsanhörung dabei bin. Leider wird man ihn nicht auf Kaution freilassen, deshalb sitzt er momentan in Lewes in Untersuchungshaft.«

»Was für ein Albtraum«, sagte Rob, und Katy war sich ziemlich sicher, dass er weinte. »Was können wir bloß tun, Schwesterchen?«

Katy erzählte ihm, dass sie Glorias Freundin Edna kennengelernt hatte und hoffte, die Frau würde zugunsten ihres Vaters aussagen. Außerdem erwähnte sie, wie nett ihr Chef gewesen war. »Aber es wird bereits über Dad geredet«, fuhr sie fort. »Ich habe zwei unserer Nachbarinnen auf der Straße reden sehen, und als ich vorbeiging, sind sie verstummt. Die haben sich eindeutig das Maul zerrissen.«

»Wie können die Leute nur so sein?«, fragte Rob. »Dad hat im Lauf der Jahre so vielen Nachbarn geholfen. Ist ihr Gedächtnis so schlecht, dass sie schon vergessen haben, wie freundlich und großzügig er ist?«

»Ist das Rob?«, blaffte Hilda auf einmal direkt hinter Katys Rücken. »Gib ihn mir, ich will mit ihm sprechen.«

Katy hielt ihr den Hörer hin. Es gab ohnehin nichts mehr zu sagen. Sie hatte Rob alles erzählt, was sie wusste, und vielleicht konnte er ihre Mutter überreden, Dad zu besuchen.

Sie ging nach oben. Wenn Rob nur hier wäre, dachte sie. Ihr Gefühl sagte ihr, dass der Vorfall mit den tratschenden Nachbarinnen nicht der einzige bleiben würde. In Bexhill passierte so wenig, dass sich die Einwohner der Stadt gierig auf eine derart saftige Geschichte stürzen würden. Katy war sich ziemlich sicher, dass am Ende der Woche jeder, der ihren Vater kannte, überzeugt sein würde, er hätte eine heiße Affäre mit Gloria

Reynolds gehabt. Vielleicht verdächtigten sie Gloria sogar, ihn erpresst zu haben, ganz wie es dieser blöde Polizist angedeutet hatte.

*

Donnerstagabend, als Katy gerade überlegte, ob sie nicht lieber früh zu Bett gehen sollte, weil sie Jilly versprochen hatte, morgen, an Jillys letztem Tag in Bexhill, abends mit ihr auszugehen, klingelte das Telefon.

Ihre Mutter knurrte, es wäre sicher nicht für sie, also lief Katy in die Diele und hob ab.

Es war Edna, und sie klang, als hätte sie geweint. »Ich musste die ganze Woche an Gloria und an Ihren Vater denken«, sagte sie. »Ich möchte morgen auf Glorias Beerdigung gehen, aber in den Zeitungen ist viel über ihren Tod geschrieben worden, und ich habe große Angst, der Täter könnte auch dort erscheinen.«

Allein die Tatsache, dass sie anrief, machte Katy Mut. Vielleicht würde Edna ihrem Vater ja doch helfen!

»Die Polizei wird da sein und nach Verdächtigen Ausschau halten«, erwiderte Katy. »Sie werden also ganz bestimmt in Sicherheit sein.«

»Das mag schon sein, Katy, aber ich glaube, Ihnen ist nicht ganz klar, was Gloria und ich jahrelang durchgemacht haben und warum ich so verängstigt bin.« Ednas Stimme bebte vor Aufregung.

»Ich würde gern mehr darüber hören«, sagte Katy sanft.

»Gloria war für mich viel mehr als eine Bekannte oder Freundin. Sie war eher die Schwester, die ich nie hatte. Wir haben beide dieselbe Hölle durchlebt«, begann Edna. »Wir haben uns in einer Unfallklinik in London kennengelernt, müssen Sie wissen. Das war neunzehnhundertfünfzig. Wir haben beide die Art Leben geführt, um die einen andere Menschen beneiden, und die Annehmlichkeiten und den Wohlstand der gehobenen Mittelschicht genossen, aber in jener Nacht waren wir beide schwer verletzt: verprügelt von unseren gebildeten, kultivierten Ehemännern. Ich hatte einen gebrochenen Arm und mehrere gequetschte Rippen und hätte wegen eines Fausthiebs ins Auge um ein Haar meine Sehkraft verloren. Gloria hatte am ganzen Körper brutale Tritte abbekommen und war in einem so schlechten Zustand, dass sie kaum stehen, geschweige denn gehen konnte. Zufällig waren unsere Kinder zu dem Zeitpunkt, als es die Schläge setzte, nicht daheim gewesen. Meine beiden übernachteten bei einem Freund, Glorias Kinder waren bei ihren Eltern. Ich bezweifle, ob wir ärztliche Hilfe in Anspruch genommen hätten, wenn sie nicht weg gewesen wären. Wahrscheinlich hätten wir dasselbe gemacht wie immer – unsere Wunden versorgt und das Beste gehofft oder bis zum nächsten Morgen gewartet, um zum Arzt zu gehen, sobald die Kinder in der Schule waren.«

Katy konnte kaum glauben, was sie hörte. Sie kannte Edna nicht gut genug, um sie einschätzen zu können, aber der Gedanke, dass die strahlende, freundliche Gloria von ihrem Mann verprügelt worden war, traf sie wie ein Schock. »Oh, Edna«, hauchte sie, »wie schrecklich! Fahren Sie bitte fort!«

»Ich will Sie nicht aufhalten, bestimmt haben Sie Besseres zu tun, als mir ewig zuzuhören, aber ich möchte, dass Sie verstehen, wie all das entstanden ist. Gloria und ich lebten ungefähr vier Meilen voneinander entfernt, ich in Hampstead Garden Suburb, sie in Primrose Hill. An jenem Abend hatten wir beide beschlossen, in ein Krankenhaus zu fahren, das weit genug entfernt lag, um dort nicht zufällig jemanden zu treffen, den wir kannten. So schlimm war es!«

»Aber warum hätten Sie sich schämen sollen, wenn Sie doch die Opfer waren?«

»So sehen es die Leute im Allgemeinen nicht«, sagte Edna

gepresst. »Sie denken, die verprügelte Frau muss ihren Mann verärgert oder etwas wirklich Schlimmes getan haben, wenn er so etwas macht. Niemand begreift, dass ein solcher Vorfall durch einen ganz geringfügigen Anlass provoziert werden kann; wenn zum Beispiel das Essen fünf Minuten zu spät auf den Tisch kommt oder ein Hemd nicht gebügelt worden ist.«

»Sie müssen in ständiger Furcht gelebt haben!«

»Ja, das haben wir beide. Ständig waren wir bemüht, etwaige Wogen zu glätten, um unsere Männer nicht in Rage zu bringen. Um ehrlich zu sein, ich habe mich oft nach dem Tod gesehnt. Vorzugsweise nach dem meines Mannes, aber manchmal waren die Prügel so schlimm, dass ich dachte, ich würde daran sterben. Doch der menschliche Körper verkraftet erstaunlich viel. Gloria an jenem Abend zu treffen und zu erkennen, dass ihre Verletzungen dieselbe Ursache hatten wie meine, dass sie ungefähr in meinem Alter war und den gleichen gesellschaftlichen Hintergrund hatte, war irgendwie tröstlich: zu wissen, dass ich nicht das einzige Wesen war, das zu schwach war, um sich zur Wehr zu setzen. Später erzählte Gloria mir, dass es ihr genauso gegangen war. Während der Wartezeit unterhielten wir uns, entblößten im Grunde genommen unsere Seelen. Es war das erste Mal, dass ich einem anderen Menschen gestand, dass mein Mann, immerhin Leiter einer Bankfiliale, ein brutaler Schläger war. Glorias Mann war Zahnarzt. Zwei Männer, die gute Schulen besucht hatten, alle Vorteile einer guten Erziehung und Ausbildung genossen hatten. In ihrem Fall konnte nicht einmal die Entschuldigung, sie hätten im Krieg schreckliche Dinge erlebt, geltend gemacht werden. Beide Männer hatten Schreibtischposten bekommen. Wie auch immer, ich denke, als wir da inmitten von Betrunkenen, die sich im Rausch geprügelt hatten, in unseren teuren Kleidern, aber mit zerschundenen Gesichtern dasaßen und schlimme Schmerzen litten, wurde uns klar, dass wir den absoluten Tiefpunkt erreicht hatten. Irgendwann nahm

Gloria meine Hand und sagte: ›Edna, dass wir uns heute Nacht begegnet sind, ist Schicksal. Ich glaube, es bedeutet, dass wir uns und unsere Kinder in Sicherheit bringen müssen.‹«

Edna schwieg einen Moment, und Katy spürte, dass sie fest entschlossen war, ihr begreiflich zu machen, was Gloria und sie einander bedeutet hatten, aber gleichzeitig mühsam darum rang, nicht zusammenzubrechen. Katy wollte es hören, nicht nur weil es ihrem Vater helfen könnte, dieser Frau näher zu kommen, nein, sie wollte auch wissen, was genau jemanden dazu gebracht haben konnte, Gloria und ihre Tochter zu töten.

»Diese Nacht war der Wendepunkt.« Ednas Stimme klang wieder kräftiger. »Gemeinsam wurden wir nicht nur stärker und mutiger, wir redeten im Krankenhaus auch mit einer Fürsorgerin, die uns eine Adresse gab, wo man uns ihrer Meinung nach helfen könnte.«

Katy war fassungslos über alles, was sie gerade gehört hatte. Wenn sie Edna unter anderen Umständen, an einem anderen Ort, zu einer anderen Zeit begegnet wäre, hätte sie sie für eine gutbürgerliche Frau gehalten, die in ihrem ganzen Leben keinen Moment der Sorge oder des Leids gekannt hatte. Der äußere Schein konnte sehr trügerisch sein.

»Und dann haben Sie dasselbe gemacht wie die Frau, die Ihnen und Gloria geholfen hat?«

»Ja, aber das war Jahre später. Zunächst mussten wir uns auf unsere eigenen Probleme konzentrieren. Ein paar Tage nach unserer Begegnung im Krankenhaus gingen Gloria und ich gemeinsam zu einer Miss Dunkin in King's Cross. Sie war alt, mindestens fünfundsechzig, und schon recht gebrechlich, aber sie war eine echte Heldin. In aller Stille hatte sie geschlagenen Frauen schon seit Jahren geholfen und ihr eigenes Geld verwendet, um sie bei einem Neuanfang zu unterstützen. Sie erzählte uns, dass viele der Frauen keinen Penny hatten; oft waren sie mit ihren Kindern nur mit dem weggelaufen, was sie am

Leib trugen. Zum Glück hatten Gloria und ich einen Notgroschen. Wir waren vorausschauend genug gewesen, ein bisschen zur Seite zu legen, bevor wir heirateten, und wir hatten kleine Summen vom Wirtschaftsgeld abgezweigt, sogar aus den Hosentaschen unserer Männer gestohlen, wenn sie betrunken waren, und alles auf Postsparbücher eingezahlt.« Sie hielt inne und stieß ein bitteres Lachen aus. »Als wir einander gestanden, was wir getan hatten, mussten wir lachen, weil wir deswegen immer ein schlechtes Gewissen hatten. Aber verglichen mit dem, was unsere Ehemänner uns angetan hatten, war es gar nichts!«

»Und diese Miss Dunkin, was hat sie für Sie getan?«

»Sie nannte uns ein Haus in Hastings, wo wir zwei Wochen unterkommen konnten. Sie warnte uns, dass es ein bisschen primitiv wäre. Aber sie meinte, wenn wir zusammen mit unseren Kindern dort hingingen, hätten wir Zeit zum Überlegen, wie es weitergehen sollte. Sie hatte recht, es war primitiv. Und wie! Ein Außenklo und kein Bad, aber die Sonne schien die zwei Wochen lang jeden Tag, und für uns war es der Himmel. Die Kinder waren begeistert, sie konnten zusammen am Strand spielen und hatten viel Spaß. Für Gloria und mich war es geradezu berauschend – endlich frei! Keine nervöse Anspannung mehr, wenn unsere Männer zur Tür hereinkamen, keine Angst vor einem Streit, der unweigerlich mit Schlägen enden würde.«

»Haben Sie irgendjemandem gesagt, wo Sie hinwollten?«

»Wir gaben unseren Eltern Bescheid, dass wir an einem sicheren Ort wären, sagten aber nicht, wo, damit sie es nicht aus Versehen ausplauderten, wenn unsere Männer sich bei ihnen meldeten, was sie mit Sicherheit tun würden. Die Kinder durften keinen Kontakt zu ihren Freunden aufnehmen, aber das schien ihnen nichts auszumachen. Keines von ihnen fragte je nach seinem Vater.«

»Und als die zwei Wochen um waren?«, wollte Katy wissen.

»Da hatten wir schon entschieden, nicht nach London zurückzugehen. Wir fanden in der Nähe ein Haus zur Miete – eines mit Badezimmer! – und meldeten unsere Kinder für September in der örtlichen Schule an. Ich fand einen Job in einem Hotel, Gloria in einem Laden in Hastings. Wir teilten alles miteinander: das Haus, Essen und Trinken, das bisschen Geld, das wir hatten. So lebten wir vier Jahre, und waren alle glücklich und zufrieden.«

»Aber wie sind Sie nach Bexhill gekommen und haben es geschafft, sich jede ein schönes Haus leisten zu können?«, fragte Katy. Da ihrer Meinung nach die einzige Möglichkeit, zu einem hübschen Haus zu kommen, darin bestand, zu heiraten, dachte sie, beide Frauen hätten jemanden kennengelernt.

»Gloria hatte Glück. Ihr Mann starb ganz unerwartet an einem Herzinfarkt. Sie fand, dass sie sich darüber eigentlich nicht freuen sollte, aber ich sagte ihr: ›Du darfst dich guten Gewissens freuen, nach allem, was er dir angetan hat, hat er den Tod verdient!‹ Wie auch immer, sie erbte das Haus und alles andere. Damit hatte sie das Kapital, um das Haus in der Collington Avenue zu kaufen und später ein eigenes Geschäft zu eröffnen. Was mich betrifft, ich habe das kleine Haus, in dem ich wohne, gemietet, und arbeite jetzt als Fürsorgerin im Krankenhaus.«

»Wie sinnig, wo es doch eine Fürsorgerin war, die Ihnen geholfen hat!«

»Ein Zufall war das nicht. Mir war bekannt, dass Fürsorger mit vielen sozialen Problemen zu tun haben, und ich hatte das Gefühl, wie geschaffen für diese Arbeit zu sein. Vor meiner Heirat war ich Krankenschwester. Ich belegte ein paar Kurse, um die nötigen Qualifikationen zu bekommen. Im Vergleich zu anderen Frauen hatten Gloria und ich großes Glück; wir waren in der Lage, ganz neu anzufangen. Nicht alle Familien geben einem so viel Rückhalt, wie es unsere getan haben; viele Leute sind nach wie vor der Meinung, es sei das Recht eines Mannes, seine Frau zu züchtigen, und sie müsse es in Demut ertragen.«

»Hatten Sie von vornherein vor, misshandelte Frauen zu betreuen?«

»Ganz und gar nicht, zumindest war es mir nicht bewusst. Aber vor einigen Jahren wurde ich im Krankenhaus in die Notaufnahme gebeten, um mit einer Frau zu sprechen, die übel zusammengeschlagen worden war. Man brauchte mich, um jemanden zu finden, der sich um ihre Kinder kümmern konnte. Sie hielt ein sechs Wochen altes Baby im Arm, ein Kleinkind klammerte sich an ihren Mantel, und ihr Gesicht war so zugerichtet, dass man die Züge nicht mehr erkennen konnte. Im Grunde brauchte sie einen längeren Aufenthalt im Krankenhaus, aber das hätte bedeutet, dass ihre Kinder in Pflege gegeben worden wären. Ich hatte erlebt, wie sich andere Frauen in ähnlicher Verfassung notdürftig zusammenflicken ließen, genau wie ich es früher getan hatte, weil sie den Gedanken nicht ertrugen, man könnte ihnen ihre Kinder nehmen. Und auf einmal wusste ich, was ich zu tun hatte: Ich musste dieser Frau helfen, so wie man mir geholfen hatte. Also nahm ich sie und ihre Kinder mit zu mir nach Hause. Dann telefonierte ich mit Gloria, und wir beschlossen, genau das zu machen – misshandelten Frauen zu helfen. Irgendjemand musste es tun!«

Plötzlich ging Katy durch den Kopf, dass es aufgrund der Tatsache, dass Glorias Mann tot war, einen Verdächtigen weniger gab. Edna war zwar bereit, über sich selbst und Gloria zu reden, aber würde Katy sie dazu bringen können, Albert zu helfen?

»Das war sehr edel von Ihnen, Edna«, sagte sie.

»Ach was, gar nicht, wir mussten es einfach tun. Oft blieben die Frauen nur ein, zwei Tage und gingen dann wieder heim. Es machte mich rasend, wenn sie sagten: ›Aber ich liebe ihn‹, als wäre das ein Grund, sich von jemandem terrorisieren und schlagen zu lassen. Aber hin und wieder kamen Frauen, die bereit waren, alles hinter sich zu lassen; sie brauchten nur Ermutigung und praktische Ratschläge, zum Beispiel, wie sie staatliche Fürsorge beziehen oder wo sie wohnen konnten, bis sie Arbeit gefunden hatten.«

Sie machte eine Pause, und Katy konnte hören, wie schwer ihr Atem ging.

»Wissen Sie, Katy«, fuhr sie schließlich fort, »wenn Männer, die ihre Frauen verprügeln, erst einmal allein sind, ohne einen Sandsack, auf den sie eindreschen können, gerät für sie alles aus den Fugen. Sie setzen Himmel und Erde in Bewegung, um ihre Frauen wiederzufinden. Aus Liebe, behaupten sie. Sie glauben das sogar selbst und können deshalb andere überzeugen, und genau darin besteht die Gefahr. Weder Gloria noch ich haben je versucht, die Scheidung einzureichen, weil das bedeutet hätte, dass unsere Ehemänner erfahren hätten, wo wir leben. Es ist jetzt fünfzehn Jahre her, und bei der Vorstellung, Graham könnte vor meiner Tür stehen, schlottern mir immer noch die Knie. Er ist darum herumgekommen, Unterhaltszahlungen für mich und die Kinder zu leisten, und konnte das Haus behalten. Viele Leute würden sagen, er ist bei der Sache gut weggekommen. Aber er wird es nie so sehen, das weiß ich. Mittlerweile wird er selbst überzeugt sein, wie sehr er darunter leidet, dass ich ihm seine beiden Kinder genommen habe, ohne zu bedenken, dass er auch sie oft geschlagen hat und sie ihn nie wiedersehen wollen. Er wird seine Geschichte neu geschrieben und sich eingeredet haben, dass er der Leidtragende ist. Und ich möchte wetten, er versucht immer noch, mich zu finden.«

Das war das Traurigste, was sie je gehört hatte, fand Katy: eine erwachsene Frau in Angst und Schrecken vor einem Mann, der einmal geschworen hatte, sie zu lieben und zu ehren, dem Vater ihrer Kinder.

»Ich weiß, was Sie meinen, Edna, und ich verstehe völlig, warum Sie solche Angst haben. Aber Sie müssen morgen zu Glorias Beerdigung gehen. Stellen Sie sich vor, wie unglücklich

Gloria wäre, wenn Sie nach allem, was Sie zusammen durchgemacht haben, nicht kämen! Mischen Sie sich einfach unter ihre Kunden und Bekannten. Sie sind dort nicht in Gefahr.«

Einen Moment herrschte Schweigen, dann sprach Edna wieder. »Wissen Sie, Katy, Sie klingen fast wie Gloria. Sie konnte mich immer umstimmen. Damals an jenem ersten Abend im Krankenhaus wäre ich zu Graham zurückgegangen, wenn sie nicht gewesen wäre. Sie stärkte mir den Rücken, bis wir den Plan schmiedeten, nach Hastings zu gehen. Sie sorgte dafür, dass ich nicht schwach wurde.«

»Dann halten Sie an diesem Gedanken fest. Und flüstern Sie ihr morgen bitte zu, dass ich auch gern gekommen wäre, aber ich fürchte, ihre Kinder wollen mich vielleicht nicht dort sehen.«

Edna seufzte. Es klang sehr resigniert, fand Katy. »Na gut, ich gehe«, stimmte sie zu. »Danke, meine Liebe, dass Sie mir so geduldig zugehört haben. Kommen Sie noch auf einen Sprung zu mir, bevor Sie nach London gehen?«

»Liebend gern«, antwortete Katy mit dem Hintergedanken, das wäre eine gute Gelegenheit, Edna zuzureden, ihrem Vater zu helfen. »Bleiben Sie morgen stark!«

»Wer war das?«, rief Hilda, als Katy den Hörer auflegte.

»Nur jemand von der Arbeit«, rief Katy zurück. Sie fühlte sich seelisch ausgelaugt und hatte nicht die geringste Lust, ihrer Mutter Ednas Geschichte anzuvertrauen. Hilda würde nie begreifen, was eine Frau dazu bringen konnte, ihr Leben aufs Spiel zu setzen, um anderen zu helfen.

Sie ging zu Bett, und als sie in ihrem gemütlichen, warmen Zimmer lag, musste sie unwillkürlich an all die Frauen denken, die in der Falle saßen, gefangen zwischen dem Wunsch, ihren Kindern ein Leben in soliden Verhältnissen zu bieten, und der Notwendigkeit, über die Misshandlungen zu schweigen, die sie erdulden mussten.

»Ich möchte irgendetwas tun, um zu helfen«, murmelte sie, bevor sie das Licht ausknipste. »Aber zuerst muss ich herausfinden, wer Gloria getötet hat!«

Michael Bonham mischte sich unauffällig unter die Trauergäste, die sich zu Gloria Reynolds' Beerdigung eingefunden hatten.

Wieder einmal war der Tag kalt und grau, und viele der Frauen trugen Pelzmäntel; Michael fielen mindestens drei Nerze auf. In Anbetracht all dessen, was er über Gloria wusste, war es keine große Überraschung, dass kaum männliche Besucher zugegen waren. Acht Männer, höchstwahrscheinlich schon im Ruhestand, waren ganz offensichtlich nur auf ausdrücklichen Wunsch ihrer Ehefrauen gekommen. Außerdem zählte er ungefähr zehn Geschäftsleute – vielleicht Lieferanten für Gloria Reynolds' Ware, da sie einander zu kennen schienen – und zwei weitere Männer, bei denen es sich seiner Vermutung nach um Polizeibeamte in Zivil handelte, die ein Auge auf das Geschehen haben wollten. Aber die Mehrzahl der Trauergäste waren Frauen.

Einige ältere Paare trafen ein, Nachbarn, vermutete Michael an der Art und Weise, wie sie einander begrüßten. Dann fuhren die beiden Leichenwagen vor, gefolgt von einem weiteren Pkw.

Bonham beobachtete, wie die Bestatter die beiden blumengeschmückten Särge heraushoben und auf Rollwagen legten. Erst in diesem Moment wurde ihm das ganze Ausmaß der Tragödie bewusst.

Die junge Frau mit den verweinten Augen, die sich an den Arm ihres genauso jungen Manns klammerte, war unverkennbar Gloria Reynolds' verbliebene Tochter. Er wusste, dass sie Janice Plowright hieß und zwei kleine Kinder hatte, die heute allerdings nicht dabei waren. Als er sich umschaute, sah er noch einen jungen Mann kommen, völlig außer Atem, als wäre er das letzte Stück gerannt. Er war schlank, hatte wirres kastanienbraunes Haar, das eine Spur zu lang war, und trug einen dunklen Anzug, der zu groß für ihn schien. Bonham nahm an, dass es Paul Reynolds war, der Sohn, der in Manchester studierte, weil er sofort zu Janice eilte und ihr Gesicht sich ein wenig aufhellte, als sie ihn sah. Der Anzug war vermutlich geliehen, dachte Bonham. Kein junger Mann Anfang zwanzig rechnete mit dem Tod seiner Mutter und hatte für den Anlass passende Kleidung parat.

Der Trauergottesdienst war kurz. Ganz offenkundig hatte der Pfarrer weder Gloria Reynolds noch ihre Tochter Elsie gekannt und nur spärliche Informationen über ihren Charakter oder ihre Persönlichkeit erhalten. Glorias Sohn wollte ein paar Worte sagen, brach aber, kurz nachdem er begonnen hatte, zusammen und setzte sich wieder zu seiner Schwester auf die Kirchenbank.

Der Choral, der angestimmt wurde, war »Liebe, komm herab zur Erde« – nach allem, was er von Gloria Reynolds wusste, eine gute Wahl, fand Bonham. Sie hatte anderen Frauen geholfen, nicht für Geld, sondern aus reiner, selbstloser Güte. Kein Wunder, dass Albert sie häufig besucht hatte. Das hätte er selbst wohl auch getan, wenn er sie gekannt hätte.

Albert hatte kaum über seine Frau gesprochen, aber Bonham konnte sich nicht erinnern, je erlebt zu haben, dass die Frau eines Mandanten weder versuchte, ihn während der Haft zu besuchen oder wenigstens anzurufen oder in irgendeiner Weise zu helfen, die Unschuld ihres Mannes zu beweisen. Das allein sprach seiner Meinung nach Bände, was Hilda Speeds Charakter anging.

Bonham war mittlerweile vollkommen überzeugt, dass Albert unschuldig war. Jetzt ging es nur noch darum, seine Unschuld auch irgendwie zu beweisen.

Draußen war es so kalt, dass viele Trauergäste nach der Beisetzung sofort aufbrachen. Bonham beobachtete, wie die meisten von ihnen zu Glorias Tochter Janice und ihrem Sohn Paul gingen, um ihnen zu kondolieren. Als sich die Menge lichtete, trat er zu Paul.

»Darf ich Ihnen mein Beileid aussprechen?«, sagte er und schüttelte dem jungen Mann die Hand. »Frank Chivers. Leider kannte ich Ihre Mutter nicht persönlich, aber meine verstorbene Frau mochte sie sehr, und ich weiß, wie schockiert und traurig sie über Glorias Tod wäre.«

Er wusste, dass er nicht mit offenen Karten spielte, indem er falsche Angaben zu seiner Person machte, aber wenn er Albert Speed retten wollte, musste er ein bisschen näher an die Familie Reynolds herankommen.

»Sehr nett von Ihnen, zu kommen«, sagte Paul, in dessen grünbraunen Augen ungeweinte Tränen glänzten. »Meine Schwester hat eine kleine Feier im *Black Swan* arrangiert. Ich hoffe, Sie schließen sich an.«

Die Manieren des Jungen waren untadelig, und Bonham schämte sich wegen seines Täuschungsmanövers. »Danke, sehr gern«, sagte er.

Ungefähr zwanzig Personen fanden sich im Nebenzimmer des *Black Swan* ein. Im Kamin brannte ein Feuer und verbreitete behagliche Wärme. Nur wenige Leute setzten sich hin, die meisten standen in kleinen Gruppen und nahmen von der Kellnerin, die in dem Raum servierte, Sherry entgegen. Die Unterhaltung war sehr gedämpft.

»Mein Bruder hat mir erzählt, dass Ihre Frau unsere Mutter gekannt hat.«

Bonham fuhr herum und sah, dass Janice neben ihm stand. Er hatte sie nicht kommen gehört.

»Ja, das stimmt. Ich wünschte, ich hätte Gloria auch kennengelernt. Nach allem, was ich höre, muss sie ein wunderbarer Mensch gewesen sein.«

»Sie war gütig und großzügig und immer bereit, anderen zu helfen«, sagte Janice. »Ich weiß nicht, wie Paul und ich mit dem Verlust unserer Mutter und unserer Schwester zurechtkommen sollen. Es ist, als hätten wir den Boden unter den Füßen verloren.«

»Wie war Ihnen zumute, als Sie erfuhren, dass die Polizei ihren Nachbarn Albert Speed festgenommen hat?«

Bonham erwartete, dass Janice Gift und Galle spucken würde, aber zu seiner Überraschung schüttelte sie den Kopf.

»Das ist absurd. Albert hätte das Feuer genauso wenig legen können wie ich selbst. Er und meine Mutter haben sich blendend verstanden. Ich weiß, dass Mum ihn wirklich gernhatte, und ich hatte den Eindruck, dass er genauso empfand.«

»Man kann sich nie ganz sicher sein, ob zwei Menschen dasselbe empfinden«, sagte Bonham vorsichtig.

»Ich habe die beiden bei mindestens zehn Gelegenheiten zusammen erlebt, und glauben Sie mir, sie waren richtig gute Freunde. Meine Mutter konnte ihm alles erzählen, und sie hat ihn zum Lachen gebracht, was bei ihm daheim, glaube ich, nicht so oft vorkam. Meiner Meinung nach hat die Polizei einen Riesenfehler gemacht.«

Bonham schluckte. Nach dieser Aussage musste er damit herausrücken, wer er tatsächlich war, das stand fest.

»Ich bin derselben Ansicht«, sagte er. »Aber in Anbetracht dessen, was Sie gerade gesagt haben, muss ich gestehen, wer ich wirklich bin.« Er setzte sie mit einigen wenigen wohlgewählten Worten ins Bild. Als er sah, wie schockiert sie wirkte, schämte er sich erneut, seine wahre Identität verheimlicht zu haben. »Sie haben recht, Janice, Albert Speed ist ein guter, anständiger Mensch, und er mochte Ihre Mutter sehr. Ich hoffe, Sie verstehen, warum ich heute herkommen und Sie und Ihren Bruder kennenlernen musste und Ihnen nicht sofort mitgeteilt habe, dass ich Albert verteidige.«

»Sie sollten sich schämen. Das war ein schäbiger Trick«, sagte sie scharf. »Aber da Polizeibeamte bei der Beerdigung waren, um die Augen nach Verdächtigen aufzuhalten, zweifelt die Polizei vielleicht selbst daran, ob man den Richtigen erwischt hat.«

»Ich möchte Ihnen außerdem noch sagen, dass Alberts Tochter Katy heute sehr gern gekommen wäre, um Ihrer Mutter die letzte Ehre zu erweisen. Auch sie hatte Ihre Mutter sehr gern«, sagte Bonham. »Aber sie befürchtete, Sie könnten verärgert sein, wenn sie kommt, und das wollte sie nicht riskieren.«

»Ja, Mum hat mir von ihr erzählt. Sie meinte, Katy wäre ein nettes Mädchen und zum Glück nach ihrem Vater geraten, nicht nach ihrer Giftzange von Mutter.«

Bei dem Wort der Giftzange musste Bonham fast lächeln. »Ich muss die Polizei drängen, intensiver nach dem wahren Mörder Ihrer Mutter zu suchen«, sagte er. »Falls Sie oder Ihr Bruder in irgendeiner Weise helfen könnten, wäre ich mehr als dankbar.«

»Sie wissen, womit sich meine Mutter beschäftigt hat?«

»Ja.«

»Also, Paul und ich glauben, dass es einer dieser brutalen Kerle gewesen sein muss.« Sie blickte Bonham trotzig an. »Gut, dass unser Vater schon tot ist, sonst wäre er der Hauptverdächtige.«

»Hat Ihre Mutter je erwähnt, dass irgendwelche verdächtigen Typen um ihr Haus herumlungern?«

»Nein, aber so etwas hätte sie uns bestimmt nicht erzählt. Sie hat immer versucht, uns Kinder zu schützen. Über ihr Leben mit Dad hat sie nie gesprochen, deshalb haben wir ihr immer verschwiegen, an wie viele Dinge wir uns noch erinnern können.«

»Wirkte sie während der Weihnachtsfeiertage, also kurz vor dem Feuer, irgendwie beunruhigt?«

»Nein, kein bisschen. Sie war fröhlich und guter Dinge wie immer und überglücklich, uns drei über Weihnachten alle bei sich im Haus zu haben. Ihr Laden lief super, und sie hatte in der Stadt jede Menge Deko und Geschenke gekauft. Wir haben davon geredet, im August in Devon für uns alle zusammen ein Ferienhaus zu mieten, und sie erwähnte, dass sie im Februar einen Einkaufstrip nach London machen wollte. Diese Pläne hätte sie doch nicht geschmiedet, wenn sie sich wegen irgendetwas Sorgen gemacht hätte!«

»Wären Sie bereit, vor Gericht als Zeugin der Verteidigung aufzutreten, falls es zu einer Verhandlung kommt?«

»Jederzeit«, erwiderte sie, ohne zu zögern. »Elsie und ich wussten beide, dass Albert verheiratet war, aber insgeheim hofften wir, er würde seine Frau verlassen und vielleicht mit Mum glücklich werden.«

»Hatten die beiden denn eine Affäre?«, fragte Michael behutsam. Er wusste, dass eine derartige Frage durchaus als beleidigend empfunden werden konnte.

»Nein. Für so etwas war Albert viel zu integer, und Mum war seelisch viel zu angeschlagen, um sich auf eine Affäre einzulassen, denke ich. Aber sie blühte förmlich auf, wenn er kam. So hatte ich sie nie zuvor erlebt.«

»Danke, Janice«, sagte er. »Sie sind erfreulich direkt. Wenn Sie mir Ihre Adresse geben, werde ich mich in den nächsten Tagen bei Ihnen melden. Inzwischen möchte ich Ihnen mein aufrichtiges Bedauern für Ihren tragischen Verlust aussprechen. Es muss nahezu unmöglich sein, damit zurechtzukommen. Aber ich möchte Ihnen auch sagen, wie sehr ich Sie für Ihre Stärke, Ihren Mut und Ihre Menschlichkeit bewundere. Nur wenige Menschen würden zu einem derartigen Zeitpunkt an die verzweifelte Lage denken, in der sich Albert befindet. Ich werde in den kommenden Monaten oft an Sie, Ihre Kinder und Ihren Bruder denken.«

»Wollen Sie nicht noch mit Mums Freundin Edna sprechen, bevor Sie gehen?«, fragte Janice. In ihren Augen standen Tränen. »Sie ist der einzige Mensch, der den Hintergrund all der Frauen kennt, denen Mum und sie geholfen haben.«

KAPITEL 6

Katy sah sich aufmerksam nach allen Seiten um, bevor sie vor Ednas Haustür stehen blieb. Es war der Abend der Beerdigung, und sie dachte, falls jemand Edna nachspionieren sollte, wäre jetzt der gegebene Zeitpunkt. Aber die Straße war menschenleer; es war viel zu kalt, als dass jemand freiwillig vor die Tür gegangen wäre. Katy klopfte an.

Als Edna aufmachte, war gleich zu sehen, dass sie geweint hatte. Nicht nur waren ihre Augen verdächtig gerötet, ihre ganze Körperhaltung verriet Kummer und Verzweiflung. Sobald die Tür hinter ihr ins Schloss fiel, nahm Katy die ältere Frau in die Arme.

»Es muss für Sie sehr schlimm gewesen sein«, sagte sie tröstend. Edna lehnte sich an sie und fing wieder an, zu weinen. »Aber sicher sind Sie froh, dass Sie dort waren, und Glorias Kinder haben sich bestimmt auch gefreut, Sie zu sehen.«

»Ach, Katy!«, sagte Edna. Dann richtete sie sich auf und tupfte ihre Augen ab. »Ich war richtig stolz auf mich, weil ich den ganzen Tag über Haltung bewahrt habe, aber als ich vorhin mit meiner Tochter Claire telefonierte, war es um meine Fassung geschehen. Es war ihr heute einfach nicht möglich, zu kommen, und mein Sohn ist im Ausland. Gloria war für sie beide wie eine zweite Mutter, so wie ich es für Glorias Kinder war. Claire nimmt sich ihren Tod sehr zu Herzen, und sie wollte mit mir über die Vergangenheit sprechen.«

»Über ihren Vater?«

Edna schüttelte den Kopf. »O nein, wir reden nie über ihn! Sie hat vor allem die herrliche Zeit gemeint, die wir mit Gloria und ihren Kindern erlebt haben. Sie sagt, was sie am meisten belastet, ist, dass sie Gloria nie gesagt hat, was sie für sie empfindet, und jetzt ist es zu spät. Ich weiß genau, was Claire meint; mir geht es genauso. Und die schönen Zeiten sind für immer dahin!«

Sie gingen in Ednas Wohnzimmer im hinteren Bereich des Hauses und setzten sich, Katy auf das Sofa, Edna in einen Sessel.

»Der Anwalt Ihres Vaters war bei der Beerdigung«, sagte Edna. »Ein wirklich sympathischer Mann. Janice hat sich ziemlich lang mit ihm unterhalten. Sie hat mir, kurz bevor ich ging, noch anvertraut, dass sie und Elsie sich gewünscht hatten, Albert würde sich scheiden lassen und ihre Mutter heiraten, Katy. Aber Gloria und Albert hatten keine Affäre, das wissen Sie hoffentlich. Sie waren nur gute Freunde. Janice hat vor, diesbezüglich eine Aussage zu machen. Und sie findet, auch ich sollte helfen, so gut ich kann.«

Katy fiel vor Erleichterung ein Stein vom Herzen. »Aber wie ist Ihnen dabei zumute? Haben Sie immer noch Angst?« Sosehr sie sich wünschte, Edna könnte mit einer Aussage etwas für ihren Vater tun, war ihr bei dem Gedanken, wie verängstigt die Frau war, ganz und gar nicht wohl.

»Ja, ich habe Angst, aber ich muss trotzdem etwas machen. Wir sind uns alle einig, dass Albert nie ein Feuer legen würde; er darf nicht für etwas bestraft werden, das er nie hätte tun können. Wir setzen uns dafür ein, Frauen vor schlechten Männern zu schützen, und deshalb sollten wir gute Männer unterstützen. Ich gehe gleich morgen zur Polizei. Und ich habe da noch etwas, das ich Ihnen geben möchte.«

Katy beobachtete erstaunt, wie sich Edna von ihrem Sessel erhob, ihn von der Wand wegzog und anfing, den Reißverschluss des Bezugs aufzuziehen und darin herumzukramen. Schließlich zog sie ein graues Notizbuch hervor.

»Sie halten mich wahrscheinlich für paranoid, Katy, aber durch die Informationen in diesem Buch könnten manche Menschen ernstlich Schaden nehmen.«

»Was steht da drin?«, wollte Katy wissen. »Hat es mit den Frauen zu tun, denen Sie geholfen haben? Und wenn es so ist, sollte man es dann nicht der Polizei übergeben?«

»Genau das würde ich tun, wenn ich davon ausgehen könnte, dass die Polizei den Inhalt nicht publik macht. Aber leider gibt es dafür keine Garantie. Ja, es geht um die Frauen. Um genau zu sein: In diesem Notizbuch ist präzise festgehalten, wer sie sind, wo sie einmal gewohnt haben, was ihre Ehemänner ihnen angetan haben und wo sie jetzt leben – zumindest bei den Frauen, von denen wir diese Informationen bekommen haben. Es könnte großen Schaden anrichten, wenn es in die falschen Hände fällt.« Sie schlug das Notizbuch auf der ersten Seite auf. »Sehen Sie hier: Susan Mitchell aus Highgate, zwei Kinder im Alter von vier und sechs Jahren. Ich habe sie und ihre Kinder im August vor zwei Jahren vor der U-Bahn-Station Camden Town aufgelesen. Sie ging auf Krücken. Vier Wochen zuvor hatte ihr Mann sie die Treppe hinuntergestoßen und ihr das Bein gebrochen. Dann hat er ihr am ganzen Körper Tritte versetzt, sie mit ihren höllischen Schmerzen einfach hilflos auf dem Boden der Diele liegen lassen und das Haus verlassen. Ihr Sechsjähriger alarmierte eine Nachbarin, und die brachte Susan ins Krankenhaus. Zum Glück für Susan gab ihr unsere dortige Kontaktperson unsere Nummer. Susan setzte sich aber nicht sofort mit uns in Verbindung, sondern erst, als ihr Mann sie wieder verprügelte und ihr dabei ein paar Rippen brach. Sie hatte versucht, ihn daran zu hindern, ihren kleinen Sohn zu schlagen.«

»O nein!«, rief Katy.

»Dass ihr Mann imstande war, seine eigenen Kinder zu misshandeln, machte ihr schlagartig bewusst, dass sie von daheim wegmusste«, fuhr Edna fort. »Häufig ist das der Auslöser für eine Entscheidung. Wie ich Ihnen schon am Telefon erzählt habe, bleiben viele Frauen bei ihrem gewalttätigen Ehemann und nehmen furchtbare Verletzungen hin, weil sie Kinder haben und nicht wissen, wo sie hinsollen. Meistens haben sie auch kein Geld. Fast alle Frauen, die sich an uns wandten, lebten in Nordwest-London, genau wie Gloria und ich, und wurden durch unsere Kontaktperson im Whittington Hospital in Archway an uns vermittelt.« Edna warf erneut einen Blick in das Notizbuch. »Ich brachte Susan hierher nach Bexhill; sie blieb mit ihren Kindern zwei Nächte bei Gloria, bevor ich sie vorübergehend in einer Wohnung unterbringen konnte. Als ihre Brüche verheilt waren, hatte sie das Glück, in Schottland eine Stelle als Haushälterin mit Kost und Logis zu bekommen, wo auch ihre Kinder willkommen waren. Ich habe letzten Sommer von ihr gehört, und sie klang sehr ausgeglichen und guter Dinge. Wie Gloria und ich hat auch sie aus Angst vor ihrem Mann nicht versucht, die Scheidung einzureichen oder Unterhaltszahlungen für die Kinder einzufordern.«

»Dieses Buch enthält also die Details sämtlicher Fälle?«, fragte Katy. Falls die Polizei Einblick in dieses Notizbuch bekam und infolgedessen Susans Ehemann Informationen über den Verbleib seiner Frau erhielt, würde er sich vermutlich sofort in Bewegung setzen, um sie und seine Kinder zurückzuholen, das war ihr klar.

»Ja, und nicht bei allen Frauen ist es so gut ausgegangen wie bei Susan. Es wird Sie betroffen machen, festzustellen, wie viele Frauen letzten Endes zu ihren Männern zurückkehren. Manche Leute behaupten, solche Frauen wären einfach schwach oder würden es sogar genießen, mit einem unberechenbaren Mann zusammenzuleben. Ich möchte mir darüber kein Urteil anmaßen. Es gibt so viele unterschiedliche Gründe, in ein Kriegsgebiet zurückzukehren, wie das Jahr Tage hat. Gloria und ich haben schnell die Erfahrung gemacht, dass wir nicht alle retten können.« Sie reichte Katy das Buch. »Machen Sie damit, was Sie für richtig halten. Ich möchte Sie nur bitten, zu warten, bis ich weggezogen bin. Am Montag werde ich meine Aussage zu Albert machen, danach werde ich binnen zwei Wochen von hier verschwinden.«

»Sie gehen weg?«, rief Katy. Damit hatte sie nicht gerechnet.

»Ja, Katy. Ohne Gloria fühle ich mich verloren und sehr allein. Ich möchte näher bei Claire und ihren Kindern sein, deshalb habe ich heute bei der Arbeit meine Kündigung eingereicht. Das Haus ist nur gemietet, mich hält also nichts in Bexhill.«

Katy wusste kaum, was sie sagen sollte. Ihr war klar, dass Ednas Angst zusammen mit dem Verlust der besten Freundin Grund genug waren, Bexhill hinter sich zu lassen, aber sie hatte gedacht, Edna würde ihr Beruf zu viel bedeuten, als dass sie ihn aufgeben könnte. Sie betrachtete das Notizbuch in ihren Händen. »Dann wünsche ich Ihnen alles Gute für Ihr neues Leben«, sagte sie. »Ich werde Ihren Wunsch natürlich respektieren und mich zurückhalten, bis Sie fort sind.«

»Und ich wünsche Ihnen alles Gute für London«, sagte Edna mit einem Lächeln. »Hauen Sie ordentlich auf den Putz und machen Sie all das, was Gloria und ich in unserer Jugend hätten tun sollen, statt uns auf die Ehe mit einem Despoten einzulassen.«

Am Montagnachmittag rief Michael Bonham Katy im Büro an, um ihr mitzuteilen, dass Edna an diesem Morgen bei der Polizei gewesen war und ihre Aussage gemacht hatte.

»Sie gab an, Mrs Reynolds habe sehr viel von Albert gehalten, und ihre Kinder ebenso, und es sei völlig undenkbar, dass er ihr Haus in Brand gesteckt haben könnte.«

»Heißt das, dass Dad aus dem Gefängnis herauskommt?«

»Nicht sofort, fürchte ich, aber bei der nächsten Anhörung sollte es mir möglich sein, ihn auf Kaution freizubekommen.«

Katy wünschte, sie hätte Michael von dem Notizbuch erzählen können, das sie von Edna bekommen hatte. Er könnte es zur Polizei bringen, die wiederum anhand der enthaltenen Informationen die Ehemänner der betroffenen Frauen ausforschen könnte. Aber sie hatte Edna ein Versprechen gegeben, und das musste sie halten. Außerdem hatte sie in dem Buch selbst noch nicht gelesen, und ein paar Tage würden keinen großen Unterschied machen.

An ihrem letzten Tag bei Franklin, Spencer and Marshfield war Katys Stimmung eher gedämpft. Sie nahm eine Schachtel Konfekt zum Anbieten mit und war gerührt, wie aufrichtig jeder ihr Gehen zu bedauern schien.

»Ich habe immer gedacht, du würdest hierbleiben, bis du dein erstes Baby bekommst«, sagte Mrs Randolph von der Buchhaltung. »Ohne dich wird es nicht mehr dasselbe sein.«

»Es ist an der Zeit, meinen Horizont zu erweitern«, sagte Katy und umarmte die Frau. »Aber es wird mir fehlen, von Ihnen bemuttert zu werden!«

Tatsächlich stellte sie fest, dass sie alle ihre Kolleginnen und Kollegen vermissen würde, sogar den säuerlichen alten Mr Marshfield. Mrs Randolph mochte ihre Ersatzmutter sein, aber auch alle anderen würden ihr auf die eine oder andere Art fehlen. Wie viel Spaß hatten sie gehabt! Ein Einkaufsbummel mit den Mädchen, ein gemeinsamer Drink nach der Arbeit. Freundliche Ratschläge von Anwälten und Referendaren. In der Mittagspause Maniküre bei Rachel, der Telefonistin. Katy hatte während ihrer Arbeitszeit in der Kanzlei viel gelernt, viel gelacht, aber auch Momente der Gereiztheit und Frustration erlebt, sogar Tränenausbrüche. Doch es war immer jemand da gewesen, um sie zu trösten und aufzubauen. Und dann natürlich die vielen Plauderstündchen, bei denen man von Woche zu Woche ein bisschen mehr über die anderen erfuhr. Hoffentlich würde es an ihrem neuen Arbeitsplatz genauso nett zugehen!

Die Angestellten hatten für sie gesammelt und neben einer riesigen, von allen unterzeichneten »Viel Glück im neuen Job«-Karte einen schicken roten Kosmetikkoffer für sie gekauft.

»Sollten Sie unter der Woche einmal in Bexhill sein, kommen Sie auf jeden Fall auf einen Sprung vorbei«, sagte Mr Marshfield zu ihr, als sie sich von ihm verabschiedete. »Und falls es mit dem neuen Job nicht klappt, scheuen Sie nicht davor zurück, mich neuerlich um eine Empfehlung zu bitten.«

»Ich gehe jetzt, Mum«, sagte Katy am Sonntagmorgen. Ihr gepackter Koffer stand in der Diele, aber ihre Mutter war in der Küche und putzte die Fenster, als wollte sie auf diese Weise demonstrieren, dass sie nicht im Geringsten besorgt oder traurig war, weil ihre Tochter aus dem Haus ging.

»Ich rufe Sonntag an«, fügte Katy hinzu.

Sie sah ihre Mutter an, wie sie auf der kleinen Trittleiter stand, die schmale Gestalt starr vor Missbilligung.

»Dann bin ich vielleicht gerade in der Kirche«, sagte Hilda.

»Dann rufe ich eben so lange an, bis ich dich erwische«, sagte Katy. »Du machst mir nichts vor, Mum. Ich weiß, dass du traurig bist. Aber pass auf, wenn du dich so verhältst, könntest du mich für immer verlieren.«

Katy wandte sich zur Tür. Sie erwartete eine scharfe Bemerkung, aber zu ihrer Überraschung hörte sie, wie ihre Mutter von der Trittleiter stieg. »Ich kann nichts dafür, dass es wie Missbilligung wirkt, wenn ich mir Sorgen mache«, sagte Hilda.

Katy drehte sich zu ihr um und entdeckte einen Anflug von Milde in Hildas Zügen. Ihre Lippen bebten, als wäre sie kurz davor, zu weinen. Rasch lief sie zu ihrer Mutter und legte die Arme um sie. Hildas Körper blieb angespannt, aber sie wich nicht vor Katy zurück.

»Mir passiert schon nichts, Mum«, sagte Katy leise und streichelte die Wange ihrer Mutter. »Jungvögel müssen irgendwann flügge werden und das Nest verlassen.«

»Geh jetzt lieber, sonst verpasst du noch den Zug«, erwiderte ihre Mutter.

Für Katy war diese Bemerkung gleichbedeutend mit einem Kuss oder dem Satz: »Ich hoffe, du kommst gut zurecht.«

Kurz vor eins traf Katy bei Joan und Ken in London ein. Jilly hüpfte aufgeregt die Treppe hinunter, um sie zu begrüßen. Sie trug ein türkisblaues Wollkleid, das Katy noch nie an ihr gesehen hatte und das ihr ausgezeichnet stand, und hatte ihr blondes Haar mit einem Band in derselben Farbe zusammengebunden.

»Ich dachte schon, du kommst nie!«, stieß sie atemlos hervor. »Ich habe eine Wohnung für uns gefunden, aber sie reservieren sie uns nur bis zwei Uhr. Komm, stell deinen Koffer ab, wir müssen los! Alles Weitere erzähle ich dir unterwegs.« Während die beiden Mädchen sich auf den Weg von Hammersmith Richtung Chiswick machten, erklärte Jilly, dass sie den Tipp von einer Kollegin bekommen hatte. »Es ist gar nicht weit weg, in der Nähe vom Ravenscourt Park. Jackie, das Mädchen, das momentan dort wohnt, geht Ende des Monats mit ihrer Mitbewohnerin nach Australien, und sie hat ihren Vermieter gefragt, ob wir die Wohnung zuerst besichtigen dürfen, dann muss er keine Annonce aufgeben. Ich habe sie mir gestern Abend angeschaut, und sie ist wirklich nicht übel. Leider gibt es nur ein Schlafzimmer, und ziemlich klein ist sie auch, aber wenigstens nicht dunkel und stickig. Die Einrichtung ist auch okay.«

Katy war begeistert, als sie hörte, dass die Miete nur zwölf Pfund die Woche betrug. Das war ein echtes Schnäppchen!

»Anscheinend bevorzugt Mr Sawyer, der Eigentümer, Langzeitmieter, die die Bude in Schuss halten, sodass er sich um nichts kümmern muss. Jackie hat ihm erzählt, dass wir ganz stille, brave Mädchen sind, also versuchen wir lieber mal, auch so auszusehen«, kicherte Jilly. »Obwohl ich diese Woche so hart arbeiten musste, dass ich einfach nur ins Bett gefallen bin, wenn ich abends nach Hause gekommen bin, statt noch groß zu feiern.«

Shaftesbury Road war eine Allee, und Haus Nummer 8 gehörte zu einem Block kleinerer Reihenhäuser. Die Wohnung, die sie besichtigen wollten, befand sich im Erdgeschoss und verfügte über ein relativ großes Wohnzimmer, das nach vorn zur Straße ging. Das Schlafzimmer war kleiner, reichte für ihre Bedürfnisse aber vollkommen aus. Die Einrichtung bestand aus zwei Einzelbetten und einem riesigen Wandschrank. Küche und Bad lagen am hinteren Ende des Gangs, wo auch eine Tür in den Garten führte.

Da Mr Sawyer gerade mit den Mietern im ersten Stock sprach, führte Jillys Kollegin Jackie die beiden herum. »Er wird begeistert sein, dass Katy Sekretärin bei einer Anwaltskanzlei im Inns of Court ist; er steht drauf, wenn seine Mieter gediegene Jobs haben«, gluckste sie. »Als ich das erste Mal hier war, um mir die Wohnung anzuschauen, habe ich behauptet, ich wäre Einkäuferin bei Harrods. In Wahrheit habe ich in einem Café in der Nähe gearbeitet, aber natürlich habe ich manchmal Einkäufe bei Harrods gemacht ... Als ich später einen besseren Job bekam, habe ich ihm erzählt, dass ich von Harrods wegwollte, weil mich einer von den Abteilungsleitern ständig angebaggert hat. Zum Glück ist meine Mitbewohnerin Floristin in Victoria, und das findet Mr Sawyer ganz toll, weil sie von dort auch Blumen an den Palast liefern.«

Katy sah auf den ersten Blick, warum die Wohnung Jilly so gut gefiel. Die Einrichtung erinnerte stark an die in ihrem Elternhaus in Bexhill; alles war ein bisschen schäbig und abgenutzt. Aber Katy hatte sich bei Jilly daheim immer wohlgefühlt, außerdem war ihr klar, dass sie für zwölf Pfund pro Woche keine Villa erwarten konnten. Außerdem konnten sie die Wohnung ein bisschen verschönern; wenigstens war sie hell und roch nicht nach Schimmel.

Eine halbe Stunde später tänzelten die Mädchen die King Street hinauf. Sie hatten einen Mietvertrag unterzeichnet, beginnend Anfang März, und zwei Wochen Miete im Voraus bezahlt. Mr Sawyer wohnte draußen in Brentford, was hieß, dass er ihnen nicht ständig auf die Pelle rücken würde, und die beiden Mädchen, die über ihnen wohnten, waren ungefähr im selben Alter wie Jilly und Katy. Über ein bisschen Lärm würden sie sich bestimmt nicht beschweren.

»Gehen wir heute Abend doch ins Hammersmith Palais«, schlug Jilly vor. »Wir haben wirklich allen Grund zum Feiern!«

Erst am Samstagnachmittag, kurz nach dem Mittagessen, berichtete Katy ihrer Freundin von den neuesten Entwicklungen daheim in Bexhill. Sie lagen oben in ihrem Zimmer auf ihren Betten, beide leicht angeschlagen, weil sie erst um ein Uhr nachts nach Hause gekommen waren.

Sie hatten im Palais viel Spaß gehabt, mit Dutzenden Männern getanzt und zu viele Drinks gekippt. Sie hatten sogar eine Verabredung zu viert mit Rob und John vereinbart, zwei recht seriös wirkenden jungen Männern, die an der Börse arbeiteten. Keines der Mädchen fand einen von beiden wirklich umwerfend, aber sie sahen recht ansehnlich aus, hatten gute Manieren und waren großzügig genug, die Mädchen in das beste Chinarestaurant in Soho auszuführen. Wie Jilly ganz richtig bemerkt hatte: »Warum unser eigenes Geld ausgeben, um an die Futtertröge heranzukommen, wenn wir ein paar Kavaliere dazu bringen können, uns einzuladen?«

Wie nicht anders zu erwarten, war Jilly ehrlich entsetzt von Katys Neuigkeiten. Sie hatte gewusst, dass Mr Speed verhaftet worden war, nicht aber, dass Katy die meisten Einzelheiten für sich behalten hatte. »Wie hält dein Vater das bloß aus?«, fragte sie. »Und hast du etwas über Mrs Reynolds Beerdigung gehört?«

Katy gab ihr eine Kurzfassung der Ereignisse, ließ aber Ednas Notizbuch unerwähnt. Sie hielt es nicht für ratsam, mit irgendjemandem darüber zu sprechen, ehe sie nicht die Zeit gefunden hatte, gründlich zu überlegen, wie sie die Informationen aus diesem Buch am besten verwenden könnte.

Jilly runzelte die Stirn. »Also, ganz verstehe ich nicht, warum diese Edna dermaßen verängstigt ist«, sagte sie. »Okay, vielleicht war es ein Irrer, der das Feuer in Mrs Reynolds' Haus gelegt hat, aber warum sollte derselbe Irre so was noch mal machen?«

»Nach allem, was sie mir über die Brutalität und Rücksichtslosigkeit dieser Männer erzählt hat, würde es mich nicht wundern, wenn sie sich auch Edna vornehmen. Zumal sie mehr im Blickfeld stand; schließlich hat sie die Frauen in ihrem Auto abgeholt.«

»Dann verlässt sie also Bexhill? Die Arme! Stell dir mal vor, in ihrem Alter irgendwo anders noch mal ganz von vorn anfangen zu müssen!«

Kurz darauf schlief Jilly ein. Katy blieb wach. Ihr ging nicht aus dem Kopf, was ihre Freundin gesagt hatte. Arme Edna, sie hatte selbst großes Leid erfahren und so vielen Menschen geholfen. Aber wer würde ihr jetzt beistehen, da sie selbst so dringend Hilfe brauchte?

*

Sonntagabend kurz nach sechs eilte Edna mit einem großen Koffer in der Hand zu ihrem Wagen. Nachdem sie das Gepäckstück im Kofferraum verstaut hatte, lief sie ins Haus zurück, um noch einen Karton mit persönlichen Erinnerungsstücken zu holen. Vielleicht konnte ihr Schwiegersohn an einem der nächsten Tage einen Lieferwagen mieten, um ihre restlichen Sachen zu holen, dachte sie. Sie hielt es hier in der ständigen Angst, beobachtet zu werden, keine Nacht länger aus.

Mr Bonham war nicht der Meinung, dass ihr Leben in Gefahr war. Er behauptete, derjenige, der Glorias Haus in Brand gesteckt hatte, würde sich damit zufriedengeben. Es wäre für den Täter viel zu riskant, in Bexhill einen weiteren Anschlag zu versuchen.

Aber Ednas Entschluss stand fest; sie wollte einen Neuanfang machen und zwar in Broadstairs, bei ihrer Tochter Claire und deren Familie. Der Ort war weit genug von Bexhill entfernt, um nicht zufällig jemandem über den Weg zu laufen, den sie kannte. Claire und Roger führten ein Hotel, und da sie immer knapp an Personal waren, würde Edna einstweilen für die beiden arbeiten, bis sie in ihrer neuen Umgebung Fuß gefasst hatte.

Als ihr einfiel, dass noch ein paar Lebensmittel im Kühlschrank lagen, machte sie erneut kehrt, um einige Sachen zu entsorgen und die restlichen mitzunehmen. Nachdem sie sämtliche Lichter ausgeschaltet und sich eine weitere Tasche mit Schuhen und ein paar Mäntel gegriffen hatte, verließ sie das Haus, schloss die Tür und sperrte ab.

Es war sehr kalt, und es sah so aus, als könnte es später schneien, daher beeilte Edna sich, den Motor anzulassen und loszufahren. Vielleicht zum ersten Mal seit Glorias Tod schaute sie sich nicht auf der dunklen Straße um. Hätte sie es getan, wäre ihr vielleicht der rote Jaguar am Ende der Straße aufgefallen, und sei es nur, weil teure Autos in dieser Gegend eine Seltenheit waren.

Edna hatte nicht vor, noch an diesem Abend die ganze Strecke bis Broadstairs zu fahren. Sie hatte für die Nacht ein Zimmer in New Romney reserviert, in einer kleinen Pension, in der sie schon mehrmals abgestiegen war, wenn sie auf Besuch zu ihrer Tochter fuhr. Als sie Bexhill verließ und die Straße Richtung Hastings nahm, empfand sie tiefe Erleichterung. Schon morgen Mittag würde sie bei ihrer Tochter und ihren beiden Enkelkindern sein und ein neues Kapitel ihres Lebens aufschlagen.

Doch erst als sie Hastings hinter sich gelassen hatte und sich auf der Straße nach Guestling befand, entspannte sie sich wirklich. Es herrschte kaum Verkehr, und dieser Abschnitt gehörte zu ihren Lieblingsstrecken. Hier fuhr sie im Sommer oft nach Rye, und sie kannte den Weg gut.

Kurz vor Winchelsea überholte sie ein Wagen mit hoher Geschwindigkeit.

»Blödmann«, murmelte sie. »Ich hoffe, er weiß, wie eng die Straße weiter vorn ist.«

Sie fuhr durch das uralte Steintor und von dort gerade den steilen Hügel hinunter, der zu den Marschen führte, als ihr plötzlich ein Wagen mit eingeschaltetem Fernlicht und wildem Gehupe entgegenkam, und zwar auf ihrer Straßenseite. Edna riss abrupt das Steuer herum, um einen Zusammenstoß zu vermeiden. Sie hatte es kaum auf die Gegenspur geschafft, als plötzlich wie aus dem Nichts eine weiß lackierte Absperrung vor ihr auftauchte. Panisch trat sie mit voller Wucht auf die Bremse und versuchte, das Lenkrad erneut herumzureißen, doch es war zu spät.

Die Sperre barst mit einem ohrenbetäubenden Krachen, und gleich darauf rollte ihr Wagen unaufhaltsam den grasbewachsenen Hang hinunter auf den Fluss zu, der am Fuß des Hügels verlief. Edna hörte sich selbst schreien und umklammerte in der vergeblichen Hoffnung, die Richtung zu ändern und die rasante Talfahrt zu stoppen, das Lenkrad. Aber das Auto holperte immer schneller über Gras und Geröll, und dann sah sie auf einmal, pechschwarz im Licht ihrer Scheinwerfer, den Fluss vor sich.

Sie spürte einen Schwall eiskalten Wassers, als der Wagen

im Fluss landete; das Wasser schien sofort durch den Boden zu dringen. Sie erinnerte sich, einmal im Film eine ähnliche Szene gesehen zu haben. Die Leute bekamen wegen des Drucks die Türen nicht auf, und obwohl Ednas Auto auf dem Wasser zu treiben schien, konnte sie sehen, wie der Pegel rasch bis zur Hälfte der Tür stieg.

Im Moment funktionierten die Scheinwerfer noch, aber hinter dem Lichtkegel war es stockfinster. Edna wandte den Kopf Richtung Winchelsea in der Hoffnung, jemand könnte den Unfall beobachtet haben, doch nirgendwo waren Lichter zu sehen, die darauf hingedeutet hätten, dass Retter in der Nähe waren. Direkt vor ihr, jenseits des Flusses, erstreckte sich das einsame Marschland. Sie drückte auf die Hupe, aber kein Laut ertönte. Das Einzige, was sie hörte, waren ihre eigenen Schreie.

Als die Scheinwerfer plötzlich erloschen, fuhr ihre Hand instinktiv zum Fenstergriff. Sie hatte die Scheibe kaum heruntergekurbelt, als auch schon eisiges Wasser hereinschwappte und der Wagen ein Stück tiefer sank. Aber das Fenster war der einzige Weg, der hinausführte. Edna klammerte sich an den oberen Rand der Scheibe und versuchte, sich hochzustemmen und durch die Öffnung zu quetschen. Kopf und Schultern bekam sie heraus, aber obwohl sie sich verzweifelt mit den Füßen vom Fahrersitz abstieß, blieb sie halb drinnen, halb draußen stecken, während das eiskalte Wasser um sie herum unablässig stieg.

In diesem Moment wurde ihr klar, dass sie Claire, ihren Sohn Robert oder ihre Enkel nie wiedersehen würde. Sie war sicher, dass es sich bei dem Wagen, dem sie ausgewichen war, um denselben roten Jaguar handelte, der sie vor Winchelsea überholt hatte. Er musste ihr gefolgt und an ihr vorbeigerast sein, bevor er am Fuß des Hügels wendete und wieder hinauffuhr, um sie von der Straße abzudrängen.

Warum war sie noch am Abend losgefahren? Sie hätte bis

zum nächsten Morgen warten sollen. Nur wenige Autos nahmen diese Straße, und selbst wenn jetzt eins kam, würde man sie und ihren schwarzen Wagen im Fluss nicht bemerken.

Wieder sackte der Humber ein Stück nach unten. Das Wasser stieg ihr bis zum Hals. Sie schrie um Hilfe und versuchte verzweifelt, sich durch das Fenster zu zwängen, aber das eisige Wasser lähmte sie. Sie schien all ihre Kraft und jeden Überlebenswillen verloren zu haben.

Ihr letzter Gedanke, bevor ihr schwarz vor Augen wurde, war, dass der Mann sie jetzt beide aus dem Weg geräumt hatte, Gloria und sie.

KAPITEL 7

»Was meinst du, wird dir die Arbeit gefallen, Katy?«, fragte Joan, als sie die Schüssel mit Gemüse herumreichte.

Katy, die daran dachte, wie eingeschüchtert sie an ihrem ersten Arbeitstag gewesen war, antwortete nicht gleich. In der Kanzlei hatten alle so übergescheit und piekfein getan, dass sie sich wie eine Landpomeranze fühlte, die dort nichts verloren hatte.

»Am Montag hatte ich Angst«, gestand sie. »Aber inzwischen habe ich alle kennengelernt und weiß, was wer in der Kanzlei macht, also wird es allmählich besser. Ich denke, es lässt sich ganz gut an.«

»Bei mir im Zoo war es in den ersten Tagen genauso. Ich habe mich überhaupt nicht ausgekannt.« Jilly grinste. »Ich bin mir furchtbar dumm vorgekommen, als hätte ich nicht die geringste Ahnung von Tieren. Dann schien sich auf einmal alles von selbst zu ergeben. Aber ich schätze, die werden mich dort noch jahrelang ›die Neue‹ nennen.«

Kens Blick wanderte von einem Mädchen zum anderen. »Na, ich muss schon sagen, bis jetzt macht ihr eure Sache wirklich gut. Ihr habt Jobs gefunden, die euch gefallen, und eine Wohnung, die ihr euch leisten könnt. Nicht dass wir euch aus dem Haus haben wollen, es macht uns Freude, euch hier bei uns zu haben. Aber euer Wunsch, auf eigenen Füßen zu stehen, ist sehr anerkennenswert.«

Bevor eines der Mädchen antworten konnte, klingelte in der Diele das Telefon.

»Wer mag das sein?«, fragte Joan, als Ken aufstand. »Um diese Zeit ruft doch sonst niemand an.«

Ken nahm seine Telefonstimme an. »Underwood hier, kann ich Ihnen helfen?«, meldete er sich, worauf beide Mädchen grinsten. »Ja, sie ist da, ich hole sie gleich«, fuhr er fort und kam ins Wohnzimmer zurück. »Es ist für dich Katy – irgendein feiner Pinkel, nach seiner Stimme zu urteilen.«

Katy eilte ans Telefon. Es war Michael Bonham.

»Hallo«, sagte sie. »Haben Sie gute Neuigkeiten? Ist es Ihnen gelungen, meinen Vater freizubekommen?«

»Ich wünschte, ich hätte Gutes zu berichten, Katy«, sagte er. »Aber meine Neuigkeit hat mit Ihrem Vater nichts zu tun, wenigstens nicht direkt. Edna Coltrain ist am Wochenende in der Nähe von Rye mit ihrem Wagen von der Straße abgekommen und im Fluss gelandet.«

»O nein«, hauchte Katy. »Ist sie ...« Sie brachte das Wort nicht über die Lippen.

»Nein, sie hat es überlebt, aber nur knapp. Es stand auf Messers Schneide. Ein Mann, der seinen Hund ausführte, sah Lichter am Fluss und hörte einen Schrei. Er rannte sofort hin. Das Auto war fast völlig unter Wasser, und Edna steckte mit dem Gesicht nach unten im Fenster fest. Der Mann schaffte es irgendwie, sie herauszuziehen, und leistete mit Mund-zu-Mund-Beatmung erste Hilfe. Zum Glück fiel einem weiteren Autofahrer das Licht der Taschenlampe auf, die der erste hielt. Er blieb stehen und alarmierte die Rettung. Mrs Coltrain liegt jetzt in Hastings im Krankenhaus.«

»Sie haben gesagt, dass es nicht direkt mit meinem Vater zu tun hat. Heißt das etwa, Sie glauben, es war kein Unfall?«

»Es sieht nicht danach aus. Die Polizei ist der Ansicht, dass Edna absichtlich von der Straße abgedrängt wurde. Sie hat sich genügend erholt, um auszusagen, dass sie glaubt, es wäre ein roter Jaguar gewesen. Anscheinend hat ein solches Auto sie kurz vor Winchelsea mit stark überhöhter Geschwindigkeit überholt, und kurz darauf kam ihr ein Auto, das genauso aussah, auf der falschen Straßenseite entgegen und fuhr mit eingeschaltetem Fernlicht direkt auf sie zu. Sie riss das Lenkrad herum, um ihm auszuweichen, aber er hat sie dennoch erwischt.«

»Wie furchtbar!«, rief Katy.

»Ja, wirklich erschreckend. Die Polizei hat eine große Delle an ihrem Radlauf und am Kotflügel, sowie Spuren von rotem Lack an der Karosserie gefunden, außerdem Reifenspuren, die darauf hinweisen, dass ein Auto mit hohem Tempo unten auf der Winchelsea Road gewendet hat. Es ist eher unwahrscheinlich, dass ein Auto erst ein anderes überholt und wenige Minuten später kehrtmacht, es sei denn, jemand führt etwas Übles im Schilde. Auch die Delle in Ednas linksseitigem Kotflügel unterstützt ihre Geschichte. Wenn sie mit einem entgegenkommenden Fahrzeug, das auf der richtigen Straßenseite unterwegs war, zusammengestoßen wäre, müsste die Beschädigung an ihrem Wagen rechts sein. Die weinrote Farbe stimmt mit einer bestimmten Schattierung von Rotbraun überein, die bei einigen Jaguar-Modellen verwendet wird.«

»Du lieber Himmel!«, stieß Katy hervor. Sie fühlte sich auf einmal ganz schwach. »Es könnte also dieselbe Person sein, die das Feuer gelegt und Gloria und ihre Tochter getötet hat?«

»Das wäre möglich«, räumte Bonham ein. »Edna war unterwegs zu ihrer Tochter, die in Broadstairs lebt. Ich denke, diese Person ist ihr gefolgt.«

»Es müsste jemand sein, der die Straße gut kennt, vielleicht jemand aus der Gegend«, meinte Katy nachdenklich.

»Nicht unbedingt, er könnte die Strecke zu einem anderen Zeitpunkt abgefahren haben. Es ist eine beliebte Route, und die Straße gilt allgemein als riskant. Ja, Katy, tut mir leid, dass ich Ihnen diese Nachricht überbringen musste, aber ich hatte das Gefühl, Sie sollten das wissen.«

»Ich bin froh, dass Sie mich verständigt haben. Werden Sie Edna besuchen? Falls Sie es tun, sagen Sie ihr bitte, wie leid es mir tut und dass ich ihr gute Besserung wünsche. Ich habe noch gar nicht gefragt, wie schwer ist sie denn verletzt?«

»Der Schock, um Haaresbreite ertrunken zu sein, war das Schlimmste. Sie ist mit der Stirn hart auf die Windschutzscheibe geprallt, hat etliche Schnittwunden und Prellungen und ein verstauchtes Handgelenk. Noch dazu hat sie sich eine Infektion der Atemwege zugezogen, durch den Schock, vermute ich, und die extreme Kälte. Ein, zwei Minuten länger im Fluss, und sie wäre tot gewesen. Es grenzt tatsächlich an ein Wunder, dass jemand sie gesehen und ihr geholfen hat. Wie Sie wahrscheinlich wissen, gibt es da unten keine Häuser, nur Marschland. Die Chancen, dass jemand an einem kalten Winterabend dort vorbeikommt, sind denkbar gering. Wie Edna selbst gesagt hat: Gott segne die Hundebesitzer. Und natürlich werde ich Ihre Grüße gern übermitteln.«

»Jetzt hat sie bestimmt noch mehr Angst.« Katys Augen füllten sich mit Tränen, als sie daran dachte, dass sie Ednas Sorge, derjenige, der Gloria umgebracht hatte, könnte es auch auf sie abgesehen haben, für übertrieben gehalten hatte. »Sie hat Bexhill verlassen, weil sie befürchtete, sie könnte in Gefahr sein.«

»Jetzt ist sie jedenfalls in Sicherheit. Sie liegt im Krankenhaus in einem Einzelzimmer, und vor der Tür sitzt ein Polizist, der überwacht, wer zu Besuch kommt. Sie ist einigermaßen ruhig. Aber ich habe das Gefühl, sie wird sich sicherer fühlen, wenn sie erst einmal bei ihrer Tochter untergebracht ist.«

»Und mein Dad weiß Bescheid?«

»Ja. Ich bin zum Gefängnis in Lewes gefahren und habe ihm von dem Vorfall erzählt. Natürlich ist er dadurch nicht unbedingt entlastet, aber es reicht aus, um die Polizei intensiver ermitteln zu lassen. Ach ja, Ihr Bruder hat ihn übrigens besucht, das hat ihn sehr aufgemuntert. Rob lässt ausrichten, er wird sich bald telefonisch bei Ihnen melden.«

Bonham erkundigte sich noch, wie es ihr an ihrem neuen

Arbeitsplatz gefiel und ob sie mit ihrer Suche nach einer Wohnung vorankämen, und Katy konnte wahrheitsgetreu antworten, dass ihr der Job Freude machte und sie und Jilly eine passende Wohnung gefunden hatten.

Er versprach, anzurufen oder zu schreiben, falls sich etwas Neues ergab, bevor er ihr noch einen schönen Abend wünschte und sich verabschiedete.

»Das darf doch nicht wahr sein!«, rief Jilly, als Katy ihr von Edna erzählte. »Die Ärmste! Wer auch immer dahintersteckt, das ist ein echt mieser Typ. Hoffentlich erwischen sie ihn bald!«

Nach dem Abendessen ging Katy in ihr Zimmer hinauf, während Jilly noch unten blieb. Sie holte das Notizbuch hervor, das Edna ihr gegeben hatte, hielt es eine Weile in der Hand und überlegte, wie sie vorgehen sollte. Das Buch enthielt die ursprünglichen Adressen aller Frauen, denen Edna und Gloria geholfen hatten. Wenn ihre Ehemänner immer noch dort lebten und einer von ihnen einen weinroten Jaguar mit einer Delle am Radlauf hatte, wäre das möglicherweise der Beweis, den die Polizei brauchte, um eine Verhaftung vorzunehmen. Aber konnte sie mit Sicherheit davon ausgehen, dass die Polizei von Bexhill nach London fahren und dort Autos untersuchen würde?

Nein, das konnte sie nicht. Sie hatte schon öfter gehört, dass die South Coast Police nicht gern im Revier der Londoner Polizei wilderte. Vielleicht ersuchten sie die Metropolitan Police, die Adressen zu überprüfen, aber es gab keine Garantie, dass das wirklich passieren würde. Selbst Mr Bonham hatte gesagt, eine der Schwachstellen der Polizei wäre es, dass zwischen den Einheiten einzelner Grafschaften häufig weder Erkenntnisse noch Beamte ausgetauscht wurden. Wenn sie dieses Notizbuch aus der Hand gab, sah sie es womöglich nie wieder. Und wenn die Polizei nicht entsprechend handelte, würde sie sich das nie verzeihen.

»Dann machst du es eben selbst«, murmelte sie. »So schwer

kann das ja nicht sein. Du musst nur nachschauen, wie die Autos bei diesen Adressen aussehen, und die befinden sich alle in einem relativ kleinen Bereich von London.«

Wenn sie Jilly von ihrem Plan erzählte, würde ihre Freundin garantiert versuchen, sie davon abzuhalten, das wusste sie. Auch Ken und Joan würden sich vehement dagegen aussprechen. Aber wenn es ihr gelang, alle Adressen auf dem Stadtplan herauszusuchen, ohne dass jemand etwas davon mitbekam, könnte sie gleich am Samstag alle überprüfen. Es würde ein bisschen knifflig sein, sich eine Ausrede auszudenken, warum sie den ganzen Tag über allein unterwegs sein wollte, aber ihr würde schon etwas einfallen.

Nachdem ihr Entschluss gefasst war, setzte sie sich hin, um einen Brief an ihren Vater zu schreiben. Sie berichtete von ihrer Arbeit, der neuen Wohnung und wie viel Spaß es ihr machte, in London zu sein. Am Schluss fügte sie noch hinzu, dass sie von Bonham die Sache mit Edna erfahren hatte. Sie hätte ihm auch schrecklich gern von ihrem Plan erzählt, die Suche nach dem beschädigten Jaguar aufzunehmen, befürchtete aber, ihr Vater würde sich dann bloß Sorgen machen.

Anschließend schrieb sie noch an Rob, um sich zu erkundigen, welchen Eindruck ihr Vater auf ihn gemacht hatte, und ihm alle Neuigkeiten mitzuteilen. Außerdem bat sie ihn um eine Telefonnummer, unter der er erreichbar war, damit sie ihn bei Gelegenheit anrufen und sich richtig mit ihm unterhalten konnte.

Am Donnerstag ging Katy in ihrer Mittagspause mit dem Notizbuch und einem Sandwich bewaffnet in den Aufenthaltsraum. Das winzige Zimmer war hässlich und stickig, lediglich mit einer Spüle, einem Resopaltisch, wackeligen Stühlen und einem sehr durchgesessenen Sofa eingerichtet und wurde, wie Katy bereits festgestellt hatte, kaum benutzt.

Sie setzte sich an den Tisch und schlug das Buch auf der

Seite auf, wo die Namen der Frauen eingetragen waren, die in jüngerer Vergangenheit bei Gloria und Edna Hilfe gesucht hatten. Katy arbeitete sich von hinten nach vorn durch und notierte sich die neuen Adressen all jener Frauen, die nicht zu ihrem Ehemann zurückgekehrt waren.

Die fünf letzten Eintragungen von Ende November und Dezember musste sie wohl kaum berücksichtigen, fand sie. Edna hatte ihr erklärt, dass der erste Monat nach dem Verlassen des Zuhauses für misshandelte Frauen immer am schlimmsten war. Sie vermissten ihre alte Umgebung; sie hatten wenig Geld, manchmal praktisch gar keine Mittel. Außerdem fühlten sie sich ohne Freunde oder Verwandte, an die sie sich wenden konnten, oft einsam und verloren. Auf einmal schienen ihre Ehemänner gar nicht mehr so schlimm zu sein, und wer weiß, vielleicht waren sie ja durch die Tatsache, dass ihre Frauen ihnen weggelaufen waren, zur Einsicht gekommen. Da diese Frauen also möglicherweise wieder nach Hause zurückgekehrt waren, klammerte Katy sie einstweilen aus.

Nach gründlicher Durchsicht der Aufzeichnungen kam sie auf genau sechs Frauen, die nicht der Versuchung erlegen waren, zu ihren Männern zurückzugehen. Alle diese Männer waren wirklich brutale Schläger, die ihre Frauen so schlimm attackiert hatten, dass sie mit schweren Verletzungen ins Krankenhaus gebracht werden mussten. Drei dieser Frauen hatten Kinder, die aufgrund dessen, was sie daheim mit ansehen mussten, psychiatrische Hilfe brauchten.

Katy war so in das Notizbuch vertieft, dass es ihr gar nicht auffiel, als Charles Stevenson hereinkam.

»Na, so in Gedanken versunken?«, fragte er. »Und dann noch in diesem tristen Loch!«

Katy war zusammengezuckt; jetzt lachte sie nervös. Charles war der jüngste Anwalt in der Kanzlei und ziemlich attraktiv: groß, schlank, dunkles Haar und schokoladenbraune Augen, in denen ein Mädchen ertrinken konnte. Andere, weltläufigere Frauen hätten sie vermutlich als »Schlafzimmeraugen« bezeichnet. Und wenn sie bedachte, wie sie sich fühlte, wenn er sie anlächelte und dabei seine perfekten weißen Zähne zeigte, konnte sie sich fast vorstellen, dass es ganz nett sein könnte, mit ihm im Schlafzimmer zu landen.

»Sie haben mich erschreckt«, sagte sie, klappte das Notizbuch zu und sammelte ihre Notizen und ihren Stadtplan von London zusammen.

»Gehen Sie nicht«, sagte er. »Draußen ist es so kalt, dass ich nicht vor die Tür mag. Ich wollte gerade Tee machen. Wollen Sie nicht bleiben und auch einen trinken?«

Katy schaute auf ihre Uhr. »Aber es muss schnell gehen, ich habe nur noch zehn Minuten Zeit.«

Sie wusste, dass er relativ neu in der Firma war, aber sie hatte die Hierarchie noch nicht ganz durchschaut. Wie wurde man Rechtsanwalt für Obergerichte, was war der Unterschied zwischen einem Rechtsanwalt und einem Kronanwalt, wie wurde man Kronanwalt, und was war überhaupt so besonders daran? Vielleicht konnte Charles sie aufklären.

Er setzte den Kessel auf und wandte sich zu ihr um. »Sie haben mir noch nicht gesagt, worin Sie so vertieft waren.«

»Ach, nichts Besonderes, nur ein paar Adressen, die mir eine Freundin von daheim mitgegeben hat.«

»Und der Stadtplan?«

Katy wand sich ein bisschen; er ließ sich nicht leicht abwimmeln. »Ich wollte bloß nachschauen, wo diese Leute wohnen.«

»Sie wollen zu ihnen? Warum?«

»Na ja, vielleicht, ich weiß es noch nicht. Die Adressen sind aus einem Buch, das der Mutter meiner Freundin gehört, und sie liegt zurzeit im Krankenhaus. Ich habe gesagt, ich würde ihre Bekannten eventuell besuchen, wenn sie nicht zu weit weg wohnen.«

»Warum schreibt sie ihnen nicht einfach?«, fragte er und goss den Tee auf. Dann lehnte er sich mit verschränkten Armen an die Wand. »Warum beschwindeln Sie mich?«

Katy wurde rot. »Und warum sind Sie so neugierig?«, brachte sie heraus. »Wenn Sie in Ihrem Büro wären und jemand würde den Kopf zur Tür hereinstecken und Sie fragen, warum Sie dies oder jenes machen, was würden Sie dann sagen?«

»Kümmern Sie sich gefälligst um Ihren eigenen Kram«, grinste er.

»Na bitte!«

»Tja, und was nun? Gehen Sie nach der Arbeit mit mir auf einen Drink?«

»Damit Sie mich weiter mit Fragen löchern können?«

»Vielleicht, aber eher mit Fragen, die Sie betreffen. Ich weiß gern mehr über die Menschen in meiner Umgebung. Also, wie schaut's aus?«

»Es geht nicht, ich wohne zurzeit bei Onkel und Tante einer Freundin, und ihre Tante hat mit Sicherheit schon das Abendessen für uns alle vorbereitet.«

»Schön, dann eben morgen. Da haben wir Freitag, und am nächsten Tag wird nicht gearbeitet. Noch Einwände, Euer Ehren?«

»Mir fällt keiner ein«, lächelte sie. »Ja, gern, Charles. So, und jetzt muss ich schnell meinen Tee trinken und mich wieder an die Arbeit machen!«

An diesem Nachmittag fiel es Katy schwer, sich zu konzentrieren; sie konnte kaum glauben, dass ein so gut aussehender und erfolgreicher Mann wie Charles daran interessiert war, mit ihr auszugehen. Sie war sich nicht ganz sicher, ob ein Drink nach der Arbeit rein technisch gesehen schon ein Rendezvous war, aber es fühlte sich jedenfalls so an.

Ob er alle neuen Mädchen ausführte? Sie wollte nicht unbedingt eine ihrer Kolleginnen danach fragen, weil sie den Eindruck hatte, dass allzu enge Kontakte zwischen den Anwälten und den Büroangestellten nicht gern gesehen wurden.

Sie konnte kaum erwarten, Jilly von ihrem Date zu erzählen, als sie daheim war.

»Klasse«, sagte Jilly und grinste von einem Ohr zum anderen. »Den solltest du dir unbedingt krallen, der klingt super. Ich habe im Zoo auch schon ein Auge auf jemanden geworfen, aber der Junge scheint mich überhaupt nicht zur Kenntnis zu nehmen.«

»Das wird er schon noch«, versicherte Katy ihr. »Und ich werde mir niemanden ›krallen‹. Er ist keins von deinen Zootieren.«

»Von den Tieren können wir eine Menge lernen«, kicherte Jilly. »Mit Leckerbissen kann man ihnen einiges beibringen, und sie machen immer Jagd auf das beste verfügbare Weibchen, um es zu schwängern.«

Katy prustete los. »Na, schwängern lassen will ich mich auf keinen Fall. Aber wenn es am Freitag gut läuft, wer weiß, wie es weitergeht.«

»Mit einem Date am Samstag oder Sonntag, hoffe ich, ich muss nämlich an beiden Tagen arbeiten.« Jilly zog ein Gesicht. »Ich will nicht, dass du dich einsam fühlst.«

»Ohne dich werde ich mich zwar ein bisschen allein fühlen, aber ich werd's überleben.« Katy fiel ein Stein vom Herzen, dass sie ihrer Freundin wegen ihrer Pläne für Samstag keine Lügen auftischen musste. »Aber ich könnte dich Samstag von der Arbeit abholen und mit dir in Hampstead oder so auf einen Drink gehen, was meinst du?«

»Ich müffel immer ein bisschen, wenn ich vom Zoo komme«, meinte Jilly und rümpfte die Nase. »Manche Mädchen waschen sich dort und ziehen sich auch um, aber darauf bin ich nicht sonderlich scharf. Wir können noch ausgehen, nachdem ich hier war und ein Bad genommen habe.«

Nach dem Abendessen setzte Katy sich hin, um an Edna zu schreiben, unter der Adresse ihrer Tochter, die sie von Michael Bonham bekommen hatte. Da mit Sicherheit anzunehmen war, dass Edna jetzt in noch größerer Angst als vorher lebte, erwähnte Katy weder das Notizbuch noch ihre Absicht, einige der gewalttätigen Ehemänner aufzuspüren, sondern schrieb nur, wie sehr es sie schockiert hatte, von Michael Bonham zu erfahren, was Edna zugestoßen war. Dann erzählte sie noch ein bisschen von ihrem neuen Job und der Wohnung, in die Jilly und sie in einer guten Woche einziehen würden.

Doch noch während sie schrieb, war sie in Gedanken bei Charles, überlegte, was sie zu ihrem Rendezvous anziehen sollte, und beschloss, sich noch an diesem Abend die Haare zu waschen. Sie war froh, dass die hochtoupierten Aufsteckfrisuren in London anscheinend von der Bildfläche verschwunden waren, zumindest für Frauen unter fünfunddreißig. Viele junge Mädchen trugen entweder einen kurzen Pagenkopf à la Cilla Black oder schulterlanges Haar im Stufenschnitt, aber Katy war aufgefallen, dass die modebewussteren Mädchen, die Miniröcke trugen, ihre langen Haare einfach offen und glatt herunterfallen ließen. Sie war von diesem neuen Stil begeistert; es war immer höllisch schwer gewesen, ihr kerzengerades Haar auf Wickler zu drehen. Sie entschied, morgen ihr neues schwarzweißes Etuikleid anzuziehen, auch wenn sie eine Rüge riskierte, weil es für das Büro ziemlich kurz war.

Als die Mädchen später am Abend zu Bett gingen, fixierte Katy ihre Ponyfransen mit Tesafilm, weil ihre Haare dazu neigten, sich nach oben zu bauschen, statt glatt anzuliegen. Jetzt hatte sie vor Aufregung Schmetterlinge im Bauch. Alle Männer und jungen Burschen, mit denen sie bisher ausgegangen war, hatten mit den Händen gearbeitet, wenig Bildung gehabt und nur mühsam Konversation gemacht. Charles war lebhaft und gesprächig, aber sie befürchtete auch, er könnte sie langweilig und provinziell finden.

Bei der Überlegung, welche Gesprächsthemen sie witzig und gescheit wirken lassen könnten, schlief sie irgendwann ein.

»Erzählen Sie mir jetzt, was es mit diesem Notizbuch tatsächlich auf sich hat?«, fragte Charles, während er Katy das zweite Glas Sekt hinstellte.

»Sie lassen wohl nicht locker, was?«, lachte sie. »Ich habe Ihnen alles gesagt, was es zu sagen gibt.«

Er setzte sich neben sie und nahm einen Schluck von seinem Bier. Das *Mitre*, ein Pub, das hauptsächlich von Büroangestellten frequentiert wurde, die sich ein, zwei Drinks genehmigten, bevor sie nach Hause in einen der Vororte fuhren, war ziemlich voll. Charles hatte sich für ein Lokal in High Holborn entschieden, weil er niemandem begegnen wollte, den er aus den Inns of Court kannte.

»Dieses ständige Eliteschulen-Gewitzel smarter junger Schnösel ödet mich furchtbar an«, hatte er erklärt. »Und dann reden diese Typen die ganze Zeit nur über den Beruf. Wenn ich abends aus dem Büro gehe, möchte ich die Fälle, an denen ich arbeite, einstweilen ad acta legen. Anscheinend stehe ich damit in juristischen Kreisen ziemlich allein da.«

Damit hatte er recht, fand Katy, denn er hatte nicht ein einziges Mal über Kollegen aus der Kanzlei oder seine Arbeit gesprochen. Bei ihrem ersten Drink hatte er sie nach Jilly gefragt – wie lange sie sich schon kannten, zum Beispiel – und nach der Wohnung, in die sie demnächst ziehen würden. Er selbst hatte Katy erzählt, dass er aus einem kleinen Ort in Hampshire kam und zwei jüngere Schwestern hatte. Er teilte sich in Westminster eine Wohnung mit seinem Freund Mike, den er seit seiner Studienzeit in Cambridge kannte. Mike arbeitete an der Börse. Katy hatte den Eindruck, dass Charles nicht ganz glücklich mit einer Karriere als Jurist war und möglicherweise von seinen Eltern in diese Richtung gedrängt worden war.

»Ich könnte darauf hinweisen, dass Ihre Geheimniskrämerei wegen des Notizbuchs lediglich meine Vermutung bestätigt, dass Sie irgendetwas im Schilde führen«, sagte er. »Eine Eigenschaft, die man als Rechtsanwalt sehr schnell entwickelt, ist die Fähigkeit, zu erkennen, wann man belogen wird. Ich weiß, dass Ihr Vater in Untersuchungshaft ist und verdächtigt wird, zwei Frauen getötet zu haben.«

Katy blieb vor Schreck der Mund offen stehen. »Woher wissen Sie das?«, fragte sie.

»Ich habe ein sehr aufnahmefähiges Gedächtnis, und ich hatte in der Zeitung gelesen, dass in Bexhill ein Mann namens Speed wegen des Verdachts auf Brandstiftung und Totschlag verhaftet worden war. Ich habe mir nichts weiter dabei gedacht, aber dann haben wir auf einmal eine neue Bürokraft, die Katy Speed heißt und aus Bexhill kommt. Daraus schloss ich, dass Sie mit ziemlicher Sicherheit eine Verwandte sind. Aber keine Sorge, Katy, niemand sonst in der Kanzlei weiß darüber Bescheid.«

Katy wäre am liebsten im Boden versunken. Schamrot vor Verlegenheit versuchte sie, ihre Seite der Geschichte zu schildern.

»Schon gut, Katy, Sie müssen sich gar nicht erst bemühen, mich von seiner Unschuld zu überzeugen«, sagte Charles und legte seine Hand auf ihre. »Nach allem, was ich herausgefunden habe – denn natürlich habe ich ein paar Kontakte angezapft, um nähere Informationen zu bekommen –, bin ich der Meinung, dass die Polizei in Bexhill bei ihren Ermittlungen mehr als fahrlässig war. Ich bin sicher, Ihr Vater wird in kurzer Zeit ohne Anklage aus der Haft entlassen werden. So, und jetzt noch einmal zu Ihrem Notizbuch. Ich vermute, dass Sie auf eigene Faust Detektiv spielen wollen, stimmt's?«

Katy hatte das Gefühl, dass ihr nichts anderes übrig blieb, als ihm alles über Gloria und Edna und über die Informationen, die das Notizbuch enthielt, anzuvertrauen. Sie erzählte ihm auch, dass Edna offenbar nur mit knapper Not einem Mordanschlag entgangen war.

»Verstehe«, sagte er nachdenklich. »Aber Sie können nicht herumlaufen und diesen Männern nachspionieren. Wenn Sie den besagten roten Wagen wirklich aufspüren, könnte der Besitzer durchaus auf die Idee kommen, *Sie* zu töten.«

»Ich hatte nicht vor, an seine Tür zu klopfen«, sagte sie. »Ich will nur den Wagen finden und dann die Polizei und den Anwalt meines Vaters informieren.«

»Selbst das ist riskant. Wir können davon ausgehen, dass dieser Mann geistesgegenwärtig, wachsam und geduldig ist, keine Skrupel kennt und von Rachegelüsten getrieben wird. Eine tödliche Kombination, würde ich sagen, Sie nicht?«

»Na ja, schon, aber schließlich kennt er mich nicht, oder? Ich könnte an seinem Haus vorbeigehen, ohne Verdacht zu erregen.«

»Woher wollen Sie wissen, dass er Sie nicht kennt? Dieser Mann hat bei seinem Plan, Gloria umzubringen, nichts übereilt. Er könnte unter den Trauergästen bei Glorias Beerdigung gewesen sein oder Sie gesehen haben, als er vor der Brandstiftung das Terrain sondierte. Möglicherweise hat er sogar das Paraffin und das Stück Stoff absichtlich im Schuppen Ihres Vaters deponiert, weil er beobachtet hatte, dass er und Gloria befreundet waren. Und das heißt, er könnte auch Sie kennen.«

Katy ließ den Kopf hängen. »Daran habe ich nicht gedacht«, gestand sie.

Charles legte einen Finger unter ihr Kinn, hob es leicht an und lächelte. »Ich bin eben Anwalt und werde dafür bezahlt, alle Möglichkeiten in Betracht zu ziehen. Außerdem habe ich im Lauf der Jahre einige ziemlich unangenehme Typen verteidigt und musste lernen, meine von Haus aus vertrauensvolle Natur an die Kandare zu nehmen. Das müssen Sie auch noch lernen, Katy. Aber ich habe Sie nicht ausgeführt, um Ihnen Vorträge zu halten. Trinken wir aus und suchen uns ein nettes Lokal, um etwas zu essen, ja?«

Tatsächlich hatte er schon einen Tisch in einem kleinen italienischen Restaurant reserviert, das nur wenige Schritte vom *Mitre* entfernt und mit den rot-weiß karierten Tischdecken und Kerzen in Chiantiflaschen eher gemütlich als schick war.

Angesichts der Herzlichkeit, mit der Charles vom Kellner und vom Besitzer begrüßt wurde, musste er hier Stammgast sein, deshalb schlug Katy auch vor, dass er für sie bestellen sollte. Alles, was sie über italienisches Essen wusste, beschränkte sich auf ein Restaurant in Bexhill, dessen griechische Besitzer sich einbildeten, Weltoffenheit zu demonstrieren, indem sie Pizza und Lasagne auf ihre Karte setzten. Keine der beiden Speisen schmeckte sonderlich gut.

Charles erwähnte das Notizbuch oder ihren Vater nicht mehr. Stattdessen erkundigte er sich bei der Vorspeise – Pilze in Knoblauchsauce – erneut nach Jilly und der neuen Wohnung und nach Katys sonstigen Interessen.

»Ich bin neugierig, genau wie Sie«, scherzte sie. »Ich beobachte gern Leute, deshalb macht es mir wahrscheinlich auch so viel Freude, eine Arbeit zu haben, in der es um Menschen und ihre Geschichten geht. Ich gehe gern tanzen und schwimmen und lese viel, und wenn ich ein eigenes Haus hätte, würde ich mich intensiv mit Kochen und Gartenarbeit beschäftigen. Und was ist mit Ihnen?«

Er verzog das Gesicht zu einer komischen Grimasse und ließ einen Finger um seine Schläfe kreisen, als wollte er andeuten, dass nicht allzu viel in seinem Kopf war. »Ich spiele leidlich Cricket und schlecht Klavier. Ich mag Bücher und lange Spaziergänge auf dem Land, aber im Gegensatz zu Ihnen bin ich oft unzufrieden mit meinem Beruf, weil ich mehr von den Menschen erwarte, als man im Allgemeinen bekommt. Sie lügen und betrügen, kennen keine Loyalität und sind habgierig.«

»Was würden Sie denn machen, wenn Sie an Ihrem Beruf noch etwas ändern könnten?«

»Sie werden mich auslachen.«

»Bestimmt nicht«, versprach sie.

Er zögerte und ließ sein Glas zwischen den Fingern kreisen. »Ich hätte gern eine Gärtnerei, um Bäume und Blumen zu ziehen und zu verkaufen«, platzte er heraus.

»Das finde ich sehr schön«, sagte sie. »Sie haben gar nicht erwähnt, dass Sie gern gärtnern.«

»Nur weil Sie es gerade gesagt haben. Als Kind habe ich meinem Großvater leidenschaftlich gern bei der Gartenarbeit geholfen, Setzlinge pikiert, Kompost durchgesiebt, Pflanzen gegossen, all das. Wenn ich daheim bin, kann ich ein bisschen Unkraut jäten und die Hecken stutzen, aber eigentlich haben meine Eltern es nicht besonders gern, wenn ich mich in ihrem Garten zu schaffen mache.«

»Meine auch nicht«, lachte Katy. »Mein Vater beobachtet mich wie ein Luchs, wenn ich Unkraut jäte, weil er Angst hat, ich könnte aus Versehen Blumen ausrupfen. Er lässt mich nie irgendwelche Entscheidungen treffen, zum Beispiel über die Farben unserer Blumenbeete, und nimmt auch keine Anregungen für unseren Gemüsegarten an.«

Sie mussten beide lachen, und auf einmal wurde Katy bewusst, dass sie diesen Mann wirklich mochte, nicht nur, weil er phantastisch aussah und einen guten Job hatte, nein, sie hatte einfach das Gefühl, es wäre schön, wenn dieser Abend nie enden würde.

Sie ließen sich beim Essen Zeit, weil sie so viel redeten. Es gab Hühnchen in Tomaten-Basilikum-Sauce, aber Katy nahm kaum wahr, was sie aß, weil sie zu sehr damit beschäftigt war,

Charles anzuschauen. Er war so lebhaft, wenn er redete, so anders als die meisten Männer, die sie von früher kannte und die Mühe hatten, einen vollständigen Satz zu bilden, geschweige denn anregende Konversation zu machen. Und dann noch diese samtigen braunen Augen, bei denen ihr wohlige Schauer über den Rücken liefen!

Sie hatte nicht vorgehabt, über ihre Mutter zu reden, aber auf einmal ertappte sie sich dabei, ihm zu erzählen, wie schwierig Hilda war.

»Mein ganzes Leben war ich bemüht, sie zu besänftigen«, sagte sie. »Dad geht es genauso. Ständig ist sie schlecht gelaunt und mürrisch, nie freut sie sich über etwas.«

»Meine Großmutter väterlicherseits war auch so«, sagte er. »Sie hat meinem Großvater das Leben zur Hölle gemacht, und meinen Vater hat sie auch schlecht behandelt. Aber er konnte nach Cambridge entwischen und hielt sich danach von ihr fern. Später versuchte er es noch einmal mit ihr und nahm uns Kinder mit, weil er hoffte, dass sie sich der nächsten Generation gegenüber anders verhalten würde. Aber es hatte keinen Zweck, immer hat sie gemäkelt und geschimpft, nie konnte man ihr etwas recht machen. Grandpa verbrachte so viel Zeit wie möglich im Garten, um ihr aus dem Weg zu gehen. Das ist mir schon aufgefallen, als ich erst fünf, sechs Jahre alt war. Sie starb, als ich dreizehn war, und um ehrlich zu sein, es war, als würde meinem Vater und meinem Großvater eine Last von den Schultern genommen. Ich erinnere mich, wie ich nach der Beerdigung mit meinem Vater zu meinem Grandpa ging. Die beiden tranken Whisky, wir spielten Karten. Sie waren richtig fröhlich, lachten über alles Mögliche und alberten mit mir herum. Danach war ich oft bei meinem Großvater und half ihm im Garten. Über meine Großmutter sprach er nie – mit meinem Vater auch nicht, glaube ich –, und wir konnten alle sehen, wie viel besser es ihm ging.«

»Ich frage mich, ob mein Dad zu meiner Mutter zurückkehrt, wenn diese furchtbare Sache erst einmal ausgestanden ist«, sagte Katy. »Ich glaube nicht, dass sie ihn im Gefängnis besucht oder ihm auch nur geschrieben hat. Sie hat gesagt, sie würde ihn nicht mehr ins Haus lassen, falls er auf Kaution freikommt.«

»Ihm zuliebe hoffe ich, dass er nicht zu ihr zurückgeht. Mein Großvater hat meine Großmutter um acht Jahre überlebt, und in dieser Zeit war er glücklicher als je zuvor. Er hätte sie schon viel früher verlassen sollen, aber natürlich kam für seine Generation eine Scheidung nicht in Frage. Mein Vater hat mir einmal erzählt, dass er sich in meine Mutter verliebt hat, weil sie so viel lachte. Sie hat nie jemanden kritisiert, nicht mal uns Kinder. Ich finde, auf diese Art funktioniert Erziehung viel besser; wir alle wollten brav sein und etwas leisten, damit sie stolz auf uns sein konnte.«

»Dann war sie wohl sehr stolz, als Sie Anwalt geworden sind?«

»Wissen Sie, Katy, wenn ich die Karten auf den Tisch gelegt und gestanden hätte, dass ich lieber Gärtner werden würde, wäre sie genauso stolz gewesen – vielleicht sogar noch mehr, weil sie mir bei diesem Berufswunsch besser hätte helfen können. Aber Grandpa war Anwalt, und ich glaube, deshalb habe ich mich dafür entschieden, Jura zu studieren.«

»Und ich bin sicher, Sie sind ein sehr guter Anwalt. Außerdem müssen Sie ja nicht dabeibleiben, Sie können jederzeit aufhören und etwas anderes probieren. Aber gehen Sie nicht so bald, ich bin gerade erst nach London gekommen und möchte Sie gern noch besser kennenlernen.«

Die Worte waren kaum aus ihrem Mund, als Katy wünschte, sie hätte nach dem Sekt nicht noch zwei Gläser Wein getrunken. Jetzt war sie wirklich zu forsch rangegangen! Genau genommen hatte sie den ganzen Abend das gemacht, was sie sich selbst gelobt hatte, nie zu tun, nämlich viel zu viel von sich preisgegeben.

Fast fürchtete sie sich davor, ihn anzuschauen. Als sie es dennoch wagte, lächelte er.

»Wie schön, dass Sie das sagen, Katy. Sie haben es geschafft, die Kanzlei Frey, Hurst and Herbert auf einmal sehr viel attraktiver erscheinen zu lassen.«

Charles begleitete sie in der U-Bahn bis nach Hammersmith. Als sie aus der Station kamen, legte er einen Arm um sie und zog sie zärtlich an sich. »Du bist ein Schatz«, sagte er leise. »Noch dazu ein unentdeckter Schatz, denn ich habe das Gefühl, dass dich noch nie jemand richtig zu schätzen gewusst hat.«

Er drehte sie zu sich herum und küsste sie, ohne sich darum zu kümmern, dass Leute an ihnen vorbeigingen.

Es war der beste Kuss, den sie je erlebt hatte. Ihre Zehen kringelten sich ein, ihr Herz schlug schneller, und ihr Inneres fühlte sich an, als würde es sanft in eine verlockende und völlig unbekannte Richtung gezogen.

Der Kuss schien kein Ende zu nehmen. Katy wollte nicht, dass er aufhörte, aber irgendwann löste sich Charles von ihr, hielt sie aber immer noch fest im Arm.

»Ich habe meinen Eltern leider schon versprochen, am Wochenende zu Besuch zu kommen«, sagte er nach einer Weile. »Jetzt wünschte ich, ich hätte es nicht getan, weil ich viel lieber mit dir zusammen wäre. Aber vielleicht können wir uns am Montag einen Film anschauen. Im Kino läuft *Alexis Sorbas*, und ich habe gehört, er soll sehr gut sein.«

»Sehr gern«, sagte sie und dachte dabei, dass sie auch glücklich und zufrieden in einer eiskalten Bushaltestelle sitzen würde, solange er nur bei ihr war.

Er brachte sie bis nach Hause und küsste sie zum Abschied, diesmal sogar noch leidenschaftlicher.

»Ich muss jetzt gehen«, sagte er irgendwann. »Sonst erwische ich die U-Bahn nach Westminster nicht mehr. Wir sehen uns am Montag.«

Katy lief die Stufen zur Haustür hinauf und schaute ihm nach. Trotz seines dicken dunkelblauen Wintermantels wirkte er schlank und drahtig, und er hatte einen schönen Gang – weit ausholende, energische Schritte. Den halben Weg die Straße hinunter drehte er sich um, winkte ihr zu und ging eine Weile rückwärts weiter.

Katy legte beide Hände an ihr Gesicht. Trotz der Kälte schienen ihre Wangen sehr warm zu sein, und sie hätte am liebsten vor Freude jubiliert und auf dem Bürgersteig einen kleinen Tanz hingelegt.

KAPITEL 8

Katy wurde von Jilly geweckt, die gerade auf einem Bein herumhopste und versuchte, in ihre Jeans zu kommen. Sie hatte schon geschlafen, als Katy am Vorabend nach Hause kam, und deshalb noch nichts über die Verabredung mit Charles erfahren.

Katy erwartete ein regelrechtes Kreuzverhör von ihrer Freundin, aber offensichtlich hatte Jilly Angst, zu spät zur Arbeit zu kommen, und war in Eile.

Als sie zur Tür lief, drehte sie sich noch einmal um. »Wie war dein Date?«

»Spitzenklasse«, antwortete Katy. »Aber ich will dich jetzt nicht aufhalten – Einzelheiten gibt es heute Abend.«

»Ich kann es kaum erwarten!« Jilly verdrehte die Augen. »Schlaf noch ein bisschen und träum von ihm!«

Katy blieb noch eine Weile im Bett liegen und dachte träumerisch an Charles' Küsse, aber sie war zu aufgekratzt, um wieder einschlafen zu können. Sie hatte ein schlechtes Gewissen, weil sie so glücklich war, obwohl ihr Vater im Gefängnis saß. Charles hatte ihr eindringlich davon abgeraten, sich auf die Suche nach dem roten Jaguar zu machen, aber sie sah nicht ein, was ihr Schlimmes passieren könnte, wenn sie lediglich an jeder dieser sechs Adressen vorbeispazierte. Da sich die Leute meistens nur an ihr auffallendes Haar erinnerten, würde sie es unter einer Wollmütze verstecken. Außerdem wollte sie London sowieso ein bisschen erkunden, und es war ein herrlicher kalter, klarer Tag, ideal für einen Spaziergang.

Zwei Stunden später, kurz vor elf, mit Joans üppigem Frühstück im Magen, stand Katy draußen vor der U-Bahn-Station

Hampstead und studierte ihren Stadtplan. Die erste Adresse schien sich oben auf dem Hügel zu befinden, mit Blick auf die Heide. Sie war noch nie vorher in Hampstead gewesen und ein bisschen überrascht, wie wohlhabend die Gegend wirkte. Es war verlockend, in eine der Boutiquen oder einen der Schmuckläden zu gehen, an denen sie vorbeikam, und ein bisschen zu stöbern, aber sie widerstand der Versuchung, indem sie sich sagte, dass sie irgendwann mit Jilly herkommen könnte, um einen Einkaufsbummel zu machen.

Bei der ersten Adresse, wo eine Margaret Foster mit ihren zwei Söhnen im Alter von fünf und sieben Jahren gelebt hatte, handelte es sich um ein elegantes Haus aus der georgianischen Zeit mit ummauertem Garten. Katy blieb vor dem hohen schmiedeeisernen Tor stehen und spähte hinein.

Margarets Ehemann war Chirurg am Royal Free Hospital. Niemand, der dieses Haus mit der dunkelblau lackierten Eingangstür und den beiden sorgfältig in Kugelform gestutzten immergrünen Büschen in Steingefäßen sah, würde je auf den Gedanken kommen, hinter dieser Fassade könnten sich rohe Gewalt und Brutalität verbergen. In der Mitte der Rasenfläche stand ein kleiner Baum, und rundherum blühten Schneeglöckchen, die ersten, die Katy in diesem Jahr zu sehen bekam. Später im Jahr musste der Garten wirklich schön sein, denn trotz der Jahreszeit und des Mangels an Blattwerk und Blumen sah man deutlich, wie gepflegt er war.

Aber es gab weder eine Einfahrt noch eine Garage, und auch auf der Straße vor dem Haus stand kein roter Jaguar. Natürlich mochte der Besitzer mit dem Auto zur Arbeit gefahren sein und es dort abgestellt haben; vielleicht musste sie abends noch einmal herkommen.

Die nächste Adresse erforderte einen längeren Fußmarsch, als anhand des Stadtplans zu vermuten gewesen wäre, und lag fast schon in Golders Green. Doch obwohl auch diese Gegend gutbürgerlich wirkte, war Suzanne Freemans ehemaliges Zuhause nicht so schön wie das von Margaret Foster. Es war eine Doppelhaushälfte im Pseudo-Tudor-Stil und hätte dringend einen neuen weißen Anstrich vertragen können. Auch der Vorgarten, in den der Wind allerlei Unrat geweht hatte, wirkte stark vernachlässigt.

In der Einfahrt polierte ein Mann, möglicherweise Mr Freeman, gerade sein Auto, einen dunkelblauen Ford Zodiac. Die Garagentüren standen weit offen, ein anderes Auto war nicht zu sehen. Katy ging rasch weiter.

Als sie in Golders Green und damit bei ihrer dritten Adresse angelangt war, drohte Katy allmählich schlappzumachen. Sie fand ein bescheidenes Zweifamilienhaus mit strahlend weißen Netzgardinen im Fenster und einem gepflasterten Vorgarten vor, und der Wagen, der in der Einfahrt stand, war ein alter schwarzer Ford.

Nachdem sich Katy in einem Café bei der U-Bahn-Station Golders Green gestärkt hatte, stieg sie in den Zug nach Hendon. Zwei der Adressen waren in der Nähe des Bahnhofs und nicht weit voneinander entfernt, eine Erleichterung für Katy, der mittlerweile die Füße wehtaten. Sie glaubte nicht, dass sie es heute noch bis zu der sechsten Adresse schaffen würde.

Die vierte Adresse entpuppte sich als ausgesprochen schäbiges Reihenhaus; sie konnte sich beim besten Willen nicht vorstellen, dass jemand, der dort wohnte, einen teuren Jaguar fuhr.

Die fünfte Adresse, Woodville Road Nummer 10, lag nur wenige Straßen entfernt und erwies sich als hübsches Einfamilienhaus aus den Dreißigerjahren. Es war an einen Hang gebaut, die Garage befand sich unter dem Wohngebäude, und einige Stufen führten zur Eingangstür. Die Einfahrt führte in einem Bogen am Haus vorbei zum Garagentor, und selbst von der Straße konnte Katy das große, schimmernde neue Vorhängeschloss am Tor erkennen. Die Fensterscheiben waren blitzblank geputzt, die Vorhänge penibel symmetrisch aufgehängt, die Einfahrt war sauber gekehrt und frei von jeglichem Unkraut, was darauf hinwies, dass der Eigentümer sein Anwesen hegte und pflegte.

Dennoch erfüllte irgendetwas an der Größe des Vorhängeschlosses und der Tatsache, dass es offensichtlich funkelnagelneu war, Katy mit Argwohn und Unruhe. Sie erinnerte sich, dass Deirdre Reilly laut Ednas Aufzeichnungen wegen der Verletzungen, die ihr Mann ihr zugefügt hatte, längere Zeit im Krankenhaus verbracht hatte. Sie hatte Gloria und Edna erzählt, dass er sie oft tagelang in der Garage eingesperrt hatte, manchmal aus so trivialen Gründen wie Unkraut in der Einfahrt oder Fingerabdrücken der Kinder auf den Fensterscheiben. Eines ihrer Kinder, ein Junge namens Tony, war wegen der Dinge, die er gesehen hatte, so traumatisiert, dass er psychiatrische Hilfe brauchte.

Als Katy bewusst wurde, dass sie schon zu lange vor dem Haus stand und es anstarrte, ging sie rasch weiter. Ein Stück die Straße hinunter bemerkte sie einen Mann, der sich am Motor seines Wagens zu schaffen machte. Plötzlich hatte sie eine Idee.

»Entschuldigen Sie bitte«, sprach sie den Mann an. »Könnten Sie mir vielleicht sagen, ob jemand hier in der Straße einen dunkelroten Jaguar fährt?«

»Ja, Reilly auf der Nummer 10«, antwortete der Mann. »Warum wollen Sie das denn wissen?«

Katy schluckte. »Na ja, neulich hat ein Mann in einem Jaguar mein Auto gestreift und ist einfach weitergefahren. Ich hätte gern sein Kennzeichen für meine Schadensmeldung an die Versicherung.«

»Da kann ich Ihnen leider nicht helfen, Schätzchen. Ich habe keine Ahnung, welche Autonummer er hat, weil er den Wagen immer in die Garage stellt. Aber das klingt ganz nach dem Schnösel Reilly. Bildet sich ein, was Besseres zu sein.«

Katy war entzückt, dass sie ihr Ziel erreicht hatte. Jetzt brauchte sie nur noch nach Hause zu fahren, Mr Bonham anzurufen und ihn zu bitten, Namen und Anschrift dieses Reilly an die Polizei weiterzuleiten. Sie bedankte sich bei dem Mann und schlug den Rückweg zur U-Bahn-Station ein.

*

Edward Reilly rannte die Treppe hinunter und schnappte sich seinen Mantel und Schal, sowie er die junge Frau entdeckte, die sein Haus anstarrte. Er kannte sie, aber er wusste nicht, woher.

Es dauerte einen Moment, ehe es ihm wieder einfiel. Sie war die Tochter von Albert Speed, dem Mann, den man wegen der Brandstiftung bei Gloria Reynolds' Haus verhaftet hatte.

»Wie hat sie herausbekommen, wo ich wohne?«, fragte er sich. »Und was weiß sie sonst noch?«

Als er aus dem Wohnzimmerfenster spähte, um zu sehen, was sie gerade machte, stellte er fest, dass sie mit einem seiner Nachbarn sprach, und gleich darauf schauten beide auf Eds Haus. In diesem Augenblick wusste er, dass er sie zum Schweigen bringen musste, und zwar schnell.

Reilly war ein Fan von Krimis, und er hatte in vielen dieser Bücher gelesen, dass die erfolgreichsten Verbrecher eine falsche Spur legten, um den Verdacht auf jemand anderen zu lenken. Er war gerade dabei gewesen, den Bereich hinter Gloria Reynolds' Haus zu begutachten, um sich zu überlegen, wie er es am besten in Brand stecken könnte, als er sah, wie ein Mann aus ihrer Hintertür kam und die Reynolds ihm eine Kusshand zuwarf.

Es schien nur vernünftig, dem Mann zu folgen. Zu Eds Freude wohnte er in dem Haus gleich gegenüber. Allein die Art, wie er eher verstohlen aus der Tür gekommen und die Hintergasse entlanggeschlichen war, bevor er erst ein ganzes Stück weiter unten auf die Collington Avenue trat, überzeugte Ed davon, dass die beiden eine Affäre hatten. Plötzlich wusste er, was er zu tun hatte. Er würde Indizien hinterlassen, die diesen Mann belasteten.

Erst nachdem er an einem Sonntag in den frühen Morgenstunden in den Schuppen des Mannes eingedrungen war und dort einen Benzinkanister mit Paraffin gefüllt hatte, machte er sich daran, das Feuer zu legen. Außerdem hatte er in Albert Speeds Gartenschuppen noch ein Stück von demselben Vorhangstoff zurückgelassen, den er mit Paraffin tränken und durch Gloria Reynolds' Briefschlitz stopfen wollte.

Ed verließ die Collington Avenue sofort, nachdem er den Stofffetzen angezündet hatte. Schon als er seinen Wagen erreichte, der eine Straße weiter weg stand, konnte er den hellen Lichtschein des Feuers sehen. Hochbefriedigt fuhr er davon.

Er hatte nicht die Absicht gehabt, noch einmal nach Bexhill zurückzukehren. Aber seine Neugier, was in der Stadt über den Brand geredet wurde, trieb ihn wieder hin, denn in den landesweiten Zeitungen wurde der Vorfall kaum erwähnt. In Bexhill konnte er der Versuchung nicht widerstehen, zwei, drei Einheimische zu fragen, was sie angesichts einer derartigen Tragödie in ihrem Heimatort empfanden und ob sie Gloria Reynolds gekannt hätten. Die Leute waren geteilter Meinung. Manche meinten, sie wäre eine sehr nette Frau gewesen, andere hielten sie für eine Art Femme fatale. Aber niemand konnte glauben, dass ein angesehener Geschäftsmann wie Speed ein Haus in Brand stecken würde.

Ed wurde klar, dass er weit mehr über den Mann in Erfahrung bringen musste, den er in die Sache verwickelt hatte. Unter dem Vorwand, Hustensaft kaufen zu wollen, verwickelte er bei *Boots* eine mollige, geschwätzige Verkäuferin in ein Gespräch und erwähnte dabei das Feuer in der Collington Avenue. Sie fing sofort an, über Gloria Reynolds zu reden, was für eine nette Person sie selbst und wie schick ihr Modegeschäft war, und fragte ihn, ob er sie gekannt hatte. Nur flüchtig, antwortete er, und er könne nicht glauben, dass irgendjemand den Wunsch gehabt haben könnte, sie zu töten. Worauf die Frau erwiderte, sie wäre überzeugt, die Polizei hätte mit Albert Speed bestimmt den Falschen erwischt.

»Ich kenne ihn seit Jahren«, versicherte sie Ed. »Er war oft hier, meistens mit seiner Tochter Katy. Jetzt ist sie natürlich schon erwachsen. Übrigens arbeitet sie in der Anwaltskanzlei ein Stück die Straße runter.«

Und so spazierte Ed eine halbe Stunde später an den Fenstern der Kanzlei vorbei und sah dabei ein hübsches, zierliches Mädchen mit langem, rotblondem Haar. Alberts Tochter Katy.

Heute sah sie anders aus, weil sie ihr tolles Haar unter einer braunen Wollmütze verbarg. Aber es war eindeutig Katy Speed, die hier vor seinem Haus stand.

Was machte sie in London? War sie hergezogen oder nur gekommen, um herumzuschnüffeln? Und wie in aller Welt hatte sie etwas von ihm erfahren und wusste, wo er wohnte?

Während er darauf wartete, dass sie wieder an seinem Haus vorbeikam, steckte er Schlüssel und Brieftasche ein. Sobald sie um die Ecke gebogen war, verließ er das Haus und folgte ihr. Als er die Hauptstraße erreichte, betrat sie gerade die U-Bahn-Station. Ed beschleunigte seine Schritte und stand direkt hinter ihr, als sie am Schalter eine Karte nach Hammersmith verlangte. Als sie zum Bahnsteig ging, kaufte auch er sich einen Fahrschein.

Ed blieb im hinteren Teil des Waggons, ein gutes Stück von dem Mädchen entfernt, griff nach einer liegen gebliebenen Zeitung und gab vor, zu lesen, ließ Katy aber in Wirklichkeit keine Sekunde aus den Augen. Noch waren nur wenige Leute im Wagen, aber er wusste, dass sich der Zug nach der Station Camden Town rasch füllen würde.

Katy Speed war ein hübsches, zart gebautes Mädchen mit feinen Gesichtszügen und samtiger Pfirsichhaut. Tatsächlich erinnerte sie ihn an Deirdre, wie sie zum Zeitpunkt ihrer Heirat ausgesehen hatte. Aber er bezweifelte, dass Katy so gefügig wie Deirdre war. Seine frischgebackene Ehefrau war so dankbar gewesen, in einem schönen Haus leben zu dürfen, dass sie alles tat, was er ihr sagte. Sie erkannte nie, dass er sie vielleicht nicht mehr geschlagen hätte, wenn sie sich einfach mal gewehrt hätte – irgendwann wurde es langweilig, zu sehen, wie sie sich vor ihm duckte oder versuchte, ihn zu besänftigen.

Aber dieses Mädchen war eine Kämpfernatur. Das musste sie sein, wenn sie versuchte, den Namen ihres Vaters reinzuwaschen, indem sie durch London marschierte und sich damit praktisch in die Höhle des Löwen begab. Genau die Art Mädchen, von dem er sein Leben lang geträumt hatte. Ein Mädchen, das sich nicht beugen würde, ganz gleich, was er ihr antat. Eine phantastische Herausforderung.

Wie war sie bloß an seine Adresse gekommen? Er hatte vier Jahre gebraucht, um herauszubekommen, wer Deirdre geholfen hatte, als sie mit den Kindern vor ihm weglief. Er wusste, dass es eine zweite Frau gab, die für die Autofahrten zuständig war, aber er kannte ihren Namen nicht. Bei der Beerdigung von Gloria Reynolds und ihrer Tochter hatte er sich unter die Geschäftsleute aus ihrem Bekanntenkreis gemischt und sorgfältig darauf geachtet, nicht aus der Menge hervorzustechen. Schon bald fiel ihm eine dicke, stämmige Frau auf, die sehr verstört wirkte. Die Art, wie sie sich ständig umdrehte, als erwartete sie halb, jemand würde sich auf sie stürzen, war ein todsicherer Beweis. Sein Verdacht bestätigte sich, als er ihr Haus beobachtete; sie hatte unverkennbar Angst, dass ihr jemand auf den Fersen war. Und dann verließ sie mit einem Koffer in der Hand bei Einbruch der Dunkelheit das Haus. Er war sich ziemlich sicher, dass er sie erledigt hatte, als er sie von der Straße drängte. Er hörte das Platschen, als das Auto im Fluss landete, und sah die Scheinwerfer erlöschen.

Leider hatte er noch keine Bestätigung, dass sie tatsächlich ertrunken war. Er war schnurstracks nach London zurückgefahren, und in der überregionalen Presse fand der Vorfall keine Erwähnung. Aber selbst wenn die Frau es irgendwie geschafft hatte, aus dem Wagen zu kommen und zu überleben, konnte sie ihm nichts anhaben. Das Licht seiner Scheinwerfer musste sie geblendet haben, als er sie rammte.

Edward Reilly bildete sich ein, schlauer als der Durchschnitt zu sein. Bis zu einem gewissen Grad hatte er damit recht; obwohl er aus ärmlichen Verhältnissen stammte und nur eine mäßige Schulbildung genossen hatte, war es ihm gelungen, fast eine Million anzuhäufen, wenn er sein Haus und den Wert seiner Baufirma mitrechnete.

Zur Welt gekommen war er in Dover. Sein Vater hatte sich noch vor seiner Geburt aus dem Staub gemacht, um zur See zu fahren, und überließ es Eds Mutter und seiner Großmutter, ihn in einem heruntergekommenen Mietshaus großzuziehen. Nach Eds Ansicht musste sein Vater ein attraktiver, gerissener Bursche gewesen sein, der den Fehler begangen hatte, sich mit einem billigen Flittchen einzulassen, das überzeugt war, sich einen Ehemann geangelt zu haben, indem es sich von ihm schwängern ließ.

Dieses Bild von seinem Vater hatte er sich gemacht, weil er glaubte, er müsste sein dunkles, attraktives Aussehen von ihm geerbt haben – und auch seinen Scharfsinn, denn von seiner Mutter kam beides sicher nicht. Sie hatte weder das tiefschwarze Haar, noch die brütenden dunklen Augen; sie war bleich und mager, und ihre Augen waren von einem so wässrigen Blau, dass sie fast farblos wirkten. Außerdem war sie dumm, konnte kaum lesen und schreiben, und so willensschwach, dass man alles mit ihr machen konnte. Seine Großmutter war um nichts besser; was sie an Geld in die Hände bekam, wurde für Gin ausgegeben.

Seit dem Alter von fünf, sechs Jahren, als Ed alt genug war, um zu begreifen, wie unterschiedlich die Menschen lebten, schwor er sich, reich zu werden. Er war siebzehn, als der Krieg ausbrach, und wenn er alt genug gewesen wäre, um sich schon damals zum Militär zu melden, wäre er sofort gegangen, weil er es satthatte, sich mit Farmarbeit zu schinden und mühsam seinen Lebensunterhalt zusammenzukratzen. Er machte manchmal auch bei Boxkämpfen mit bloßen Fäusten mit, was durchaus lukrativ war, fürchtete aber, er könnte bei einem solchen Kampf sein gutes Aussehen und damit seine Chancen bei den Mädchen verlieren. In der Armee zu dienen würde ihm ermöglichen, zu zeigen, wie zäh und mutig er in Wirklichkeit war, glaubte er.

Schließlich wurde er achtzehn und konnte in die Armee eintreten. Er absolvierte die Grundausbildung mit fliegenden Fahnen und wurde nach Ägypten verschifft. Sein Aussehen, ein gewisser ungeschliffener Charme und vor allem seine Gerissenheit führten ihn bald von den Gefahren der Schlacht zu einem Bürojob, wo er für den Nachschub verantwortlich war. Der Umgang mit den Offizieren vermittelte ihm nicht nur ein Bild des Lebens, wie er es seiner Meinung nach eines Tages führen sollte, sondern machte ihm auch bewusst, dass er die Art, wie diese Männer sprachen, aßen, sich kleideten und benahmen, nachahmen musste, wenn er seine niedrige Herkunft verheimlichen wollte.

Es war ein Offizier, ein gewisser Major Royston Hawkins, ein Mann, der genauso skrupellos war wie Ed, der ihn nach Kriegsende in die Bauwirtschaft einführte. Hawkins hatte in London etliche Reihenhausanlagen geerbt, von denen viele heftige Bombenschäden erlitten hatten. Und er hatte keine Lust, sich mit dem »Pöbel« abzugeben, wie er seine Mieter nannte, von denen viele während des Kriegs keine Miete bezahlt hatten. Er bot Ed fünfzig Prozent des Profits dafür an, die Liegenschaften zu verwalten, aber auch dafür zu sorgen, dass die Häuser repariert wurden und die Bewohner ihre Miete bezahlten.

Es war der ideale Job für Ed. Er neigte nicht dazu, sein Gewissen durch Mitleid mit Armen, Kranken, Alten oder Bedürftigen zu belasten. Wenn die Leute ihre Miete nicht zahlten, saßen sie vor der Tür. Er stellte Männer, die so verzweifelt waren, dass sie jeden Job genommen hätten, für die Sanierungsarbeiten ein, zahlte ihnen einen lausigen Lohn und verwendete noch dazu für die Reparaturen die billigsten Materialien.

Auf diese Art kam er rasch zu Geld und gründete mit achtundzwanzig ein eigenes Unternehmen mit dem Namen *Reilly's Real Homes.* Dann kaufte er rund um London Land und stopfte es mit so vielen Häusern wie möglich voll. Zu dieser Zeit lernte er Deirdre kennen. Sie war hübsch, hatte eine Klosterschule besucht und den Krieg über als Haushälterin in einem stattlichen Anwesen in Northumberland gearbeitet. Ed war klar, dass sie sich in Fragen der Etikette auskannte und wissen würde, wie man das imposante Haus, das er über kurz oder lang zu besitzen gedachte, zu führen hatte.

Aber es lief nicht wie erwartet. Deirdre wurde schwanger, kaum dass die Tinte auf ihrer Heiratsurkunde getrocknet war, und Ed hatte sich bestenfalls erwachsene Söhne vorgestellt, die genauso waren wie er, nicht etwa schreiende Babys. Dann brach in einer seiner Immobilien ein Feuer aus und griff auf drei weitere Häuser über. Eine junge Mutter kam in den Flammen um, zwei Kinder erlitten schwere Verbrennungen. Eine Untersuchung ergab, dass die elektrischen Leitungen in sämtlichen Gebäuden fehlerhaft verlegt waren. Noch dazu waren sie mit so minderwertigen Materialien gebaut worden, dass sie abgerissen werden mussten. Überprüfungen weiterer Häuser, die seine Baufirma errichtet hatte, deckten auf, dass viele von ihnen nicht den Sicherheitsstandards entsprachen. Auf einmal war der Name *Reilly's Real Homes* ein Synonym für Pfusch am Bau, und die Menge forderte lautstark sein Blut.

Er hatte große Kredite aufgenommen und musste sein Unternehmen verkaufen, um sie zurückzahlen zu können. Damit landete er wieder dort, wo er angefangen hatte. Der Traum vom eigenen Anwesen war geplatzt; er nahm einen Job als Vertreter an und musste abends in eine kleine Wohnung zurückkehren, mit einem brüllenden Kleinkind und einer Frau, die ihm auf die Nerven ging.

Er ließ seine Wut an Deirdre aus. Zuerst schämte er sich, wenn er sie schlug, aber schon bald stellte er fest, dass sich seine innere Anspannung löste, wenn er ihr wehtat. Es war leicht, Gründe für Schläge zu finden: das Essen, das nicht rechtzeitig auf dem Tisch stand, ein Hemd, das nicht perfekt gebügelt war. Zu der Zeit, als ihr zweiter Sohn geboren wurde, hatte er unter einem anderen Namen einen Neuanfang im Baugewerbe gewagt und begann, wieder Geld zu machen. Aber Deirdre mit ihrer klagenden Stimme und den vorwurfsvollen Augen reizte ihn zu immer größerer Brutalität.

Jetzt folgte Ed Katy aus der Station Hammersmith, wobei er sorgfältig Abstand hielt, damit sie ihn nicht bemerkte. An ihrem schwungvollen Gang merkte er, wie aufgekratzt sie war, und er fing an zu überlegen, wie er sich das Mädchen schnappen könnte. Hier und jetzt war es nicht möglich. Es war fast dunkel, aber noch waren zu viele Menschen unterwegs; außerdem hatte er kein Fahrzeug, in das er sie verfrachten könnte.

Er würde sich merken, wo sie wohnte, dann nach Hause zurückfahren und seinen Wagen holen. Mädchen in ihrem Alter gingen am Samstagabend gewöhnlich aus, und sobald sie das Haus verließ, würde er zuschlagen. Es erschien ihm wenig wahrscheinlich, dass sie jemandem mitteilte, was sie entdeckt hatte, bevor sie den Rechtsanwalt ihres Vaters in Kenntnis gesetzt hatte. Schließlich arbeitete sie in einer Anwaltskanzlei und war darauf geschult, Informationen für sich zu behalten. Und Speeds Anwalt würde nicht vor Montag in seinem Büro sein. Wenn das Mädchen die Absicht gehabt hätte, sich an die Polizei zu wenden, wäre sie direkt zum Revier in Hendon gegangen. Ob sie möglicherweise ihren Glauben an die Polizei verloren hatte?

Das Mädchen bog in eine Nebenstraße ein. Ed blieb an der Ecke stehen und spähte ihr im Schutz einer Ligusterhecke hinterher. Katy stieg sechs Häuser weiter die Stufen zur Eingangstür hinauf. Direkt vor dem Haus stand eine Straßenlaterne, er konnte es also deutlich sehen.

Nur für den Fall, dass sie gleich wieder herauskam, wartete er kurz. Als sie nicht erschien, drehte er sich um und ging zur U-Bahn-Station zurück.

»Was hast du denn heute so getrieben?«, fragte Joan, als Katy hereinkam und sich aufs Sofa fallen ließ. »Du siehst ja total erledigt aus!«

»Nur eine kleine Erkundungstour«, erwiderte Katy. »Aber ich bin weiter gegangen, als ich beabsichtigt hatte, bis nach Hampstead. Schön ist es da!«

»Ja, Ken und mir gefällt es auch sehr gut. Im Sommer gehen wir gern auf der Heide spazieren und danach auf einen Drink ins *Spaniards Inn*. Als wir noch jünger waren, sind wir gelegentlich in den Badeteichen schwimmen gegangen. Das kannst du mit Jilly ja auch mal machen, wenn es wärmer wird, und …«

Das Klingeln des Telefons unterbrach sie. Joan ging an den Apparat.

»Es ist Jilly, Katy«, rief sie. »Sie möchte mit dir sprechen.«

Jilly klang sehr aufgeregt. Barry, der Kollege, der ihr so gut gefiel, gab an diesem Abend eine Party und hatte sie gefragt, ob sie kommen wollte. Katy war auch eingeladen.

»Liebend gern, hab ich gesagt.« Jilly kreischte fast vor Aufregung. »Aber ich kann nicht extra nach Hause fahren, um mich umzuziehen. Bringst du mir ein paar Klamotten mit?«

Sie zählte auf, was sie haben wollte, und gab Katy eine Telefonnummer. »Wenn du von der Telefonzelle gleich beim Eingang anrufst, komme ich raus und lasse dich beim Personaleingang rein«, sagte Jilly. »Ein paar andere von der Arbeit gehen auch hin, und wir nehmen hier noch ein paar Drinks, bevor wir alle losziehen. Es ist direkt gegenüber, ein Katzensprung!«

Sie vereinbarten noch, dass Katy gegen acht kommen sollte, dann legte Jilly auf.

Joan wirkte etwas verstimmt, als sie erfuhr, dass ihre Nichte nicht zum Abendessen kommen würde. Sie hätte einen Schmortopf gemacht, sagte sie.

»Den kann sie morgen doch auch noch essen«, sagte Katy beschwichtigend. Joan war eine richtige Glucke und hätte sie und Jilly am liebsten ständig gefüttert. »Der Mann, der uns zu seiner Party eingeladen hat, gefällt ihr sehr gut, und deshalb war sie wohl zu aufgeregt, um ans Essen zu denken.«

»Na, jedenfalls du wirst anständig essen«, sagte Joan energisch. »Ich nehme an, auf dieser Party wird getrunken, da braucht man eine solide Unterlage.«

Als Katy ihre Portion Schmortopf verzehrte, der wirklich ausgezeichnet schmeckte, war ihr Joans ewiges Bemuttern zum ersten Mal, seit sie hier wohnte, ein wenig lästig. Aber schon in einer Woche würden sie und Jilly ausziehen, und sie wusste, dass sie undankbar war und sich dafür schämen sollte.

Nach dem Essen nahm Katy ein Bad und zog das grüne Kleid an, das sie kurz vor Weihnachten bei Gloria gekauft hatte. Nachdem sie sich geschminkt und frisiert hatte und in ihre schicksten schwarzen Stilettos geschlüpft war, fühlte sie sich großartig. Sie packte die Kleidungsstücke und Schuhe, um die Jilly gebeten hatte, in eine Tüte und ging nach unten, um dort zu warten, bis es Zeit war, zu gehen.

»Brecht bloß rechtzeitig auf, damit ihr die letzte U-Bahn erwischt«, ermahnte Joan sie. »Und passt gut auf, dass sich die jungen Männer dort keine Freiheiten herausnehmen!«

Katy biss sich auf die Lippe, um nicht loszuprusten. Ihre Mutter benutzte denselben Ausdruck. Katy war sich nicht sicher, was mit diesen »Freiheiten« gemeint war. Der Versuch, ein Mädchen zu küssen? Eine Hand an ihrem Rock hinaufwandern zu lassen?

Reilly schaute zum x-ten Mal auf seine Uhr. Es war Viertel nach sieben, und allmählich verlor er die Geduld.

Sein Wagen stand am Ende der Straße, direkt an der Ecke zur Hauptstraße. Er hatte bereits festgestellt, dass sich genau dort ein halb verfallenes Haus befand. Er könnte das Mädchen in den Vorgarten zerren, es niederschlagen und dann in den Kofferraum seines Autos packen.

Aber dieses elende Warten machte ihn nervös.

KAPITEL 9

Als es plötzlich anfing, in Strömen zu gießen, stieß Ed einen lauten Fluch aus. Bei diesem Wetter war es wenig wahrscheinlich, dass das Mädchen ausgehen würde. Trotzdem schaltete er die Scheibenwischer ein, um bis zu ihrem Haus sehen zu können, und beschloss, für alle Fälle zu bleiben.

Als gegen halb acht die Haustür aufging und Katy heraustrat, hätte er am liebsten gejubelt. Das Sauwetter war wie geschaffen für eine Entführung; kein Mensch war unterwegs, und das Mädchen konzentrierte sich darauf, mit dem Schirm gegen den starken Wind anzukämpfen.

Ed zog sich die Kapuze seines Parkas über den Kopf und stieg aus dem Auto. Ohne noch einen Blick in Katys Richtung zu werfen, klappte er den Kofferraum auf und blieb darüber gebeugt stehen, als würde er etwas suchen. Er konnte hören, wie das Klappern ihrer hohen Absätze immer näher kam.

Er stöberte in seinem Kofferraum, bis Katy auf einer Höhe mit ihm war, packte dann den Wagenheber, fuhr herum und versetzte ihr einen Hieb auf den Hinterkopf.

Der Regenschirm und die Taschen, die sie trug, fielen ihr sofort aus der Hand, und sie selbst sackte leblos in seine Arme. Er fing sie auf, legte sie in den Kofferraum und warf Schirm und Taschen hinterher. Die Straßenlaterne gab ausreichend Licht, um Katys Gesicht erkennen zu lassen, und einen kurzen Moment lang empfand er Scham, weil es so unschuldig und lieblich wirkte. Aber diese Anwandlung war schnell verflogen; er schätzte seine Freiheit viel zu hoch ein, um sich von Sentimentalitäten aufhalten zu lassen.

Jilly saß mit ihrer Kollegin Amy im Aufenthaltsraum und wartete. Beide Mädchen hatten schon ihre Mäntel angezogen und waren aufbruchbereit, und Jilly sah Amy an, wie sie immer ungeduldiger wurde. Alle anderen waren schon längst weg.

»Ich verstehe nicht, wo sie bleibt. Sie hat gesagt, sie würde bis acht Uhr mit meinen Klamotten hier sein.«

»Vielleicht hat sie sich ja verfahren«, meinte Amy, während sie einen Blick in den Spiegel warf und die Haare vor ihren Ohren mit den Fingern zu Korkenzieherlocken drehte. »In die falsche U-Bahn eingestiegen oder so.«

»Ich würde gern noch warten, aber ich habe das Gefühl, du möchtest den Laden gern dichtmachen«, sagte Jilly. »In diesen schmutzigen Sachen kann ich sowieso nicht auf die Party gehen, und ich habe absolut keine Lust, ewig im Regen zu stehen, nur für den Fall, dass Katy doch noch auftaucht.«

»Ich muss abschließen«, sagte Amy. »Und zwar sofort. Und dann gehe ich auf die Party. Und du? Vielleicht solltest du lieber heimfahren.«

Jilly seufzte. »Ja, wahrscheinlich. Ich warte draußen noch kurz. Tut mir leid, dass ich dich aufgehalten habe.«

Jilly blieb noch zwanzig Minuten beim Kartenschalter stehen. Aber obwohl das Häuschen ein wenig Schutz bot, blies ihr der Wind den Regen direkt ins Gesicht, und ihr war sehr kalt. Schließlich gab sie auf und ging zur U-Bahn-Station Camden Town.

Sie war ziemlich sauer auf Katy. Wahrscheinlich hatte sie einen Anruf von ihrem neuen Bekannten aus der Arbeit bekommen und gefunden, es wäre spannender, den Abend mit ihm zu verbringen als mit ihrer alten Freundin. Das war ziemlich fies. Katy wusste ganz genau, dass für Jilly Sinn und Zweck dieser Party war, Barry ein bisschen näherzukommen, und dass sie unmöglich in ihren Arbeitsklamotten hingehen konnte.

Ihre Tante und ihr Onkel saßen vor dem Fernseher, als Jilly

hereinkam, beide in Schlafanzug und Morgenmantel, Joan hatte noch dazu Lockenwickler im Haar. Das Kaminfeuer prasselte, und im Zimmer herrschte eine Temperatur wie in einem Treibhaus.

»Du kommst ja früh nach Hause«, sagte Joan. »Wo ist denn Katy?«

»Sie ist gar nicht beim Zoo aufgetaucht. Ich hab eine Ewigkeit auf sie gewartet.« Jilly ließ sich aufs Sofa fallen und streckte die Hände zum Feuer aus, um sie aufzuwärmen.

»Aber sie ist um halb acht losgezogen, und deine Sachen hatte sie auch dabei. Ich habe noch zu ihr gesagt: ›Du spinnst ja, bei diesem Wetter rauszugehen‹, aber sie hat nur gelacht und gemeint, sie wäre ja nicht aus Zucker.«

»Wo ist sie denn bloß hin?«, fragte Jilly. »Ob sie sich mit der U-Bahn verfahren hat? Sie kennt sich in London noch nicht so gut aus.«

»Dann hätte sie uns doch angerufen, oder?«, sagte Ken. »Vielleicht hat sie andere Freunde getroffen.«

»Freunde? Welche Freunde? Sie kennt doch niemanden in London«, sagte Jilly. »Na ja, abgesehen von dem Typen aus der Kanzlei, mit dem sie gestern Abend aus war. Hat er heute angerufen?«

»Nein. Katy war den ganzen Tag unterwegs, in Hampstead, hat sie erzählt«, antwortete Joan. »Und warum sollte sie deine Sachen mitnehmen, wenn sie nicht vorgehabt hätte, sich mit dir zu treffen?«

Eine Weile sagte keiner von ihnen etwas.

Ken sprach als Erster. »Sollen wir sie bei der Polizei als vermisst melden?«

»Sei nicht albern«, winkte Joan ab. »Es ist erst kurz nach zehn, die würden uns nur sagen, wir sollen nicht ihre Zeit verschwenden.«

»Also, ich nehme jetzt ein Bad und gehe dann zu Bett«,

verkündete Jilly. »Mir ist kalt, und ich bin müde. Wenn sie kommt, sagt ihr, sie soll mich nicht wecken. Ich muss morgen früh raus.«

*

Jilly wachte am nächsten Morgen um sieben Uhr auf. Draußen war es noch dunkel, aber das Licht der Straßenlaterne fiel durch die Vorhänge, und sie sah sofort, dass das Bett ihrer Freundin unbenutzt war.

Jetzt machte sie sich ernsthaft Sorgen. Selbst wenn Katy ihrem Schwarm Elvis Presley begegnet und von ihm zum Essen in sein Hotel eingeladen worden wäre, hätte sie erst mal daheim angerufen. Und Jilly wusste, dass Katy noch Jungfrau war und noch dazu ziemlich altmodisch. Also würde sie wohl mit keinem Mann, wer es auch sein mochte, die Nacht verbringen.

»Was sollen wir tun?«, fragte Jilly ihre Tante, als sie am Tisch saßen und Tee tranken. »Ihre Mutter anrufen? Noch ein bisschen warten oder gleich die Polizei verständigen?«

»Ihre Mutter hat nicht ein einziges Mal angerufen, seit Katy hier ist«, erwiderte Joan nachdenklich. »Es ist also nicht anzunehmen, dass Katy zu ihr gefahren ist. In ihrem Büro können wir nicht nachfragen, weil heute Sonntag ist, aber für die Polizei ist es noch ein bisschen zu früh, finde ich.«

»Ich habe ein ganz komisches Gefühl bei der Sache«, gestand Jilly. »Was, wenn sie von einem Auto angefahren wurde und im Krankenhaus liegt?«

»Dann würde man sich bei uns melden«, sagte Joan fest. »Ich weiß, dass sie unsere Telefonnummer an ihrem Schlüsselbund befestigt hat. Das hat sie vor meinen Augen gemacht, weil sie gemeint hat, sie kann sich einfach keine Nummern merken. Und ohne den Schlüssel geht sie nie aus dem Haus.«

»Stimmt.« Jilly goss sich noch eine Tasse Tee ein. »Vielleicht kommt sie ja nachher mit irgendeiner aufregenden Geschichte zur Tür herein.«

»Wenn sie das macht, werde ich stark versucht sein, ihr eins hinter die Ohren zu geben, weil sie uns solche Sorgen bereitet hat«, sagte Joan scharf.

Jilly hatte den Eindruck, dass ihre Tante der Ansicht war, Katy wäre ein bisschen leichtfertig und würde sich irgendwo amüsieren. Aber Jilly wusste es besser. Es entsprach nicht dem Naturell ihrer Freundin, rücksichtslos gegenüber anderen zu sein. In all den Jahren ihrer Freundschaft war stets Katy die Verantwortungsbewusste gewesen.

»Ich muss jetzt los zur Arbeit.« Jilly stand widerstrebend auf. »Ich rufe nachher an, um zu hören, ob es etwas Neues gibt. Wenn nicht, müssen wir gleich zur Polizei gehen, sobald ich nach Hause komme.«

Während Jilly zur U-Bahn ging, lag Katy in einem schwach erleuchteten, fensterlosen Raum auf einem Bett.

Als sie wieder zu Bewusstsein gekommen war, hatte sie nicht die geringste Ahnung gehabt, was ihr zugestoßen war. Sie hatte lediglich erkannt, dass sie im Kofferraum eines Wagens lag, weil sie sich nicht ausstrecken konnte und außerdem den Motor und das Geräusch von Autoreifen auf nasser Fahrbahn hören konnte. Ihr Hinterkopf tat weh, und als sie ihn berührte, ertastete sie eine Beule, die sich klebrig anfühlte, als würde sie bluten. Erst jetzt dämmerte ihr, dass irgendjemand sie bewusstlos geschlagen und in sein Auto gelegt hatte.

Das Letzte, woran sie sich erinnerte, war, wie sie die Stufen vor Joans und Kens Haustür hinunterging, wobei ihr der Wind fast den Schirm aus der Hand riss, und sie sich dachte, dass es vielleicht klüger gewesen wäre, flache Schuhe anzuziehen und die Stilettos in die Tasche zu stecken.

Jetzt hatte sie keine Schuhe mehr an, und ihr Mantel war

wie eine Decke über ihr ausgebreitet. Da sie sich nicht erinnern konnte, den Mantel ausgezogen zu haben, nahm sie an, dass der Fahrer des Wagens irgendwo stehen geblieben war, um sich zu vergewissern, ob mit ihr alles in Ordnung war. Sie hatte nicht das Gefühl, als wäre sie in irgendeiner Weise körperlich missbraucht worden, was entweder bedeutete, dass der Mann kein Monster war oder aber nur darauf wartete, einen bestimmten Ort zu erreichen.

Katy wurde kräftig durchgerüttelt, als der Wagen eine Weile über unebenes Gelände fuhr und schließlich stehenblieb. Sie musste schon eine ganze Weile eingesperrt sein, denn ihre Beine fühlten sich an, als wären sie stundenlang zusammengequetscht worden.

Der Deckel des Kofferraums wurde aufgeklappt, aber es war zu dunkel und regnete immer noch zu stark, als dass sie hätte erkennen können, wie ihr Entführer aussah. Der Mann zog sie an den Armen hoch. Sie schrie auf und versuchte sich zu wehren, aber er schlug ihr mit der Hand hart ins Gesicht.

»Schreien ist zwecklos, hier draußen hört dich niemand«, knurrte er. Dann zerrte er sie am Arm von seinem Auto zu einem Bungalow, der völlig im Dunkeln lag. Sie musste durch eine eisige Pfütze gehen, Kieselsteine bohrten sich schmerzhaft in ihre nackten Füße.

»Warum haben Sie mich hierhergebracht?«, schrie sie ihn an. »Was soll das? Wer sind Sie?«

»Du weißt ganz genau, was das soll und wer ich bin«, sagte er, während er die Haustür öffnete und sie in eine schmale Diele schubste. Es roch feucht und modrig, wie ein Haus, das normalerweise leer steht. »Also kannst du dir wohl ausrechnen, warum ich dich hergebracht habe.«

Katy wurde elend. »Edward Reilly?«, brachte sie heraus.

»Genau der«, sagte er und drückte auf einen Lichtschalter.

Er sah ganz und gar nicht wie der Irre oder der muskelbepackte Schläger mit Schultern wie ein Scheunentor aus, den sie sich vorgestellt hatte. Er war unbestreitbar hübsch und deutlich jünger, als sie gedacht hatte, vielleicht Anfang vierzig. Dunkles Haar, dunkle Augen, klare, schimmernde Haut und markante Wangenknochen, dazu groß, schlank und athletisch gebaut. Mit seiner Adlernase und der glatten olivbraunen Haut hätte er ein italienischer Schauspieler sein können. Sein schwarzer Mantel mit Samtkragen war mit Sicherheit teuer gewesen.

Katy flehte den Mann an, sie gehen zu lassen oder wenigstens ihren Mantel aus dem Auto zu holen, weil ihr schrecklich kalt war, aber er ignorierte sie. Wortlos zog er sie in den hinteren Teil der Diele und stieß sie vor sich her eine steile Treppe hinunter.

Der erste Eindruck, den sie von dem Raum gewann, in den er sie hineinschubste, war, dass er wie eine Gefängniszelle wirkte. Er war fensterlos, kahl, mit braunem Linoleumboden, blassblau gestrichenen Wänden und einer nackten Glühbirne, die von der Decke baumelte. Abgesehen von einem Bett gab es keine Möbel, nur ein WC und ein Waschbecken hinter einem halbhohen Wandschirm.

Ohne ein weiteres Wort zu sagen, stieß er sie in Richtung Bett, ging hinaus und schloss hinter sich ab. Katy hörte seine Schritte auf den Steinstufen, die nach oben führten, dann das Krachen einer schweren Tür, die ins Schloss fiel und zugesperrt wurde.

Eine ganze Weile schrie sie wie am Spieß und schlug an die Tür, aber irgendwann wurde ihr klar, dass er nicht mehr da war. Wo auch immer sie hier sein mochte, niemand würde ihre Schreie oder ihr verzweifeltes Hämmern hören. Sie musste sich unbedingt beruhigen und versuchen, sich einen Fluchtplan auszudenken. Hysterische Zustände zu bekommen würde ihr nicht weiterhelfen.

Aber es war schwer, nicht in Panik zu geraten und zu

schreien. Sie fror, und auf dem Bett lagen nur kratzige raue Wolldecken, die modrig rochen, und ein schwarzweißes Drillichkissen, das einen noch übleren Geruch verströmte. In ihrem ganzen Leben hatte nie jemand von ihr erwartet, in so einem Bett zu schlafen; am liebsten hätte sie es nicht einmal berührt. Aber in ihrem Gefängnis war es sehr kalt, und das bedeutete, dass ihr nichts anderes übrig blieb, als sich dort hinzulegen und zuzudecken.

Einen anderen Weg aus dem Kellerraum als die versperrte Tür gab es nicht. Katy presste eine Weile ihr Ohr an die Füllung und lauschte angestrengt, aber kein Laut war zu hören, nicht einmal ein Auto oder das Bellen eines Hundes. Sie versuchte, sich zu erinnern, was sie draußen gesehen hatte, aber alles, was sie vor sich sah, war der langgestreckte, schnittige Wagen, aus dem er sie gezerrt hatte, vermutlich ein Jaguar. Auch eine Straßenbeleuchtung hatte sie nicht gesehen; Laternen wären ihr in der Dunkelheit sicher aufgefallen.

Abgesehen von dem Brennen ihrer Wange, die immer noch von der Ohrfeige wehtat, und der Tatsache, dass sie völlig verängstigt war, weil man sie Gott weiß wo eingesperrt hatte, war sie noch dazu böse auf sich selbst, weil sie wirklich reichlich unbedacht gehandelt hatte, als sie beschloss, Detektiv zu spielen.

Eins stand mit absoluter Sicherheit fest: Der Brandstifter und Mörder war gerissen. Nicht nur hatte er in der Collington Avenue bei der Brandstiftung keinerlei Hinweise auf seine Identität hinterlassen, sondern noch dazu einen Unschuldigen belastet. Um das Feuer zu planen, musste er Glorias Haus beobachtet haben, und auch Edna hatte er beschattet, bevor er ihr folgte und ihren Wagen von der Straße abdrängte. Also war es, genau wie Charles gemeint hatte, durchaus möglich, dass er auch Katy irgendwann gesehen hatte.

Warum hatte sie bloß nicht auf Charles gehört? Nur ein

Dummkopf – oder jemand, der sich zu viel auf seine Schlauheit einbildete – würde den Rat eines Anwalts ignorieren.

Trotzdem hatte sie sich auf die Suche nach Reillys Haus gemacht und noch dazu einem Nachbarn Fragen gestellt, als wäre sie unsichtbar. Reilly musste ihr nach Hammersmith gefolgt sein, um herauszufinden, wo sie wohnte, und war dann später am Abend mit seinem Auto zurückgekommen, vermutlich in der Annahme, dass sie wie die meisten jungen Mädchen an einem Samstagabend ausgehen würde. Wäre sie zu Hause geblieben, hätte er einfach so lange auf der Lauer gelegen, bis sich irgendwann eine günstige Gelegenheit ergeben hätte, Katy zu entführen. Sie hatte kein Pech gehabt, nein, sie hatte sich ganz einfach nur unglaublich dumm verhalten.

Wäre sie nur von der U-Bahn-Station Hammersmith direkt zur Polizei gegangen und hätte alles erzählt, was sie herausbekommen hatte! Oder wenn schon das nicht, warum hatte sie nicht sofort Michael Bonham informiert? Schlimmer noch, sie hatte Ednas Notizbuch in ihrer Handtasche gelassen, die jetzt zusammen mit ihrem Mantel und ihren Schuhen in Reillys Auto lag. Hätte sie das Notizbuch in ihrem Zimmer bei Joan und Ken gelassen, dann wäre Jilly irgendwann darauf gestoßen und hätte sich vielleicht zusammengereimt, was ihre Freundin im Schilde geführt hatte.

Konnte es etwas Schrecklicheres geben, als in einem Keller eingesperrt zu sein, ohne zu ahnen, wann es zu Ende ging? Denn Reilly hatte ja mit Sicherheit vor, auch sie zu töten. Was sollte er sonst mit einer Person machen, die genug wusste, um ihn an den Galgen zu bringen?

Jilly würde sich Sorgen machen, wenn Katy sie nicht wie vereinbart beim Zoo abholte. Aber wie lange würde es dauern, bis sie, Joan und Ken beschlossen, ihr Verschwinden bei der Polizei zu melden? Und wie sollte die Polizei sie finden? Sie hatte niemandem von dem Notizbuch erzählt und es in ihrem Zimmer sogar unter der Matratze versteckt, weil sie nicht wollte, dass Jilly es entdeckte und darin las. Der Einzige, der von der Existenz des Notizbuchs wusste, war Charles, und er hatte keine Ahnung, welche Adressen darin standen.

Sie holte tief Luft und rief sich in Erinnerung, dass Charles sehr scharfsinnig war. Wenn sie Montagfrüh nicht zur Arbeit kam, würde er sich fragen, warum. Und wenn er erfuhr, dass sie Samstagabend nicht nach Hause gekommen war, würde er erraten, dass sie eine Spur verfolgt hatte, um ihrem Vater zu helfen. Sie konnte fast hören, wie er Jilly nach dem Notizbuch fragte, das er bei ihr gesehen hatte. Aber es war nicht mehr da. Er konnte den Inhalt nicht überprüfen, egal, wie gern er es getan hätte. Die einzige Spur, die auf ihren Entführer verwies, war der weinrote Jaguar.

In Filmen konnten Detektive jeden finden, überall. Aber wie sollte man sie aufspüren, wenn niemand auch nur die leiseste Ahnung hatte, wo sie heute hingegangen war?

Sie war sich sicher, dass sie sich nicht im Keller von Reillys Haus in Hendon befand; dieses Haus hier hatte nur ein Erdgeschoss, und draußen auf der Straße standen keine Laternen. Außerdem waren sie viel zu lange gefahren, um noch in London zu sein. Ed Reilly würde sie umbringen und ihre Leiche verscharren, lange bevor jemand auch nur einen Hinweis auf seinen Wohnsitz fand, ganz zu schweigen auf diese Adresse hier.

Ihr Magen revoltierte, und sie musste zur Toilette rennen, um sich zu übergeben. Als sie sich über die Muschel beugte, einen Moment frierend, im nächsten schweißgebadet, wünschte sie sich mehr als alles andere auf der Welt, sie hätte Ednas Wunsch ignoriert und das Notizbuch der Polizei übergeben. Hätte sie es doch nur den Beamten überlassen, die Adressen zu überprüfen. Wie überheblich von ihr, sich einzubilden, sie könnte das Verbrechen im Alleingang aufklären!

Katy war so kalt, dass ihr nichts anderes übrig blieb, als die muffigen Decken um sich zu schlingen. In ihrem Kopf dröhnte es, und ihr war immer noch ein bisschen übel, aber schlimmer als alles andere war die Angst. Wie würde Reilly sie töten? Würde es schnell gehen? Sie wusste, dass er kein Problem damit gehabt hatte, zwei Menschen bei lebendigem Leib verbrennen zu lassen oder Edna umzubringen, indem er sie mit seinem Wagen rammte. Was würde er sich für sie selbst einfallen lassen?

Irgendwann musste sie eingeschlafen sein. Ohne Uhr und ohne Fenster und Tageslicht hätte sie nicht sagen können, ob sie eine oder acht Stunden geschlafen hatte.

Noch während sie benommen auf dem Bett lag, hörte sie, wie Reilly das Haus betrat, die Haustür hinter sich absperrte und dann die Kellertreppe hinunterkam. Panisch sprang sie vom Bett und suchte mit den Augen verzweifelt den Raum nach irgendeinem Gegenstand ab, den sie als Waffe benutzen könnte, obwohl sie genau wusste, dass nichts da war, nicht einmal ihre Schuhe.

Die Tür ging auf. Katy hatte ein, zwei Sekunden mit dem Gedanken gespielt, sich auf ihn zu stürzen und ihn zu Boden zu stoßen, aber als er vor ihr stand, war sie wie erstarrt.

»Hallo, Katy. Tut mir leid, dass ich dir eins überziehen musste, um dich in meinen Wagen zu packen. Aber du solltest deine Nase wirklich nicht in Angelegenheiten stecken, die dich nichts angehen.«

Seine angenehme tiefe Stimme hätte viel besser zu einem Arzt oder Anwalt gepasst als zu einem brutalen Schläger und Mörder.

»Mein Vater sitzt für ein Verbrechen, das er nicht begangen hat, im Gefängnis. Würde nicht jede Frau versuchen, die Unschuld ihres Vaters zu beweisen?«, brachte sie heraus.

Er lächelte, und seine samtigen dunklen Augen und blendend weißen Zähne wirkten unschuldig und entwaffnend. »Nur einige wenige Frauen. Einfallsreiche, mutige Frauen, solche, die ich normalerweise am liebsten mag«, sagte er. »Aber leider würden mich deine Umtriebe vermutlich meine Freiheit kosten, und das kann ich nicht zulassen.«

Einen kurzen Moment lang fühlte sich Katy wie in einem Film. Der Mann erinnerte sie an deutsche Nazi-Offiziere in Kriegsfilmen. Natürlich war er nicht blond, trotzdem war sie sicher, dass er in Uniform dieser Rolle mehr als gerecht werden könnte. Sie wusste, dass er ein schlechter Mensch war, grausam und brutal, aber man sah oder hörte es ihm nicht an.

»Warum mich töten? Ich könnte Ihnen von Nutzen sein«, sagte sie, obwohl sie selbst kaum glauben konnte, dass diese Worte tatsächlich aus ihrem Mund kamen.

Er lachte und reichte ihr eine Papiertüte. Die Tüte war heiß, und als Katy hineinschaute, stellte sie fest, dass sie Fish & Chips und eine Dose Cola enthielt.

»Meine letzte Mahlzeit?«, fragte sie.

»Kann schon sein«, sagte er. »Ich wünsche guten Appetit.«

Damit drehte er sich um und verließ ohne ein weiteres Wort den Raum. Katy starrte ihm fassungslos nach.

Zur selben Zeit, als die völlig verstörte Katy die Portion Fish & Chips auspackte, klingelte in Hammersmith das Telefon.

»Vielleicht ist sie das!«, sagte Joan zu Ken. »Jilly wird es wohl kaum sein, sie müsste jetzt schon auf dem Heimweg sein.«

Es irritierte Ken regelmäßig, wenn seine Frau bei jedem Läuten des Telefons Vermutungen anstellte, wer das wohl sein könnte, statt einfach aufzustehen und an den Apparat zu gehen. Er hatte den ganzen Tag auf Neuigkeiten gewartet, und jetzt war er nervös und angespannt. Joan hatte alles noch schlimmer gemacht, indem sie sich lang und breit über Katys eigenartige Familie ausgelassen hatte und sogar von ihm wissen wollte, ob er es für denkbar hielt, dass ihr Vater vielleicht wirklich das Feuer gelegt und die zwei Frauen getötet hatte.

»Dann ist es wohl besser, wenn ich rangehe, damit du nicht irgendetwas Taktloses sagst«, schnauzte er seine Frau an.

Joan starrte ihn betroffen an, als er an den Apparat ging, aber dieses eine Mal würde er sich nicht bei ihr entschuldigen.

»Hammersmith vier drei sieben eins«, meldete er sich.

»Spricht dort Ken?«

Ken bejahte.

»Hier ist Charles Stevenson. Entschuldigen Sie bitte, dass ich Sie mit Ihrem Vornamen anspreche, aber Katy hat mit Ihren Nachnamen nicht genannt. Könnte ich vielleicht mit ihr sprechen?«

»Ken geht schon in Ordnung. Sind Sie der Anwalt in der Kanzlei, in der Katy arbeitet?«

»Der bin ich.«

»Tja, Charles, ich bin wirklich froh, dass Sie anrufen. Katy ist verschwunden. Sie hat gestern Abend um halb acht das Haus verlassen, um unsere Nichte von der Arbeit abzuholen, ist aber nie dort angekommen.«

»Sie haben seit vierundzwanzig Stunden nichts von ihr gesehen oder gehört?«, fragte Charles.

»Nein. Wir hatten irgendwie gehofft, dass sie sich mit Ihnen getroffen hat. Aber unsere Jilly behauptet, so etwas würde Katy nie machen, nicht ohne vorher anzurufen und uns zu sagen, wo sie ist. Ich bin unschlüssig, ob ich zur Polizei gehen soll. Müssen Personen nicht mindestens achtundvierzig Stunden verschwunden sein, bevor die Polizei eine Vermisstenanzeige aufnimmt?«

»Normalerweise ist das so, ja. Aber mir kommt es so vor, als wäre da etwas faul. Ist Ihre Nichte da? Ich würde gern mit ihr sprechen.«

»Sie musste heute arbeiten, dürfte aber in zwanzig Minuten hier sein«, sagte Ken.

»Könnte ich vielleicht zu Ihnen kommen?«, fragte Charles. »Es wäre mir wirklich wichtig, mit Jilly zu reden.«

»Jetzt gleich, meinen Sie?«

»Ja, bitte. Ich weiß, es ist Sonntagabend, und Sie wollen jetzt bestimmt keinen Fremden im Haus haben, aber ich könnte bei der Polizei vielleicht ein paar Beziehungen spielen lassen. Doch vorher möchte ich, wie gesagt, mit Jilly sprechen.«

»Natürlich können Sie kommen.« Ken ratterte die Adresse herunter. »Um ehrlich zu sein, es wäre eine Erleichterung, sich mit einem vernünftigen Menschen auszusprechen.«

Als Ken ins Wohnzimmer zurückkam, warf ihm seine Frau einen erzürnten Blick zu. »Ich bin also kein vernünftiger Mensch?«

»Heute warst du es jedenfalls nicht«, erwiderte er. »Laut Jilly ist Katys Dad einer der gütigsten Menschen auf Gottes Erdboden. Sie sagt, keiner, der ihn kennt, hält ihn für schuldig. Und ich habe den dumpfen Verdacht, dass Katys Verschwinden etwas mit der Brandstiftung und dem Tod der beiden Frauen zu tun hat. Sprich also bitte nicht schlecht über ihn, Joan. Es würde Katy wehtun, wenn es ihr zu Ohren käme, und Jilly würde es auch nicht gefallen.«

Joan presste die Lippen zusammen. Ken seufzte. Sie verstand es großartig, etwas in die falsche Kehle zu bekommen und es eisern dort stecken zu lassen.

Das Geräusch des Schlüssels, der im Schloss gedreht wurde, war mehr als willkommen.

Ken lief in die Diele und sah, dass es Jilly war. »Gott sei Dank bist du da!« Ken nahm ihr den Mantel ab, der vom Regen triefend nass war, und hängte ihn zum Trocknen in die Küche. »Neuigkeiten von Katy?«

»Nein, nichts, Onkel Ken.« Jillys Augen füllten sich mit Tränen. »Sollen wir nicht lieber jetzt gleich zur Polizei gehen?«

Joan kam aus dem Wohnzimmer. »Zuallererst kommt dein Abendessen, und dann schaut auch noch dieser Bursche von

Katys Arbeitsplatz vorbei. Vielleicht ist es am besten, wenn wir es ihm überlassen, die Vermisstenanzeige aufzugeben.«

»Du meinst Charles, den Anwalt, mit dem sie ein Date hatte?«

»Ja, er hat gerade eben angerufen, weil er mit ihr sprechen wollte, und ich habe ihm erzählt, was los ist«, antwortete Ken. »Er wollte sich sofort auf den Weg machen.«

»Glaubt er, sie ist tot?«, rief Jilly und stürzte sich trostsuchend in die Arme ihres Onkels.

Ken hielt sie fest und strich ihr tröstend über den Rücken. »Nein, bestimmt nicht«, sagte er leise, obwohl das mulmige Gefühl in seiner Magengrube anzudeuten schien, dass der junge Anwalt genau das dachte.

KAPITEL 10

»Versuchen Sie bitte, sich genau zu erinnern, was Katy Ihnen alles von ihrem Erkundungsgang erzählt hat«, forderte Charles Joan auf, nachdem er erfahren hatte, dass Katy den Samstag damit verbracht hatte, auf eigene Faust London zu erforschen.

Sie saßen alle im Wohnzimmer, Ken und Joan auf dem Sofa, Jilly und Charles in den zwei Sesseln.

»Sie hat erwähnt, wie gut ihr Hampstead gefallen hat«, antwortete Joan. »Und sie hat hinzugefügt, sie würde irgendwann gern mit Jilly hinfahren, um sich die Geschäfte näher anzuschauen.«

»Das deutet darauf hin, dass sie mit irgendetwas anderem beschäftigt war und keine Zeit für einen Schaufensterbummel hatte«, folgerte Charles. »Hat sie irgendeine Andeutung gemacht, was das gewesen sein könnte?«

Joan schüttelte den Kopf.

»Wie ist es mit Ihnen, Jilly?«, fragte Charles. »Mädchen erzählen sich doch alles Mögliche.«

»Ich hatte gar keine Gelegenheit, mit Katy zu sprechen. Am Morgen war sie noch zu verschlafen, um darüber zu reden, was sie vorhatte. Und am Abend ist sie dann eben gar nicht aufgetaucht.«

»In der Arbeit hat sie in einem abgegriffenen Notizbuch geblättert«, sagte Charles. »Sie hatte einen Stadtplan von London auf dem Tisch liegen und hat sich mehrere Adressen notiert. Als ich sie fragte, was sie da macht, behauptete sie, sie wolle die Adressen von irgendwelchen Verwandten einer Bekannten aus Bexhill nachschlagen, aber ich merkte gleich, dass sie nicht die

Wahrheit sagte. Ich hatte den Verdacht, dass sie ein bisschen Detektiv spielen wollte, um denjenigen zu finden, der ihrem Vater das Verbrechen in die Schuhe schieben wollte, und das habe ich ihr auch gesagt.«

»Davon hat sie mir gar nichts erzählt«, sagte Jilly entrüstet. Sie war ein bisschen gekränkt, dass Katy so etwas einem Mann, den sie erst ganz kurz kannte, anvertraut hatte, ihrer alten Freundin aber nicht. Andererseits hatte Jilly es sehr eilig gehabt, zur Arbeit zu kommen; vielleicht hatte Katy deshalb nichts davon erwähnt. »Was für ein Notizbuch ist das denn? Ich habe es nie gesehen.«

»Als wir zusammen auf einen Drink gingen, erzählte sie mir, dass sie es von Edna bekommen hatte, der Dame, die von der Straße abgedrängt wurde und beinahe ums Leben gekommen wäre. Wer das ist, wissen Sie aber, oder?«

»Ja. Wir hatten gehofft, der Vorfall würde Katys Vater entlasten.«

»Nun, anscheinend hat diese Edna Katy das Notizbuch gegeben. Es enthielt sämtliche Adressen und detaillierte Informationen über Frauen, denen Edna und Gloria geholfen hatten, ihren gewalttätigen Ehemännern zu entkommen und ein neues Leben anzufangen. Irgendwann gab Katy im Gespräch mit mir zu, dass sie die Idee hatte, das Buch durchzugehen und zu überprüfen, welcher dieser Männer einen dunkelroten Jaguar besitzt.«

»Du meine Güte!«, entfuhr es Jilly. »Warum in aller Welt hat sie mir das nicht gesagt? Sie glauben also, dass sie ihren Plan am Samstag in die Tat umgesetzt hat?«

»Ja. Schlimmer noch, ich halte es für möglich, dass sie das Haus des Täters gefunden hat, aber von ihm gesehen und bis hierher verfolgt worden ist.«

»Dann hat er sie sich geschnappt, als sie von hier wegging?«, japste Jilly. »O nein! Er könnte sie umbringen!«

»Wir wollen keine voreiligen Schlüsse ziehen. Jilly, wissen Sie vielleicht, wo dieses Notizbuch ist?«

»Nein, aber ich gehe gleich in unserem Zimmer nachschauen«, sagte Jilly. In ihren Augen standen Tränen. »Wenn sie mir bloß erzählt hätte, was sie vorhatte! Ich hätte sie auf jeden Fall davon abgehalten!«

»Katy ist eine sehr entscheidungsfreudige junge Frau«, seufzte Charles. »Falls es Ihnen ein Trost ist, Jilly, ich glaube, es gibt nichts, was Sie oder ich hätten tun können, um sie daran zu hindern. Sie brannte darauf, zu beweisen, dass ihr Vater nicht der Täter ist.«

»Arme Katy«, sagte Ken bekümmert. »Ich wünschte, ich hätte gemerkt, was ihr durch den Kopf ging. Wenn schon nichts anderes, hätte ich ihr wenigstens anbieten können, zusammen mit ihr diese Adressen abzuklappern. Das ist auch für unsere Jilly eine sehr schlimme Sache, die beiden waren praktisch unzertrennlich. Was machen wir denn jetzt?«

»Ich gehe zur Polizei«, sagte Charles. »Anhand dieses Notizbuchs, das Jilly hoffentlich findet, kann die Polizei die Adressen und die Besitzer der Autos ausforschen.«

Jilly blieb gut zwanzig Minuten weg, und als sie mit leeren Händen zurückkam, sah sie sehr beunruhigt aus. »Es ist nicht da. Ich habe überall nachgeschaut, im Bett, unter der Matratze, in jeder Schublade und im Schrank. Andere Möglichkeiten zum Verstecken gibt es nicht.«

Charles sank der Mut. Ohne dieses Buch hatte er keinerlei Anhaltspunkte, wo er nach Katy suchen könnte. Er tupfte sich mit seinem Taschentuch die Stirn ab, weil ihm auf einmal unerträglich heiß war. Vielleicht war es auch nur Panik. »Sie muss es bei sich gehabt haben. Wie auch immer, ich gehe jetzt zur Polizei. Aber vorher brauche ich noch ein paar Daten von Katy: Geburtsdatum, Heimatadresse und vielleicht ein Foto, falls Sie eines haben, Jilly.«

»Nur eins, das wir zusammen in einer Fotobox aufgenommen haben«, sagte Jilly und zog das Bild aus ihrer Handtasche. »Das war vorigen Sommer.«

Charles betrachtete einen Moment lang das kleine Schwarzweißfoto. Es wurde Katy nicht gerecht – es vermittelte weder die Farbe ihres zarten Teints noch die ihrer schönen Augen und der prachtvollen Haare –, aber die beiden Mädchen sahen sehr fröhlich aus. Das war die Art Bild, das man aufhob, um sich an einen bestimmten Augenblick zu erinnern. Er hoffte inständig, dass sie alle Katy bald wiedersehen und noch viele denkwürdige Augenblicke mit ihr erleben würden. Aber allmählich beschlich ihn das bedrückende Gefühl, dass daraus vielleicht nichts werden würde.

»Ich rufe Sie an, sobald ich die Vermisstenanzeige aufgegeben habe«, sagte Charles, nachdem er Katys Daten notiert hatte. Er schrieb die Telefonnummern auf, unter denen er zu erreichen war, eine in der Arbeit und eine daheim, und reichte Jilly den Zettel. »Melden Sie sich sofort, falls Sie irgendetwas Neues hören, das Notizbuch finden oder einfach nur reden wollen. Ich bin tagsüber oft bei Gericht und deshalb nicht immer zu erreichen, aber hinterlassen Sie einfach eine Nachricht, dann rufe ich zurück, sobald ich kann.«

Jillys Augen schwammen in Tränen, als sie ihn ansah. »Dieser Mann wird sie töten, nicht wahr? Er hätte sie doch nicht entführt, wenn nicht genau das seine Absicht wäre.«

Charles brachte es nicht übers Herz, ihr zu gestehen, dass auch er diese Möglichkeit für die wahrscheinlichste hielt. »Katy hat auf mich einen mutigen, einfallsreichen Eindruck gemacht, es gibt also gute Gründe, optimistisch zu scin«, antwortete er mit mehr Überzeugung, als er empfand.

Als Charles in sein Auto stieg, um zur Polizeistation Hammersmith zu fahren, war ihm so schwer ums Herz wie nie zuvor in seinem Leben. Wenn Katy das Notizbuch zu Hause gelassen hätte, wäre es relativ leicht gewesen, ihre Spur zu verfolgen. Aber wie die Dinge standen, drängte sich unwillkürlich der abgedroschene Vergleich von der Suche nach der Nadel im Heuhaufen auf. Natürlich würde er Michael Bonham aufsuchen und mit ihm reden, und vielleicht konnte sich diese Edna wenigstens noch an ein paar Namen aus dem Buch erinnern. Aber im Moment schien die Lage mehr als hoffnungslos.

Er wünschte, die Sache würde ihm nicht ganz so nahegehen. Was für eine Ironie des Schicksals, dass er stets versucht hatte, tiefer gehende Gefühle auszuklammern. In seinem Leben hatte es einige Frauen gegeben, aber bisher war er jeder Verpflichtung ausgewichen, auch bei Katy. Wie wäre es auch anders möglich? Schließlich hatten sie nur einen Abend miteinander verbracht. Aber er hatte das ganze Wochenende an sie denken müssen, und aus diesem Grund hatte er heute angerufen. Er wurde das Gefühl nicht los, dass er keine Ruhe finden würde, bis sie aufgespürt worden war. Hoffentlich war sie dann überhaupt noch am Leben!

Nicht zu wissen, ob es Tag oder Nacht oder wie viel Uhr es war, machte Katys Lage noch beklemmender. Sie hatte die Portion Fish & Chips, die Reilly ihr gebracht hatte, aufgegessen, und danach war ihr so kalt, dass sie sich wieder in die Decken wickelte und irgendwann einschlief. Auch diesmal hätte sie nicht sagen können, ob ihr Schlaf eine oder mehrere Stunden gedauert hatte.

Als sie wach wurde, fing sie an zu weinen. Ihre Situation war hoffnungslos, sie hatte nicht mehr lange zu leben. Und sie bezweifelte, dass Reilly ihr einen schnellen und relativ schmerzfreien Tod zugedacht hatte. Noch dazu war sie wie erstarrt vor Kälte. Vielleicht kam der Mann ja auch nie wieder und ließ sie hier einfach verhungern. Was aber, wenn er zurückkehrte, um sie zu foltern?

Aber nachdem sie sich ausgeweint und jedes Selbstmitleid und Bedauern wegen ihres unbesonnenen Verhaltens energisch beiseitegeschoben hatte, stand sie auf und zwang sich, ein paar Übungen zu machen, bis ihr wärmer wurde. Sternsprünge, auf dem Bett liegen und mit den Füßen in der Luft radeln, sogar Dehnübungen vom Ballett, an die sie sich noch aus ihrer Kindheit erinnerte.

Sobald ihr wärmer war, fühlte sie sich auch gleich ein bisschen hoffnungsvoller. Immerhin gab es ein paar Dinge, die sie wusste oder zumindest voraussetzen konnte. Zum einen musste es nicht allzu weit entfernt Geschäfte geben, aus dem einfachen Grund, weil die Portion Fish & Chips noch warm gewesen war. Man konnte also davon ausgehen, dass Reilly das Essen gegen sieben Uhr abends gekauft hatte, denn um diese Zeit öffneten die meisten Fish & Chips-Läden. Das galt allerdings nicht für Läden auf dem Land; nur wenige, wenn überhaupt welche, sperrten sonntags auf, und das hieß, dass sie sich vermutlich im Randbezirk einer Stadt befand.

Außerdem entsprach der Mann nicht dem Prototyp eines Killers. Noch während Katy das dachte, musste sie fast lachen. Was wusste sie denn schon über Killer? Rein gar nichts! Aber er sah nicht brutal aus und klang auch nicht so. Er war der Typ Mann, den sie täglich auf dem Weg zur Arbeit in der Bahn sah: gepflegter Haarschnitt, glattrasiert, sauber und ordentlich. Er hatte sie bewusstlos geschlagen, um sie in dieses Haus zu bringen, und ihr wenig später etwas zu essen gebracht, statt sie zu töten, was darauf hindeutete, dass er nicht wusste, wie er ihre Leiche loswerden sollte – angeblich immer das größte Problem bei einem Mord. Oder hatte er möglicherweise vor, ein Spielchen mit ihr zu treiben, genauso wie eine Katze mit einer Maus oder einem Vogel spielt, bevor sie ihre Beute schließlich erlegt?

Hoffentlich Letzteres, dachte sie und beschloss, sich auf diese Möglichkeit zu konzentrieren. Je länger sie sein Interesse an ihrer Person wachhalten konnte, desto größer waren ihre Chancen, rechtzeitig gefunden zu werden. Aber wie sollte sie sein Interesse überhaupt erregen? Vielleicht, indem sie den Eindruck erweckte, keine Angst vor ihm zu haben?

Sie erinnerte sich an Ednas Bemerkung, dass Männer, die Frauen terrorisierten und schlugen, damit ihre eigenen Unzulänglichkeiten überspielen wollten. Edna hatte hinzugefügt, sie wünschte, sie hätte gleich beim ersten Mal, als ihr Mann gewalttätig wurde, zurückgeschlagen oder das Haus verlassen. Aber sie hatte es nicht getan, weil sie glaubte, in irgendeiner Weise schuld an der Wut ihres Mannes zu sein.

Was, wenn sie einfach so tat, als würde es ihr nichts ausmachen, seine Gefangene zu sein? Sie könnte zum Beispiel von ihm verlangen, ihr wärmere Sachen zum Anziehen und einen Heizstrahler zu bringen, statt ihn anzuflehen, sie gehen zu lassen. Das könnte ihn verunsichern.

Allein der Gedanke machte sie optimistisch. Heulen und an die Tür hämmern würde gar nichts bringen.

*

Zwei Tage oder mehr schienen vergangen zu sein, als sie erneut seine Schritte auf der Kellertreppe hörte, obwohl Katy bezweifelte, dass es tatsächlich so lang gedauert hatte; müsste sie nicht irgendwann eingeschlafen sein? Jedenfalls hatte sie noch nie in ihrem Leben über einen so langen Zeitraum an einer derart qualvollen Langeweile gelitten. Nichts zu tun, nichts zu lesen, nichts zu essen, nichts zum Anschauen oder Anhören, nur ein gewaltiger Brocken Panik. Keine Tasse Tee, kein noch so kleines Häppchen. Allmählich konnte sie begreifen, warum Einzelhaft Menschen um den Verstand brachte. Und die Kälte war furchtbar; sie konnte die stinkenden Decken noch so eng um sich wickeln, sie zitterte und fror trotzdem unentwegt.

Aber beim Geräusch der Schritte setzte sie sich auf und strich ihr Kleid glatt, um sich auf eine, wie sie hoffte, oscarreife Darbietung einer Frau vorzubereiten, die Forderungen stellte, Charme versprühte und keine Angst zeigte.

»Hi«, sagte sie, als er hereinkam. »Sie müssen mir einen Heizstrahler und warme Sachen zum Anziehen bringen, hier drinnen herrscht arktische Kälte. Ach, und übrigens, diese Decken stinken.«

Er blieb so unvermittelt stehen, dass er nicht einmal daran dachte, die Tür hinter sich abzusperren. Sein Gesichtsausdruck verriet, wie verblüfft er war.

»Ach so, verstehe«, fuhr sie leicht ermutigt fort, weil sie das Gefühl hatte, ihn wirklich aus der Fassung gebracht zu haben. »Sie haben wohl erwartet, mich heulend und schluchzend vorzufinden? Bedaure, ich weine nicht. Ich denke, es ist besser, wenn wir irgendwie miteinander klarkommen. Ich sage Ihnen, was ich haben will – Essen, Heizung, warme Kleidung und ein paar Bücher –, dann können Sie mir sagen, was Sie von mir erwarten. Ach ja, und ich hätte gern meine Handtasche zurück, weil darin meine Schminke und meine Bürste sind. Außerdem brauche ich eine Zahnbürste und Zahnpasta.«

»Sag mal, für wen hältst du dich eigentlich?«, fuhr er sie an, aber Katy glaubte einen Hauch Bewunderung aus seiner Stimme herauszuhören.

»Katy Speed, Sekretärin in einer Anwaltskanzlei, das bin ich. Und für wen halten Sie sich? Den neuen Badewannenmörder? John Christie? Na?«

Er sah unbestreitbar gut aus, wenn man ein Faible für dunkles Haar, schmelzende Augen und markante Wangenknochen hatte. Ein bisschen erinnerte er sie an Anthony Perkins in *Psycho*, nur nicht ganz so gruselig und natürlich wesentlich älter. Jilly und sie hatten sich den Film zwei Mal angeschaut und sich beide Male fast zu Tode gefürchtet.

»Ich bin hergekommen, um dich zu fragen, was du zu essen haben willst, nicht um mich beleidigen zu lassen«, sagte er.

»Oh, tut mir leid! Aber sagen Sie mal, Sie schlagen mich nieder und sperren mich ein und erwarten dann, dass ich nett zu Ihnen bin? Na gut. Welche Auswahl habe ich denn beim Essen?«

»Fish'n Chips oder Würstchen mit Pommes.«

»Was für ein Glück, dass ich beides mag«, sagte sie und schenkte ihm ihr, wie es manche Männer schon genannt hatten, entwaffnendes Lächeln.

Zu ihrer Überraschung lachte er. »Du bist ein ungewöhnliches Mädchen, Katy. Aber du solltest mich lieber nicht reizen. Ich kann sehr unangenehm werden.«

»Das glaube ich gern. Warum haben Sie ausgerechnet meinem Vater die Schuld an dem Mord an Gloria Reynolds und ihrer Tochter in die Schuhe geschoben? Er hat Ihnen doch nichts getan.«

»Pass auf, was du sagst!«

Katy musste sich zwingen, nicht zurückzuweichen, als er näher kam. »Es darf Sie nicht wundern, wenn ich diese Frage stelle«, sagte sie mutiger, als sie sich fühlte. »Noch dazu ist mir kalt, und ich habe Hunger. Also, bringen Sie mir Würstchen mit Pommes, und vergessen Sie die anderen Sachen nicht, um die ich gebeten habe.«

Seine Augen weiteten sich einen Moment lang vor Überraschung. Dann wurden sie schmal, und sein Mund verhärtete sich. Katy bebte innerlich, aber Ed Reilly drehte sich um, ging hinaus und schloss die Tür hinter sich ab.

»Das wär's wohl«, sagte sie zu sich selbst. »Kein Essen, nichts. Du hast mal wieder den Bogen überspannt, Katy Speed.«

Charles rannte in die Station St. Pancras und erwischte gerade noch den Zug nach Broadstairs um 17:15 Uhr. Die Waggons waren voller Pendler, die von der Arbeit nach Hause fuhren, sodass er keinen Sitzplatz mehr fand, aber er hatte nicht früher fahren können, weil er bei Gericht gewesen war.

Mittlerweile war es Dienstagabend, Katy war seit achtundvierzig Stunden verschwunden, und bis jetzt hatte die Polizei keinerlei Anhaltspunkte. Man hatte die Straße in Hammersmith abgesucht, nach einem verlorenen Schuh vielleicht oder irgendetwas anderem, was Katy hätte zugeordnet werden können, aber man hatte rein gar nichts gefunden. Ein Polizeibeamter fragte Charles, ob er eine Ahnung hätte, wie viele weinrote Jaguars es in London gab, und ob er etwa von ihnen erwartete, einen nach dem anderen zu überprüfen? Charles wusste es natürlich nicht, und als er erfuhr, dass es sich um siebentausend Fahrzeuge handelte, war ihm klar, wie schwierig sich eine Untersuchung gestalten würde.

Gestern Vormittag hatte er Michael Bonham angerufen. Der Anwalt war entsetzt gewesen, als er von Katys Verschwinden erfuhr. Erst heute war es ihm gelungen, Edna zu überreden, mit Charles zu sprechen und ihm alles zu sagen, was sie wusste. Und deshalb war Charles jetzt auf dem Weg zu Ednas Tochter Claire.

Außerdem hatte Michael Bonham die unangenehme Aufgabe übernommen, Katys Mutter aufzusuchen. »Mrs Speed hat praktisch keine Reaktion zu erkennen gegeben«, hatte er am Telefon zu Charles gesagt. »Nur: ›Typisch Katy, sich einzubilden, dass sie mal wieder alles besser weiß.‹ Ich bitte Sie! Welche Mutter zeigt nicht einmal einen Funken Gefühl, wenn sie hört, dass ihre Tochter entführt worden ist? Wenn es um meine Tochter ginge, würde ich vor Sorge den Verstand verlieren, aber auch ein bisschen stolz auf sie sein, weil sie mutig genug ist, zu versuchen, ihrem Vater zu helfen.«

Es folgte ein kurzes Gespräch über die erstaunlichen und vielfältigen Facetten menschlichen Verhaltens, bevor Michael das Thema wechselte und Charles erzählte, wie mitgenommen und verängstigt Edna war.

»Ihre Tochter behauptet, sie wäre über Nacht um zwanzig Jahre gealtert. Sie zittert vor Angst, wenn jemand an der Tür klingelt. Sie ist hin und her gerissen zwischen dem Wunsch, Katy auf jede erdenkliche Weise zu helfen, und der Furcht, dieser Mann könnte ihr noch einmal etwas antun. Außerdem scheut sie davor zurück, uns zu erzählen, was sie über die Frauen, denen sie und Gloria geholfen haben, noch in Erinnerung hat, weil sie befürchtet, dadurch sich selbst und ihre Familie in Gefahr zu bringen.«

»Durchaus verständlich«, meinte Charles. »Aber wir müssen ihr begreiflich machen, dass sie das Leben vieler anderer Frauen gefährdet, wenn sie schweigt. Falls Katys Entführer dieses Notizbuch hat – und ich denke, davon können wir ausgehen –, ist es durchaus möglich, dass er nicht nur seiner eigenen Exfrau etwas antun will, sondern auch allen anderen Frauen, die ihre Männer verlassen haben.«

»Da bin ich ganz Ihrer Meinung«, sagte Michael. »Ich glaube, Sie müssen Edna besuchen, Charles, und ihr ins Gewissen reden. Ich habe es versucht, aber leider erfolglos. Sie behauptet, sie kann sich an keine Details mehr aus dem Notizbuch erinnern. Aber das glaube ich nicht.«

Aus diesem Grund war Charles jetzt unterwegs nach Broadstairs. Er setzte seine ganze Hoffnung darauf, dass Edna sich an irgendetwas erinnern konnte, was ihnen weiterhalf. Die schwersten Fälle häuslicher Gewalt hatten sich ihrem Gedächtnis mit Sicherheit eingeprägt, die Namen der Frauen, die Orte, aus denen sie stammten. Auch er vergaß in seinem Fach die schlimmen Fälle nicht, obwohl er sich oft wünschte, er könnte es.

Michael Bonham hatte sich Gedanken gemacht, ob er nicht verpflichtet wäre, Albert Speed vom Verschwinden seiner Tochter in Kenntnis zu setzen, aber Charles hatte ihn gebeten, ihm ein paar Tage Zeit zu lassen, um sie zu finden. Es schien unnötig grausam, einem Mann, der im Gefängnis saß, mitzuteilen, dass seine Tochter sich in der Gewalt eines Mörders befand. Aber Bonham hatte sich von Hilda Speed eine Telefonnummer geben lassen, unter der ihr Sohn Rob zu erreichen war, und ihn bereits angerufen. Rob bot sofort an, nach Sussex zu fahren, um seinen Vater zu besuchen und ihm die schlechte Nachricht schonend beizubringen. Lieber wäre er nach London gefahren, um bei der Suche nach seiner Schwester zu helfen, aber diese Idee hatte Bonham ihm ausgeredet, indem er den jungen Mann darauf hinwies, dass er sich eher nützlich machen konnte, wenn er für seine Eltern da war. So gefühlskalt Hilda Speed auch wirken mochte, vielleicht ging ihr das Ganze doch nahe, und sie brauchte Robs Hilfe.

Smugglers, das kleine Hotel von Mr und Mrs Unwin, Ednas Tochter und Schwiegersohn, sah an einem freundlichen Sommertag mit den Blumentrögen neben der Eingangstür und dem freien Blick aufs Meer vermutlich recht malerisch aus, aber im Dunkeln und bei Regen wirkte es vom Taxi aus nur alt und ein bisschen schäbig. Sogar die Lampen waren spärlich verteilt und verbreiteten nur gedämpftes Licht. Jetzt wünschte Charles, er hätte nicht zugestimmt, über Nacht zu bleiben. Er erwartete ein leicht feuchtes Bett mit unbequemer Matratze und am nächsten Morgen zu wenig warmes Wasser.

Die Tür wurde von einer kleinen attraktiven Brünetten Ende zwanzig geöffnet.

»Mr Stevenson?«, fragte sie, und als er bejahte, machte sie die Tür weiter auf. »Was für ein scheußlicher Abend für einen Besuch bei uns«, fügte sie mit einem Augenzwinkern hinzu. »Ich habe Mutter gesagt, sie sollte sich geehrt fühlen, weil ein Anwalt aus London extra ihretwegen herkommt. Normalerweise sind unsere Gäste eher ein bisschen langweilig, und es wäre ziemlich schwer, mit ihnen spannende Konversation zu machen.«

»Ich glaube nicht, dass Sie meine Konversation sonderlich spannend finden werden«, sagte Charles lächelnd. Diese unerwartet fröhliche junge Frau war ihm auf Anhieb sympathisch. »Aber ich werde mir große Mühe geben, nicht allzu langweilig zu sein.«

»Mutter ist oben auf ihrem Zimmer. Ich fürchte, sie ist zu verschreckt, um zu uns herunterzukommen. Aber wenn ich von der Straße abgedrängt worden und beinahe in eiskaltem Wasser ertrunken wäre, würde ich mich vielleicht auch hinter eine verschlossene Tür flüchten.«

»Das glaube ich auch«, sagte Charles. Er zögerte einen Moment, bevor er fragte: »Soll ich jetzt gleich zu ihr raufgehen?«

»Nein, zuerst trinken Sie mit uns eine Tasse Tee oder etwas Stärkeres«, sagte Claire. »Meine Mutter isst gerade zu Abend.«

Charles hatte Edna noch nie gesehen, trotzdem sah er ihr auf den ersten Blick an, wie sehr sie das schreckliche Erlebnis, das beinahe ihr Tod gewesen wäre, mitgenommen hatte. Sie sah aus, als wäre sie über sechzig, ihre Augen waren matt, und sie rang nervös die Hände. Als Charles näher an ihren Stuhl trat, um ihr die Hand zu schütteln und sich vorzustellen, schrak sie zusammen.

»Sie brauchen sich nicht vor mir zu fürchten, Edna, ich bin nur hier, weil ich helfen will«, sagte er freundlich, während er sich neben ihren Stuhl hockte und tröstend seine Hand auf ihren Arm legte. »Sie haben etwas sehr Schlimmes mitgemacht, und das tut mir furchtbar leid, aber wir sind überzeugt, dass derselbe Mann, der Ihnen das angetan hat, auch Katy entführt hat. Deshalb bitte ich Sie inständig, ihr zuliebe Ihre Angst zu überwinden.«

Ednas Lippen bebten. »Das möchte ich ja«, sagte sie gepresst. »Ich hatte Katy sehr gern. Hätte ich ihr bloß nicht das Notizbuch gegeben! Ich wollte, dass sie es der Polizei oder Mr

Bonham gibt, nicht, dass sie auf eigene Faust diesen Mann suchen geht.«

»Ich denke, uns ist mittlerweile beiden klar, wie unbedacht Katy sein kann. Aber sie hat aus absolut ehrenhaften Gründen gehandelt, und daher ist es unsere Pflicht, die Polizei bei der Suche nach ihr zu unterstützen.«

»Gut. Was kann ich tun?«, fragte Edna.

»Versuchen Sie, sich an einige der schlimmsten Fälle zu erinnern, mit denen Gloria und Sie es zu tun hatten, vor allem an jene, bei denen die Frauen Ihres Wissens nicht zu ihren Ehemännern zurückgekehrt sind.«

Edna schloss die Augen und verschränkte die Hände im Schoß. »Ich glaube, so fällt es mir am leichtesten, mich auf die Vergangenheit zu konzentrieren. Gehen Sie hinunter zu Claire und essen Sie zu Abend. Ich werde alles notieren, was mir einfällt.«

Unten wurde er von Claire warmherzig empfangen. Er berichtete, was ihre Mutter gesagt hatte.

»Es wird ihr wieder einfallen«, sagte Claire. »Die Frage ist nur, ob sie sich an den richtigen Unmenschen erinnert. Nach allem, was ich früher von ihr gehört habe, waren das alles wahre Monster. Setzen Sie sich doch, Mr Stevenson.« Sie deutete auf den Küchentisch. »Ich decke in einer Minute auf. Wie wäre es vorher mit einem Gin Tonic? Oder möchten Sie zuerst Ihr Zimmer sehen?«

»Das Zimmer kann warten. Ein Gin Tonic klingt fabelhaft«, sagte er.

Claire erwies sich als genauso belebend wie der Drink. Der Gin Tonic war perfekt gemixt, dic Küche warm und anheimelnd und Claire eine mehr als angenehme Gesprächspartnerin – witzig, schlagfertig und warmherzig.

»Mein eigentlicher Job ist Sozialarbeiterin«, gestand sie. »Wir haben die Pension gekauft, damit ich irgendwas habe, worauf ich zurückgreifen kann, wenn ich beschließe, das Handtuch zu werfen. Das Haus zu führen ist keine große Sache. Wir haben nur vier Gästezimmer, und heute Nacht ist außer Ihnen niemand da.«

»Dann sind Sie also in die Fußstapfen Ihrer Mutter getreten?«

»Ja. Mum und ich scheinen eine magische Anziehungskraft auf die Verzweifelten, Besitzlosen und Verdammten auszuüben. Vielleicht ist das, was sie mit meinem Vater durchmachen musste, der Grund dafür, und bei mir sind es Schuldgefühle, weil ich tatenlos zugesehen habe. Die meisten Leute denken, in einem hübschen kleinen Küstenort wie Broadstairs gäbe es keine Probleme wie Gewalt in der Ehe, Kindesmissbrauch, Vernachlässigung und all die anderen schlimmen Dinge, zu denen Menschen fähig sind. Aber glauben Sie mir, auch hier kommt so etwas leider vor.«

Charles stimmte ihr zu. »Ja, Menschen, die Schutz und Verteidigung brauchen, gibt es in jeder Schicht und an jedem Ort. Anscheinend lauert die Niedertracht überall.«

Claire grinste. »Niedertracht – ein herrliches Wort! Sagen Sie mal, in welcher Beziehung stehen Sie eigentlich zu Katy Speed? Dass Sie nicht der Verteidiger ihres Vaters sind, weiß ich.«

»Katy ist unlängst als Sekretärin in unsere Kanzlei eingetreten, und ich habe sie gegen alle Regeln der Anwaltskammer letzten Freitag auf einen Drink eingeladen.«

»Versuchen Sie zu helfen, weil Sie etwas für sie empfinden, oder aus Pflichtgefühl?«

»Sie sind sehr direkt.« Charles lächelte. »Es sieht mir nicht unbedingt ähnlich, so etwas zuzugeben, aber ja, ich empfinde etwas für Katy.«

»Bravo! Es ist immer am besten, von Anfang an klar Stellung zu beziehen, und ich würde sagen, aufgrund Ihrer Gefühle sind Sie stärker motiviert, sie zu finden, als die Polizei. Was sagt man dort eigentlich zu Katys Verschwinden?«

»Dass es noch zu früh ist, um von einer Entführung auszugehen. Als ob Katy einfach ohne jeden Grund spurlos verschwinden würde!«

»Ich nehme an, so etwas kommt gelegentlich vor, aber wenn man bedenkt, dass ihr Vater für ein Verbrechen eingesperrt wurde, dass er offensichtlich nicht begangen hat, und dass auf meine Mutter ein Anschlag verübt wurde, könnte man eigentlich erwarten, dass die Polizei alle Register zieht, um den Täter zu finden.«

Sie hatten gerade aufgegessen, als Charles von oben eine Glocke läuten hörte.

»Das wird Mutter sein«, sagte Claire. »Ich nehme an, es bedeutet, dass ihr etwas eingefallen ist.«

Charles dankte Claire für die leckere Mahlzeit und lief die Treppe hinauf.

Edna hatte einen Notizblock im Schoß; eine Seite war von oben bis unten vollgeschrieben.

»Es wurde ein bisschen einfacher, als ich mir den Fall in Erinnerung rief, der bei Gloria und mir als unser ›Erstling‹ firmierte. Es handelte sich dabei nicht um die erste Frau, der wir halfen, aber um die erste, die nicht zu ihrem Mann zurückging. Sie hieß Sonia Birchill und kam aus Kentish Town. Mit unserer Hilfe zog sie nach Brighton und änderte ihren Nachnamen und den ihrer Kinder auf Patterson. So hundsgemein Mr Birchill auch war, ich glaube nicht, dass er unser Mann ist. Zum einen konnte er nicht Auto fahren, außerdem lebte die Familie in einer Sozialwohnung und hatte sehr wenig Geld. Also, selbst wenn er inzwischen den Führerschein gemacht hat, bezweifle ich, dass er in der Lage wäre, sich einen Jaguar zu leisten. Sehr schlau war er auch nicht, nach allem, was Sonia uns erzählt hat.«

»Haben Sie wieder von ihr gehört, seit sie sich in Brighton niedergelassen hat?«

»Ja, sie hat uns zu Weihnachten immer eine Karte geschickt. Und vor vier Jahren schrieb sie, es gäbe einen sehr netten Mann in ihrem Leben und ihre Kinder wären gesund und munter und gute Schüler.«

»An Sonias Adresse oder die ihres Mannes können Sie sich wohl nicht mehr erinnern?«

»Er lebte in einem Wohnblock namens *Denyer House*, im zweiten Stock, aber die Türnummer habe ich vergessen. Sonia wohnte in Brighton in der Nähe des Bahnhofs, die genau Adresse weiß ich nicht mehr. Sie hat sie nie auf ihren Karten oder Briefen vermerkt. Das war ein Rat, den wir allen Frauen gaben: Vertraut keinem Menschen aus eurer Vergangenheit eure neue Adresse an! Das ist bedeutend sicherer.«

Charles nickte. »Die Polizei sollte sie anhand Ihrer Angaben aufspüren können. Was haben Sie sonst noch?«

Alles in allem nannte Edna ihm neun Namen. Er rechnete es ihr hoch an, dass sie sich an sämtliche Namen erinnerte, unter denen die Frauen verheiratet gewesen waren, und wenn nicht an die tatsächliche Adresse des gemeinsamen Haushaltes, so doch an die Gegend, in der sie sich befand. Zudem waren ihr einige der Namen eingefallen, die die Frauen später angenommen hatten, ebenso wie die Orte, an die sie gezogen waren. Charles fand, dass sie ihre Sache angesichts der Umstände hervorragend gemacht hatte.

Etwas, woran sie sich deutlich erinnerte, war die Art der Verletzungen, die all diese Frauen erlitten hatten, wenn sie zu Gloria und ihr kamen. Charles lief ein Schauer über den Rücken, als sie ihm von dem Abdruck eines glühend heißen Eisens auf dem Rücken einer Frau erzählte. Ein anderer Mann hatte seiner Frau das Gesicht mit Farbentferner eingeschmiert und sie so lange an den Armen festgehalten, bis sich die ätzende Flüssigkeit in die Haut gebrannt hatte. Gebrochene Knochen, Striemen von Stockschlägen, blaue Augen, ausgeschlagene Zähne und eine Schwangere, die die Treppe hinuntergestoßen worden war. Sie hatte das Kind am nächsten Tag verloren.

»Grauenhaft, nicht wahr?«, sagte Edna, als sie fertig war, und wischte sich eine verirrte Träne von der Wange. »Natürlich hatten Gloria und ich mit unseren Ehemännern ganz ähnliche Dinge erlebt, und jedes Mal, wenn wir eine dieser armen Frauen trafen, durchlebten wir unser Elend erneut. Die Polizei sollte angehalten werden, in solchen Fällen unverzüglich einzuschreiten. Es macht mich furchtbar böse, wenn ich höre, dass so etwas als ›innerfamiliäre Probleme‹ bezeichnet wird. Selbst wenn der Mann eingesperrt wird, kommt er in kürzester Zeit auf Kaution frei und geht nach Hause, um seiner Frau eine weitere Abreibung zu verpassen.«

Es war ein langer, anstrengender Tag gewesen, und Charles, der am nächsten Morgen in aller Frühe aufbrechen und nach London zurückfahren wollte, wusste, dass er allmählich zu Bett gehen sollte.

Er stand auf, beugte sich vor und gab Edna einen Kuss auf die Wange. »Sie sind eine sehr gütige und mutige Dame und ein leuchtendes Vorbild für andere«, sagte er. »Ich werde alles tun, was in meiner Macht steht, um diesen Mann zur Strecke zu bringen. Außerdem werden Sie in Zukunft erleben, wie ich die Trommel rühre, um Hilfe für misshandelte Frauen zu mobilisieren.«

Sie lächelte ihn an und nahm seine Hand in ihre. »Ich werde dafür beten, dass man Katy gesund und unversehrt findet und für Sie beide etwas Gutes dabei herauskommt. Aber passen Sie auf, ich werde Sie an Ihr Versprechen, sich für unsere Sache einzusetzen, erinnern. Ich glaube, Sie sind ein Mann, der wie geschaffen dafür ist, nicht nur Gesetze, sondern auch die allgemeine Einstellung zu ändern.«

KAPITEL 11

Katy war so hungrig, dass sie das Gefühl hatte, sie würde eine Maus mitsamt Fell und Schwanz verspeisen, wenn eine hereinkäme. Sie hatte nicht nur Hunger, sondern einen wahren Heißhunger, und ihre Gedanken kreisten immer wieder um abstoßende oder absurde Dinge wie zum Beispiel um diesen reichlich abwegigen Wunsch, eine Maus zu essen. Ob das die Vorstufe zum Wahnsinn war?

In Büchern schienen sich Menschen, die Hunger oder Durst litten, immer an heißen Orten zu befinden und Luftspiegelungen von Springbrunnen oder tropfenden Wasserhähnen vor sich zu sehen. Ihr hingegen war so kalt, dass sie sich gern vorgestellt hätte, unter sengender Hitze zu leiden. Leider erwies sich das als unmöglich. Bilder von Eiswüsten wären leicht vor ihrem geistigen Auge entstanden, aber das wollte sie lieber nicht versuchen, weil ihr dann noch kälter geworden wäre.

Als Reilly davongerauscht war, hatte sie gedacht, er würde sie ein, zwei Stunden allein lassen, um sie für ihr provokantes Auftreten zu bestrafen, aber irgendwann zurückkommen und ihr etwas zu essen bringen.

Aber er war nicht zurückgekommen, und obwohl sie weder eine Uhr hatte, noch sich am Tageslicht orientieren konnte, war sie ziemlich sicher, dass seither mindestens achtundvierzig Stunden vergangen waren. Sie hatte versucht zu schlafen, schaffte es aber nicht, weil es einfach zu kalt war. Da es absolut nichts gab, womit sie sich hätte beschäftigen können, war allmählich ihre Phantasie mit ihr durchgegangen. Sie sah vor sich, wie sie immer dünner und dünner wurde, bis sie schließlich nicht mehr stehen oder gehen konnte. Außerdem dachte sie über die erschreckende Möglichkeit nach, er könnte gar nicht mehr wiederkommen. Im Grunde konnte er das Problem, was er mit ihr machen sollte, ganz einfach lösen, indem er sie hier in diesem Keller verrecken ließ.

Wie lange würde es dauern, zu verhungern? Ohne Wasser konnte man angeblich nicht länger als eine Woche überleben, hatte sie gehört, aber wie lange ein Mensch ohne Nahrung auskam, wusste sie nicht. Wochen, vermutete sie.

Der Gedanke war wirklich grauenhaft. Ihr Magen war jetzt schon so leer, dass er wehtat, und ihr ganzes Denken wurde von Essen beherrscht: Würstchen, die in einer Pfanne brutzelten, ein knuspriger Sonntagsbraten mit goldbraun gerösteten Kartoffeln oder Käsetoast, der von Butter förmlich troff. Sie erinnerte sich, wie sie als Fünfzehnjährige Bücher über Kriegsgefangenenlager gelesen hatte, an die Schilderungen, wie dort jeder Tag eine verzweifelte Suche nach etwas Essbarem war, Brotrinden zum Beispiel oder Kartoffelschalen. Als sie das las, hätte sie sich nicht träumen lassen, dass sie diese Erfahrung eines Tages selbst machen würde.

Um sich abzulenken und nicht ständig an Essen zu denken, dachte sie an ihr Zuhause in Bexhill. Aus ihrer jetzigen Sicht, in eisiger Kälte und halb verrückt vor Hunger, erschien ihr das Heim ihrer Familie wie ein prächtiger Palast, ihre Mutter als liebevolle Frau und exzellente Köchin.

Dann war da noch das Büro in Bexhill, ihr ehemaliger Arbeitsplatz, mit Kuchen, wenn jemand Geburtstag hatte, Würstchen im Schlafrock vom Bäcker auf der anderen Straßenseite, Mittagspausen bei *Wimpy*. Katy konnte die Röstzwiebeln förmlich riechen, und ihr lief das Wasser im Mund zusammen.

Sie versuchte verzweifelt, an etwas anderes zu denken, aber es ging nicht, immer wieder kehrten ihre Gedanken zu Nahrungsmitteln zurück. Gelegentlich aber schweiften sie auch zu

Charles ab. Wenn sie seinen Kuss im Geist noch einmal auskostete, konnte sie sich kurz von ihrem Hunger ablenken, und dasselbe galt für Tagträume darüber, wie es wohl mit ihm und ihr weitergegangen wäre, wenn sie sich nicht auf eigene Faust auf die Suche nach dem roten Jaguar gemacht hätte. Sie musste auch daran denken, wie furchtbar sich ihr Vater aufregen würde, wenn er von ihrem Verschwinden erfuhr. Bestimmt würde er den Rest seiner Tage lieber im Gefängnis verbringen, als ohne seine Tochter in Freiheit zu leben.

Vielleicht weinte sogar ihre Mutter, obwohl Katy das noch nie erlebt hatte. Sie fragte sich, warum ihr nie der Gedanke gekommen war, sich einmal mit ihrer Mutter zusammenzusetzen und von ihr eine Erklärung zu fordern, warum sie so abweisend und bitter war. Was hatte aus ihr den Menschen gemacht, der sie heute war? Katy wurde klar, dass sie nahezu nichts über ihre Mutter wusste. Sie hatte keine Ahnung, wo Hilda aufgewachsen war oder wie sie Albert kennengelernt hatte. Wie war sie als junges Mädchen gewesen? Wie waren ihre Eltern gewesen? Hilda war für Katy buchstäblich ein unbeschriebenes Blatt.

Zusammengekrümmt unter der Decke zu liegen und zu versuchen sich warm zu halten, bereitete ihr am ganzen Körper Schmerzen. Sie zwang sich, aufzustehen, um ein paar Streckübungen zu machen, aber das strengte sie so sehr an, dass sie sich wieder hinlegen musste.

Und dann, als sie gerade dachte, sie würde das Geräusch nie wieder hören, waren draußen vor der Tür Schritte zu vernehmen. War Reilly gekommen, um ihr etwas zu essen zu bringen? Oder um sie zu töten? Ihr Herz klopfte laut, und sie schlang die Decken noch enger um sich, als könnten sie ihr Schutz bieten.

»Hopp, hopp, aufgewacht«, sagte er munter, aber sein jovialer Ton wirkte noch beängstigender als sein Knurren.

Katy spähte zu ihm hinüber. Zu ihrem maßlosen Erstaunen hatte er etwas dabei, das nach einem elektrischen Heizgerät aussah, und noch dazu eine Tüte, die Kleidung oder Essen enthalten mochte.

Ihr Instinkt drängte sie, aufzuspringen und ihm zu danken, aber sie rief sich in Erinnerung, dass sie bei ihm eher etwas erreichen konnte, wenn sie sich abweisend gab.

»Welcher Tag ist heute, und wie spät ist es?«, fragte sie und gähnte, als hätte sie gerade ein kleines Nickerchen gemacht.

»Donnerstag, vier Uhr nachmittags. Ich wollte eigentlich gestern schon kommen, habe es aber nicht geschafft.«

»Na, jetzt sind Sie ja da.« Sie versuchte, unbekümmert zu klingen, aber ihre Augen fixierten die Einkaufstüte, und sie konnte sich nur mit Müh und Not beherrschen, nicht vom Bett zu springen und ihm die Tüte aus der Hand zu reißen.

»Du bist ja ziemlich gelassen«, stellte er fest. »Und ich hatte gedacht, du wärst inzwischen verrückt geworden.«

»Verrückt?«, wiederholte sie. »Verrückt nach Ihnen, oder was?«

Ihre Bemerkung schien ihn zu verunsichern. Er hielt ihr die Tüte hin. »Ein paar Sachen zum Anziehen und etwas Essen. Es war zu früh, um warme Speisen zu bekommen, aber es gibt Fleischpastete, Kuchen und ein bisschen Obst. Das Heizgerät stecke ich gleich mal ein.«

Es forderte Katy eine fast übermenschliche Selbstbeherrschung ab, sich nicht auf die Pastete zu stürzen und sie sich in den Mund zu stopfen und sich dabei gleichzeitig auf das Heizgerät zu stellen. Obwohl der Radiator nur einen Heizstab hatte, spürte sie sofort die Wärme, die er ausstrahlte, und sie musste sich zwingen, diese Wärmequelle kurz im Stich zu lassen, um einen braunen Strickpullover, eine braune Hose und ein cremefarbenes Hemd aus der Tüte zu nehmen. Den Pullover zog sie sofort an, die anderen Sachen legte sie aufs Bett. Sie waren nicht neu, aber von guter Qualität; wahrscheinlich hatten sie Reillys Frau gehört. In der Tüte fanden sich auch noch Socken und

Unterhosen. Letztere waren neu, drei Stück in einer Zellophantüte von *Marks and Spencer*.

»Sehr schön, danke«, sagte sie und griff mit bebenden Händen nach der Fleischpastete. Sie war so groß, dass sie für vier Personen gereicht hätte, die Teighülle goldbraun und knusprig. Katy wusste, dass sie das Ding locker in vier Sekunden hätte hinunterschlingen können, aber so deutlich wollte sie ihre Gier nicht zeigen. »Tut mir leid«, sagte sie höflich. »Ich würde das lieber von einem Teller und mit Messer und Gabel essen, aber Not kennt kein Gebot.« Sie biss hinein und gab sich große Mühe, sich nicht anmerken zu lassen, welch ein Genuss dieser Bissen für sie war.

Nichts im Leben war ihr je so schwergefallen wie die Bemühung, die Pastete nicht in sich hineinzustopfen. Das Fleisch war köstlich, gut gewürzt und saftig, und zerging auf der Zunge. Da es praktisch unmöglich war, eine so gewaltige Pastete ohne Besteck auch nur halbwegs manierlich zu verzehren, wickelte Katy sie nach einigen Bissen wieder in das Papier und legte sie in die Einkaufstüte zurück.

»Die hebe ich mir für später auf«, sagte sie. »Wie wäre es, wenn Sie mir jetzt mal ein paar Dinge erklären würden. Zum Beispiel, warum haben Sie Glorias Haus in Brand gesteckt?«

Reilly lehnte sich an die Wand und verschränkte die Arme vor der Brust. »Das Miststück hat mir meine Frau genommen«, sagte er. »Aber das weißt du ja. Das andere Miststück, ihre Helferin, hat es dir erzählt und dir das Notizbuch gegeben.«

»Gloria und Edna haben Ihrer Frau geholfen, mit ihren Kindern ein neues Leben zu beginnen, weit weg von Ihnen. Irgendjemand musste ihr helfen. Sie hätten Deirdre fast umgebracht, und Ihre Kinder mussten das mit ansehen.«

»Ich habe ihr höchstens mal einen kleinen Klaps gegeben, sie hat es gut gehabt bei mir. Den Kindern hat es an nichts gefehlt, sie hatten Fahrräder, jedes Spielzeug, das sie wollten.«

»Spielzeug entschädigt nicht dafür, die eigene Mutter mit

gebrochenen Knochen zu sehen. Denn es war nicht nur ›ein kleiner Klaps‹, das wissen Sie so gut wie ich.«

»Kennst du Deirdre?«

Katy sah einen Funken Hoffnung in seinen Augen. »Nein, natürlich nicht. Sie hatte nur zu Gloria und Edna Kontakt, und ich erfuhr erst von ihr und den anderen Frauen, als mein Vater in diese Sache hineingezogen wurde. Deshalb habe ich Jagd auf Sie gemacht.«

»Jagd?« Seine Stimme hob sich um eine Oktave.

»Ja, ganz genau«, gab sie trotzig zurück.

»Und was wolltest du machen, wenn du mich erst mal aufgespürt hattest?«

»Sie bei der Polizei melden, versteht sich.«

»Aber das hast du nicht getan, stimmt's? Ich weiß es, weil ich mich an deine Fersen gehängt habe.«

Katy hatte die Befürchtung, dass es ihr Leben drastisch verkürzen könnte, wenn sie jetzt behauptete, sie hätte ihre Informationen weitergegeben. Schlauer als andere zu sein bedeutete ihm offensichtlich sehr viel. »Ich bedaure, dass ich nicht direkt zum Polizeirevier in Hammersmith gegangen bin. Ich hatte die Absicht, am Montag den Anwalt meines Vaters anzurufen. Aber hey, was soll's? Jetzt bin ich hier bei Ihnen. Erzählen Sie mir doch mal was über sich!«

»Warum sollte ich?« Er starrte sie unverwandt aus seinen dunklen Augen an, die wie feuchter Teer schimmerten.

»Weil Sie unglücklich sind. Es könnte Ihnen helfen, mit mir zu reden.«

»Ich bin nicht unglücklich.«

Katy seufzte. »Doch, das sind Sie. Ich vermute, Sie waren schon immer unglücklich, sonst hätten Sie nicht angefangen, Ihre Frau zu verprügeln. Sie vermissen sie immer noch und wollen sie zurückhaben. Sie glauben, dann wären Sie wieder glücklich. Das ist natürlich ein Irrtum.«

Katy griff auf alles Mögliche zurück, was ihr gerade einfiel, halbgare Brocken psychologischer Weisheiten, die sie hier und da aufgeschnappt hatte. Dabei wollte sie nur eins: den Rest der Pastete und den Kuchen essen.

»Ich will sie nicht wiederhaben, jetzt nicht mehr. Sie war eine dumme, erbärmliche Person, und ich komme sehr gut ohne sie klar.«

»Wem wollen Sie etwas vormachen?«, fragte Katy. »Sie kommen überhaupt nicht zurecht. Sie sind voller Wut. Und solange Sie nicht imstande sind, diese Wut loszulassen, werden Sie nie glücklich oder fähig sein, ein neues Leben anzufangen.«

Katy setzte sich wieder aufs Bett und klopfte einladend neben sich auf die Decke. »Ich finde Sie faszinierend, Ed. Ich darf doch Ed zu Ihnen sagen, oder?«

Er rührte sich nicht, sondern blieb stehen und starrte sie aus seinen ausdruckslosen dunklen Augen an. »Ja, das kannst du. Was für ein Spiel ziehst du hier eigentlich ab?«

»Spiel?« Sie runzelte die Stirn, als hätte sie die Frage nicht verstanden. »Ich will einfach mehr über den Mann wissen, der die Absicht hat, mich zu töten. Denn das haben Sie doch vor, oder? Obwohl ich nicht wirklich begreife, warum Sie es nicht gleich gemacht haben, als Sie mich auf der Straße abfingen. Ich meine, Sie hätten mich erstechen oder erwürgen und dann meine Leiche einfach in irgendeinen Vorgarten legen können.«

Auf einmal kam ihr der Gedanke, dass es ihm möglicherweise eher entsprach, auf Distanz zu töten, durch Brandstiftung oder mit dem Auto. Nähe behagte ihm nicht.

»Falls du glaubst, das heißt, ich lasse dich gehen, hast du dich geschnitten«, sagte er.

Katy lächelte. Ihr Instinkt sagte ihr, dass er überhaupt keinen Plan hatte.

»Was gibt es da zu grinsen?«, fragte er.

»Ich habe etwas zu essen, warme Kleidung und ein Heizgerät«, erwiderte sie. »Verglichen damit, wie die Dinge noch vor einer halben Stunde lagen, ist das eindeutig ein Fortschritt. Außerdem sind Sie ein interessanter Mann und sehen noch dazu gut aus. Ich kann verstehen, warum Deirdre sich in Sie verliebt hat. Was hat Sie so sehr an ihr gestört, dass Sie irgendwann angefangen haben, Sie zu schlagen?«

»Halt die Klappe, Mädchen!«, fuhr er sie an. Seine dunklen Augen wurden noch dunkler, und sein Gesicht rötete sich vor Zorn. »Ich gehe jetzt. Keine Fragen mehr, sonst komme ich nie wieder.«

»Wie Sie wollen«, sagte sie mit weit mehr Ruhe, als sie empfand. »Ich wollte Sie bloß besser kennenlernen.«

Er stürmte hinaus und knallte die Tür hinter sich zu. Katy griff sofort nach der Pastete und schlang sie gierig hinunter.

Erst als ihr Hunger gestillt war, dachte sie über das Vorgefallene nach. Ed Reilly war mit Sicherheit ein eigenartiger und sehr gestörter Mensch. Die Art, wie er auf ihre Frage reagiert hatte, warum er Deirdre geschlagen hatte, verriet einiges über ihn. Vermutlich verdrängte er gern, dass er die Frau, die er liebte, misshandelt hatte, und redete sich ein, allein Gloria wäre schuld daran, dass seine Ehefrau ihn verlassen hatte. Deirdre war zweifellos eine schwache Persönlichkeit oder war es wenigstens so lange gewesen, bis sie endlich genug hatte. Komisch, Reilly begriff anscheinend überhaupt nicht, dass er und seine Gewalttätigkeit sie dazu getrieben hatten, ihm davonzulaufen.

Aber sich Gedanken darüber zu machen, warum Reilly Frauen misshandelte, half ihr in ihrer Situation nicht weiter. Schön und gut, sie hatte ein bisschen zu essen und warme Sachen zum Anziehen und noch dazu den Heizstrahler, aber es gab für sie nach wie vor keine Möglichkeit, aus ihrem Gefängnis zu entkommen. Und wie sollte irgendjemand sie finden? Bestimmt würde Jilly der Polizei zusetzen, etwas zu unternehmen, und auch Michael Bonham würde sich einschalten. Dennoch standen ihre Chancen denkbar schlecht.

Auf einmal traf sie die Erkenntnis, wie hoffnungslos ihre Lage war, wie ein Schlag ins Gesicht, und sie brach weinend zusammen. Wenn sie recht hatte und Reilly nichts dafür übrig hatte, mit seinen eigenen Händen zu töten, dann würde er sie wahrscheinlich hier verhungern lassen.

Während Katy sich mit der Aussicht konfrontiert sah, einen langsamen Hungertod zu sterben, wappnete sich Jilly gerade für das Gespräch mit Katys Bruder Rob und hatte dabei Mühe, ihre Tränen zu unterdrücken. Heute war ein Brief von ihm für Katy gekommen, der eindeutig vor ihrer Entführung geschrieben worden war. Jilly hatte ein schlechtes Gewissen, als sie den Umschlag aufmachte und den Brief las, aber wie sie gehofft hatte, stand eine Telefonnummer drin, unter der er zu erreichen war.

Sie hatte Rob schon immer gerngehabt, eine Zeit lang sogar ein bisschen für ihn geschwärmt, aber dabei war nie etwas herausgekommen. Er hatte sie immer behandelt wie eine Schwester. In dem Brief an Katy berichtete er von dem Besuch im Gefängnis und wie gefasst sein Vater wirkte, allerdings auch sehr besorgt um ihre Mutter, die offenbar nicht mehr ganz bei Sinnen war. Eine normale Frau würde wohl kaum ignorieren, dass ihr Ehemann wegen einer Straftat, die er nicht begangen hatte, im Gefängnis saß.

Wie Katy schrieb auch Rob gute Briefe, lustig, warmherzig und interessant. Jilly selbst war keine große Briefeschreiberin, aber ihre Eltern waren auch nicht so gebildet und belesen wie Mr Speed. Außerdem hatte sie den Verdacht, dass dieser Drachen von Mutter Katy und Rob so lange hatte Briefe schreiben lassen, bis sie es wirklich gut konnten.

Schließlich raffte sie all ihren Mut zusammen und rief Rob an.

»Hallo, Rob, hier ist Jilly. Ich musste deinen Brief an Katy aufmachen, um eine Telefonnummer von dir zu bekommen, und ich fürchte, ich habe eine sehr schlimme Nachricht für dich.«

Zu ihrer Erleichterung wusste er wenigstens teilweise schon Bescheid. Offensichtlich hatte Michael Bonham sich seine Nummer von Hilda Speed geben lassen und ihm mitgeteilt, dass Katy verschwunden war. Rob war so froh über Jillys Anruf, dass sie stark versucht war, ihm gegenüber die Situation scheinbar auf die leichte Schulter zu nehmen. Einfach zu beteuern, sie wäre überzeugt, Katy würde jeden Moment mit einer Geschichte über irgendeine alte Freundin, die sie zufällig getroffen hatte, und eine ausgedehnte Kneipentour daherkommen. Aber Rob wusste genauso gut wie sie, dass Katy nicht der Typ für so etwas war.

»Es sieht schlecht aus«, sagte Jilly. »Ich wünschte, ich müsste dir das nicht sagen.«

»Ich weiß. Sogar unsere Mum hat ihre übliche Eiseskälte abgelegt und zugegeben, dass sie beunruhigt ist.«

»Sie hat dich angerufen? Bei uns hat sie nicht ein einziges Mal nachgefragt, ob es was Neues gibt.«

»Ich bin gestern nach meinem Besuch bei Dad nach Bexhill weitergefahren«, sagte Rob. »Mum macht das alles schwer zu schaffen. Telefonieren ist ihr noch nie leichtgefallen, schon gar nicht mit Fremden. Deshalb steckt sie einfach den Kopf in den Sand. Sie weigert sich immer noch, Dad zu besuchen, aber mehr aus Angst, ein Gefängnis zu betreten, als aus Ablehnung ihm gegenüber, glaube ich. Und sie macht sich wirklich große Sorgen um Katy, das habe ich daran gemerkt, wie sie herumgedruckst hat. Wie auch immer, danke, dass du versucht hast, mir diese schlechte Nachricht schonend beizubringen. Ich bin jetzt wieder in Nottingham, weil ich ein paar Sachen erledigen muss, aber ich fahre noch heute nach Bexhill zurück.

Meine Eltern brauchen mich. Mein Vater, damit er ein bisschen aufgemuntert wird, meine Mutter, damit sie nicht völlig aus der Bahn geworfen wird. Ich will versuchen, Mum zu überreden, mit mir zusammen zu Dad zu fahren. So gern ich auch nach London kommen und bei der Suche nach Katy helfen würde, ich glaube, ich bin hier bei meiner Mutter mehr von Nutzen.«

»Du hast recht, hier gibt es für dich nichts zu tun«, gab Jilly zu. »Ich war so glücklich, als ich meinen Traumjob im Zoo bekommen habe, und dann haben wir die Wohnung gefunden und waren furchtbar aufgeregt. Wir wollten sie ein bisschen aufpeppen und Kissen und Vorhänge kaufen, und wir wollten wilde Partys schmeißen und all die verrückten Sachen anstellen, die man macht, wenn man gerade nach London gezogen ist. Aber jetzt könnte ich dauernd heulen. Ich hab solche Angst um sie, Rob.«

»Ich auch, Jilly«, sagte er. »Wie ist sie bloß auf die Idee gekommen, Sherlock Holmes zu spielen? Und wenn sie schon vorhatte, einen Killer aufzuspüren, warum hat sie dann nicht wenigstens eine Nachricht hinterlassen, wo sie hinwill?«

»Und wenn sie nun tot ist?«, stieß Jilly hervor. »Ich kann mir ein Leben ohne Katy einfach nicht vorstellen. Du doch auch nicht, oder?«

»Nein, wirklich nicht. Bis ich nach Nottingham ging, waren wir praktisch unzertrennlich. Ich glaube, das ist teilweise auch der Grund, warum keiner von uns auf eine feste Beziehung erpicht war. Wir hatten immer so viel Spaß miteinander.«

»Sie hat mir so oft gesagt, wie lieb sie ihren kleinen Bruder hat«, schluchzte Jilly. »Manchmal war ich sogar eifersüchtig.«

»Und mir hat sie erzählt, wie lieb sie dich hat«, sagte Rob, dessen Stimme ziemlich zittrig klang. »Ich war auch eifersüchtig, das heißt wohl, wir sind gewissermaßen quitt.«

Er musste aufhören, weil er vom Apparat seiner Zimmerwirtin telefonierte, versicherte Jilly aber noch, sie könne jederzeit mit Neuigkeiten in Bexhill anrufen. »Pass auf dich auf«, sagte er. »Hoffen wir einfach, dass wir in ein paar Wochen, wenn das alles vorbei ist, alle drei darüber lachen können.«

Charles hatte eine Kopie der Seite mit Ednas Notizen gemacht und noch an dem Abend, als er aus Broadstairs zurückkam, der Polizei übergeben. Es enttäuschte ihn, dass die Beamten nicht enthusiastischer reagierten oder motivierter wirkten. Das kurze »Lassen Sie das da, wir gehen der Sache nach« empfand er als viel zu unbestimmt, und deshalb nahm er sich ein paar Tage frei, um persönlich Nachforschungen anzustellen.

Bisher war es ihm mithilfe eines Freundes, der früher bei der Kripo gearbeitet hatte und immer noch gute Kontakte zur Polizei besaß, gelungen, die ehemaligen Adressen von drei Frauen aufzuspüren. Zwei dieser Anschriften wurden nach wie vor von den jeweiligen Ehemännern bewohnt. Mr Birchill, der in einem Sozialbau in Kentish Town lebte, war stark übergewichtig und praktisch bewegungsunfähig; ein Nachbar erzählte Charles, dass Birchill kaum jemals das Haus verließ. Er hatte keinen Führerschein, geschweige denn einen Jaguar.

Der Ehemann an der zweiten Adresse in Hampstead war Chirurg im Royal Free Hospital und fuhr einen Mercedes, keinen Jaguar. Außerdem hatte Charles in einem Zeitungsladen, der sich in der Nähe befand, erfahren, dass Dr. Foster über Weihnachten und Neujahr mit einer Freundin auf einer dreiwöchigen Kreuzfahrt in der Karibik gewesen war und schon deshalb das Feuer in Glorias Haus nicht gelegt haben konnte.

Im Nachbarhaus der dritten Adresse teilte man ihm mit, dass die Talbots vor drei Jahren weggezogen waren. Charles hatte natürlich keine Ahnung, ob es sich bei besagter Mrs Talbot um die misshandelte Ehefrau oder um eine neue Lebensgefährtin handelte. Vielleicht war seine Frau ja doch noch zu ihrem Mann zurückgekehrt. Charles wusste es nicht, und er konnte nicht gut danach fragen. Aber nach einem Jaguar erkundigte er sich und erhielt die Antwort, die Talbots hätten einen grauen Rover.

Der nächste Schritt bestand darin, die anderen Namen auf Ednas Liste mit dem Wählerverzeichnis abzugleichen und die zugehörigen Adressen zu finden. Diese Arbeit erwies sich als langwierig und mühsam, aber immerhin fand er vier weitere Adressen, obwohl natürlich keineswegs feststand, ob diese Häuser nicht vielleicht anderen Leuten mit demselben Namen gehörten. Schließlich konnte er nicht einfach anklopfen und fragen, ob dort ein gewalttätiger Ehemann lebte.

Um irgendeinen Vorwand zu haben, gab er vor, eine Umfrage für das E-Werk zu machen. Im Haus der Edens entpuppte sich Mrs Eden als junge Frau, die kaum älter als neunzehn sein konnte. Sie war hochschwanger und lebte erst seit drei Monaten mit ihrem Mann in dem Haus. Als Nächstes waren die Camerons an der Reihe. Mr Cameron war schwarz, und ein Foto in der Diele zeigte, dass seine Frau und Kinder es ebenfalls waren. Die Butlers waren einiges über sechzig, und im letzten Haus lud die Bewohnerin, eine Mrs Seymour, ihn ein, eine Tasse Tee mit ihr und ihrem Mann zu trinken. Mr Seymour saß im Rollstuhl, und es war nicht zu übersehen, dass die beiden Eheleute sehr aneinander hingen.

Nach diesen Misserfolgen beschloss Charles, einen kurzen Spaziergang über die Heide zu machen, um einen klaren Kopf zu bekommen. Das Wissen, dass Katy an jenem Samstagmorgen vor sechs Tagen auch in Hampstead gewesen war, rückte sie in seinen Gedanken wieder an erste Stelle, eine Position, von der sie durch seine Suche nach gewalttätigen Ehemännern kurzfristig verdrängt worden war.

Was hatte dieser Mann mit ihr gemacht?

Als Anwalt wusste Charles, dass jeder, der jemanden entführte, fast immer vorhatte, dieser Person ernsthaft Schaden zuzufügen. Selbst Entführer, die Lösegeld verlangten und versprachen, das Opfer nach der Übergabe des Gelds unversehrt freizulassen, töteten es oft.

Wie sollte er Katy finden? Er wusste nicht, wer sie in seiner Gewalt hatte oder wo derjenige sie gefangen hielt; tatsächlich wusste er im Grunde nur, dass der Täter einen roten Jaguar besaß. Und dass es ihm nichts ausmachte, weite Strecken zu fahren, um zu töten.

Aber einen Menschen gab es, der möglicherweise Licht in die Angelegenheit bringen könnte: die frühere Ehefrau des Mannes, die Frau, die er so lange verprügelt hatte, bis sie ihm weglief.

Charles zog Ednas Liste aus der Tasche. Jetzt waren es nicht die möglichen Adressen, die ihn interessierten, sondern alles, was Edna über die Frauen noch in Erinnerung gehabt und notiert hatte.

Claire hatte gesagt, ihre Mutter hätte nie die neuen Adressen der Frauen aufgeschrieben, nachdem sie sich von Gloria und ihr verabschiedet hatten. Sie hielt es für zu gefährlich; immerhin hätte ein wütender Ehemann bei ihnen einbrechen und derartige Aufzeichnungen finden können.

Edna hatte sich etliche Namen eingeprägt, sowohl die Ehenamen als auch die neu angenommenen, unter denen die Frauen in Zukunft leben wollten. In vielen Fällen erinnerte sie sich sogar, in welche Stadt sie gezogen waren.

»Aber welche ist die Ehefrau unseres Mannes?«, murmelte Charles und starrte die Liste an. Brighton, Hastings, Eastbourne, Lewes und Tunbridge Wells. Es gab keine Garantie, dass diese Frauen mittlerweile nicht woanders hingezogen waren, und schon gar nicht, dass sie mit ihm reden würden. Sie waren geflohen, hatten ihren Namen geändert, Freunde und Verwandte aufgegeben, um ihren Männern zu entkommen! Wie wahrscheinlich war es also, dass sie das Risiko eingehen würden, mit einem Fremden zu sprechen, der vielleicht ihre ganze mühsam gesicherte Existenz gefährdete?

Und wie lange würde er brauchen, um diese Frauen aufzuspüren? Er konnte sich nicht ewig von der Kanzlei beurlauben lassen. Außerdem stand keineswegs fest, ob diese Frauen auch nur die geringste Ahnung hatten, an welchem Ort Katy versteckt gehalten werden könnte. Das Ganze könnte sich als vergebliche Liebesmüh erweisen.

Bei einer massiven Eiche blieb Charles stehen, lehnte sich an den Stamm und blickte hinauf. Er liebte Bäume, insbesondere im Winter, wenn sie kein Laub trugen, weil dann die Struktur ihrer Äste und Zweige so gut zu erkennen war.

Auch Katy war ein bisschen so: keine Schnörkel und Rüschen, eine offene junge Frau, die sagte, was sie dachte, und tat, was sie für richtig hielt. Furchtlos, intelligent, hartnäckig. Sie hatte ein bezauberndes Gesicht, einen zarten Teint, Haare wie gesponnenes Gold und klare, aufrichtige blaue Augen. Er hatte in London noch nicht viele aufrichtige Frauen kennengelernt. Meistens waren sie darauf aus, sich einen Mann mit guten Aussichten zu angeln, und oft war ihnen mehr an ihrem Aussehen als an ihren Mitmenschen gelegen.

Katy war jede vergebliche Liebesmühe wert. Er musste sie finden. Er würde sie finden.

KAPITEL 12

Einen Tag nachdem Reilly Katy die Fleischpastete und die anderen Sachen gebracht hatte und dann wutentbrannt davongestürmt war, kam er wieder.

Katy war überrascht. Sie war mit dem Kuchen sehr sparsam umgegangen, weil sie erwartet hatte, Reilly würde sich erst in ein paar Tagen wieder blicken lassen. Der Heizstrahler und die warmen Sachen hatten ihre Lage verbessert, aber sie wünschte, sie hätte etwas zu lesen, damit die Zeit schneller verging.

Als er jetzt erschien, in einem völlig durchnässten Regenmantel und mit triefend nassen Haaren, in der Hand eine Tüte, in der sich vier Taschenbücher, Zahnbürste und Zahnpasta befanden, und dazu noch ihre Handtasche mitsamt Make-up und Bürste, verzichtete sie darauf, Desinteresse vorzutäuschen, weil sie ihn am liebsten umarmt hätte. Es sah so aus, als würde er allmählich weich, vielleicht ließ er sie ja doch noch frei. Nein, das war wohl eher unwahrscheinlich.

Sie musste sich mit kaltem Wasser waschen, hatte weder Handtuch noch Seife und konnte spüren, wie ihre Haare von Tag zu Tag fettiger wurden. Aber welcher Gefangene erwartete schon das Ritz?

»Schön, Sie zu sehen«, gestand sie, während sie einen Blick in ihre Handtasche warf. Das Einzige, was fehlte, war Ednas Notizbuch, aber sie hatte auch nicht erwartet, es noch vorzufinden. Jetzt hatte sie einen Kugelschreiber und einen Spiegel, und obwohl sie nicht die Absicht hatte, sich zu schminken, war es ein tröstlicher Gedanke, diese Dinge zur Verfügung zu haben. »Danke, dass Sie mir die Sachen gebracht haben.«

»Du bist ein komisches Mädchen. Nach Essen hast du gar nicht gefragt«, sagte er. »Soll das heißen, du willst nichts?«

»Doch, sehr gerne«, antwortete sie. »Ich wollte bloß nicht unhöflich sein. Es kam mir ungehörig vor, etwas zu essen zu verlangen, wenn Sie schon so nett sind, mir all die anderen Sachen zu bringen, um die ich gebeten hatte.«

»Ich werde dir nichts mehr zu essen bringen«, sagte er.

Katy lief es kalt über den Rücken. Sie starrte ihn entsetzt an. Was für ein Spielchen trieb er jetzt wieder mit ihr?

»Ich dachte, wir hätten uns irgendwie verständigt«, sagte sie, wobei sie nur mit Mühe die Tränen unterdrücken konnte. »Hören Sie, ich weiß, dass Sie mich im Grunde gar nicht töten wollen. Ich habe mir einen Plan ausgedacht, bei dem Sie ungeschoren davonkommen. Ich werde behaupten, Sie hätten eine Maske getragen und ich hätte keine Ahnung, wo Sie mich hingebracht haben. Dann könnte ich sagen, dass Sie mir eines Abends die Augen verbunden und mich in Ihren Wagen gesteckt haben und eine weite Strecke gefahren sind, um mich irgendwo rauszuwerfen. Ich bin zu Fuß losmarschiert, bis ich zu einem Haus kam und die Bewohner bat, die Polizei zu rufen.«

»Du hast dir das alles schön ausgetüftelt, was?« Die Eiseskälte in seiner Stimme war erschreckend.

Aber Katy ließ nicht locker. »Verstehen Sie nicht? Es ist eine glänzende Idee.«

Reillys Antwort bestand in einer schallenden Ohrfeige. »Deine Ideen können mir gestohlen bleiben. Du hältst gefälligst den Mund und überlässt mir die Entscheidungen.«

Ohne zu überlegen, schlug Katy blitzschnell und mit aller Kraft zurück. »Haben Sie als kleiner Junge nicht gelernt, dass ein Mann niemals eine Frau schlagen darf?«, brüllte sie ihn an. »Nein, natürlich nicht. Ich schätze, Sie hatten eine Mutter, die nur geheult hat und sich von Ihrem Vater alles gefallen ließ. Sind Sie deshalb so geworden, wie Sie sind?«

Sein Gesicht verdunkelte sich vor Zorn, und er kam mit ausgestreckten Händen auf sie zu, als wollte er sie erwürgen. Sie wusste, dass sie jetzt nicht zurückweichen durfte, sonst würde er sie grün und blau schlagen.

»Wehe, Sie rühren mich an!«, donnerte sie. »Ich habe keine Angst vor Ihnen. Aber ich bin wahrscheinlich die einzige Frau auf der Welt, die Sie verstehen will.«

Er blieb abrupt stehen, drehte sich um und fummelte vor der Tür nervös mit dem Schlüsselbund herum. Schließlich bekam er das Schloss auf, stürzte hinaus und knallte die Tür hinter sich zu.

»Nur zu, rennen Sie weg, Sie Feigling!«, schrie sie ihm nach. »Ich wette, Sie sind Ihr Leben lang vor Leuten weggelaufen, die Ihnen gesagt haben, was Sie sind!«

Erst als seine Schritte auf der Treppe verklungen waren, ließ sich Katy aufs Bett fallen und vergrub ihr Gesicht in den Händen. War sie zu weit gegangen? War sie dumm gewesen? Würde er sie jetzt einfach hier in diesem Keller verkommen lassen? Ihr Gesicht brannte von der Ohrfeige, und sie hatte Hunger. Was hatte sie mit ihrem tollkühnen Verhalten zu erreichen gehofft?

Am Sonntag beschloss Charles, Kontakt zu seinem alten Freund Patrick Bligh aufzunehmen, mit dem er zur selben Zeit in Cambridge Jura studiert hatte. Nach zwei Jahren hatten finanzielle Probleme in der Familie Patrick gezwungen, sein Studium abzubrechen. Er ging zur Polizei und war schon nach kurzer Zeit bei der Kripo. Charles hatte erwartet, dass sein Freund schnell die Karriereleiter hinaufsteigen und in nicht allzu ferner Zukunft Inspektor sein würde, da er sowohl einen scharfen Verstand als auch Charme besaß. Aber vor ein paar Jahren hatte er die Polizei verlassen und eine Privatdetektei gegründet. Viele seiner Freunde und Kollegen lachten ihn aus und prophezeiten, er würde innerhalb eines Jahres Konkurs anmelden, aber bisher lief sein Geschäft recht gut.

Pat ging nicht ans Telefon. Vermutlich arbeitete er an seiner Wohnung und konnte das Läuten nicht hören, dachte Charles und stieg kurzerhand in sein Auto, um zum Ladbroke Square zu fahren. Pat hatte diese Souterrainwohnung zur Zeit der Rassenunruhen in Notting Hill zu einem Spottpreis bekommen. Obwohl die Häuser in diesem Teil Londons groß und ziemlich prachtvoll waren, hatten die meisten von ihnen schon bessere Tage gesehen, und die Gegend selbst war völlig heruntergekommen. Bei all den Bombenschäden und verantwortungslosen Hausbesitzern, die ihre Anwesen vernachlässigten und viel zu viele Mieter in kleine Wohnungen stopften, stand es schlimm um die Gegend, fast so schlimm wie im Nachbarbezirk Ladbroke Grove, wo die meisten Einwanderer lebten.

Aber Pat war überzeugt, dass sich die Lage eines Tages ändern und Notting Hill wieder zu einem wohlhabenden Stadtteil werden würde. Wahrscheinlich lag er mit seiner Vermutung richtig, denn als Charles seinen Wagen parkte und sich umschaute, fielen ihm mehrere frisch renovierte Häuser auf, und der Park in der Mitte des Platzes war aufgeräumt und gesäubert worden. Er hatte selbst schon gehört, dass Ladbroke Grove sich gemausert hatte und gerade bei jungen Leuten gefragt war.

Pat benutzte das Vorderzimmer seiner Wohnung als Büro. Den Souterrainbereich hatte er weiß gestrichen, Fenstergitter und Geländer glänzend blau lackiert. Im Moment arbeitete er gerade an den hinteren Räumen seiner Wohnung. Als Charles ihn das letzte Mal besucht hatte, war davon die Rede gewesen, eine ordentliche Isolierung anzubringen.

Pat öffnete die Tür in einem grünen, dick mit Gips bespritzten Overall. Er war groß und massig, mit einem runden Gesicht, abstehenden Ohren, dunklen Augen und dichten, dunklen Bartstoppeln am Kinn. Sein schütter werdendes Haar hatte er abrasiert, und seine Glatze verlieh ihm ein verwegenes Aussehen. Aber seine Stimme widersprach diesem Eindruck, denn sie zeugte unverkennbar von Klasse. »So eine Überraschung«, grinste er. »Aber eine angenehme, Charlie, mein Junge, ich wollte nämlich gerade eine Kaffeepause einlegen.«

Beim Kaffee gab es das übliche Geblödel, in dem Pat seinen Freund damit aufzog, vor Gericht eine Perücke zu tragen und sich bei aristokratischen Kronanwälten einzuschleimen, während Charles seinerseits abfällige Bemerkungen über Schnüffler machte, die Ehebrecher und ähnliche Idioten ausspionierten.

Es tat jedoch gut, zu sehen, wie professionell Pats Büro war. Auf dem Fußboden lagen keine Papiere verstreut herum, und auch keine Aktenordner, über die man hätte stolpern können. Alles war in Grau und Weiß gehalten, und sowohl Pats Schreibtisch als auch der seiner Sekretärin war aufgeräumt und bis auf Telefon, Schreibmaschine und Ablagekörbe leer.

»Was führt dich so früh an einem Sonntagmorgen zu mir? Du hast eine Neue und glaubst, sie könnte verheiratet sein? Oder hast du etwa genug davon, auf großem Fuß zu leben, und willst bei mir mitmachen?«

»Von beidem etwas, und dazu noch Mord«, lachte Charles und erzählte seine Geschichte. Etwas, was er schon immer an Pat geschätzt hatte, war seine Gabe, gut zuhören zu können. Es war nie nötig, etwas zu wiederholen; er erfasste sämtliche Details auf Anhieb.

Es dauerte eine Weile, alle Zusammenhänge zu erklären, aber Pat unterbrach ihn kein einziges Mal.

»Also, was meinst du?«, fragte Charles, als er fertig war. »Kannst du herausfinden, wo diese Frauen heute leben? Und wie hoch schätzt du die Chancen ein, dass Katy noch am Leben ist?«

Pat stützte sich mit den Ellbogen auf dem Schreibtisch ab

und legte sein Kinn nachdenklich auf eine Hand. »Wir wissen beide, dass Entführer ihre Opfer selten freilassen«, sagte er schließlich. »Noch dazu ist dieser Mann voller Aggressionen. Es würde mich nicht wundern, wenn er schon vor Gloria und ihrer Tochter getötet hätte. Die Art und Weise, wie er das Feuer gelegt und anschließend Albert Speed belastet hat, wäre für einen Anfänger ziemlich raffiniert. Wie hat er herausgefunden, wo Gloria wohnt? Bexhill ist keine Stadt, die wegen ihrer Schönheit oder ihrer spannenden Freizeitangebote gestürmt wird; die Chance, dass sie ihm dort zufällig über den Weg gelaufen ist, steht ungefähr so hoch wie meine Chancen, den Weltmeistertitel im Schwergewicht zu gewinnen. Die Frau, die er von der Straße abgedrängt hat, konnte sein Gesicht wohl nicht erkennen, oder?«

Charles schüttelte den Kopf. »Es gibt so viele Dinge, die wir nicht wissen. Wir können nicht einmal sicher sein, ob einer der Namen auf dieser Liste zu der Frau unseres Verdächtigen gehört. Es ist die sprichwörtliche Suche nach der Nadel im Heuhaufen, stimmt's?«

»Ja, aber ich habe ein paar Kumpel, die einige von diesen Informationen durchs System laufen lassen können. Du hast gesagt, praktisch alle Frauen, die bei Edna landeten, kamen über das Whittington Hospital zu ihr, also wäre das die erste Anlaufstelle. Ich nehme an, die eine oder andere Frau hat falsche Angaben gemacht, aber nach meiner Erfahrung neigen die Damen von der Fürsorge dazu, ein Gedächtnis wie ein Elefant zu haben. Schauen wir mal, ob wir die Sozialarbeiterin dort erwischen.«

Wie Charles erwartet hatte, arbeitete die Fürsorgebeamtin sonntags nicht, aber erstaunlicherweise gelang es Pat, der Rezeptionistin ihre private Telefonnummer zu entlocken, indem er behauptete, es ginge um polizeiliche Ermittlungen und es wäre sehr dringend.

Er rief sofort unter der angegebenen Nummer an, und Charles hatte Mühe, angesichts der Redegewandtheit seines Freundes nicht laut herauszuplatzen. Pat entschuldigte sich wortreich bei Mrs Haggetty, weil er sie an einem Sonntag anrief, noch dazu zu einer Zeit, zu der sie vermutlich gerade zur Kirche gehen wollte. Dann fuhr er fort, sie wäre seiner Meinung nach eventuell im Besitz von Informationen, die einer jungen Frau das Leben retten könnten.

Charles beobachtete, wie sein Freund etwas auf ein Stück Papier kritzelte, und stellte fest, dass es sich um eine Adresse in Muswell Hill handelte. Vermutlich würden sie direkt dort hinfahren.

»Sie war misstrauisch«, gab Pat zu. »Aber diese Frauen sind mit Leib und Seele Sozialarbeiterinnen und beschäftigen sich mit Problemen, mit denen sich sonst kaum jemand abgeben will oder kann. Ihr Ehemann wird bei unserem Gespräch dabei sein. Die Dame klang ein bisschen nervös.«

Da auf den Straßen kaum Verkehr war, schafften sie es in einer halben Stunde, von der zehn Minuten geopfert worden waren, damit Pat sich rasch rasieren und Anzug und Krawatte anziehen konnte, bevor sie aufbrachen.

Das Heim der Haggettys war ein außerordentlich gepflegtes Reihenhaus in der Nähe des Alexandra Parks. Die Tür wurde von Mr Haggetty geöffnet, einem großen imposanten Mann mit einem Schopf dichter weißer Haare.

»Ihr Vorgehen ist höchst irregulär«, sagte er scharf. »Aber meine Frau meinte, Sie hätten wohl kaum um dieses Gespräch gebeten, wenn es nicht um etwas Wichtiges ginge.«

»Völlig richtig, Mr Haggetty. Eine junge Frau befindet sich in größter Gefahr, und der einzige Mensch, der uns unserer Meinung nach eventuell einen Anhaltspunkt geben könnte, ist Ihre Frau. Darf ich vorstellen, das ist Charles Stevenson, Anwalt im Middle Temple. Ich selbst bin, wie ich Ihrer Frau bereits mitgeteilt habe, ehemaliger Polizeibeamter und jetzt Privatermittler.«

Pat hatte Charles angewiesen, bei den Haggettys alles zu berichten, was er über den Hintergrund der Geschichte wusste. Sobald Charles anfing, über misshandelte Frauen zu sprechen, trat ein Ausdruck tiefer Sorge in Mrs Haggettys Augen.

»Zwei Damen, Gloria Reynolds und Edna Coltrain, die einander im Whittington kennenlernten, nachdem sie von ihren Männern übel zugerichtet worden waren, konnten über die damalige Fürsorgebeamtin im Krankenhaus den Kontakt zu einer Frau herstellen, die den beiden half, ihren gewalttätigen Ehemännern zu entkommen. Später nahmen es diese beiden mutigen Frauen auf sich, ihrerseits anderen zu helfen.«

Charles führte aus, wie Gloria und ihre Tochter durch Brandstiftung ums Leben gekommen waren, und dass auch Ednas Leben bedroht worden war. Dann erklärte er, wie Katy in die Angelegenheit hineingezogen worden und in weiterer Folge verschwunden war.

»Zu der Zeit, als die beiden ins Krankenhaus kamen, habe ich nicht dort gearbeitet«, sagte Mrs Haggetty, die jetzt sehr beunruhigt aussah. »Aber ich habe in meiner Zeit versucht, vielen Frauen in derselben Situation weiterzuhelfen. Es ist ein sehr komplexes Problem, es gibt keine Organisation, an die man sich wenden könnte, und für die Polizei sind derartige Vorkommnisse Streitigkeiten ›häuslicher Natur‹, die nicht in ihre Zuständigkeit fallen. Selbst wenn sie einmal einen Ehemann festnehmen und anzeigen, ist er nach ein paar Stunden wieder auf freiem Fuß und reagiert seine Wut an seiner Frau ab. Weil es so schwer für die Frauen ist, einfach zu gehen und irgendwo neu anzufangen, insbesondere für solche mit Kindern, kehrt ein Großteil von ihnen irgendwann nach Hause zurück. Ohne angemessene Betreuung für ihre Kinder können sie nicht arbeiten, deshalb verfügen sie über kein eigenes Einkommen und sind finanziell von ihren Ehemännern abhängig.«

Mrs Haggetty verstummte, als drohten ihre Gefühle sie zu überwältigen. Offenbar lag ihr diese Problematik wirklich sehr am Herzen. Sie wischte sich eine einzelne Träne von der Wange und zwang sich zu einem Lächeln. »Entschuldigen Sie bitte, es ist schwer, bei einer so ernsten Angelegenheit Distanz zu wahren. Ich habe von meiner Vorgängerin ein wenig über Gloria und das, was sie zusammen mit ihrer Freundin geleistet hat, erfahren. Der Gedanke, dass sie mit ihrem eigenen Leben und dem ihrer Tochter für ihre Güte bezahlt hat, ist einfach grauenhaft. Wir müssen tun, was wir können, um das Leben dieser jungen Frau zu retten. Hoffentlich ist es dafür noch nicht zu spät!«

»Haben Sie vielleicht misshandelte Frauen an Gloria Reynolds weitergeleitet?«, fragte Pat.

»Nicht direkt«, antwortete sie. »Ich hatte keine Möglichkeit, Kontakt zu ihr aufzunehmen, das ging nur über ein weiteres Glied in der Kette, Miss Dunkin. Leider war sie alt und gebrechlich, und wie ich gehört habe, ist sie letztes Jahr gestorben. Seither besteht die einzige Hilfe, die wir anbieten können, in den Adressen einiger Frühstückspensionen, die Frauen in derartigen Notlagen aufnehmen.«

»Können Sie sich vielleicht noch an ein paar der Frauen erinnern, die Sie kennengelernt haben?«, fragte Charles und erklärte, was es mit Ednas Notizbuch auf sich hatte. »Oder an die Namen, die sie im Krankenhaus bei der Aufnahme angaben?«

»Ich fürchte, nein, in meinem Gedächtnis ist keiner haften geblieben.«

»Könnten Sie bitte einen Blick auf die Namen werfen, die ich hier habe, und schauen, ob Ihnen einer davon vielleicht bekannt vorkommt?« Charles reichte ihr die Liste, die Edna geschrieben hatte.

Mrs Haggetty gab sich wirklich Mühe bei der Durchsicht

der Namen, das sah man schon daran, wie konzentriert sie ihre Lippen zusammenpresste. Aber als sie ihm das Blatt zurückgab, schüttelte sie bedauernd den Kopf.

»Bei dem einen oder anderen klingelt es, nur leider nicht laut genug. Aber all diese Frauen müssten in den Unterlagen des Whittington verzeichnet sein, falls sie in dieses Krankenhaus gekommen sind. Ich bin sicher, wenn ich die Akten durchgehe und auf eine Patientin mit Verletzungen stoße, die auf häusliche Gewalt hinweisen, wird mir mehr einfallen, und mit etwas Glück finden wir vielleicht die Frauen, die auf Ihrer Liste stehen. Ich muss Sie allerdings warnen: Manchmal geben Frauen in dieser Lage falsche Namen und Adressen an. Aber nicht alle. Wie dem auch sei, ich könnte das morgen für Sie erledigen.«

»Nicht heute?«, fragte Charles hoffnungsvoll.

Sie verzog bedauernd das Gesicht. »Wir sind heute zum Lunch eingeladen. Aber selbst wenn ich Zeit hätte, bezweifle ich, dass ich heute die Genehmigung bekommen könnte, in alten Akten zu stöbern. Treffen wir uns morgen um zehn im Krankenhaus, dann habe ich Zeit genug, um mir die Erlaubnis zu beschaffen.«

Als die beiden Männer wegfuhren, stieß Charles einen Seufzer aus. »Detektivarbeit ist wesentlich mühsamer, als es im Film aussieht.«

»Absolut«, pflichtete Pat ihm bei. »Neunundneunzig Prozent harte Arbeit, ein Prozent Glück. Aber nur nicht den Mut verlieren, Charley, mein Junge! Diese Dame wird dir Namen nennen, verlass dich drauf. Ich habe gespürt, dass sie drauf und dran war, schon jetzt etwas auszuspucken, aber sie will sicher gehen, dass sie uns nichts Falsches erzählt.«

»Uns?«

Pat grinste. »Du glaubst doch nicht etwa, dass ich dich allein herumpfuschen lasse? Aber selbst wenn wir die richtige Frau aufspüren und den Kerl mit dem roten Jaguar identifizieren, eventuell sogar herausfinden, dass er bei der Polizei aktenkundig ist, seine Autonummer und sonst noch alles Mögliche über ihn erfahren, heißt das noch lange nicht, dass wir auch dahinterkommen, wohin er Katy gebracht hat. Er und seine Frau sind vermutlich schon eine ganze Weile nicht mehr zusammen. Vermutlich hat seine Wut auf sie schon lange in ihm geschwelt und sich irgendwann gegen Gloria Reynolds und Edna Coltrain gerichtet. Wir können also davon ausgehen, dass er sich dieses Versteck erst zugelegt hat, nachdem seine Frau vor ihm geflüchtet ist. Vielleicht hatte er die Absicht, sie irgendwie aufzustöbern und dorthin zu schaffen. Wie auch immer, es könnte Gott weiß wo in England sein.«

Charles hörte seinem Freund mit sinkendem Mut zu. Er war es gewohnt, einen Fall gebrauchsfertig vorgelegt zu bekommen, bevor er ihn annahm, und er hatte nicht damit gerechnet, wie mühsam und langwierig sich die Suche nach Katy gestalten könnte.

»Aber wenn wir wissen, wer er ist, könnten wir doch eine Presseerklärung herausgeben, um Hinweise zu bekommen, ob jemand ihn gesehen hat, oder?«

Pat wandte den Kopf und bedachte ihn mit einem vernichtenden Blick. »Großartig, mein Junge! Glaubst du nicht, dass er in diesem Fall Katy sofort töten würde – falls er es nicht schon längst getan hat? Wenn ein Tier in die Enge getrieben wird, greift es an.«

»Und was schlägst du vor?«

»Eins nach dem anderen. Jetzt gehen wir erst mal einen Happen essen. Falls wir morgen Glück haben und Mrs Haggetty den Mann mit Gewissheit nennen kann, können wir sein Haus überwachen und ihm folgen, wenn er irgendwohin fährt. Sollte er nicht daheim sein, schlage ich vor, bei ihm einzubrechen und zu versuchen, irgendetwas zu entdecken, das uns auf seine Spur führen könnte. Einen Hausdurchsuchungsbefehl würden wir bei so schwachen Beweisen kaum kriegen, fürchte ich.« Als Pat auffiel, wie niedergeschlagen sein Freund aussah, schlug er eine andere Tonart an. »Komm, erzähl mir mal ein bisschen über diese Katy. Was für ein Mädchen ist sie?«

»Sie sieht aus wie aus Porzellan«, sagte Charles mit einem Lächeln. »Aber das ist rein äußerlich. Sie ist mutig, ausdauernd, entschlossen und noch dazu gescheit. Ich könnte es nicht ertragen, wenn ihr dieses Schwein etwas antäte.«

Pat zog eine Augenbraue hoch. »Klingt so, als hätte es dich ganz schön erwischt«, meinte er. »Und ich dachte, ich würde es nie erleben, dass du dich mal so richtig verknallst.«

»Ich hatte nur ein einziges Date mit ihr«, gestand Charles. »Am nächsten Tag ist sie entführt worden. Deshalb weiß ich auch nicht, ob das, was ich empfinde, normale Angst um jemanden ist, den ich kenne, oder mehr.«

»Mich brauchst du nicht zu fragen«, grinste Pat. »Ich bin bei Frauen ein hoffnungsloser Fall. Meine Mutter liegt mir ständig in den Ohren, ich soll mir endlich eine Frau suchen. Als ob man die einfach in einem Laden bekommen könnte!«

Charles lächelte. Sie hatten beide Probleme mit Frauen. Pat verliebte sich fast in jedes Mädchen, das ihm über den Weg lief, und überschüttete die Betreffende mit Liebe, bis sie genug davon hatte und die Flucht ergriff. Charles war genau das Gegenteil, das wusste er. Er zeigte nie genügend Enthusiasmus; Frauen fühlten sich von ihm wie auf Eis gelegt. Aber bei Katy war es nicht so gewesen. Er hoffte, sie habe genauso wie er gespürt, dass das mit ihnen etwas Besonderes war.

Am Abend desselben Tags fuhr Charles nach Hammersmith, um Jilly bei ihrer Tante und ihrem Onkel zu besuchen.

Onkel und Tante befürchteten das Schlimmste, aber Jilly schien sich zu bemühen, positiv zu denken. Sie bat Charles sofort, allein mit ihm sprechen zu dürfen. Er hatte den Eindruck, dass ihre Verwandten nicht begeistert waren, als Jilly sich mit ihm in die Küche zurückzog.

»Sie geben ständig ihren Senf dazu, vor allem meine Tante«, erklärte Jilly, während sie ihm eine Tasse Tee machte.

Sie trug ein hellgraues Kleid, und obwohl man sie nicht wirklich hübsch nennen konnte, hatte sie eindeutig das gewisse Etwas. Ihre Augen waren rot gerändert, und man sah ihr an, dass sie in den letzten Nächten genauso wenig Schlaf bekommen hatte wie er selbst. Aber sie gab sich große Mühe, optimistisch zu wirken.

»Tante Joan meint es gut, aber sie glaubt immer, dass sie alles am besten weiß. Gestern hat sie doch allen Ernstes behauptet, Katy wäre wahrscheinlich gar nicht entführt worden, sondern nach Bexhill heimgefahren, weil sie weiß, dass ihr Vater das Feuer tatsächlich gelegt hat. Ich bitte Sie! Ist sie noch ganz richtig im Kopf? Das ist doch kompletter Unsinn!«

»Sie würden sich wundern, wie viele Menschen einfach nicht sehen wollen, was ihnen direkt ins Gesicht starrt«, erwiderte Charles. »Ich habe einmal einen Mann verteidigt, der wegen bewaffneten Raubüberfalls auf ein Postamt vor Gericht stand. Er leugnete eisern. Erst einen Tag vor der Verhandlung gestand er mir auf einmal, dass er es doch getan hatte. Ich erklärte ihm, dass wir nunmehr auf schuldig plädieren müssten und dass ich zu seiner Frau gehen und sie informieren würde. Aber sie wollte mir nicht glauben! Sie versuchte, mich in die Brust zu boxen, und schrie Zeter und Mordio, dass ihr Frank zu so etwas nie imstande wäre.«

Jilly lächelte. »Meine Mutter hat mir erzählt, dass viele Leute in Bexhill jetzt alles Mögliche über Albert Speed daherreden. Neulich hat sie sogar gehört, dass er ein Bigamist sein soll! Eine Schande, dass diese Typen nichts Besseres zu tun haben, als sich solchen Mist über unschuldige Menschen auszudenken!«

»Ich bin froh, dass Katy in Ihnen eine so standhafte Freundin hat. Machen Sie sich wegen der krausen Ideen Ihrer Tante keine unnötigen Gedanken. Wahrscheinlich ist sie nur besorgt, weil Ihnen diese Sache offensichtlich schwer zu schaffen macht«, sagte Charles. »Was wollten Sie mir denn unter vier Augen erzählen?«

»Eigentlich nur, was für ein Mensch Katy ist. Sie ist wirklich eine starke Persönlichkeit, Charles, und redet wie mit Engelszungen, wenn sie andere überzeugen will. Ich wollte vor meiner Tante und meinem Onkel nichts dazu sagen, aber vor ungefähr drei Jahren haben Katy und ich bei einer Tanzveranstaltung zwei Londoner kennengelernt. Verglichen mit den Burschen von daheim waren sie was Besonderes – schicke Anzüge, teure Schuhe und so, und man konnte sich echt gut mit ihnen unterhalten. Wie auch immer, die beiden haben uns dann nicht wie versprochen nach Hause gefahren, sondern sind direkt rauf nach Fairlight Glen auf der anderen Seite von Hastings. Sie haben keinen Hehl daraus gemacht, was sie wollten. Ich hatte solche Angst, dass ich anfing zu heulen! Einer von ihnen hatte ein Messer, und er hatte mir gesagt, er würde es benutzen, wenn ich nicht mitmache. Aber Katy fing an zu reden wie eine Schullehrerin. Sie fragte die beiden, warum sie Sex mit Mädchen wollten, die sie erst dazu zwingen müssten, und sagte, dass das ein ganz schlechtes Licht auf ihren Charakter werfen würde. Sie wies sie darauf hin, dass sie gut aussahen und gut gekleidet waren und ein schickes Auto hatten und bestimmt Mädchen finden könnten, die freiwillig mitmachen würden. ›Aber mit uns nicht‹, sagte sie. ›Wenn ihr das macht, gehen wir zur Polizei und zeigen euch wegen Vergewaltigung an. Ich habe mir das Kennzeichen eures Autos gemerkt.‹ Ich war völlig baff«, fuhr Jilly fort. »Katy klang kein bisschen verängstigt. Sie ratterte das Kennzeichen herunter und erklärte dem Typen mit dem Messer, er solle es gefälligst wegstecken, sonst würde sie das auch noch der Polizei melden. Sie verlor keinen Moment die Ruhe. Dann befahl sie den beiden, uns nach Bexhill zurückzufahren.«

»Und haben sie das getan?«

»Nein, als wir nach Hastings reinfuhren, sagte Katy, sie sollten uns rauslassen, wir würden lieber ein Taxi nehmen. Auf der Heimfahrt erklärte sie mir, dass die beiden nicht unbedingt wissen müssten, wo wir wohnen. So ist Katy: ruhig und selbstsicher und richtig gut im Umgang mit Menschen. Ich bin schon ziemlich oft in die Klemme geraten, weil ich bei Burschen oft zu leichtgläubig bin, aber sie scheint die Typen immer sofort zu durchschauen. Und deshalb glaube ich, sie wird sich irgendwas einfallen lassen, um den Kerl, der sie geschnappt hat, auszutricksen.«

»Das hoffe ich aufrichtig, Jilly«, sagte Charles. »Was Sie mir gerade über Katy erzählt haben, macht mir wieder ein bisschen Hoffnung. Übrigens werde ich mir morgen einige Krankenhausakten anschauen.«

»Aus dem Whittington, wo Gloria und Edna sich kennengelernt haben? Katy hat mir davon erzählt.«

»Ja. Wir wollen die Namen der Patientinnen aus der Notaufnahme durchgehen und schauen, ob sich darunter misshandelte Frauen finden. Wir suchen die Ehefrau des Mannes, der Katy entführt hat.«

»Kann ich mitkommen und helfen?«, fragte Jilly.

»Lieber nicht. Mein Freund, der Ex-Polizist, hat der Sozialarbeiterin ganz schön Druck gemacht, damit sie uns einen Blick in diese Unterlagen werfen lässt, und ich fürchte, wenn Sie auch noch mitkommen, wird ihr das zu viel.«

»Verstehe. Ich wünschte einfach, ich könnte mich irgendwie aktiv an der Suche nach Katy beteiligen«, sagte Jilly bekümmert.

»Das kann ich verstehen. Falls sich etwas ergibt, wobei Sie helfen können, melde ich mich sofort«, sagte Charles. »Ich rufe morgen Abend an und erzähle Ihnen, wie es gelaufen ist.«

KAPITEL 13

Der Hunger kehrte zurück, schlimmer denn je und mit starken Schmerzen verbunden. Katy schätzte, dass seit Reillys letztem Besuch drei Tage vergangen waren. Sie hatte alle Bücher gelesen, die er ihr mitgebracht hatte, und jetzt fühlte sie sich mutlos und elend. Es warm zu haben war besser, als zu frieren, aber einen Moment war ihr so heiß, dass sie zu verbrennen glaubte, im nächsten zitterte sie vor Kälte. Ihr tat jeder Knochen weh, und noch nie hatte sie sich so verängstigt und allein gefühlt.

Mittlerweile war sie überzeugt, dass sie hier in diesem Keller sterben würde. Sie konnte nur hoffen, dass sie, wenn ihre Temperatur weiter stieg, irgendwann das Bewusstsein verlor und nichts mehr von den Schmerzen, dem Hunger und ihrer Umgebung wahrnahm.

Eine Weile hatte sie sich die Zeit damit vertrieben, sich in einem kleinen Schreibblock, den sie in ihrer Handtasche gefunden hatte, Notizen zu machen. Sie schrieb auf, wie sie sich fühlte, wie sie über ihre Eltern und Rob und über Jilly dachte und was sie für sie empfand. Dinge, von denen sie wünschte, sie hätte sie diesen Menschen gesagt. Aber falls sie wirklich hier starb, war ihr Gekritzel sinnlos. Niemand würde sie je finden und ihre Aufzeichnungen lesen.

Wollte Reilly sie bestrafen, weil sie ihn geohrfeigt hatte? Irgendwie bezweifelte sie, dass er schon öfter von Frauen geschlagen worden war, wenn überhaupt.

Obwohl sie sich hundeelend fühlte, wollte sie Reilly immer noch verstehen. Wie konnte er behaupten, seine Frau zu lieben, und sie dennoch verprügeln? Und warum wollte er nicht einsehen, dass es nur eine Folge seiner Misshandlungen war, als sie ihn verließ? Und dann hatte er Gloria und ihre Tochter Elsie umgebracht, versucht, ihrem Vater die Schuld an diesem Verbrechen in die Schuhe zu schieben, und schließlich versucht, auch Edna zu töten.

War er geistesgestört? Was hatte aus ihm den Menschen gemacht, der er heute war?

Abgesehen von ihren Gedanken über Reilly hatte sie sehr seltsame Träume, in denen sie glaubte, es wären andere Leute hier bei ihr in diesem Raum, ihr Vater zum Beispiel und Rob, ihr Bruder. Sie hielt es für real, als sie von ihrem Vater träumte, und rief nach ihm. Davon wachte sie auf, nur um festzustellen, dass niemand im Raum war, nur sie selbst, das Bett, die Toilette und das Waschbecken, sonst nichts.

In einem anderen Traum fand sie sich in einem wunderschönen Garten mit dichtem Gras und gewundenen Pfaden zwischen farbenprächtigen Blumenbeeten wieder. Aber so weit sie auch lief, sie fand keinen Ausgang. Es schien, als würden sich die Pfade endlos im Kreis drehen, sie hörten nie auf. Kein Weg führte hinein oder hinaus.

Ein Geräusch holte sie in die Gegenwart zurück. Sie dachte, sie müsste es sich eingebildet haben, weil sie sich so sehr danach sehnte, dass jemand zu ihr kam. Aber dann hörte sie es noch einmal, und jetzt wusste sie, dass es real war. Dieser leichte, selbstbewusste Schritt gehörte Reilly.

Diesmal konnte sie nicht aufstehen. Sie blieb einfach liegen, als er in der offenen Tür stand und sie anschaute.

»Was ist los?«, fragte er. »Immer noch böse, weil ich dir eine geklebt habe?«

»Es geht mir nicht gut«, krächzte sie.

Sie hörte, wie er die Tür schloss und absperrte und dann an ihr Bett trat.

»Ich habe Fish'n Chips mitgebracht und Kaffee«, sagte er.

Sie hätte vor Freude einen Luftsprung machen sollen, aber stattdessen drehte sich ihr der Magen um.

»Los, setz dich auf und iss etwas, solange es warm ist«, sagte er.

Katy versuchte, sich aufzurichten, aber alles drehte sich um sie, und als Reilly die in Zeitungspapier eingeschlagenen Fish & Chips in ihren Schoß legte, wurde ihr von dem Geruch übel.

Eine Hand auf ihren Mund gepresst, schaffte sie es gerade noch bis zum Waschbecken, bevor sie sich übergeben musste. Katy sank auf die Knie und lehnte ihre Stirn an das kühle Porzellan des Waschbeckens.

»Tja, dir was zu essen zu bringen, hat wohl nicht viel Sinn«, sagte er. Er füllte einen Becher mit Wasser und reichte ihn ihr. Sie hatte es kaum geschluckt, als es ihr auch schon wieder hochkam.

»Komm, leg dich lieber wieder hin«, sagte er, schob seine Hände unter ihre Arme und half ihr auf.

Sie hörte, wie die Tür hinter ihm zufiel und der Schlüssel im Schloss gedreht wurde, und der Gedanke, dass sie wieder ganz allein mit ihrem Elend war, entlockte ihr die Tränen, die sie so lange unterdrückt hatte.

»Nicht weinen, Katy!«

Sie hatte ihn nicht hereinkommen gehört. Eine so milde Rüge hätte sie von ihm nicht erwartet.

Reilly setzte sich zu ihr aufs Bett und rieb ihr das Gesicht mit einem feuchten Lappen ab, der nach Zitrone roch. »Ich glaube, du solltest mehr trinken«, sagte er. »Ich habe den Fisch rausgebracht, weil dir von dem Geruch schlecht geworden ist. Meinst du, du könntest einen Schluck Wasser trinken?«

Behutsam half er ihr, sich aufzusetzen. Katy trank einen halben Becher und ließ sich wieder aufs Bett fallen.

»Ich habe eine Schüssel mitgebracht, falls du dich wieder übergeben musst, und noch ein paar andere Sachen: Reispudding – der tut mir immer gut, wenn ich nicht auf dem Damm bin –, Joghurt und Medizin für deinen Magen.«

Katy gönnte den Dingen, die er gebracht hatte, keinen Blick, sondern schloss die Augen. Sie wollte einfach nur schlafen. Sie spürte, wie Reilly sie zudeckte, und schlief mit dem Gedanken ein, wie nett er in diesem Moment zu ihr war.

Am Montagmorgen holte Charles seinen Freund Pat kurz nach neun ab und fuhr mit ihm zum Whittington Hospital. Er hatte vor lauter Sorge um Katy in der Nacht kaum ein Auge zugetan. Heute war Tag neun, und sein Verstand als Anwalt sagte ihm, dass sie schon tot und ihre Leiche irgendwo verscharrt sein musste. Aber sein Herz sagte ihm, dass sie darauf wartete, gerettet zu werden.

Die beiden Männer eilten zur Notaufnahme, wo sie mit Mrs Haggetty verabredet waren. Sie hofften, dass sie ihre Meinung nicht über Nacht geändert hatte und ihnen nach wie vor helfen wollte. Aber selbst wenn sie nach wie vor dazu bereit war, stand noch nicht fest, ob man ihr gestattet hatte, Einsicht in die Unterlagen zu nehmen.

»Haben wir die Erlaubnis, Mrs Haggetty?«, fragte Charles sie nervös, als sie ihnen auf dem Flur entgegenkam.

»Sagen Sie Irene zu mir«, erwiderte sie. »Ja, ich bin befugt, Ihnen die Krankenregister zu zeigen. Wir können gleich ins Archiv gehen.«

Sie führte die beiden Männer den beige und grün gestrichenen Korridor hinunter, den sie gekommen war, und dann über eine Treppe in einen weiteren Gang.

Nachdem sie eine Tür aufgesperrt und eine Neonröhre eingeschaltet hatte, ließ sie die Männer in einen fensterlosen Raum eintreten, der vom Boden bis zur Decke mit Aktenordnern gefüllt war, Tausenden und Abertausenden. Charles stöhnte.

Irene zwinkerte ihm zu. »Es ist nicht so schlimm, wie es aussieht«, schmunzelte sie. »Die meisten davon sind Krankenakten. Die Register, die wir brauchen, sind da.« Sie deutete auf zwei Regalfächer, in denen dicke gebundene Bände standen. »Sie sind chronologisch geordnet, und wir brauchen neunzehnhundertfünfundfünfzig bis … sagen wir neunzehnhundertdreiundsechzig, stimmt's?«

»Also nur acht Bücher?« Pat klang geradezu euphorisch. »Ich nehme die ungeraden Jahreszahlen, Charles, und du die geraden. Vielleicht kann Irene immer wieder mal dem einen oder anderen über die Schulter schauen, um eventuell jemanden zu entdecken, an den sie sich erinnert.«

»Na ja, aus den Jahren vor einundsechzig werde ich niemanden kennen, weil ich zu der Zeit noch nicht hier war, aber wir könnten feststellen, ob manche Frauen öfter als einmal hergekommen sind.«

»Wie viel Zeit können Sie erübrigen?«, fragte Charles Irene. »Wir wollen Sie nicht von Ihrer Arbeit abhalten.«

»Ich habe heute frei«, sagte sie. »Außerdem ist es mir wirklich sehr wichtig, eine junge Frau zu finden, die sich in großer Gefahr befindet.«

Gegen Mittag hatten sie unter den Notfällen und Unfällen Dutzende Frauen gefunden, deren Verletzungen eindeutig auf häusliche Gewalt zurückzuführen waren. Sie rangierten von gebrochenen Knochen, ausgeschlagenen Zähnen und ausgerenkten Kiefern über Schnittwunden und Prellungen bis hin zu Verbrennungen. Alle Frauen bis auf zwei gaben an, ihre Verletzungen wären Unfälle gewesen. Von den beiden Frauen, die zugaben, von ihren Ehemännern derart zugerichtet worden zu sein, war keine bereit, einen Termin mit der Sozialarbeiterin zu vereinbaren.

»Sehen Sie, das ist ein weiteres Problem«, sagte Irene. »Ich arbeite hauptsächlich von Montag bis Freitag, wenn also diese

Frauen am Wochenende oder nachts kommen, können die Schwestern kaum mehr tun, als ihnen dringend ans Herz zu legen, wieder herzukommen und mit mir zu sprechen. Und während der Woche werde ich auf allen möglichen Krankenstationen benötigt. Beispielsweise muss ich mich darum kümmern, ob ein gebrechlicher älterer Patient jemanden hat, der ihn nach dem Krankenhausaufenthalt betreut, oder ob eine ledige werdende Mutter Rat braucht. Manchmal geht es auch nur darum, mit einer Gemeindeschwester zu vereinbaren, bei einem Patienten vorbeizuschauen, nachdem er aus dem Krankenhaus entlassen wird. Es fällt immer so einiges an. Und wenn eine verletzte Frau nicht daran interessiert ist, mit mir einen Termin auszumachen oder auf mich zu warten, bekomme ich sie gar nicht zu sehen. Wir führen bekanntlich Kontrollbesuche durch, wenn die Verletzungen gravierend genug sind, um diese Maßnahme zu rechtfertigen, aber wir müssen extrem vorsichtig sein. Es könnte die Situation dramatisch verschlimmern, wenn ein Ehemann glaubt, seine Frau hätte ihn angeschwärzt.«

Sie nahmen sich keine Zeit, eine Mittagspause einzulegen und etwas zu essen, aber Pat holte aus der Kantine drei Tassen Kaffee für sie. Schließlich, gegen halb drei, entdeckten sie einen Namen, den Edna auf ihre Liste gesetzt hatte: Suzanne Freeman aus Golders Green. Eine halbe Stunde später stießen sie auf Margaret Foster.

»An die kann ich mich erinnern«, sagte Irene aufgeregt und zeigte auf den Namen. »Ihr Mann war Chirurg. Sehen Sie mal, sie hat sogar ihre richtige Adresse in Hampstead Village angegeben. Wenn ich mich recht entsinne, war sie schon vorher hier in der Notaufnahme gewesen, mit wirklich schweren Verletzungen. Sie hat mir anvertraut, dass sie in ständiger Angst vor ihm lebte, weil sie nie wusste, wann er wieder einen Tobsuchtsanfall bekommen würde. Jahrelang redete sie sich ein, er hätte eben einen extrem strapaziösen Beruf und müsse sich irgendwie abreagieren. Alle anderen, die ihn kannten, hielten ihn für liebevoll und warmherzig und sahen in ihm fast so etwas wie einen Halbgott.«

»Auch Edna konnte sich gut an diese Frau erinnern«, sagte Charles. »Sie wusste noch, dass sie sich in einem Dorf in der Nähe von Eastbourne niedergelassen hatte, aber leider nicht mehr, unter welchem Namen sie dort lebt.«

»Das lässt sich herausfinden«, sagte Pat.

Ermutigt durch diesen Erfolg, setzten sie ihre Suche mit frischem Elan fort, konnten aber keine weiteren Resultate verzeichnen. Gegen halb fünf, als sie drauf und dran waren, die Waffen zu strecken, stieß Pat auf einen weiteren Namen von ihrer Liste. Edna hatte sich nur an den Vornamen Deirdre erinnert und dass die Frau in Brighton gelandet war, aber sie hatte ihnen erzählt, diese Deirdre wäre ein schmächtiges kleines Persönchen gewesen und nicht nur geschlagen, sondern regelrecht gefoltert worden.

»Hier steht, dass Deirdres Verletzungen nach Folter aussahen: Brandwunden von Zigaretten, Male an ihren Handgelenken, die von Fesseln herrührten, Schwielen auf dem Rücken wie von Stockschlägen, und ein gebrochener Arm. Es muss dieselbe Frau sein«, sagte Pat.

»Ich erinnere mich an sie!«, rief Irene strahlend. »Allein der Name hat schon ihr Bild heraufbeschworen. Blasses Gesicht, rotgoldene Haare, große verängstigte Augen und erschreckend abgemagert. Ich glaube, sie hatte zwei Kinder bei sich. Ihr Nachname war Reilly. Den habe ich mir so gut gemerkt, weil ich als Kind mit wahrer Leidenschaft diese *Old Mother Reily*-Filme angeschaut habe. Aber die Anschrift in Hornsey, die sie mir gegeben hat, stimmt nicht. Ich habe mir Sorgen um sie gemacht und war deshalb einmal dort. Die Adresse existiert nicht.« Sie machte ein nachdenkliches Gesicht. »Es überrascht mich, dass sie sich tatsächlich aufgerafft hat, Kontakt zu Gloria und Edna aufzunehmen. Das hätte ich ihr gar nicht zugetraut. Schlimmer noch, ich habe ehrlich damit gerechnet, eines Tages in der Zeitung zu lesen, sie wäre tot aufgefunden worden, durch Mord oder auch Selbstmord.«

Sie mussten Schluss machen; es wurde spät, und sie waren alle hungrig.

»Herzlichen Dank für Ihre Hilfe, Irene«, sagte Charles. »Ich denke, wir werden diese drei Frauen überprüfen. Dürfen wir uns wieder an Sie wenden, falls wir kein Glück haben?«

»Ja, natürlich«, sagte sie mit einem freundlichen Lächeln. »Und ich werde mittlerweile scharf nachdenken, ob mir noch ein paar weitere Namen einfallen. Hoffentlich finden Sie das junge Mädchen. Sie rufen mich doch an und geben mir Bescheid, wenn es etwas Neues gibt?«

Sie versicherten ihr, das würden sie auf jeden Fall machen, und verließen das Krankenhaus.

»So, wer geht nun wohin?«, fragte Charles seinen Freund.

»Na ja, ich kann einen Kumpel von mir bitten, die Londoner Adressen zu übernehmen und herauszufinden, ob einer der Männer einen roten Jaguar fährt. Was hältst du davon, wenn ich morgen nach Eastbourne fahre und Margaret Foster ausfindig mache? Dann könntest du nach Brighton fahren und diese Deirdre suchen. Ich werde die örtliche Polizei bitten, einige Namen zu überprüfen. Wenn jemand seinen Nachnamen ändert, insbesondere jemand, der Kinder hat, taucht das normalerweise in Anträgen für Sozialwohnungen oder in den Schulunterlagen auf.«

Charles dachte nach. »Wenn diese beiden Frauen in ständiger Angst leben, ihre Männer könnten sie aufspüren, werden sie uns wahrscheinlich nicht unbedingt mit offenen Armen empfangen. Was machen wir dann?«

»Improvisieren, schätze ich«, antwortete Pat. »Es könnte nicht schaden, unsere Referenzen und den Grund, warum wir sie sprechen wollen, schriftlich festzuhalten, nur für alle Fälle. Das könnten wir dann durch den Briefschlitz schieben, wenn sie zu viel Angst haben, um uns die Tür aufzumachen.«

Katy fuhr abrupt aus dem Schlaf. Sie glaubte, geträumt zu haben, dass jemand bei ihr im Bett lag, aber als sie vorsichtig ihre Hand zur Seite ausstreckte, spürte sie tatsächlich jemanden neben sich. Die Deckenbeleuchtung war nicht mehr eingeschaltet, und sie lag unter einer Decke, die sich warm und weich anfühlte und nicht nach Moder roch. Sie geriet in Panik.

»Wer sind Sie? Wo haben Sie mich hingebracht?«, schrie sie.

»Schon gut, Katy, ich bin es bloß, Ed«, ertönte Reillys Stimme direkt neben ihr. »Ich bin hiergeblieben, weil es dir so schlecht ging.«

Katy tastete ihren Körper ab. Sie war nach wie vor vollständig bekleidet, und die weiche, warme Decke, unter der sie lag, fühlte sich nach Daunen an.

»Machen Sie das Licht an«, befahl sie.

Sie hörte ein Knipsen, dann ging irgendwo unterhalb der Bettkante ein Licht an. Es war hell genug, um zu sehen, dass sie immer noch im selben Keller war und Reilly neben ihr lag, auch er bis auf seine Schuhe vollständig bekleidet.

Zu schockiert, um ein Wort herauszubringen, starrte sie ihn an.

»Wie geht es dir? Ich habe mir Sorgen um dich gemacht«, sagte er.

Ihre Gedanken überschlugen sich. Wie konnte ein Mann, von dem sie wusste, dass er ein Mörder war, der vorhatte, auch sie zu töten, bei ihr bleiben und auf sie aufpassen, weil sie krank war? Woher kamen die Lampe und die Daunendecke? Wie lang hatte sie geschlafen?

»Du warst ungefähr vierundzwanzig Stunden weggetreten«, sagte er, als hätte er ihre Gedanken gelesen. »Ich habe dir ein

Mittel für deine Magenbeschwerden eingeflößt, und als du das bei dir behalten hast, ein bisschen Hühnerbrühe. Danach bist du gleich wieder eingeschlafen, aber ich dachte, ich bleibe lieber bei dir. Deshalb habe ich die Daunendecke und die Lampe geholt und auch einen Wasserkessel und alles andere, um Tee zu machen.«

Sie konnte nur nicken, zu fassungslos, um die Erkenntnis zu verarbeiten, dass sie mit diesem Mann in einem Bett gelegen hatte – und dass er ihr jetzt auch noch anbot, Tee zu machen.

Er schwieg, während er Wasser aufsetzte und den Tee zubereitete. Katy setzte sich auf und schlang die Daunendecke um sich. Sie war ganz ähnlich wie die auf dem Bett ihrer Eltern, grün-weiß mit einem Paisley-Muster. Als sie und Rob klein gewesen waren, hatten sie sich die Decke gern ausgeborgt, um sich damit im Gästezimmer eine Höhle zu bauen. Sie hängten eine Tagesdecke über den Wäscheständer und machten es sich darunter mit der Daunendecke gemütlich. Es war schön, etwas zu haben, das sie an daheim erinnerte.

»Ein Stück Zucker«, sagte sie, während sie beobachtete, wie er Tee in eine Kanne gab. »Und meinen bitte nicht zu lange ziehen lassen.«

»Sehr wohl, Madam«, sagte er und salutierte spöttisch.

»Sie sind ein echtes Rätsel«, sagte sie, als sie einen Teebecher und einen trockenen Keks in der Hand hielt. »Wie können Sie einerseits so grausam und dann wieder so nett sein? Sie sind ein gut aussehender, ansehnlicher Mann. Erklären Sie mir das bitte, Ed. Ich würde Sie so gern verstehen.«

Er zuckte die Achseln. »Keine Ahnung.«

»Haben Ihre Eltern Sie schlecht behandelt?«

»Meinen Vater habe ich nie kennengelernt, er ist nicht mal lange genug geblieben, um überhaupt zu erfahren, dass es mich gibt. Meine Mutter hat sich für rein gar nichts interessiert, nur fürs Trinken. Alle Männer in ihrem Leben haben sie herumgeschubst. Und sie hatte es nicht besser verdient, so viel steht fest.«

»Wie können Sie so etwas über Ihre eigene Mutter sagen!«, rief Katy.

»Sie war eine Schlampe und eine Säuferin, eine Diebin und Lügnerin. Wir Kinder waren völlig auf uns allein gestellt. Manchmal bezog sie von Männern Schläge, weil sie sich weder um uns noch um unser Zuhause gekümmert hat. Na ja, ein Zuhause war es nicht wirklich, bloß eine verdreckte Bude. Aber ich weiß gar nicht, warum ich dir das erzähle. Andere Kinder hatten es damals auch nicht leicht.«

Er stand auf, und Katy erkannte, dass er das Gefühl hatte, zu viel von sich preisgegeben zu haben.

»Ich muss gehen«, sagte er. »Freut mich, dass es dir besser geht.«

Leise Hoffnung regte sich in Katy. Sie hatte den Eindruck, dass sich ihre Lage zum Besseren gewendet hatte. Vielleicht ließ er sie sogar frei!

»Kommen Sie bald wieder«, sagte sie. »Es gefällt mir, wenn Sie da sind.«

Ed ging ohne ein weiteres Wort, und Katy blieb ein wenig ratlos zurück. Sie hatte nicht gelogen, es hatte ihr tatsächlich gefallen. Es war ein ausgesprochen eigenartiges Gefühl, den Mann, der sie entführt hatte, fast ein bisschen zu mögen.

Rob blickte auf, als sein Vater den Besucherraum im Gefängnis von Lewes betrat. Alberts Gesicht wirkte beunruhigend grau; er schien geschrumpft zu sein, seit er hier war.

»Schön, dich zu sehen, Rob«, sagte er und streckte seine Hand aus, um seinem Sohn zur Begrüßung die Schulter zu drücken.

»Ich würde dich gern umarmen, Dad, aber das ist hier wohl nicht erlaubt, oder?«

»Nein, mein Sohn, aber stellen wir uns einfach vor, du hättest es getan.« Er nahm Rob gegenüber an dem kleinen Tisch Platz. »Wie geht es deiner Mutter?«

»Sie ist sehr nervös und isst kaum etwas«, antwortete Rob. »Ich habe versucht, sie zu überreden, heute mitzukommen, aber sie wollte partout nicht. Falls es ein Trost ist, es geht nicht darum, dass sie dich nicht sehen will, sondern eher um das Stigma, das einem Besuch im Gefängnis anhaftet.«

»Das kann ich mir vorstellen«, sagte Albert mit einem schwachen Lächeln. »Neuigkeiten über Katy?«

»Charles hat sich mit einem alten Freund zusammengetan, der früher bei der Polizei war und jetzt Privatdetektiv ist. Ich habe ein ganz gutes Gefühl bei der Sache, aber bis jetzt hat sich noch nichts Neues ergeben. Aber sag, wie fühlst du dich eigentlich?«

»Stolz auf meinen Sohn«, lächelte Albert. »Unruhig, weil ich wünschte, ich könnte bei der Suche nach Katy helfen. Sorgenvoll wegen deiner Mutter, weil ich weiß, dass sie innerlich schrecklich leidet, auch wenn sie es nicht zugibt. Ich wäre gern draußen im Garten, um zu beobachten, wie die ersten Frühlingsblumen aufgehen, und würde gern ein Bier mit dir trinken gehen und ein Sonntagsmahl deiner Mutter verzehren. Ich denke, das wär's so ungefähr.«

»Du bist so stark, Dad«, sagte Rob mit bebender Stimme.

»Im Krieg habe ich Schlimmeres erlebt. Mach dir keine Sorgen um mich, Rob, deine Mutter ist es, die Mitgefühl braucht. Aber wie wir beide wissen, macht sie es einem nicht leicht, an sie heranzukommen.«

Sie wechselten das Thema und sprachen über Bücher, und nur wenige Augenblicke schienen vergangen zu sein, als die Glocke ertönte, um anzukündigen, dass der Besuch beendet war.

»Bevor ich gehe, Dad«, sagte Rob, »wollte ich dir noch sagen, dass Mum in der Kirche war. Sie würde es um nichts in der Welt zugeben, aber ich weiß, dass sie für dich und Katy betet.«

Albert lächelte nur. »Dann wollen wir mal hoffen, dass ihre Gebete erhört werden, mein Sohn.«

Katy entdeckte in der Einkaufstüte, in der Ed die Sachen für sie mitgebracht hatte, ein Stück Schnur und vertrieb sich eine Weile die Zeit mit dem Abhebespiel.

Wie gewöhnlich hatte sie keine Ahnung, wie lang es her war, seit Ed gegangen war. Aber sie hatte sich vollständig erholt, und mit Wasserkessel, Tee und Büchern war sie halbwegs zufrieden und freute sich fast auf Eds Rückkehr.

Ihr Verstand sagte ihr, dass es verrückt war, sich darauf zu freuen. Aber irgendwie wurde sie die verstörende Vorstellung, von ihm geküsst zu werden, und das Gefühl, sie könnte sich mehr wünschen, einfach nicht los. Sie musste wirklich unglaublich dumm sein, wenn sie sich einbildete, diese Geschichte könnte ein Happyend haben! Aber trotzdem, wenn sie sich auf dem Bett zurücklegte und die Augen schloss, sah sie vor sich, wie sie zusammen Hand in Hand über einen Strand liefen und lachend über Wellen hüpften. Dann kam sie ruckartig in die Wirklichkeit zurück, dachte an ihren Vater, der im Gefängnis saß, an Gloria und Elsie, die beide tot waren, und an die furchtbaren Dinge, die Ed seiner Frau angetan hatte, bis er sie letzten Endes dazu trieb, mit ihren beiden Kindern zu flüchten.

War sie im Begriff, den Verstand zu verlieren? Konnte totale Isolation eine Person dazu bringen, ihren Entführer zu lieben?

»Kompletter Schwachsinn, du liebst ihn nicht«, sagte sie laut. Ihre Stimme schien von den Wänden ihrer Zelle widerzuhallen. Sie streifte die Schnur, die sie zum Spielen um ihre Finger gewickelt hatte, von ihrer Hand wie eine Fessel.

Aber obwohl sie genau wusste, wie abwegig es war, in Ed

etwas anderes zu sehen als einen brutalen Schläger, horchte sie mit gespitzten Ohren auf seine Rückkehr.

Stunden schienen vergangen zu sein, bis Ed endlich wieder auftauchte. Er trug einen hellblauen Pullover und helle graue Hosen und duftete nach einem teuren Aftershave. Katy streifte der Gedanke, er könnte sich ihretwegen so viel Mühe mit seinem Aussehen gemacht haben.

»Hallo«, sagte sie und lächelte ihn an. »Wie ist das Wetter draußen?«

»Ein bisschen wärmer als in den letzten Wochen, aber es weht ein kalter Wind«, antwortete er.

»Sie sehen ein bisschen beunruhigt aus«, stellte sie fest, obwohl das gar nicht stimmte. »Wollen Sie darüber reden?«

»Eigentlich hätte ich gern eine Tasse Kaffee«, sagte er. »Machst du mir einen?«

Sie lachte und stand auf. »Ein Glück, dass Sie keinen Tee wollen, es ist nämlich keine Milch mehr da, aber ein kluger Gefängniswärter hat mir Milchpulver dagelassen, und das geht mit Kaffee ganz gut.«

»Als Kind war für mich das höchste der Gefühle Tee mit Kondensmilch«, sagte er versonnen. »Vor Kurzem habe ich es wieder probiert, aber es hat grauenhaft geschmeckt.«

»Ich habe gern meine Finger in die Dose mit Kondensmilch gesteckt und dann abgeleckt«, gestand Katy. »Das finde ich immer noch köstlich.«

Ed setzte sich aufs Bett und sah sie nachdenklich an. »Erwachsen zu sein ist nicht so, wie man es sich als Kind vorstellt, oder?«

Katy nickte zustimmend. »Was haben Sie sich am meisten gewünscht?«, fragte sie. »Als Kind, meine ich.«

Er starrte einen Moment lang auf seine Hände. »Ich erinnere mich, dass ich mir gewünscht habe, ich hätte eine Mutter, die manchmal mit uns an den Strand geht, um dort zu picknicken.

Wir haben ganz nah am Meer gewohnt, und meine Brüder und ich waren ständig dort. Oft haben wir andere Kinder mit ihren Müttern gesehen. Alles, was sie zum Picknick mitbrachten, sah so lecker aus!«

»Vielleicht dachte sie, weil Sie so nahe an der See lebten, wäre das nichts Besonderes für Sie«, meinte Katy.

»Sie hat nie etwas mit uns unternommen«, sagte er. »Und wenn sie wieder ein Baby bekommen hatte, erwartete sie von mir, es mit der Flasche zu füttern. Jedes Mal, wenn ich von der Schule heimkam, war das Baby total nass und plärrte, während meine Mutter ihren Rausch ausschlief.«

Ein trostloses Bild, fand Katy. »Hat Deirdre Sie an Ihre Mum erinnert?«, fragte sie.

Seine Augen funkelten bedrohlich. »Nein, kein bisschen. Sie war das totale Gegenteil. Na, was für eine Theorie hast du dir über mich zurechtgelegt?«

»Gar keine«, sagte sie. »Sie hatten offenbar eine wirklich schlimme Kindheit. Aber das trifft auf viele Menschen zu, und nicht alle werden zu Mördern.«

»Vielleicht wollte ich diese Frau und ihre Tochter ja gar nicht töten. Vielleicht wollte ich ihr bloß eine Lektion erteilen, weil sie mir Deirdre und die Kinder genommen hat.«

»Na, das ist Ihnen gelungen! Die schlimmste Lektion, die sich denken lässt! Was ist mit ihren beiden anderen Kindern? Was Sie ihnen angetan haben, ist schrecklich. Haben Sie Glorias Kinder gehasst, weil sie im Gegensatz zu Ihnen eine Mutter hatten, die sich gut um sie gekümmert hat? Gloria hat Ihnen Deirdre nicht weggenommen. Sie selbst haben es Ihrer Frau unmöglich gemacht, bei Ihnen zu bleiben.«

Mit einem Satz war er bei ihr, bevor sie sich auch nur regen konnte, stieß sie auf die Matratze und schlug ihr voll ins Gesicht.

»Nein, Ed!«, schrie sie. »Tun Sie das nicht!«

Er schlug erneut zu. »Du sollst mich anbetteln«, knurrte er. »Das macht ihr Weiber doch alle, erst provozieren und dann um Gnade winseln.«

»Ich werde um gar nichts betteln«, stieß sie hervor, während sie versuchte, sich aus seinem Griff zu befreien. »Sie haben mir gezeigt, dass Sie gütig und fürsorglich sein können, aber jetzt haben Sie alles verdorben. Schlagen Sie mich ruhig, wenn Sie sich dann groß und stark fühlen, aber anflehen werde ich Sie nicht.«

Wieder und wieder schlug er auf sie ein. Sie sah alles verschwommen und rot, vermutlich, weil sie Blut in den Augen hatte. Als er genug davon hatte, ihr ins Gesicht zu schlagen, versetzte er ihr brutale Hiebe gegen Brustkorb und Unterleib, und als sie sich zusammenrollte, um sich zu schützen, boxte er sie in die Seiten und auf den Rücken.

»Fleh mich an, du Miststück!«, brüllte er sie an.

Sie wünschte, sie hätte in diesem Moment sein Gesicht sehen können. Sicher war es vor Wut verzerrt. Aber egal, welche Schmerzen sie litt, sie würde ihn um keinen Preis anflehen, aufzuhören.

»Ich werde dich kaltmachen, das ist dir doch klar, oder?«, knurrte er. »Du hältst dich für was Besseres, aber da täuschst du dich gewaltig. Du bist bloß eine lästige, aufdringliche Schnüfflerin, die ihre Nase in Sachen gesteckt hat, die sie nichts angehen.«

Er kniete sich hin und schlug ihr so fest in den Magen, dass sie vom Bett rollte. Dann packte er sie an den Haaren, zerrte sie zurück aufs Bett und schlug weiter auf sie ein. Das Bett schien sich zu drehen; sie nahm nur noch ein rötliches Schimmern wahr, bevor sie spürte, wie sie an einen dunklen Ort entglitt, wo der Schmerz und seine Stimme sie nicht mehr erreichten.

KAPITEL 14

Charles hatte Brighton immer gemocht, aber an einem nassen, kalten und windigen Märzmorgen schien der Ort doch einiges an Reiz einzubüßen. Alles wirkte schäbig; die weiß gestrichenen Häuser waren mit einer feucht grünlichen Patina überzogen, die Fenster ungeputzt, Mülleimer quollen über. Außerdem schien viel mehr Hundekot herumzuliegen als in London.

Pat hatte am Vorabend bei einer alten Bekannten aus Brighton eine Gefälligkeit eingefordert und die Adressen von drei Frauen mit dem Namen Reilly erfahren. Alle drei hatten Kinder, waren vor zwei bis drei Jahren von außerhalb zugezogen und hatten Unterkünfte beim sozialen Wohnungsbau beantragt. Nur eine von ihnen hatte tatsächlich eine Sozialwohnung bezogen. Pats Quelle hatte ihm weder die Vornamen der Frauen nennen können, noch gewusst, woher sie kamen oder wie alt ihre Kinder waren. Pat wollte nicht verraten, von wem er seine Informationen hatte; Charles vermutete, dass sie von einer alten Flamme stammten, die beim Wohnungsamt beschäftigt war. Edna wäre bestimmt entsetzt, dachte er, falls sie jemals erfuhr, dass manche Frauen bereit waren, vertrauliche Informationen weiterzugeben, nur weil sie eine Schwäche für den Mann hatten, der danach fragte.

Er fuhr mit dem Taxi zur ersten Adresse im Ortsteil Withdean. Die Blythe Street entpuppte sich als verwahrloste Straße mit dreistöckigen Reihenhäusern, die aussahen, als sollten sie demnächst abgerissen werden. Charles bezweifelte, dass es in einem dieser Häuser Innentoiletten gab.

Haus Nummer 8 sah am schlimmsten aus. Obwohl die verwitterte Eingangstür geschlossen war, schlug ihm ein widerwärtiger Geruch entgegen. Da es keine Klingel gab, klopfte Charles laut an, und gleich darauf, als niemand erschien, ein zweites Mal, diesmal noch energischer. Das Klappern von Absätzen auf blanken Holzbohlen deutete darauf hin, dass ihn jemand gehört hatte.

»Ich würde gern mit Mrs Reilly sprechen«, sagte er zu der Frau, die ihm aufmachte. Sie war um die dreißig und wirkte in ihrem weiten schmuddeligen Strickpullover und den Jeans ziemlich ungepflegt. Ihre Haare klebten fettig an ihrem Kopf, in einer Hand hielt sie eine Zigarette.

»Die ist im obersten Stock, gehen Sie ruhig rauf«, sagte die Frau und musterte ihn von oben bis unten. »Sieht ja so aus, als hätte sie sich ein paar bessere Freier an Land gezogen!«

Charles fragte sich, ob das bedeutete, dass Mrs Reilly eine Prostituierte war. Er konnte es keiner Frau, die sich allein und ohne jede Unterstützung mit ihren Kindern durchschlagen musste, zum Vorwurf machen, auf diese Tätigkeit zurückzugreifen, aber er mochte sich beim besten Willen nicht vorstellen, welcher Mann, der auf Sex aus war, den Wunsch haben könnte, in einem derart heruntergekommenen und verdreckten Haus dafür zu bezahlen.

Die Treppenstufen sahen aus, als wären sie seit Jahren nicht gefegt worden, und die Wände mussten ihren letzten Anstrich um die Jahrhundertwende erhalten haben. Am Ende der Treppe stand eine Tür offen. Man konnte drinnen ein Radio spielen hören. Charles klopfte an und rief: »Mrs Reilly?«

»Ja, was gibt's denn?« Die Frau, die an die Tür kam, war noch im Morgenmantel und trug Lockenwickler im Haar.

»Sind Sie Mrs Reilly?«, fragte er.

»Und wenn ich's wäre?«, gab sie zurück und schob herausfordernd ihr Kinn vor.

Sie war vermutlich Ende dreißig und zweifellos noch ganz

ansehnlich, wenn sie sich zurechtgemacht hatte. Aber ihr Gesicht hatte die fleckige Haut, die auf starkes Trinken hinwies, und ihre Figur erinnerte an schlaffe Kissen, die nur durch den Gürtel des Morgenmantels halbwegs in Form gehalten wurden.

»Ich bin nicht sicher, ob Sie die Frau sind, nach der ich suche. Wären Sie so nett, mir Ihren Vornamen zu verraten?«

»Freda«, fuhr sie ihn an. »Und wenn Sie mir nicht mitteilen wollen, dass ich den Jackpot geknackt habe, können Sie sich wieder verpissen.«

»Tut mir leid, dass ich Ihnen diese gute Nachricht nicht überbringen kann«, erwiderte er mit einem Lächeln. »Und dass ich Sie gestört habe.«

Sie gab sein Lächeln zurück und entblößte dabei einen abgebrochenen Vorderzahn. »Sie sind ein echter Gentleman. Davon gibt's hier in der Gegend nicht grad viele. Was hat diese andere Mrs Reilly denn verbrochen?«

Anscheinend hielt sie ihn für einen Polizeibeamten. »Gar nichts, es sei denn, man wirft ihr vor, einen brutalen Mann geheiratet zu haben. Ich hoffe, sie kann mir helfen, ihn aufzuspüren.«

»Sieht so aus, als ob die meisten Frauen, die ihre Gören allein großziehen, den falschen erwischt haben«, sagte sie. »Was ist bloß aus ›Glücklich bis an ihr Lebensende‹ geworden, frage ich mich manchmal.«

»Ich hoffe, Sie treffen eines Tages den Richtigen. Herzlichen Dank und auf Wiedersehen, Freda«, sagte Charles und ging.

Draußen auf der Straße spannte er seinen Schirm auf. Er konnte sich nicht vorstellen, dass sich viele Taxis in diese Gegend verirrten. Ein Blick auf seinen Stadtplan verriet ihm, dass die zweite Mrs Reilly nicht weit entfernt wohnte, also machte er sich zu Fuß auf den Weg.

Der Hardy Place war eine Anlage des sozialen Wohnungsbaus, und als Charles dort eintraf, war er trotz des Regenschirms durchnässt und hatte eiskalte Füße. Die Wohnung, nach der er suchte, befand sich im zweiten Stock.

Hier war alles sauber und ordentlich, Stufen und Treppenabsatz waren sorgfältig gefegt, sogar der Spielplatz sah gepflegt aus. Als Charles bei der Tür Nummer 22 anklopfte, wurde ihm fast sofort von einer hochgewachsenen attraktiven Frau mit milchkaffeebrauner Haut aufgemacht.

Er stellte sich vor, obwohl ihm bereits klar war, dass es sich unmöglich um die gesuchte Frau handeln konnte, die als klein und rotblond beschrieben worden war. Er erklärte den Zweck seines Besuchs und fragte sie nach ihrem Vornamen. Sie hieß Dawn. Nach einer kurzen Unterhaltung verabschiedete Charles sich. Jetzt konnte er nur noch hoffen, dass die letzte Frau auf seiner Liste die richtige war.

Sie lebte in der Nähe des Bahnhofs, also recht praktisch für ihn, wenn sich auch diese Spur als Sackgasse erwies, weil er dann rasch in den Zug nach London steigen könnte.

Station Road Nr. 83 befand sich über einem Gemüseladen und hatte auf der Seite eine eigene Eingangstür. Charles klopfte und wartete. Hoffentlich ist das nicht reine Zeitverschwendung, dachte er. Dann ging die Tür auf, und Charles fiel die Ähnlichkeit dieser Frau mit Katy auf: klein, zierlich, blaue Augen und dieselbe Haarfarbe. Aber während Katys Augen tiefblau waren und vor Lebhaftigkeit und Intelligenz strahlten, blickten die Augen dieser Frau matt und hatten dunkle Ringe. Sie trug einen blauen Pulli und einen knielangen grauen Faltenrock – ein bisschen altmodisch für eine Frau von Anfang dreißig, fand Charles.

»Deirdre Reilly? Bekommen Sie bitte keinen Schreck, ich bin Anwalt, und ich gebe Ihnen mein Wort, dass ich nicht hier bin, um Ihnen Ärger zu machen.«

Trotzdem sah sie zu Tode erschrocken aus. Charles reichte ihr seine Karte, versicherte ihr erneut, dass er nur gekommen war, um mit ihr zu reden, und fragte sie, ob er hereinkommen dürfe. Nachdem sie seine Karte gründlich gemustert hatte, ließ sie ihn zögernd eintreten. Ihr Name sei jetzt Purcell, sagte sie.

Deirdre hatte unverkennbar die Gabe, ein gemütliches Heim zu schaffen. Die Einrichtung der offenbar möbliert vermieteten Wohnung war zwar abgenutzt, aber Deirdre hatte Kissen, Pflanzen und ein paar Bilder hinzugefügt und eine leuchtend rote Decke über das Sofa gebreitet, um ihr Zuhause anheimelnder zu machen. Zwei alte Schwarzweißfotos nahmen einen Ehrenplatz ein. Sie zeigten einen Jungen und ein Mädchen, die ungefähr acht beziehungsweise sieben Jahre alt sein mochten. Sie waren alles, was dieser Frau noch geblieben war.

»Außer mir kennt niemand diese Adresse«, beruhigte er sie. »Sie und Ihre Kinder sind absolut sicher. Aber ich fürchte, Edward Reilly, Ihr Ehemann, hat eine junge Frau namens Katy Speed entführt.«

Er berichtete so schnell und einfach, wie er konnte, wer Katy war und was sich alles ereignet hatte.

»Gloria ist tot?«, sagte Deirdre entsetzt. »Diese wundervolle, gütige Frau, die mir so sehr geholfen hat? Ich verdanke Edna und ihr mein Leben!« Ihre Augen füllten sich mit Tränen, und sie sah ihn flehend an, als wollte sie ihn bitten, ihr zu sagen, es wäre nicht wahr. »Und das hat Ed getan?«

»Ja, ich fürchte, so ist es. Und ich glaube, wenn wir ihn nicht finden, wird er auch Katy töten.«

»Er ist ein Teufel«, flüsterte sie. »Selbst jetzt nach drei Jahren habe ich immer noch Angst davor, dass er mich aufspüren und bestrafen wird.«

Charles erzählte ihr, dass Katy im Haus gegenüber von Gloria gewohnt hatte und ihr Vater unter Mordverdacht festgenommen worden war.

»Die Polizei weiß mittlerweile, dass Albert Speed nicht der

Täter ist, aber bis sein Fall vor Gericht kommt, bleibt er in Untersuchungshaft.«

»Katy hat gleich gegenüber gelebt?«, fragte sie. »Ist sie rotblond und blauäugig wie ich?«

Charles bejahte.

»Dann habe ich sie vom vorderen Schlafzimmerfenster aus gesehen, als ich bei Gloria wohnte. Sie half ihrem Vater bei der Gartenarbeit. Ich dachte mir noch, wie jung und unbeschwert sie aussah, blühend und frisch wie ein Frühlingsmorgen. Weil sie mich an mich selbst in diesem Alter erinnert hat, wäre ich am liebsten zu ihr gelaufen, um sie zu warnen, gut aufzupassen, bevor sie eine feste Bindung mit einem Mann eingeht. Das Problem ist, sie ist genau Eds Typ. Oh Gott, ich hoffe, er tut ihr nicht das an, was er mir angetan hat.«

Sie erzählte ihm ein bisschen über die Hintergründe: Wie Ed zunächst mit dem Bauen von Häusern eine Menge Geld gemacht und dann durch grobe Fahrlässigkeit und Betrug alles verloren hatte.

»Ich lernte ihn kennen, kurz bevor er pleiteging. Damals besaß er noch ein großes Haus und all das. Als sein Unternehmen den Bach runterging, mussten wir in eine kleine Wohnung ziehen, nicht viel größer als die hier, und dort kamen auch unsere Kinder zur Welt. Die beengten Verhältnisse gefielen ihm ganz und gar nicht, und die ganze Situation hat ihn sehr belastet.«

Charles nickte. »Ich habe keinerlei Verständnis für ihn, aber ich kann mir vorstellen, was das bei seinem Ego angerichtet haben muss. Und dann hat er ein neues Geschäft aufgebaut?«

»Ja, er fand Arbeit bei einem Mann in der Baubranche, der ungefähr dasselbe machte, was Ed getan hatte, allerdings ohne bei seinen Projekten an allen Ecken und Enden zu sparen. Ed übernahm für ihn Marketing und Verkauf. Dann kaufte er für uns das Haus in Hendon, und ich dachte, alles würde wieder gut. Aber leider war es nicht so.«

»Wohnt er noch dort?«

»Ich denke schon, er war sehr stolz darauf.« Sie nannte Charles die Adresse.

»Noch etwas, Deirdre. Haben Sie irgendeine Idee, wohin er Katy gebracht haben könnte? Vielleicht an einen Ort, wo er als Kind war oder öfter mal geschäftlich zu tun hatte, möglicherweise auch ein Haus, das einem Freund gehört.«

Sie zuckte die Achseln. »Ed hat keine Freunde. Er pflegt den Kontakt zu Leuten, die ihm nützlich sein könnten, aber ihm fehlt der Instinkt für Zuwendung und Fürsorge, den andere Menschen haben. Dabei wirkte er so liebevoll und großzügig, als wir uns kennenlernten. Ich dachte, ich hätte großes Glück gehabt, aber das war alles nur Fassade. Er wollte bloß Macht über mich haben, mich seinem Willen unterwerfen. Arme Katy. Ich wünschte, ich könnte Ihnen sagen, dass er sie freilassen wird, aber das wird er nicht. Wenn ich damals nicht geflohen wäre, hätte er mich getötet und unsere Kinder wahrscheinlich auch. Das weiß ich mit absoluter Gewissheit. Ich bin sicher, er erzählt jedem, der es hören will, dass ich die Liebe seines Lebens war, aber er kennt nicht einmal die Bedeutung des Wortes Liebe.«

»Das tut mir so leid, Deirdre. Edna kann von Glück reden, dass sie überlebt hat. Sie ist immer noch völlig verschreckt und hat große Angst, dass er sie finden könnte. Aber denken Sie bitte scharf nach, Deirdre! Hat er je von irgendeinem Ort gesprochen, an den er Katy gebracht haben könnte? Oder fällt Ihnen vielleicht jemand ein, der mir – und natürlich der Polizei – weiterhelfen kann?«

»Ist Katy Ihre Freundin?«

»Ich war nur einmal mit ihr aus, kurz bevor Ed sie entführt hat. Aber ich wäre sehr gern ihr fester Freund.«

Deirdre machte ihnen Tee. Charles sah ihr an, dass sie angestrengt nachdachte; ihre Stirn war gerunzelt, so sehr konzentrierte sie sich.

»Von Dover war er ein bisschen besessen«, sagte sie schließlich, als sie Charles seine Tasse Tee reichte. »Da ist er zur Welt gekommen und hat dort gelebt, bis er im Krieg zum Militär eingezogen wurde. Als wir frisch verheiratet waren, ist er einmal mit mir dort hingefahren. Ich dachte, er würde sentimental werden, und hoffte, mehr darüber zu erfahren, was in ihm vorgeht, aber er wurde furchtbar böse, als wir da waren, und schimpfte ständig über seine Mutter, die offenbar eine Trinkerin war, und dass er sich die ganze Zeit um seine Geschwister kümmern musste. Das Haus, in dem er als Kind gelebt hatte, war abgerissen worden, aber er ließ sich ununterbrochen darüber aus, wie schrecklich es dort gewesen war. Seltsam fand ich, dass er immer wieder nach Dover fuhr. Mich hat er nie mehr mitgenommen. Er fuhr einfach allein hin. Manchmal erzählte er mir, dass er dort gewesen war oder hinfahren wollte, aber meistens sagte er gar nichts, sondern verschwand einfach. Ich wusste nur, wo er gewesen war, wenn ich in seinen Jackentaschen Rechnungen von Tankstellen fand. Einmal war auch eine Karte von einem Immobilienmakler dabei, also wäre es möglich, dass er sich dort unten etwas gemietet oder gekauft hat.«

»Hielt er Kontakt zu seinen Geschwistern?«

»Nein, er konnte sie nicht ausstehen. Er sagte, sie wären genau wie seine Mutter und hätten es nur auf sein Geld abgesehen. Ich habe sie nie kennengelernt, er hat sie nicht einmal zu unserer Hochzeit eingeladen.«

Da Charles das Gefühl hatte, dass sie tatsächlich nicht mehr über die Geschwister ihres Mannes wusste, lenkte er das Gespräch in eine andere Richtung. »Warum sind Sie nach Hendon gezogen? Gab es dafür einen bestimmten Grund?«

»Nach dem Krieg lernte er ein paar Geschäftsleute kennen, die in Golders Green lebten; ich glaube, sie waren irgendwie finanziell an dem Bauunternehmen beteiligt, das später Konkurs ging. In Golders Green wohnten viele wohlhabende Leute, und ich glaube, Ed hatte die Vorstellung, es könnte quasi auf ihn abfärben. Natürlich konnte er es sich nicht leisten, dort ein Haus zu kaufen, aber Hendon war in der Nähe und um einiges billiger.«

»Welche Interessen hatte er, Deirdre? Gab es irgendwelche Hobbys oder etwas in der Art?«

»Im Grunde nur Geld und tolle Autos«, sagte sie mit einem schiefen Lächeln. »Ed tat gern so, als wäre er schwerreich, und sein Jaguar war Teil dieses Wunschtraums. Er hat auch unser Haus aufgemotzt. Es war ein Einfamilienhaus, und er hat alle möglichen schicken Sachen hinzugefügt, zum Beispiel einen sogenannten Portikus mit Säulen vor der Eingangstür. Darauf war er sehr stolz.«

»Mir scheint, Sie waren nicht so begeistert davon?«

»Nein, ich fand es eher peinlich. Noch dazu wurde es mit den Misshandlungen immer schlimmer, nachdem wir dort eingezogen waren. Ich werde nie dorthin zurückkehren, niemals! Ich kann Ihnen nicht einmal annähernd schildern, was er mit mir gemacht hat.« Sie zog ihre Ärmel hoch und zeigte ihm ihre Unterarme, die mit Brandmalen von Zigaretten überzogen waren. »Mein ganzer Körper ist mit Narben bedeckt. Selbst wenn ich je einen netten, freundlichen Mann kennenlernen sollte, könnte ich ihn nie sehen lassen, was mir angetan worden ist, ich würde mich zu sehr schämen. Am meisten Spaß hat es Ed gemacht, mich in der Garage einzusperren. Sie befindet sich unter dem Haus, wie ein Keller, und er hat sie schalldicht gemacht, sodass mich niemand hören konnte. Sogar das Licht wurde von außen an- und abgeschaltet. Dort kettete er mich an die Wand und folterte mich. Manchmal hielt er mich tagelang dort gefangen.«

Charles wusste, dass sie die Wahrheit sagte, und bei dem Gedanken, dass Katy in der Gewalt dieses Mannes war, wurde ihm flau im Magen. Könnte sie in dieser Garage eingesperrt sein?

»Warum sind Sie nicht gleich weggelaufen, als er anfing, Sie zu schlagen?«, fragte er. »Oder nach der Geburt Ihres ersten Kindes?«

»Diese Frage stelle ich mir selbst immer wieder«, seufzte sie. »Zu meiner Verteidigung kann ich sagen, dass ich in einem Waisenhaus aufgewachsen bin, das von Nonnen geführt wurde, und dort hat man mir das Gefühl gegeben, wertlos zu sein. Außerdem war ich sehr jung, als ich Ed begegnete, und sehr naiv. Als er mir sagte, dass er mich liebt und mich heiraten will, konnte ich mein Glück kaum fassen. Am Anfang entschuldigte er sich immer, wenn er mich geschlagen hatte, beteuerte, wie viel ich ihm bedeute, und flehte mich an, ihm noch eine Chance zu geben.« Tränen standen in ihren Augen, als sie Charles ansah. »Er meinte, er wäre wegen all der Dinge, die er im Krieg erlebt hatte, so geworden, und ich war dumm genug, das zu glauben. Außerdem hatte ich niemanden, an den ich mich hätte wenden können, keinen Ort, der mir eine Zuflucht gewesen wäre. Aber im Laufe der Zeit wurde es immer schlimmer mit ihm. Ob die Kinder weinten, irgendetwas kaputt ging oder das Essen zu spät auf dem Tisch stand – jeder Anlass reichte aus, um ihn auf die Palme zu bringen. Erst als er anfing, Jane und Tony zu schlagen, wusste ich, dass ich wegmusste. Es ist eine Sache, sich selbst verprügeln zu lassen, aber welche Mutter würde schon tatenlos zuschauen, wie ihre Kinder misshandelt werden?«

»Sie sind eine gute Mutter, Deirdre, das müssen Sie sich immer in Erinnerung rufen.«

Er empfand tiefes Mitleid mit ihr. Ob ihre inneren Wunden je heilen würden, war zweifelhaft, und sie musste sehr einsam sein, ganz allein und auf sich gestellt mit den zwei Kindern und mit sehr wenig Geld, um über die Runden zu kommen. Aber Katy musste gerettet werden; sie befand sich im Moment in einer wesentlich schlimmeren Notlage als Deirdre. Da er den Eindruck hatte, dass Deirdre ihm außer weiteren Geschichten über Schläge und Grausamkeiten nichts mehr zu sagen hatte, stand er auf.

»Ich muss leider wieder los«, sagte er. Er wollte so schnell wie möglich dieses Haus in Hendon unter die Lupe nehmen. »Es war sehr tapfer von Ihnen, mir all das zu erzählen, und ich hoffe aufrichtig, dass bald jemand in Ihr Leben tritt, der Sie glücklich macht. Hier ist meine Karte mit meiner Telefonnummer. Wenn Ihnen noch irgendetwas einfällt, das hilfreich sein könnte, rufen Sie mich bitte an.«

Er zog eine Zwanzig-Pfund-Note aus der Tasche und legte sie auf den Couchtisch. »Machen Sie mit Jane und Tony einen netten kleinen Ausflug.«

Sie wollte Einwände erheben, aber er lehnte sich vor und legte einen Finger auf ihre Lippen, um sie am Sprechen zu hindern. »Nur ein kleines Zeichen meiner Dankbarkeit«, sagte er.

Sie lächelte, und diesmal strahlten ihre Augen. »Ich hoffe, Sie finden Katy, und Sie beide werden ein Paar. Ich rufe Sie auf jeden Fall an, und sei es auch nur, um zu erfahren, ob dieser Wunsch für Sie in Erfüllung gegangen ist.«

Er trat zu ihr und legte seine Arme um sie. Sie tat ihm von ganzem Herzen leid.

KAPITEL 15

Katy konnte sich vor Schmerzen kaum rühren. Es tat nicht nur an einer Stelle weh, sondern überall: am Kopf und im Gesicht, an Armen, Oberkörper, Rücken und Bauch, sogar an ihren Beinen. Es schien unvorstellbar, dass ein Mensch derartige Schmerzen überleben konnte. Aber sie musste unbedingt zur Toilette, also blieb ihr nichts anderes übrig, als aufzustehen.

Mit größter Mühe schaffte sie es, sich zur Bettkante zu rollen und sich aufzurichten, indem sie einen Fuß auf den Boden setzte und sich mit der rechten Hand vom Bett abstieß. Ihr linker Arm schien gebrochen zu sein, denn er hing schlaff herab und tat höllisch weh, wenn sie ihn bewegte. Bestimmt hatte sie das Bewusstsein verloren, und zwar eine ganze Weile, da das Blut auf ihrem Gesicht mittlerweile getrocknet war.

Es kostete sie alles, was sie an Energie und Willenskraft besaß, um sich bis zum Waschbecken zu schleppen. Als sie schließlich dort angelangt war und auf dem Boden kauerte, fiel ihr Blick auf den elektrischen Wasserkessel und die anderen Sachen, die Reilly mitgebracht hatte, um Tee zu kochen.

Obwohl ihr Mund stark geschwollen und ihre Lippen gesprungen waren und sie bezweifelte, ob sie tatsächlich Tee trinken könnte, belebte sie der Gedanke. Sie konnte wenigstens den Kessel aufsetzen und sich mit warmem Wasser waschen.

Es dauerte eine Ewigkeit, ihr Gesicht mit dem Waschlappen, den Reilly ihr in einer Anwandlung von Fürsorge gebracht hatte, von dem getrockneten Blut zu reinigen. Jede Bewegung schmerzte so sehr, dass ihr Tränen übers Gesicht liefen. Jetzt fragte sie sich, wie in aller Welt sie auf den Gedanken gekommen war, sie könnte sich in ihm getäuscht haben, schlimmer noch, diesen Mann sogar fast gemocht zu haben.

Seit Reilly sie hier festhielt, hatte sie etliche Tiefpunkte erlebt, aber dieser hier war mit Abstand der schlimmste von allen. Es bestand keine Hoffnung, dass er jemals wiederkommen würde. Katy wusste instinktiv, dass seine Besuche beendet waren; jetzt blieben ihr nur noch Hunger und Schmerzen, bevor sie starb.

Eine Tasse Tee zu machen half ihr ein wenig, einfach deshalb, weil es eine so durch und durch normale Tätigkeit war. Aber ihr war schwindlig vor Schmerzen, und vor ihren Augen tanzten kleine Punkte. Ob sie eine Gehirnerschütterung hatte? Sie gab etwas von dem Milchpulver in den Tee und ließ ihn ein Weilchen stehen, um ihn abkühlen zu lassen. Dennoch fiel ihr das Trinken schwer, weil ihre Lippen so wund waren. Ein Blick in den Spiegel trug nicht dazu bei, ihre Stimmung zu heben. Mit zwei blauen Augen, verschwollenem Gesicht und Mund sah sie so grotesk aus, dass sie glaubte, nicht einmal ihre eigene Mutter würde sie erkennen.

Sie schleppte sich zum Bett zurück und trank den restlichen Tee, krampfhaft bemüht, nicht allzu viel über ihre Situation nachzudenken. Aber es gab ja nichts anderes, woran sie denken konnte! An Vorräten gab es noch eine Schachtel Kekse, eine Orange und eine Banane. Der Behälter, in dem Reilly die Suppe mitgebracht hatte, war leer.

Zum Glück hatte sie keinen Hunger; immerhin etwas, wofür sie dankbar sein konnte, dachte sie bei sich. Ihr Arm tat so furchtbar weh, dass sie am liebsten laut geschrien hätte. Und bei dem Versuch, einen Streifen aus dem Futter ihres Chiffonkleids herauszureißen, um daraus eine Schlinge zu machen, verstärkte sich der Schmerz so sehr, dass sie ihr Vorhaben schnell wieder aufgab.

Ganz still zu liegen schien die einzige Möglichkeit, die

Schmerzen halbwegs auszuhalten. Katy zog sich die Daunendecke über den Kopf und hoffte auf erlösenden Schlaf.

*

Gegen ein Uhr war Charles wieder in London. Noch vom Bahnhof aus rief er Pat an, um ihm zu erzählen, dass er herausgefunden hatte, wo Reilly wohnte, und dass sie am besten sofort dorthin fahren sollten.

»Dem Himmel sei Dank!«, sagte Pat. »Ich bin selbst gerade erst zurückgekommen und habe dir eine Menge zu erzählen, aber das kann warten, bis wir uns sehen. Spring in die U-Bahn; ich erwarte dich bei der Station in Hendon.«

Charles musste noch jemanden anrufen, und zwar Jilly. Er wusste, dass sie sich immer größere Sorgen um ihre Freundin machte, und hoffte, es würde ihr helfen zu erfahren, dass sie endlich die Adresse des Mannes kannten, der Katy entführt hatte.

Er rief bei ihr in der Arbeit an und ging davon aus, dass er eine Nachricht hinterlassen musste, weil Jilly ihm erzählt hatte, dass sie tagsüber viel im Zoo unterwegs war, aber zu Charles' Freude war sie selbst am Apparat.

»Das sind wirklich tolle Neuigkeiten«, sagte sie, als er ihr von der Adresse in Hendon erzählte. »Na ja, das heißt, falls wir sie dort finden.«

Sie musste nicht ›lebendig‹ hinzufügen; das ging Charles ohnehin ständig durch den Kopf.

»Ich rufe Sie heute Abend an oder komme kurz vorbei. Nur nicht den Mut verlieren!«, sagte er, bevor er auflegte.

Pat wartete vor der U-Bahn-Station Hendon in seinem Wagen auf Charles. Er wirkte angespannt und reizbar, fast so, als wäre er bereit, den Erstbesten, der ihm in die Quere kam, niederzuschlagen. Charles kannte diesen Gesichtsausdruck sehr gut; Pat war wegen seines hitzigen Temperaments in Cambridge öfter in Schwierigkeiten geraten.

»Ich glaube, der Mistkerl hat möglicherweise noch eine Frau entführt«, sagte Pat. »Und ihre beiden Kinder.«

»Was? Wie kommst du denn darauf?«

»Erinnerst du dich noch an die Frau dieses Chirurgen aus Hampstead, Margaret Foster? Also, sie hat ihren Namen in Peggy Ashcroft umgeändert und ist aus heiterem Himmel verschwunden.«

»Und was weist darauf hin, dass Reilly etwas damit zu tun hat?«

»Laut einer Freundin aus dem Ort, in dem sie lebt, bekam sie manchmal Besuch von einem Mann, einem gut aussehenden Burschen mit dunklem Haar. Eines Morgens kurz nach Weihnachten hatte sie ein blaues Auge und brachte dafür eine ziemlich lahme Ausrede vor. Ein paar Tage später gab sie ihre Wohnung auf und verschwand mitsamt ihren Kindern.«

»Und sie hat all ihre persönliche Habe mitgenommen?«

»Ja.«

»Na, das sieht doch eher danach aus, als hätte sie sich bei Nacht und Nebel davongemacht, weil sie die Miete nicht zahlen konnte. Mörder räumen nicht die Wohnungen ihrer Opfer leer«, entgegnete Charles.

»Stimmt, aber wo ist sie hin? Zu ihren Eltern hat sie jedenfalls keinen Kontakt aufgenommen.«

»Wann war das?«

»Vor zwei Wochen. Sie hat in der Nähe von Eastbourne gewohnt, könnte also in der Zeitung von Glorias Tod gelesen haben und genau wie Edna in Panik geraten sein. Aber ich tippe eher auf Reilly. Sie hat sich mit ihm getroffen und Prügel von ihm bezogen. Ob sie danach mit den Kindern und ihrem weltlichen Besitz über alle Berge ist oder ob er sie sich geschnappt hat, wird sich noch zeigen. Aber ich bin überzeugt, dass es sich bei dem Mann, der sie besucht hat, um Reilly handelt.«

»Ihr Ehemann war es jedenfalls nicht. Wir wissen, dass er bei einem Chirurgenkongress in Florida war.«

»Ihre Freundin im Dorf meinte, es hätte sie ziemlich überrascht, dass Margaret beziehungsweise Peggy einen Freund hatte, weil sie eigentlich nichts für Männer übrig hatte. Aber wie hat Reilly sie aufgespürt? Und warum? Wollte er ihr irgendwie heimzahlen, dass ihm seine eigene Frau weggelaufen war?«

»Vielleicht besteht durch das Whittington Hospital eine Verbindung zwischen den beiden Frauen«, meinte Charles nachdenklich. »Aber fahren wir erst mal zu Reillys Haus und schauen uns um. Vielleicht finden wir dort ein paar Antworten.«

Einige Minuten später fuhren sie vor dem Haus vor. Charles sah sofort, was Deirdre gemeint hatte, als sie sagte, dass Reilly versucht hatte, es wie das Haus wohlhabender Leute wirken zu lassen. Wie alle Häuser in dieser Straße stand es auf einer kleinen Anhöhe, aber hier gab es eine weit geschwungene Auffahrt, die zu einer Garage unterhalb des Hauses führte. Der Portikus vor dem Eingang war protzig und passte überhaupt nicht zu dem Wohnhaus aus den Dreißigerjahren; neben den Säulen kauerten zu allem Überfluss zwei steinerne Löwen. Der Vorgarten war extrem gepflegt und bestand hauptsächlich aus immergrünen Sträuchern, die akkurat zu Kugeln und Würfeln zurechtgestutzt waren. Auf dem Rasen fand sich kein einziges Unkraut und auch kein Schmutz, weder ein Bonbonpapier noch ein alter Fahrschein. Bei den meisten Leuten wären die Stufen zur Haustür Anfang März grünlich feucht gewesen, aber diese hier sahen aus, als wären sie eben erst gescheuert worden.

»Du wartest hier«, sagte Pat. »Drück auf die Hupe, falls jemand kommt.«

»Du willst doch nicht etwa einbrechen, oder?« Charles war entsetzt. »Warum rufen wir nicht einfach die Polizei?«

Pat grinste dämonisch. »Und verderben uns den ganzen Spaß? Außerdem, falls deine Katy da unten in der Garage hockt, möchtest du sie sicher so schnell wie möglich rausholen, oder?«

»Ja, natürlich, aber ich kann doch unmöglich bei einem unerlaubten Eindringen oder einem Einbruch zuschauen. Das könnte mich meine Karriere kosten!«

»Du hast nichts gesehen«, gab Pat zurück. »Was dich angeht, hast du nur gesehen, wie ich an der Tür klopfe. Der Rest geht auf meine Kappe.«

Charles beobachtete, wie Pat die Einfahrt hinaufging und auf die Türklingel drückte. Er fragte sich, welche haarsträubende Geschichte er Reilly wohl auftischen würde, falls der an die Tür kam.

Aber Reilly war anscheinend nicht zu Hause, deshalb schlenderte Pat zur Garage hinunter und schlug mit einem langen, dünnen Gegenstand ans Tor, der eindeutig dazu dienen sollte, ins Haus einzubrechen, wenn sich die Garage als leer erwies. Dann presste er ein Ohr ans Garagentor und bedeutete Charles mit einem Kopfschütteln, dass Katy nicht dort drin war. Gleich darauf schlenderte er seitlich am Haus vorbei und verschwand außer Sichtweite.

Charles schien es, als würden Stunden vergehen, während er im Auto saß und sich halb krank sorgte, was passieren würde, falls Reilly zurückkam oder ein Nachbar die Polizei alarmierte, um einen Einbruch zu melden. Tatsächlich war Pat nur zwanzig Minuten weg, aber es waren die längsten zwanzig Minuten in Charles' Leben.

»Da drinnen ist es unglaublich sauber und ordentlich«, berichtete Pat, während er ins Auto stieg. »Selbst die Konservendosen stehen in Reih und Glied wie Soldaten, mit den Etiketten nach vorn. Seine Anzüge und Jacken sind nach Farben geordnet, angefangen bei Schwarz bis hinunter zu einem weißen Leinenanzug. Bei jedem Hemd hängt eine farblich abgestimmte

Krawatte über der Schulter. Die arme Deirdre kann einem echt leidtun, wenn sie gezwungen war, sich an diese Reglementierungen zu halten.«

»Hast du auch irgendetwas Nützliches gefunden?« Pats saloppe Einstellung irritierte Charles ein bisschen. Hier ging es schließlich nicht um einen kleinen Betriebsausflug im Frühling, sondern um ein Menschenleben.

»Etliche Landkarten und Wanderkarten«, antwortete sein Freund. »Komisch, nach diesem geradezu obsessiv ordentlichen Zuhause hätte ich ihn eher nicht für einen Naturfreund gehalten. Die meisten sind von der Südküste, eine besonders abgegriffene ist von Kent. Bei der hat er in seinem manischen Ordnungssinn nachgelassen; sie war so aufgefaltet, dass man die Küste bei Dover sehen kann. Ich würde sagen, er hat sie erst vor Kurzem gründlich studiert.«

»Reilly stammt aus Dover. Deirdre hat gesagt, dass es bei ihm so etwas wie eine fixe Idee war, immer wieder an seinen Geburtsort zurückzukehren.«

»Dann sollten wir vielleicht auch mal hinfahren«, erwiderte Pat. »Aber zunächst einmal müssen wir wohl mit allem, was wir wissen, zur Polizei gehen. So sehr ich mir wünsche, Katy selbst zu finden, erfordert diese Aufgabe mehr Leute als bloß uns zwei. Das Haus hier sollte für den Fall, dass Reilly zurückkommt, observiert werden, und man müsste Reillys Hintergrund samt Verwandten und anderen Beziehungen in Dover unter die Lupe nehmen.«

Charles atmete erleichtert auf. Pat war so ein Draufgänger, dass er schon befürchtet hatte, sein Freund hätte die Absicht, das ganze Unternehmen eigenhändig durchzuziehen. »Ich hatte so sehr gehofft, Katy wäre hier. Hast du noch irgendwelche anderen Anhaltspunkte gefunden?«

»Nein. Ich glaube nicht, dass er jemanden in dem Haus festgehalten hat oder in letzter Zeit selbst dort gewesen ist«, sagte Pat und klopfte seinem enttäuschten Freund tröstend auf den Arm. »Da drinnen ist alles total steril; kein Foto, nicht die kleinste Kleinigkeit, die an Deirdre oder die Kinder erinnern würde, nicht einmal Obst in einer Schale. Ich habe in Schränken und Schubladen nachgeschaut, überall. Bei einem Mann, der angeblich so verzweifelt versucht hat, seine Frau und seine Kinder wiederzufinden, erscheint es ziemlich fragwürdig, dass er sich all ihrer Sachen entledigt hat.« Pat ließ den Motor an und fuhr los. »Ich fahre jetzt gleich zur Polizei. Ich kenne eine Menge Beamte dort, und das ist wirklich eine große Hilfe, wenn man ein bisschen Dampf machen will. Ich halte es nicht für ratsam, dass du mitkommst, das könnte Verwirrung stiften. Wenn du mir einfach gibst, was du in Brighton herausgefunden hast, kann ich so tun, als wäre es das Ergebnis meiner Nachforschungen.«

»Und was mache ich inzwischen?« Es ärgerte Charles ein bisschen, dass sein Freund ihn auf einmal so von oben herab behandelte.

»Was hältst du davon, nach Dover zu fahren und ein bisschen herumzuschnüffeln? Du verstehst dich sehr gut darauf, mit Leuten zu reden.«

Charles zog ein wenig widerstrebend seinen Notizblock hervor, der einen vollständigen Bericht über alles enthielt, was Deirdre ihm erzählt hatte, und legte ihn aufs Armaturenbrett. »Darin steht Wort für Wort alles, was ich gestern in Erfahrung gebracht habe.«

Pat warf ihm von der Seite einen Blick zu und grinste. »Kein Wunder, dass du Anwalt geworden bist und nicht ich. Du warst schon immer gut darin, Notizen zu machen und Details aufzuspüren. Ich eigne mich besser dafür, Leuten ordentlich zuzusetzen, um sie zum Reden zu bringen.«

Nachdem Pat ihn daheim abgesetzt hatte, rief Charles Michael Bonham an und setzte ihn über die jüngsten Entwicklungen ins Bild.

»Katys Vater und ihr Bruder drehen vor Sorge um sie allmählich durch«, sagte Michael zu Charles. »Ich glaube, Sie wissen, dass sich Katys Bruder Rob momentan in Bexhill aufhält. Ich habe ihn und Albert im Gefängnis getroffen. Rob und ich waren nachher noch auf einen Drink und ein Sandwich und haben uns unterhalten. Der arme Junge ist verrückt vor Angst um seine Schwester. Ich rufe ihn jetzt gleich an und gebe diese neuen Informationen an ihn weiter. Aber es gibt auch gute Nachrichten: Sämtliche Anklagepunkte gegen Albert werden fallen gelassen, hoffentlich schon morgen. Bis es so weit ist, bleibt Rob in Lewes und bringt dann seinen Vater nach Hause.«

»Und die Mutter? Ist sie bereit, ihren Mann daheim aufzunehmen?«

»Daran arbeitet Rob noch. Er glaubt, dass sie an irgendeiner psychischen Erkrankung leidet. Aber er hat ihr unmissverständlich klargemacht, dass er zusammen mit seinem Vater weggeht, wenn sie Albert nicht aufnimmt und mit Respekt behandelt. Ich war beeindruckt von dem Jungen. Er ist offen und direkt und wie sein Vater und seine Schwester eine starke Persönlichkeit, aber unter derartigen Belastungen kann selbst der stärkste Mensch zusammenbrechen.«

Charles erzählte ihm, dass er auch noch Jilly anrufen und über die neuesten Entwicklungen informieren müsse. »Auch sie ist schon ganz krank vor Sorge«, sagte er. »Sie hat die Wohnung, die sie und Katy beziehen wollten, sausen lassen und den Vermieter überredet, ihr die Vorauszahlung zurückzuerstatten. Allein hätte sie sich die Miete nicht leisten können, und ich glaube, sie hätte das Gefühl gehabt, das Glück herauszufordern, wenn sie die Wohnung behalten hätte, nur auf die Hoffnung hin, dass Katy zurückkommt.«

»Die Chancen dafür sinken von Tag zu Tag«, seufzte Bonham. »Das habe ich Katys Bruder und Vater natürlich nicht gesagt. Es gibt immer noch Hoffnung, vor allem, wenn die Polizei jetzt erfährt, dass Reilly hinter Katys Entführung steckt, und alle Hebel in Bewegung setzt, um den Kerl zu schnappen.«

Charles rief Jilly nach sieben Uhr an, weil er wusste, dass sie um diese Zeit von der Arbeit zurück sein würde.

»Gute Nachrichten?«, fragte sie in dem Moment, als sie seine Stimme hörte.

»Ja, schon, insofern, als wir jetzt wissen, wer Katys Entführer ist und wo er wohnt. Mein Freund Pat gibt in diesem Moment alles, was wir an Erkenntnissen gewonnen haben, an die Polizei weiter.«

Er berichtete weitere Details, da ihm bewusst war, wie sehr Jilly sich danach sehnte, vollständig über alles informiert zu werden. »Ich dachte, ich fahre morgen mal nach Dover und versuche, dort mehr herauszufinden«, schloss er.

»Kann ich mitkommen? Bitte!«, flehte Jilly ihn an. »Es klappt bestimmt besser, wenn ich bei Ihnen bin. Die Leute reden eher mit einem Pärchen als mit einem feinen Pinkel im schicken Anzug.«

Darüber musste Charles lächeln. »Aber müssen Sie nicht zur Arbeit?«

»Ich kann meine Tante überreden, im Zoo anzurufen und zu behaupten, ich wäre krank. Nehmen Sie mich bitte mit, Charles! Ich will unbedingt etwas tun, um bei der Suche nach Katy zu helfen. Und Frauen haben meistens einen besseren Blick für Kleinigkeiten als Männer.«

»Da kann ich nicht widersprechen«, sagte er. »Na gut. Können wir uns um halb zehn am Bahnhof Charing Cross treffen? Ich warte unter der Uhr auf Sie.«

Zu der Zeit, als sie am nächsten Vormittag Dover erreichten, hatte Jilly bereits entschieden, dass Charles einer der nettesten Männer war, die sie je kennengelernt hatte. Er mochte piekfein und dazu noch hochintelligent sein, aber er gab ihr nicht ein einziges Mal das Gefühl, unbeholfen oder dumm zu sein. Er war nett, sah gut aus und hatte Sinn für Humor. Nicht dass es im Moment etwas zu lachen gegeben hätte, und das würde sich auch nicht ändern, bis Katy wieder bei ihnen war, aber mit Charles an ihrer Seite fühlte sie sich viel zuversichtlicher.

Sie klammerte sich an die Vorstellung, wie sie eines Tages in nicht allzu ferner Zukunft zu dritt essen gehen und miteinander lachen würden. Natürlich nicht darüber, dass Katy entführt worden war – das würde nie passieren, das wusste sie –, sondern über irgendetwas anderes. An diesem Gedanken musste Jilly einfach festhalten, weil sie sich nicht auszumalen wagte, wie ein Leben ohne ihre beste Freundin wäre.

Es kümmerte sie nicht, dass sie von dem Mietvertrag für die gemeinsame Wohnung hatte zurücktreten müssen. Es kümmerte sie auch nicht, wenn sie möglicherweise ihren Job im Zoo verlor und nach Bexhill zurückkehren musste. Nichts davon zählte, wichtig war nur, Katy zu finden.

»Mein Freund Pat hat mir gestern Abend noch ein paar Informationen zukommen lassen«, sagte Charles, als sie im Zug saßen. »Ich habe die Adresse von einer Susan Gosling und die von Dolly Meek, beides Tanten von Ed Reilly. Sie sind Schwestern seiner Mutter. Dolly Meek führt eine Pension.«

»Ich war noch nie in Dover«, bekannte Jilly. »Ist es eine schöne Stadt?«

»Ich habe sie immer ein bisschen bedrückend gefunden«, antwortete Charles. »Folkestone, die Nachbarstadt, ist freundlich und hell, aber in Dover scheint immer alles Grau in Grau zu sein. Vielleicht liegt es an der Burg oder an den Docks mit all den Fähren, die ständig hin und her fahren, oder an den hohen

Klippen, aber die Verbrechensrate ist höher, und die Stadt selbst ist ziemlich schmuddelig.«

»Sie machen mir Dover ja richtig schmackhaft«, grinste Jilly. »Wie passend für einen wie Edward Reilly, an so einem Ort geboren zu werden.«

»Wir werden zuerst seine Tante Dolly aufsuchen«, sagte Charles. »Sie lebt in der Nähe der Hafenanlagen, und ich schätze, es handelt sich bei ihrem Etablissement eher um eine billige Absteige als um eine gediegene Frühstückspension.«

»Hat Katys Mutter inzwischen schon irgendwelche menschlichen Regungen gezeigt?«, wollte Jilly wissen. »Meine Mum ruft mich praktisch jeden Tag an, um mich zu fragen, ob es schon etwas Neues gibt, aber als sie Mrs Speed besuchen wollte, hat die ihr mehr oder weniger gesagt, sie soll Leine ziehen.«

Charles schüttelte ratlos den Kopf. »Es steht mir nicht zu, ein Urteil über die Reaktion von Angehörigen abzugeben, aber ich gebe zu, es fällt mir zusehends schwerer, diese Frau zu verstehen.«

»Katy konnte ihre Mutter auch nie verstehen. Ich glaube, sie hätte lieber in dem Chaos bei uns daheim gelebt als in ihrem eigenen blitzblanken und super ordentlichen Zuhause.«

Charles gefiel die offene Art, in der Jilly über ihr Heim und ihre Familie redete. Eine so unbefangene Aufrichtigkeit begegnete einem nur selten, und er fand es erfrischend. »In meiner Familie hält man auch nichts von übertriebener Reinlichkeit«, sagte er. »Die Hunde beherrschen das Haus, die Möbel sind alt, und in der Küche herrscht meistens ein einziges Chaos. Ehrlich gesagt, ich bin sehr skeptisch Menschen gegenüber, deren Haus zu sauber und ordentlich ist.« Er erzählte ihr, was Pat in Reillys Haus vorgefunden hatte. »Beweisführung abgeschlossen«, lachte er. »Eine so unglaubliche Pedanterie zeugt von einem kranken Gehirn.«

*

Charles lag mit seiner Einschätzung, was das *White Cliffs Boarding House* anging, völlig richtig. Die Pension war nicht weit vom Hafen entfernt, lag an einer stark befahrenen Straße und gehörte zu jener Art Unterkunft, in der sich nur ein völlig verzweifelter Mensch ein Zimmer nehmen würde.

Das Haus war aus rotem Backstein, aber weiß gestrichen. Die Farbe hatte sich im Laufe der Zeit vor Feuchtigkeit grün verfärbt und blätterte an etlichen Stellen ab, was dem Haus ein kränkliches Aussehen verlieh. Die Fensterscheiben und Netzgardinen sahen aus, als wären sie seit Jahren nicht mehr gereinigt worden.

Die Tür wurde ihnen von Dolly Meek selbst geöffnet. Die Frau hätte ein gutes Modell für anzügliche Postkarten abgegeben, wie sie gern in Badeorten verkauft werden: ein gewaltiger Busen, Beine wie Baumstämme, das graue Haar auf Wickler gedreht, eine Zigarette im Mundwinkel. Bekleidet war sie mit einem geblümten Hauskittel, der nicht allzu sauber aussah.

»Tja, stimmt, unsere Mavis war blöd genug, sich mit Angelo Reilly einzulassen«, dröhnte sie schon auf der Türschwelle mit einer Stimme, so laut wie ein Nebelhorn. »Hat ihn nich' geheiratet, weil er dafür nie lang genug geblieben ist, aber als Ed unterwegs war, hat sie seinen Namen angenommen. Ich hab ihr damals gleich gesagt: ›Mädchen, geh zu Ma Grady, die bringt das schon in Ordnung‹, aber sie wollte ja nicht. Hat gesagt, sie liebt ihren Angelo und will sein Kind behalten.«

Charles traute seinen Ohren kaum. Nicht zu fassen, dass die Frau so etwas auf der Straße herausposaunte! Er fragte, ob sie eintreten dürften, da es draußen kalt und ziemlich laut war.

»Hab das Frühstück noch nich' abgeräumt«, sagte Dolly, während sie ihre imposanten Brüste leicht nach oben wuchtete und ihren Zigarettenstummel auf die Straße schleuderte. »Damit müssen Sie wohl vorliebnehmen, es is', wie es is'.«

Der Geruch von Zigarettenrauch und abgestandenem, frittiertem Essen war erstickend, aber wenigstens war es in dem Wohnzimmer, in das Dolly die beiden führte, schön warm. Die Mitte des Raums nahm ein großer Tisch mit einer rot-weiß karierten Wachstuchdecke ein, auf dem einige benutzte Gedecke mit den Überresten eines warmen Frühstücks standen. Zigaretten waren unbekümmert in den Speiseresten ausgedrückt worden, und überall im Zimmer lag Kram herum, von alten Zeitungen bis hin zu Schachteln mit Konservendosen, dazu jede Menge Flaschen, volle ebenso wie leere.

Dolly fegte ein paar Kleidungsstücke von einer Couch und forderte sie auf, Platz zu nehmen.

»Tatsächlich geht es mir um Ihren Neffen Edward«, sagte Charles, nachdem Dolly sich eine Weile darüber ausgelassen hatte, wie sich ihre Schwester alle Chancen verdorben hatte, indem sie sich mit einem Nichtsnutz von Heizer eingelassen hatte, der halb Ire, halb Italiener war.

»Unser Ed war ein guter Junge, ehrlich«, sagte sie, während sie sich in einen der Sessel fallen ließ und ihren Kittel glattstrich. »Hatte bloß nie ne Chance, weil unsere Mavis an der Flasche hing und sich immer noch mehr Bälger anhängen ließ. Meistens war es Ed, der auf die Kleinen aufgepasst hat. Aber er hatte diesen Blödsinn im Schädel, dass er für was Besseres bestimmt wär. Immer gefährlich, so was.«

Charles und Jilly hörten Dolly erstaunt zu, die ohne das geringste Anzeichen von Verlegenheit über die intimsten Dinge sprach. »Für ein paar Drinks hätte unsere Mavis für jeden die Beine breit gemacht. Einmal hab ich sie hier in diesem Zimmer dabei erwischt, wie sie einem meiner Mieter einen geblasen hat. Zwei Schilling hat sie dafür genommen. Mann o Mann! Mir müsste man schon mehr bieten, um den Pimmel meiner Mieter anzufassen, geschweige denn, mir so 'n Ding in die Kehle zu schieben.«

Charles versuchte hartnäckig, das Gespräch wieder auf Edward zu bringen, und schließlich gelang es ihm.

»Zum Militär zu gehen, das hat ihm echt gutgetan«, meinte Dolly. »Nicht dass er viel kämpfen musste, glaub ich. Manchmal hat er damit angegeben, dass er in einem brennenden Panzer eingesperrt war und so, aber das waren alles Märchen. Aber als er ausgemustert wurde, hatte er ziemlich viel Kohle, also hat er in der Armee irgendwas am Laufen gehabt, schätze ich mal. Und hart wie Stahl war der geworden. Wollte seiner Mum kein bisschen Geld abgeben, und uns anderen auch nicht. Hat Mavis rumgeschubst und ihr dabei ein paar Zähne ausgeschlagen. Dann war er ein paar Jahre verschwunden, und als er wiederkam, hatte er ein schniekes Auto und einen Anzug für hundert Pfund mindestens. Da hat er uns allen auch Geld gegeben, weil er damit angeben wollte, dass er diese Baufirma hatte. Aber is alles futsch, oder? Wir haben in der Zeitung drüber gelesen. Dann war er noch mal mit dem Mädchen da, das er geheiratet hatte. Wirklich eine niedliche Kleine, aber viel zu weich für einen Kerl wie den. Ich hab ihr gesagt, dass sie sich bei ihm behaupten muss, aber sie hat bloß gelächelt, als würde sie mir nicht glauben.«

»Dolly, Ihr Neffe hätte seine Frau Deirdre beinahe getötet, und schließlich ist sie ihm mit den Kindern weggelaufen.« Charles wollte der Frau unbedingt begreiflich machen, wie ernst die Sache war, und er hatte keine Lust, endlos zuzuhören, wie sie in Erinnerungen schwelgte – es sei denn, irgendetwas davon wäre hilfreich. »Im Dezember hat er ein Haus in Brand gesteckt. Zwei Frauen sind in dem Feuer ums Leben gekommen, und eine von ihnen war die Frau, die Deirdre geholfen hat, Ed zu entkommen.«

Dolly blieb vor Schreck der Mund offen stehen; die Zigarette, die sie sich gerade angezündet und zwischen die Lippen gesteckt hatte, fiel auf den Boden. »Du meine Güte!«, rief sie. »Wird er von der Polizei gesucht?«

»Ja, natürlich. Ich denke, sie werden sich schon sehr bald auch hier nach ihm umschauen. Aber meine Sorge gilt einer jungen Frau namens Katy Speed. Ihr Neffe hat sie entführt, und ich fürchte, er will auch sie töten. Sagen Sie uns also bitte, ob Ihnen irgendein Ort hier in Dover einfällt, wo er sie hingebracht haben könnte.«

»Ich hab ihn seit Jahren nicht mehr zu Gesicht bekommen. Aber eine Freundin hat mir erzählt, dass sie ihn kurz vor Weihnachten hier gesehen hat.«

»Wo genau hat sie ihn gesehen?«

»In der High Street.«

»Sagen Sie, Dolly, lebt seine Mutter noch?«

»Nee, die is sechsundfünfzig gestorben. Am Suff. Sonst gibt's aus unserer Familie bloß noch meine Schwester Susan. Die is nich wie ich, die hat's mit der Religion. Is bei der Heilsarmee.«

»Was ist mit Freunden, Jungs, die er kannte, als er zur Schule ging? Kennen Sie einen von denen?«

»Da waren so vier, fünf Typen, mit denen isser rumgehangen. Gehen immer ins *King's Head* einen zwitschern. John Sloane, nach dem sollten Sie fragen. Aber passen Sie lieber gut auf, was Sie sagen, der kann ganz schön leicht in Rage kommen.«

»Ich möchte, dass Sie mir etwas versprechen, Dolly.« Charles beugte sich vor und sah ihr direkt in die Augen. »Falls Ed in den nächsten Wochen herkommt oder von jemandem, den Sie kennen, gesehen wird, könnten Sie dann sofort mich oder die Polizei anrufen? Und versprechen Sie mir bitte, ihn nicht vorzuwarnen, dass ich Sie nach ihm gefragt habe.«

»Ehrenwort. Auf den würd ich nich mal pissen, wenn er in Flammen steht«, sagte sie, und das Funkeln in ihren blassblauen Augen bewies, wie ernst es ihr war. »Glaube kaum, dass er sich bei mir blicken lässt, aber wenn er aufkreuzt, kriegt er von mir einen Tritt in die Eier und die Tür in die Fresse.«

»Einen Vorteil hat es, eine echt vulgäre Person in ihrem gewöhnlichen Umfeld zu sehen«, bemerkte Jilly, als sie in die Stadt zurückschlenderten, um Eds Tante Susan einen Besuch abzustatten. »Du erkennst, dass deine Familie und du selbst eigentlich ganz schön zivilisiert seid.«

Charles lachte. Er fand Jilly mit ihrer unverhohlenen Offenheit sehr erfrischend. Aber das war nicht das Einzige, was einem an ihr gefallen konnte. Obwohl sie nicht im herkömmlichen Sinne hübsch war, hatte sie ein gut geschnittenes Gesicht. Ihre Größe, die Anmut, mit der sie sich bewegte, und ihre großen, ausdrucksvollen Augen, all das erinnerte ihn an eine Giraffe. Sie trug einen Minirock im Schottenmuster und kniehohe Stiefel, und ihre Beine waren einfach sensationell. Während der Zugfahrt nach Dover hatte sie ihm erzählt, dass ihre Tante Joan nichts von kurzen Röcken hielt, Jilly aber alle ihre Röcke immer wieder ein kleines Stückchen kürzte, um ihrer Tante den Schock zu ersparen, wenn sie von heute auf morgen so viel Bein zu sehen bekam. Charles amüsierte sich sehr über all die Sachen, die sie von sich gab.

»Dolly ist vulgär, Mavis war eine Schlampe«, stellte Charles fest, als sie sich der Adresse von Ed Reillys Tante Susan näherten. »Da fragt man sich unwillkürlich, wie ihre Mutter war. Trotzdem habe ich den Eindruck, dass Dolly im Grunde ein gutes Herz hat.«

»Zugegeben, sie hatte einiges zu bieten«, lachte Jilly. »Als sie mit der Geschichte über Mavis herausrückte, wie sie diese Sache für zwei Schilling gemacht hat, wäre ich am liebsten im Boden versunken. Aber ich glaube, man kann ihr zugutehalten, dass sie es den Mietern in ihrer Pension ganz gemütlich macht.«

Susans Heim war ein winziges Reihenhaus in einer kleinen Gasse. Die Straße war eng und schmuddelig, und die Eingangstüren der Häuser gingen direkt auf den Bürgersteig, aber Jilly fiel auf, dass Haus Nummer 9 das einzige mit sauber gescheuerten Stufen und strahlend weißen Gardinen hinter blitzblanken Fenstern war.

»Na ja, schließlich ist sie bei der Heilsarmee«, meinte Jilly und zog die Augenbrauen hoch. »Und Reinlichkeit kommt wohl gleich nach Frömmigkeit.«

Die Tür wurde von einer sehr kleinen, dünnen, ganz in Schwarz gekleideten Frau mit schlohweißem Haar geöffnet. Sie blickte die beiden fragend an.

»Mrs Susan Gosling?«, fragte Charles. Einen Moment lang glaubte er, an der falschen Adresse zu sein, weil es schwer vorstellbar schien, dass diese Frau derselben Familie entstammte wie Dolly. Als sie nickte, reichte er ihr seine Karte. »Ich bin Anwalt und stelle Nachforschungen über Edward Reilly, den Sohn Ihrer Schwester Mavis, an. Das ist Miss Carter, meine Assistentin. Dürfen wir hereinkommen?«

»Ist er tot?«, fragte Susan, während sie die beiden durch einen schmalen Flur in eine Wohnküche auf der hinteren Seite des Hauses führte. Es war ein bedrückend karger Raum, der bis auf ein Feuer im Kamin kaum Komfort bot und als einzigen Wandschmuck ein schlichtes Holzkreuz über dem Kaminsims hatte. Die Frau bat sie, auf den Stühlen am Tisch Platz zu nehmen.

»Nein, das nicht, doch er steckt in ernsthaften Schwierigkeiten und wird von der Polizei gesucht. Unsere Hauptsorge gilt allerdings einer jungen Frau namens Katy Speed, die er vor mittlerweile zehn Tagen entführt hat. Wir befürchten, dass er die Absicht hat, sie zu töten.«

Susan Gosling gehörte zu jener Art Frauen, die in einer Menschenmenge nie auffallen würden, es sei denn durch einen ungewöhnlichen Hut oder Mantel. Ihre Züge waren unauffällig; ihr Gesicht war einfach das einer milden alten Dame mit eingefallenen Wangen. Ihr Gesichtsausdruck veränderte sich nicht im Geringsten, während Charles sprach; sie verriet weder Schock noch Entsetzen, ja nicht einmal Empörung darüber, dass er so etwas Schreckliches über ihren Neffen sagte.

»Seit er ungefähr zwanzig war, habe ich immer wieder mit etwas Ähnlichem gerechnet«, sagte sie. »Ich wusste, dass Ed ein schlechter Mensch geworden ist, und ich bete ständig für ihn. Aber er hatte nie eine Chance, nicht mit meiner Schwester Mavis als Mutter. Sie war eine furchtbare Mutter, für alle ihre Kinder, aber er hat am meisten unter ihr gelitten.«

Sie fragte, ob sie Tee wollten, und öffnete den Küchenschrank, um Tassen herauszuholen. Charles registrierte, dass es nur vier Tassen und Untertassen gab. Vermutlich besaß sie sehr wenig persönliche Dinge.

»Erzählen Sie uns mehr darüber«, bat Jilly und warf dabei Charles einen Blick zu, als wollte sie ihn daran erinnern, dass er sie als seine Assistentin bezeichnet hatte. »Hat seine Mutter ihn geschlagen oder waren es die Männerbekanntschaften Ihrer Schwester?«

»Sie ließ alles an ihm aus, weil er wie sein Vater Angelo aussah. Wenn dieser Mann sie so geliebt hätte, wie sie ihn liebte, wäre vielleicht ein guter Mensch aus ihr geworden. Aber so ließ sie all ihren Schmerz und Zorn an Ed aus, schlug ihn, demütigte ihn. Sie drückte sogar brennende Zigaretten auf seiner Haut aus. Wie oft habe ich ihr damit gedroht, die Fürsorge zu verständigen, aber sie lachte mich bloß aus. Und sie bekam noch mehr Kinder, und Eddie musste sich mit sieben, acht Jahren um sie kümmern, so gut er konnte. Sie brachte ihm bei, grausam zu sein. Das fiel mir allerdings erst auf, als er älter war. Vorher, als er noch für die Kleinen sorgte, war er liebevoll und geduldig. Aber dann lernte er, mit bloßen Fäusten zu kämpfen, und er wurde wirklich gut darin. Jetzt sahen Leute zu ihm auf, für die er vorher der letzte Dreck gewesen war.«

»Er meldete sich freiwillig zum Militär, nicht wahr?«, fragte Jilly.

Susan, die gerade den Tee aufgoss, nickte. »Das wollte er schon in dem Moment, als der Krieg ausbrach, aber damals war er noch zu jung, erst siebzehn. Er konnte es kaum erwarten. Na ja, wer hätte es ihm verdenken können?«

»Wie kommt es, dass Sie so ganz anders sind als Ihre Schwester?«, wollte Jilly wissen. »Ich weiß, dass Sie in der Heilsarmee sind, aber waren Sie schon immer die Brave?«

Die ältere Frau lächelte. »Vor Gott sind wir alle gleich, wenn unser Leben beginnt«, sagte sie. »Was mit uns passiert, wenn wir erwachsen werden, die Wege, die wir einschlagen, das ist es, was uns verändert. Ich habe jung geheiratet, Sydney, einen Landarbeiter, und wir waren sehr glücklich in unserem kleinen Häuschen drüben Richtung Folkestone. Dann starb unsere Tochter im Alter von zwei Jahren an Diphtherie, und drei Jahre später kam Sydney bei einem Unfall mit einer Dreschmaschine ums Leben.«

»Das tut mir schrecklich leid«, sagten Charles und Jilly wie aus einem Mund.

Susan stellte die Teekanne auf den Tisch und holte einen kleinen Krug Milch aus der Speisekammer. »Es ist lange her. Zum Glück half mir ein Mitglied der Heilsarmee, jemand, dem auffiel, wie verloren und verängstigt ich mich fühlte. Sehen Sie, ich musste das Cottage auf der Farm verlassen und nach Dover zurückkehren. Ich hatte nichts. Na gut, da waren meine zwei Schwestern, aber ich hatte nie so sein wollen wie die beiden. Seltsamerweise war es der kleine Eddie, der mir ein Trost war. Heute bereue ich, dass ich ihn nicht von Mavis weggeholt und selbst großgezogen habe. Vielleicht hätte ich ihn davor bewahren können, auf die schiefe Bahn zu geraten.«

Sie tranken ihren Tee, und Susan stellte für jeden ein Stück Obstkuchen auf den Tisch, den sie früh am Morgen gebacken hatte, weil sie nicht schlafen konnte, wie sie erzählte. »Ich muss wohl gespürt haben, dass ich heute Besuch bekomme«, sagte sie mit einem traurigen Lächeln.

Charles erklärte ihr, welche Verbrechen Ed begangen hatte, und fügte hinzu, dass jetzt Katy in seiner Gewalt war und sie in der Hoffnung nach Dover gekommen waren, jemanden zu finden, dem eventuell einfiel, wo Ed die junge Frau hingebracht haben könnte.

»Hat er Sie in letzter Zeit besucht?«, fragte er Susan.

»Nein. Und das würde er auch nicht tun, denn als er zum letzten Mal hier war, hat er mich bedroht. Das muss um die Zeit gewesen sein, als seine Frau ihn verlassen hat. Ich dachte, er bringt mich um, so wütend war er. Er glaubte wirklich, ich wüsste, wo sie hin ist, aber ich hatte natürlich keine Ahnung. Ich war ihr nur einmal begegnet, damals, als er sie kurz nach ihrer Hochzeit hierherbrachte. Ich habe ihr gelegentlich geschrieben, Karten und kleine Geschenke für die Kinder geschickt. Aber gesehen habe ich sie nicht. Und da ich kein Telefon habe, konnte ich sie nicht einmal anrufen.«

»Was haben Sie gemacht, als Ihr Neffe so ausgerastet ist?«, fragte Jilly.

»Ich habe laut um Hilfe geschrien, bis der Mann meiner Nachbarin kam. Er hat Ed rausgeworfen, aber nicht, bevor ich Eddie gesagt hatte, dass er ganz allein die Schuld daran trägt, wenn Deirdre ihn verlassen hat, und dass er hier bei mir nicht mehr willkommen ist. Er war inzwischen wieder in Dover, hat man mir erzählt, das letzte Mal vor ungefähr drei Monaten. Aber bei mir hat er sich nicht blicken lassen.«

Jilly erkundigte sich, was sie bei der Heilsarmee mache, und Susan erklärte, dass sie drei bis vier Mal in der Woche in einem Obdachlosenasyl für Männer arbeitete.

»Dover ist eine trostlose Stadt, das ist mir jetzt klar. Menschen kommen in der Hoffnung auf ein neues Leben in England auf der Fähre hierher, und manchmal kommen sie nicht weiter als bis Dover. Wir haben es mit ausländischen Seeleuten zu tun, die ihr Schiff verlassen haben, oft wegen einer Frau; es scheint hier mehr Trinker zu geben als in anderen Städten, und langsam geht es auch mit Drogen los, hauptsächlich bei jungen Leuten. Wenn mir das bewusst gewesen wäre, als ich noch jünger war, wäre ich vielleicht weggezogen. Aber ich bin geblieben, und jetzt bin ich immer noch da und versuche, anderen zu helfen, ihren Weg zu finden.«

»Ich nehme an, die Polizei wird demnächst herkommen und Sie befragen. Sollte Ihr Neffe vorher bei Ihnen auftauchen, verständigen Sie am besten selbst die Polizei«, sagte Charles.

»Er wird nicht herkommen, weil er weiß, dass ich genau das tun würde. Ich mag klein sein, aber ich habe gelernt, mich zu behaupten.«

»Sind Sie sicher, dass Ihnen kein Ort einfällt, an den er Katy gebracht haben könnte? Irgendein Platz, wo er als Kind gespielt hat vielleicht oder ein Haus, das er gekauft hat, als er noch gut bei Kasse war?«

Sie schüttelte den Kopf. »Tut mir leid, das weiß ich wirklich nicht. Aber falls mir doch etwas einfällt, melde ich es der Polizei.«

Sie fragte Jilly, wie gut sie Katy kannte.

»Sie ist meine beste Freundin und steht mir so nahe wie eine Schwester«, sagte Jilly einfach. Eine Träne lief ihr die Wange hinab. »Ich muss sie unbedingt nach Hause und in Sicherheit bringen.«

Susan stand auf, nahm Jilly in die Arme und drückte sie an sich. »Ich werde für Sie beten«, sagte sie. »Es tut mir wirklich furchtbar leid, dass mein Neffe solchen Schmerz verursacht hat.«

»Eine gute Frau«, bemerkte Jilly, als sie und Charles die Straße hinuntergingen. »Aber irgendwie kann einem Ed auch fast leidtun. Das Opfer wird zum Täter.«

»Und jetzt ab zum *King's Head*«, sagte Charles, ohne auf Jillys Regung von Mitleid einzugehen. Ihm ging es ähnlich, aber das wollte er nicht zugeben. »Hoffen wir, dass es dort etwas halbwegs Anständiges zu essen gibt.«

KAPITEL 16

Charles bestellte bei dem bulligen Schankkellner im *King's Head* ein Bier für sich selbst und für Jilly eine Limonade. Obwohl es erst kurz nach halb eins war, herrschte an der Theke schon Hochbetrieb. Bei den meisten Gästen schien es sich um Arbeitslose zu handeln, vielleicht auch um Hafenarbeiter, die darauf warteten, dass irgendwelche Ladungen von Schiffen gelöscht werden mussten.

»Wissen Sie zufällig, ob gelegentlich ein gewisser Edward Reilly herkommt?«, fragte Charles, als er die Getränke bezahlte.

»Kann mir nicht vorstellen, warum irgendjemand nach diesem Scheißkerl fragen sollte«, meldete sich ein ruppig wirkender Mann mit Glatze zu Wort, der neben ihm stand.

Charles war ein bisschen verunsichert, weil der Mann geradezu hasserfüllt klang. Andererseits war jemand, der schlecht auf Reilly zu sprechen war, vielleicht eher bereit, Informationen über ihn preiszugeben.

»Mein Name ist Charles Stevenson, ich bin Anwalt. Ich muss Reilly so schnell wie möglich finden. Wie es aussieht, hat er eine junge Frau entführt. Eigentlich wollte ich mit einem gewissen John Sloane sprechen, der, soweit ich weiß, mit Reilly aufgewachsen ist. Kennen Sie ihn zufällig?«

Der Schankkellner hüstelte leise, als wollte er Charles warnen. »Das *ist* John Sloane.«

Sloanes kampflustige Miene wich einem breiten Grinsen, und er streckte seine Hand aus. »Eine Frau von hier?«

Charles schüttelte dem Mann die Hand. Er war ein bisschen befangen, aber gleichzeitig erleichtert, weil der Mann nicht unfreundlich wirkte, auch wenn er so aussah, als könnte er jemanden mit einem einzigen Fausthieb niederstrecken. Anscheinend war er Handwerker auf dem Bau, denn er trug verschmutzte Arbeitskleidung und schwere Stiefel, und hinter seinem einen Ohr steckte ein Bleistift.

»Nein, das ist in London passiert, aber man hat mir geraten, mich an Sie zu wenden, weil Sie in Ihrer Kindheit mit Edward Reilly befreundet waren. Ich hatte gehofft, Sie könnten mir vielleicht einen Ort nennen, wo Sie als Kinder oder Jugendliche besonders gern gespielt haben – ein Lager aufgeschlagen haben oder Ähnliches – und wo er die junge Frau jetzt vielleicht festhalten könnte.«

Sloane machte ein nachdenkliches Gesicht. »Wir haben uns hauptsächlich in der Stadt oder am Strand herumgetrieben. Manchmal waren wir in der St. Margaret's Bay, da hat es Ed immer gut gefallen. Nach dem Krieg konnte ich mit dem Typen nichts mehr anfangen, er war ziemlich größenwahnsinnig geworden. Hat pausenlos angegeben und uns einen Riesenhaufen Lügen über seine Zeit bei der Armee aufgetischt. In Wirklichkeit hatte er es geschafft, sich einen Schreibtischposten zu ergattern, während wir anderen in der Scheiße gesessen haben.«

Ein anderer Mann, groß, dünn, rothaarig, der auf der anderen Seite neben Sloane stand, warf ein: »Kurz vor Weihnachten war er hier.«

Sloane starrte den anderen erstaunt an. »Davon hast du ja gar nichts erwähnt, Bri.«

»Ich hab dir nichts gesagt, weil ich weiß, wie der dich immer auf die Palme bringt. Und ich hab bloß mit ihm geredet, weil ich nicht unhöflich sein wollte. Er hat mir erzählt, dass er vor ein paar Jahren hier in der Gegend ein Haus gekauft hat und dass er es jetzt aufmöbeln will. Und er wollte wissen, ob ich vielleicht Arbeit brauche.«

Charles' Herz schlug schneller. »Wo soll dieser Besitz sein?«, fragte er.

»Hat er nicht gesagt, und ich hab auch nicht weiter nachgefragt, weil er schon immer viel dahergeredet hat, wenn der Tag lang war.«

»Das könnten Sie rauskriegen, wenn Sie zu dem Immobilienmakler ein paar Häuser weiter gehen«, meinte Sloane. »Maxwell, der Besitzer, weiß immer, wer in Dover was gekauft hat.«

»Das ist sehr hilfreich von Ihnen. Darf ich die Herren vielleicht auf einen Drink einladen?«

Die beiden wollten ein Bier. Charles bezahlte die Getränke bevor er sich zum Gehen wandte, aber Sloane brannte offenbar darauf, mehr zu erfahren. »Ed war schon immer ein komischer Typ, ziemlich jähzornig und dazu jede Menge Rosinen im Kopf. Und er hat genauso leicht gelogen wie geatmet. Wer ist die Kleine, die er festhält? Wenn Sie sein Versteck hier in Dover finden, kommen Sie wieder her, dann können wir mit einem ganzen Trupp dort anmarschieren. Ich hab mit dem Kerl auch noch ein Hühnchen zu rupfen.«

Charles, dem bei dem Gedanken, Sloane könnte sich einmischen, nicht ganz wohl war, warf Jilly einen hilfesuchenden Blick zu.

Sie sprang sofort in die Bresche. »Charles, wir können jetzt nicht sofort nach ihm suchen. Wenn Sie Ihren Termin am Nachmittag einhalten wollen, müssen wir zuschauen, dass wir unseren Zug erwischen.«

»Sie hat recht, ich muss jetzt los«, sagte Charles zu Sloane. »Ich überlasse diese Sache der Polizei. Aber danke für Ihre Hilfe.«

Auf der Straße drehte er sich zu Jilly um. »Ihre Geistesgegenwart kam genau im richtigen Moment. Ich hatte ein bisschen das Gefühl, in die Enge getrieben zu werden. Vielleicht hätte ich auch lieber nicht erwähnen sollen, dass ich Rechtsanwalt bin. Selbst wenn sie Reilly nicht mögen, Anwälte und die Polizei mögen sie wahrscheinlich noch weniger.«

»Ich glaube, sie wollten uns wirklich helfen«, versicherte Jilly ihm. Ihr war bewusst, dass er den Umgang mit rauen Burschen wie Sloane nicht gewohnt und deshalb ein bisschen nervös war. »Aber vielleicht wäre es tatsächlich besser, bei dem Immobilienmakler nicht zu viel zu verraten. Die Leute klatschen nun mal gern, und seien wir ehrlich, die Tatsache, dass einer von hier wegen Entführung gesucht wird, ist ganz schön spannend. Wenn dann noch rauskommt, dass es auch um Mord geht, redet die ganze Stadt über nichts anderes mehr.«

*

Charles erkannte schnell, dass Maxwell, der Immobilienmakler, nicht gerade der Hellste war. Der Mann war um die vierzig, trug zu seinem billigen Anzug eine grelle Krawatte und hatte so viel Brillantine im Haar, dass seine Frau die Kopfkissenbezüge täglich wechseln musste. Er war der Typ Mann, den Charles von ganzem Herzen verachtete: laut und vulgär, mit einem unerschöpflichen Vorrat an endlosen, anzüglichen Witzen, weil er nicht imstande war, normale Konversation zu machen.

Unter dem Vorwand, einer seiner Klienten, den er verteidigte, behaupte, zur Tatzeit hier in der Gegend auf einem Anwesen gearbeitet zu haben, bat Charles den Immobilienmakler um eine Liste jener Personen, die in den letzten Jahren Objekte bei ihm erworben hatten. Der Besitzer hieße vermutlich Reilly, fügte er hinzu, aber ganz sicher wäre das nicht.

Maxwell machte sich mit gewichtiger Miene daran, Karteikästen zu öffnen und wieder zu schließen, wobei er ständig den Namen Reilly vor sich hin murmelte.

»Sie haben doch bestimmt eine Liste aller verkauften Objekte, allein schon für Ihre Buchhaltung?«

»Ja, ja, natürlich. Darum geht es nicht. Es ist dieser Name – Reilly. Irgendwie kommt er mir bekannt vor, aber ich weiß nicht, woher.«

Charles sagte nichts mehr, sondern wartete schweigend, bis Maxwell einen Aktenordner hervorholte, ihn aufklappte und den Finger eine Reihe von Immobilien nach unten wandern ließ.

»Ah, da haben wir's ja! Richtig, der Mann hat einen halb verfallenen Besitz in St. Margaret's Bay gekauft. Vor vier Jahren war das. Er hat so getan, als wäre er eine ganz große Nummer in London, und davon geredet, was ganz Tolles aus dem Anwesen zu machen. Deshalb ist mir der Name in Erinnerung geblieben.«

»Haben Sie vielleicht einen Durchschlag von dieser Liste?«, bat Charles. »Ich brauche sie, um sie meinem Klienten vorzulegen und mir bestätigen zu lassen, dass es sich wirklich um den Besitz handelt, auf dem er gearbeitet hat.«

»Komisch! Jetzt fällt mir wieder ein, dass dieser Reilly behauptet hat, dass er jedes Handwerk aus dem Effeff beherrscht und alle Arbeiten selber ausführen kann, weil er Handwerkern nicht traut.«

»Reine Angeberei, schätze ich. Wenn ich jetzt um den Durchschlag bitten dürfte?«

Es überraschte ihn, dass Maxwell bereit war, derartige Informationen an jemanden weiterzugeben, der nicht die geringste Befugnis dafür hatte. Ob es daran lag, dass er zu beschränkt war, um in diese Richtung zu denken, oder war er einfach nur beeindruckt von der Tatsache, dass ein Rechtsanwalt aus London zu ihm gefunden hatte? Jedenfalls blätterte der Mann noch einmal in den Unterlagen und gab Charles dann vier Blätter dünnes Durchschlagpapier mit blasser Schrift.

»Gut gemacht, alter Knabe«, sagte Charles mit seiner hochmütigsten Stimme, als er die Blätter entgegennahm. »Sehr verbunden.«

»Sie haben eben gerade wie ein richtiger Schnösel geklungen«, kicherte Jilly, als sie die Straße hinunterschlenderten. »Alter Knabe! Reden so wirklich Leute, die Sie kennen?«

»Viele«, antwortete er. »Und ich habe die Erfahrung gemacht, dass es eine gute Möglichkeit ist, sich elegant aus einer etwas heiklen Situation zurückzuziehen.«

»Das muss ich mir merken«, schmunzelte sie. »Nur dass es kein weibliches Äquivalent für ›alter Knabe‹ gibt, oder?«

»Jetzt da Sie es erwähnen – nein«, sagte Charles vergnügt. Jillys gute Laune wirkte ansteckend. »Kommen Sie, wir nehmen ein Taxi und fahren nach St. Margaret's Bay!«

»Finden Sie nicht, wir sollten lieber der Polizei alles Weitere überlassen?«, fragte Jilly.

»Ach was, Jilly, jetzt sind wir so weit gekommen, da müssen wir die letzte Hürde auch noch nehmen. Außerdem hat es nicht viel Sinn, die Polizei kommen zu lassen, wenn sich das Haus als Ruine entpuppt und leer ist. Wir würden bloß dumm dastehen.«

»Für jemanden, der das Gesetz vertritt, haben Sie keine besonders hohe Meinung von der Polizei«, stellte sie fest.

»Doch, habe ich. Heute Abend, wenn die Metropolitan Police den Aufruf zur Fahndung nach Reilly weitergeleitet hat, wird es in ganz Dover von Polizei nur so wimmeln, aber ich will Katy *jetzt* finden.«

»Sagt Ihnen Ihr Instinkt, dass sie noch lebt?«, fragte Jilly mit bebenden Lippen.

»Das weiß ich nicht«, sagte Charles ehrlich. »Ich will es einfach glauben. Aber Sie kennen Katy doch schon seit Jahren, was sagt Ihnen Ihr Gefühl?«

»Ich bin sicher, dass sie sich gewehrt hat, wenn nicht mit Waffen, dann mit ihrer Zunge, und die kann ganz schön scharf sein. Aber das könnte Reilly nur noch wütender und bösartiger gemacht haben. Ich weiß nur, dass ich mir ein Leben ohne Katy nicht vorstellen kann. Ich habe mir immer ausgemalt, wie wir beide immer noch zusammen shoppen und Tee trinken gehen, wenn wir alte Damen sind.«

Charles winkte ein Taxi heran, das gerade die Straße herunterkam. »St. Margaret's Bay«, sagte er zu dem Fahrer. Er traute sich nicht, in Jillys Richtung zu schauen; er spürte, dass sie weinte.

Laut Maxwell war die Adresse in St. Margaret's Bay nicht leicht zu finden, und der Taxifahrer schien auch keine große Lust zu haben, Charles und Jilly bei der Suche zu helfen. Er ließ sie bei einem steilen Abhang, der in die Bucht hinunterführte, aussteigen und zeigte mürrisch nach rechts. »Ich glaube, da drüben müsste es sein. Zu viele Schlaglöcher, um mit dem Auto weiterzufahren«, sagte er kurz.

Er hatte recht, was die Schlaglöcher anging, und in allen stand Wasser. Der Weg wurde auf beiden Seiten von Sträuchern und Büschen gesäumt, aber obwohl sie jetzt, Anfang März, noch kahl waren, wuchsen sie so dicht, dass man kaum erkennen konnte, was hinter ihnen lag. Irgendwann stießen sie auf der rechten Seite des Wegs auf ein Torgatter. Als sie hinüberspähten, konnten sie sehen, wie der Weg in Windungen immer weiter nach unten verlief und schließlich nach ungefähr fünf-, sechshundert Metern zu einem leicht baufälligen Bauernhaus mit etlichen Nebengebäuden führte. Das Anwesen hatte freien Blick aufs Meer und sah im Sommer vermutlich idyllisch aus, aber heute waren Himmel und See grau, der Wind peitschte die Äste in den Bäumen hin und her, und es war sehr kalt.

Ungefähr dreißig Meter weiter fand sich zu ihrer Linken ein weiteres Gatter. Das riesige Feld, das sich dahinter bis zu einer bewaldeten Anhöhe erstreckte, schien brach zu liegen.

Charles wollte gerade vorschlagen, die Suche abzubrechen,

da seine Schuhe und Hosenbeine mit Schlamm überzogen waren, als sie direkt hinter der Hecke einen Schornstein aufragen sahen.

Sie mussten noch etwa zweihundert Meter weitergehen, bis zu erkennen war, dass der Schornstein zu einem eingeschossigen, in einer Senke gelegenen Cottage gehörte. Dichter Baumbestand versperrte zum größten Teil den Blick auf das Anwesen, und das Schild mit der Aufschrift *Dean Cottage* war so verwittert und von Efeu überwuchert, dass man es kaum lesen konnte.

»Der perfekte Ort, um jemanden zu verstecken«, sagte Charles nachdenklich.

Auf der schlammigen Kiesfläche vor dem Haus stand kein Auto, aber sie konnten tiefe Reifenspuren sehen. Sie waren zum Teil mit Regenwasser gefüllt, sahen aber so aus, als wären sie erst vor Kurzem entstanden, da das Muster des Reifenprofils noch deutlich zu erkennen war.

»Natürlich friert es in den meisten Nächten noch, und dadurch könnte das Muster konserviert worden sein«, dachte Charles laut nach. »Kommen Sie, sehen wir uns ein bisschen um.«

»Es ist nicht so desolat, wie der Makler gemeint hat«, bemerkte Jilly. »Ich meine, es hat zum Beispiel Fenster und ein Dach.«

»Das Dach ist repariert worden!« Charles zeigte mit dem Finger auf eine ziemlich große Stelle mit neuen Ziegeln, deren Rot viel kräftiger war als das der anderen Dachziegel.

»Und die Außenmauer ist neu verputzt worden«, stellte Jilly fest. »Es sieht wirklich so aus, als hätte er die ganze Vorderfront in Ordnung gebracht und dabei ein paar fehlende Steine ersetzt. Mein Dad macht das auch manchmal.«

Es war ziemlich schwierig, zur Hinterseite des Hauses zu gelangen. Aufgestapelte Ziegel, alter Bauschutt und eine Zementmischmaschine blockierten den Zugang, und Bäume und dichtes Buschwerk, das überall wucherte, machten es unmöglich, um diese Sachen herumzugehen.

»Ich habe allmählich das Gefühl, er will nicht, dass sich da hinten jemand umschaut«, sagte Charles.

Netzgardinen verhinderten jede Sicht durch die Fenster, nur durch den Briefschlitz konnten sie einen flüchtigen Blick auf das Innere des Hauses erhaschen, aber mehr als eine leere Diele, deren Türen alle geschlossen waren, war nicht zu erkennen. Trotzdem hämmerten sie laut an die Eingangstür.

»Wenn mein Freund Pat bei uns wäre«, bemerkte Charles, »dann würde er einbrechen. Aber das traue ich mich nicht. Der Taxifahrer könnte uns identifizieren, und Maxwell natürlich auch. Außerdem wird es bald dunkel, und wir müssen zu Fuß bis St. Margaret's Bay gehen, um ein Taxi zu bekommen.«

»Na gut. Aber wollen wir in Dover nicht erst zur Polizei gehen und mit einem der Beamten reden, bevor wir in den Zug steigen?«, fragte Jilly. »Die hiesige Polizei weiß doch wahrscheinlich gar nichts von dem Cottage hier. Wenn dann aus London die restlichen Fakten eintreffen, können sie direkt herfahren.«

Sie wandte dem Cottage den Rücken zu. Im Sommer musste der Blick über die Felder bis zum Meer traumhaft schön sein. Wenn Reilly, wie Maxwell erzählt hatte, das Land bebauen wollte, dann wahrscheinlich in den Wäldern, die hinter dem Cottage lagen, dachte sie.

Sie teilte Charles ihre Vermutung mit und meinte, dass Reilly hier eventuell noch eine andere Bleibe hatte, vielleicht irgendwo im Wald. »Irgendwie habe ich das Gefühl, dass Katy nicht weit weg ist«, fügte sie hinzu. »Aber das Gelände ist zu groß, als dass wir es gründlich absuchen könnten. Fahren wir lieber zurück nach Dover und holen Hilfe.«

Charles legte einen Arm um Jilly, als sie den Weg zurückgingen, den sie gekommen waren. Es war sehr kalt, und er konnte spüren, wie sehr sie sich um ihre Freundin ängstigte. »Tut mir leid, dass ich nicht genug Mumm hatte, die Haustür einzutreten, Jilly. Oder so vorausschauend war, den Taxifahrer zu bitten, auf uns zu warten.«

Ihr Lächeln wirkte bekümmert. »Gehen wir ein bisschen schneller, damit uns warm wird.«

Katy fühlte sich, als müsste sie sterben. Sie litt so starke Schmerzen, dass sie beinahe hoffte, der Tod würde bald kommen und sie von ihrem Elend erlösen. Immer wieder huschten die Gesichter ihrer Mutter, ihres Vaters, ihres Bruders an ihrem geistigen Auge vorbei, und mit jedem Bild kam die Erinnerung an irgendein schönes Erlebnis. Da war ihr Vater, wie er früher Feierabend machte, um zuzuschauen, wie sie am Sporttag beim Hundert-Meter-Sprint teilnahm. An jenem Tag herrschte eine Gluthitze, und er hatte ihr noch gesagt, dass er es vermutlich nicht schaffen würde, zu kommen. Aber dann kam er doch, genau in dem Moment, als sie sich mit den anderen an den Start stellte. Sie sah, wie er ihr das Daumen-hoch-Zeichen gab, mit dem er ihr sagen wollte, dass er im Geist mitrennen würde, und schoss los wie eine Rakete. Sie hörte, wie er sie die ganze Zeit anfeuerte. Und sie gewann mit einem gewaltigen Vorsprung.

Ihre Mutter steuerte bei besonderen Anlässen nicht sehr oft Freude bei, aber Katy erinnerte sich, wie sie geweint hatte, als Katy als Achtjährige einmal zu Weihnachten in der Kirche bei einem Lied die Solostimme sang. Auf dem Heimweg hatte ihre Mutter gesagt, sie hätte eine Stimme wie ein Engel.

Und Rob … Die schönen gemeinsamen Erinnerungen waren so zahlreich, dass ihr eine nach der anderen durch den Kopf jagte: Wie sie auf einer grasbewachsenen Böschung Purzelbäume schlugen und dabei vor Lachen kreischten; wie sie Kleider tauschten, als sie ungefähr fünf und acht waren, und so in die Stadt gingen. Sie hatte ihre Haare unter die Schulmütze ihres Bruders gestopft und hätte als Junge durchgehen können, aber Rob sah in ihrem Kleid absolut lächerlich aus und hätte niemanden täuschen können.

Rob, wie er sie zu ihrem ersten Date begleitete. Sie sollte Peter Hayes vor dem Kino treffen, aber sie war zu schüchtern, um allein zu gehen. Geplant war ursprünglich, dass Rob wieder heimgehen würde, sobald sie Peter getroffen hatte, aber in einem Anfall blinder Panik hatte sie Peter gefragt, ob Rob den Film nicht mit ihnen anschauen könnte. Rob hatte später mit ihr geschimpft, so etwas dürfe sie nie wieder machen, er sei sich schrecklich blöd vorgekommen, aber sie lachten sich beide krumm und schief darüber, dass Peter zugestimmt und sogar Robs Eintrittskarte bezahlt hatte. Leider hatte er Katy danach nie wieder um ein Date gebeten.

Mit Rob hatte sie Brettspiele gespielt, im Park Schlagball und Tennis geübt, war im Meer mit ihm geschwommen, sogar zu Ostern, wenn das Wasser noch eiskalt war. Sie vertrauten einander alles an, lachten viel, und es war ein schwerer Schlag für sie gewesen, als er auf die Uni ging.

Jetzt würde sie nie das Mädchen kennenlernen, das er eines Tages heiraten würde, oder seine Kinder im Arm halten. Sie würde nie Gelegenheit haben, herauszufinden, warum ihre Mutter so kalt war, und mit Sicherheit nicht den Tag erleben, an dem sie warmherzig und fröhlich wurde. Was ihren Vater anging, so würde sein Leben ohne sie nie mehr dasselbe sein. Tief im Herzen wusste sie, dass er Rob und sie liebte, dass sie jedoch seinem Herzen am nächsten stand. Tatsächlich würde die Familie auseinanderbrechen, wenn es sie nicht mehr gab. Rob würde sich auf seine berufliche Laufbahn konzentrieren, ihr Vater würde sich in seine Arbeit knien und wahrscheinlich ihre Mutter verlassen, weil es dann nichts mehr gab, was ihn hielt. Der Gedanke, was in diesem Fall aus ihrer Mutter werden würde, war unerträglich.

Dann war da noch Jilly. Sie und ihre Familie bedeuteten

Katy unendlich viel. Sie hatte immer geglaubt, sie und Jilly würden bei ihren jeweiligen Hochzeiten dabei sein, Paten für die Kinder der anderen sein, ein Leben lang Freundinnen bleiben, bis sie beide alte Damen waren.

Sie fragte sich auch, ob Charles wohl traurig über ihr Verschwinden war. Hatte er genau wie sie das Gefühl gehabt, zwischen ihnen könnte sich etwas Besonderes entwickeln? Oder war dabei nur ihre lebhafte Phantasie im Spiel gewesen?

Aber so schlimm die Schmerzen auch waren, die sie litt, und so unmöglich ein Entkommen auch schien, eine innere Stimme drängte sie, nicht aufzugeben, sich in diesem Raum umzuschauen, ob es nicht irgendetwas gab, was ihr helfen könnte, ihre Freiheit wiederzuerlangen.

Während Katy sich glücklichen Erinnerungen an ihre Familie hingab und daran dachte, wie viel Jilly und Charles ihr bedeuteten, waren die beiden nur wenige Meilen von ihr entfernt, und zwar im Polizeirevier von Dover.

Charles war nicht erfreut über den Empfang, den man ihnen bereitete. Als er sich erkundigte, ob die Londoner Polizei bereits weitergegeben hatte, dass Edward Reilly festgenommen werden sollte, erntete er von dem diensthabenden Sergeant nur einen leeren Blick. Charles erklärte ihm, was es mit Katys Entführung auf sich hatte. Aber selbst als er darauf hinwies, dass das Leben einer jungen Frau in akuter Gefahr war, hatte er den Eindruck, dass Sergeant Forbes nicht scharf darauf war, sich von einem Rechtsanwalt sagen zu lassen, was er zu tun hatte. Allmählich wurde Charles wütend und erhob seine Stimme.

»Lassen Sie's«, raunte Jilly ihm zu. »Das macht alles bloß noch schlimmer.«

Charles wusste, dass sie recht hatte – sein Vater hatte immer gesagt, wer die Beherrschung verliert, verliert die Schlacht –, aber es fiel ihm einfach schwer, zu glauben, dass die Metropolitan Police die Polizei in Dover nicht umgehend angewiesen hatte, hier nach Reilly zu fahnden. Sein Freund Pat hätte die Sache sofort bereinigt, indem er erklärt hätte, dass Charles in seinem Auftrag hier wäre, um Nachforschungen anzustellen. Pat hätte auch darauf bestanden, dass er unverzüglich Hilfe von der Polizei bekam.

»Hören Sie, ich behaupte nicht, dass Katy Speed tatsächlich in diesem Haus in St. Margaret's Bay ist. Sie könnte mittlerweile tot und ihre Leiche irgendwo verscharrt sein. Aber falls sie jetzt noch lebt und deshalb stirbt, weil Sie die Sache nicht ernst nehmen, wie wird Ihnen dann zumute sein? Sie ist erst dreiundzwanzig, sie hat das Leben noch vor sich. Wenn es Ihre Tochter wäre, um die es ginge, würden Sie dann nicht sofort das Haus stürmen?«, fragte er Forbes.

»Aber wir haben keine Direktiven von der Met«, antwortete Forbes zum x-ten Mal. »Und Sie haben keinerlei Beweise, dass die junge Frau in dem Cottage ist. Wir können nicht einfach auf gut Glück in ein Haus eindringen.«

Charles starrte den Sergeant unverwandt an und registrierte seine dumpfen Augen, seine gerötete Gesichtsfarbe und seine Fettleibigkeit. Dieser Mann jagte eindeutig keine Verbrecher mehr; er war faul und selbstgefällig geworden, weil sich der Großteil seiner Arbeit jetzt auf die Docks, Immigranten und Schmuggel konzentrierte.

»Dieser Mann hat in Bexhill ein Haus in Brand gesteckt und dadurch eine Frau und ihre Tochter getötet. Er hat versucht, eine andere Frau zu töten, indem er sie mit seinem Wagen von der Straße abdrängte. Und ein Freund von mir, ein ehemaliger Polizeibeamter, vermutet, er könnte außerdem noch eine weitere Frau und ihre Kinder entführt haben. Und er hat mit ziemlicher Sicherheit Katy Speed in seiner Gewalt. Ist das alles für Sie wirklich ein Hirngespinst?«

»Warum rufen Sie nicht einen der höheren Beamten in der

Met an?«, schlug Jilly vor. »Oder beim Polizeirevier in Hammersmith, wo man über den Fall informiert ist.«

»Warten Sie hier. Ich rede mal mit dem Chef«, sagte Forbes.

Draußen wurde es allmählich dunkel, obwohl es erst kurz nach halb sechs war. Charles hatte schon öfter mit Klienten zu tun gehabt, die sich beklagten, dass die Polizei sie nicht ernst genommen hatte, als sie ein Verbrechen meldeten, oder sie mit der Behauptung vertröstet hatte, man würde der Sache nachgehen. Und dann war doch nichts geschehen. Bisher hatte er das für Einbildung seitens seiner Klienten gehalten, aber jetzt kam ihm der Gedanke, dass es der Wahrheit entsprechen könnte.

Er wünschte, er hätte John Sloanes Angebot angenommen, mit einem ganzen Trupp Männer bei dem Cottage aufzukreuzen. Und wenn die Polizei nicht innerhalb der nächsten dreißig Minuten tätig wurde, würde er zum *King's Head* zurückgehen und ein Aufgebot zusammenstellen.

Während sie warteten, rief Charles Pat an. Sein Freund war schockiert, dass die Polizei von Hammersmith ihre Kollegen in Dover noch nicht informiert hatte. Es wäre die normale Vorgehensweise, eine Spur in einer anderen Stadt weiterzuverfolgen, sagte Pat, wenn Informationen vorlagen, dass der Verdächtige von dort kam und noch Freunde oder Verwandte vor Ort hatte.

»Halt noch ein bisschen durch, Charles«, sagte er. »Ich rufe gleich mal an und mache den Typen Feuer unter dem Hintern.«

»Ich bin ja selbst nicht hundertprozentig überzeugt, dass Katy in dem Cottage ist«, gab Charles zu. »Abgesehen von relativ frischen Reifenspuren konnten wir nichts Verdächtiges entdecken. Aber irgendetwas in dem Haus könnte darauf hinweisen, wo sie festgehalten wird.«

»Das Haus und die Garage in Hendon sind bereits durchsucht worden. Man hat mir gesagt, es gebe einige interessante Indizien, aber mehr wollten die mir nicht mitteilen. Jetzt weiß ich wieder, warum ich die Polizei verlassen habe.«

Als Charles zu Jilly trat, fiel ihm auf, dass sie ziemlich erschöpft aussah. »Kommen Sie, wir besorgen uns schnell einen Happen zu essen, während die sich hier zu einer Entscheidung durchringen«, sagte er. »Ich sage nur kurz dem Diensthabenden Bescheid, dass wir gleich wieder da sind.«

*

Direkt gegenüber dem Revier befand sich ein Lokal, wo man Fish & Chips bekam.

»Mhm, köstlich!«, sagte Jilly, während sie sich über ihre Portion hermachte. »In London schmeckt es lange nicht so gut. Ich dachte, ich kriege keinen Bissen herunter, weil mein Magen so gegrummelt hat, aber vielleicht war das vor Hunger, nicht vor Aufregung.«

»Die Dinge sehen gleich besser aus, wenn man etwas im Magen hat«, sagte Charles. »Ich hoffe, ich schaffe es, ins Revier zurückzugehen, ohne gleich jemandem an die Gurgel zu fahren.«

»Sie sind komisch«, sagte sie. »Ich dachte, Sie sind quasi immer die Ruhe selbst. Tut gut, zu sehen, dass auch ein Anwalt mal vor Wut an die Decke gehen kann.«

»Es ist nicht der Anwalt, der an die Decke geht, sondern der Mann, der sich um Katy sorgt«, sagte er leise. »Ich muss die Polizei unbedingt dazu bringen, noch heute Abend zu handeln.«

KAPITEL 17

Katy schleppte sich quer durch den Raum zum Wasserkessel. Jeder Schritt tat ihr weh, und der Plan, den sie sich zurechtgelegt hatte, hing völlig davon ab, ob Reilly wiederkam. Sie hatte in den letzten Stunden versucht, ihn mittels Willenskraft zu zwingen, hierher zurückzukommen, auch wenn ihr durchaus bewusst war, wie wenig wahrscheinlich es war, damit irgendetwas zu bewirken.

Aber für den Fall, dass er doch kam, musste sie vorbereitet sein, und der Kessel war ihre einzige Waffe. Sie füllte ihn mit Wasser und steckte ihn ein. Als Nächstes musste sie das Bett so weit wie möglich von der Tür wegschieben, damit mehr Platz blieb, wenn Reilly hereinkam.

Ihr gebrochener Arm und all die anderen Verletzungen flehten sie an, aufzuhören, aber ihre Entschlossenheit war stärker als jeder Schmerz. Zum Glück war es ein billiges Bett, das nicht viel wog, und schon bald hatte sie es auf die andere Seite des Raums bugsiert. Jetzt konnte sie sich daraufsetzen, neben sich den Kessel, der Heizstrahler einen Meter von der Tür positioniert. Wenn sie Reilly mit kochendem Wasser übergoss, würde er hoffentlich stolpern und direkt auf dem Heizgerät landen. Sicher hatte er die Schlüssel in der Hand, und sie könnte sie sich schnell schnappen.

Jetzt hieß es für sie, warten und beten.

Auf jemanden zu warten, von dem man wusste, dass er kam, war eine Sache, eine ganz andere aber, auf jemanden zu warten, der vielleicht nie kommen würde. Noch schlimmer war es, wenn man dabei starke Schmerzen litt und trotzdem gezwungen war, aufrecht zu sitzen, um sofort zuschlagen zu können. Katy wusste, dass Reilly nach dem Klicken des ersten Schlosses ungefähr zehn Sekunden brauchte, um die Treppe hinunterzugehen und die Kellertür aufzusperren, sie durfte also auf keinen Fall einschlafen, sonst konnte es leicht passieren, dass sie dieses erste Klicken nicht hörte. Außerdem musste sie immer wieder den Kessel anschalten, um sicherzugehen, dass das Wasser kochend heiß war, wenn er kam.

Sie nahm eins der Bücher, die er hiergelassen hatte, und fing noch einmal an, es zu lesen, aber weil sie mit ihren zugeschwollenen Augen nur verschwommen sah, ließ sie es bald wieder sein. Sie holte die Fünf-Pfund-Note, die in ihrem Portemonnaie steckte, und stopfte sie in ihren BH. Das war ihr Notgroschen. Wenn es ihr gelang, von hier zu entkommen, musste sie eine Telefonzelle suchen und die Polizei anrufen. Hoffentlich stand in der Telefonzelle die Adresse des Standorts, dachte sie, denn wie sollte sie der Polizei sonst erklären, wo sie war?

Katy war klar, dass sie blitzschnell in Bewegung kommen musste, wenn sie Reillys Schritte hörte, und das würde bei ihren schweren Verletzungen eine einzige Qual sein. Sie musste mit dem Kessel in der erhobenen Hand aufrecht stehen und sich in dem Moment, in dem Reilly stolperte und hinfiel, auf seine Schlüssel stürzen. Dann musste sie im Nullkommanichts zur Tür hinaus und hinter sich absperren. Wenn sie scheiterte, würde er den Kessel anstellen und sie selbst mit dem kochendem Wasser überschütten, das wusste sie.

Selbst wenn er eingesperrt war, konnte sie sich nicht zu hundert Prozent sicher sein, dass sie außer Gefahr war. Möglicherweise hatte er einen zweiten Satz Schlüssel bei sich. Aber wenn sie die Tür von außen abschloss und den Schlüssel stecken ließ, würde er länger brauchen, um sie wieder aufzubekommen. Er war viel stärker als sie und trug Schuhe, könnte also die Tür eintreten. Sie trug nur Socken, und wenn sie nicht gleich einen Ort fand, an dem sie in Sicherheit war, musste sie sich irgendwo verstecken.

Schließlich hatte sie keine Ahnung, wo sie war, nicht einmal, in welcher Stadt sie sich befand. Das Haus konnte an einer Hauptstraße liegen, im Wald, irgendwo. Sie würde nicht einmal wissen, in welche Richtung sie laufen sollte.

Bei dem Gedanken an all diese Unwägbarkeiten überlief sie ein kalter Schauer. So viel konnte schiefgehen. In der Schule hatten sie alle für mutig gehalten, weil sie vor keiner Herausforderung zurückscheute, aber im Moment fühlte sie sich kein bisschen mutig. Früher war sie auch eine gute Läuferin gewesen, aber jetzt war sie zu schwer verletzt, um zu rennen.

»Bitte, lieber Gott, gib mir Kraft, hilf mir, wenn er wiederkommt«, betete sie.

Sie hatte viel gebetet, seit sie hier war. Wenn es ihr gelang, von hier zu entkommen, dachte sie, würde sie sofort in die nächste Kirche gehen und ein Dankgebet sprechen. Jilly würde sich kaputtlachen. Sie regte sich ständig über die scheinheiligen Leute in Bexhill auf, die brav jeden Sonntag zur Kirche gingen, aber entsetzt waren, wenn Familien aus Westindien sich in der Stadt niederließen. Aber Katy war dazu erzogen worden, jeden Abend vor dem Schlafengehen zu beten, und das machte sie immer noch, auch wenn sie es Jilly gegenüber nie erwähnt hatte.

Sie hatte gerade alle drei Paar Socken über ihre Füße gezogen und den Wasserkocher wieder angestellt, als sie das Klicken des Schlosses hörte, auf das sie gehofft hatte. Mit einem Satz war sie auf den Beinen, packte den Kessel und lauschte angestrengt.

Jetzt fummelte er etwas unsicher an dem zweiten Schloss herum. Ob er getrunken hatte?

Die Tür ging nach links auf, Katy würde also einen Moment lang nicht zu sehen sein. Außerdem war Reilly bestimmt verwirrt, weil das Bett, das direkt vor der Tür gestanden hatte, nicht mehr am üblichen Platz war, und ließ sich deshalb hoffentlich leichter überrumpeln.

Die Tür ging auf. Der Geruch von Zigaretten und Alkohol wehte ihr entgegen. Sie konnte ihren eigenen Herzschlag hören.

»Na, hast du die Möbel umgestellt?«, fragte er und trat vor. »Wo steckst du? Auf dem Klo?«

»Nein, genau hier«, sagte sie und holte gleichzeitig schwungvoll mit dem Kessel aus. Ein Schwall kochend heißen Wassers erwischte ihn seitlich an der Schläfe, noch bevor er den Kopf wenden konnte.

Reilly stieß einen Schmerzensschrei aus, taumelte nach vorn und landete, wie sie gehofft hatte, auf dem Heizgerät.

Die Schlüssel in seiner rechten Hand fielen zu Boden. Katy stieg hastig über ihn hinweg, schnappte sich den Schlüsselbund und war schon im nächsten Moment zur Tür hinaus, die sie sofort hinter sich absperrte.

Allein diese wenigen Bewegungen auszuführen, hatte sie völlig erschöpft, und sie musste sich an die Wand lehnen und tief durchatmen, bevor sie auch nur versuchen konnte, die Treppe hinaufzugehen.

»Viel Spaß da drinnen!«, brüllte sie durch die geschlossene Tür. »Ich hoffe, die Verbrennungen tun höllisch weh, dann haben Sie einen Vorgeschmack, wie es ist, in der Hölle zu schmoren!«

Nur mühsam erklomm sie die Stufen. Vor der zweiten Tür blieb sie stehen, um kurz zu horchen, bevor sie hinausging und auch diese Tür abschloss. Reilly heulte wie ein kleines Mädchen.

Das linderte ihren Schmerz ein winziges bisschen.

Die zweite Tür war sehr dick und nicht nur mit dem Schlüssel abzusperren, sondern auch mit zwei schweren Riegeln, die sie sofort vorschob. Da würde Reilly nicht so leicht rauskommen!

Hinter der Tür befand sich ein kurzer Gang, an dessen Ende die Küche lag. Katy hatte nicht vor, ihre Zeit damit zu verschwenden, sich dort näher umzuschauen. Zur Linken war eine teilweise verglaste Tür, durch die sie erkennen konnte, dass es draußen dunkel war. Aber sie war abgeschlossen, und es gab keinen Schlüssel. Rechts führte eine weitere Tür in die Diele. Reilly hatte das Licht brennen lassen, war also mit Sicherheit von dort gekommen. Als Katy zur Haustür ging, entdeckte sie den Sicherungskasten und hätte vor Freude beinahe laut gelacht. Mit wahrer Wonne legte sie den Hauptschalter um, um Reilly der Kälte und der Dunkelheit zu überlassen.

Draußen dauerte es ein paar Augenblicke, bis sie sich an die Dunkelheit gewöhnt hatte. Es war wirklich stockfinster, keine Straßenlaterne, nicht einmal ein Lichtschimmer in der Ferne, der auf andere Häuser oder eine Ortschaft hinwies, und es war furchtbar windig und kalt. An dem erdigen Geruch merkte Katy bald, dass sie sich auf dem Land befand und dass der Weg vor Reillys Grundstück nicht einmal asphaltiert war.

Die Steine auf dem Weg bohrten sich in ihre Fußsohlen, und sie trat in eine Pfütze, weil sie nichts sehen konnte. Jetzt waren ihre Socken nass, und ihre Füße verwandelten sich allmählich in Eisklötze.

Reillys Wagen stand in der Nähe des Hauses; die Motorhaube war noch warm. Aber obwohl auch die Autoschlüssel am Bund hingen, half ihr das nicht weiter, weil sie nicht fahren konnte. Diese Fluchtmöglichkeit blieb ihr versagt.

»Die Stadt kann nicht weit weg sein«, sagte sie laut. Da der Winkel, in dem er geparkt hatte, darauf schließen ließ, dass er von rechts gekommen war, schlug sie diese Richtung ein. Jeder Knochen im Leib protestierte beim Gehen, und ihr gebrochener Arm hing schlaff herab und pochte schmerzhaft.

»Aber du bist frei«, rief sie sich in Erinnerung. »Auch wenn du nicht weißt, wo du bist.«

Auf dem Polizeirevier stellte man Charles jetzt schon zum dritten Mal immer wieder dieselben Fragen. Jilly war am Verzweifeln, weil niemand Anstalten machte, sofort zu diesem verfluchten Haus in St. Margaret's Bay zu fahren.

Auf einmal hatte sie genug von diesen Polizisten, die sie bloß anstarrten, von dem abgestandenen Geruch nach Rauch und vollen Aschenbechern, dem Hintergrundgeräusch von Leuten, die in anderen Zimmern herumschrien.

Sie stürzte zur Tür hinaus, die Stufen hinunter und weiter in Richtung *King's Head*. Dort fand sie John Sloane immer noch an der Theke vor, und erst jetzt fiel ihr ein, dass er kaum von Nutzen sein würde, wenn er die ganze Zeit getrunken hatte.

»War es Ihnen ernst, als Sie gesagt haben, Sie würden zu dem Haus von Reilly fahren?«, fragte sie ihn. »Wir waren heute Nachmittag dort, und jetzt ist Charles bei der Polizei und versucht, die Beamten dazu zu bringen, irgendetwas zu unternehmen. Aber die machen rein gar nichts! Würden vielleicht Sie oder einer Ihrer Freunde mit mir hinfahren und dort einbrechen? Ich weiß, das ist viel verlangt, aber ich werde einfach das Gefühl nicht los, dass Katy dort ist.«

Sloane schwankte leicht hin und her und blinzelte sie aus halb geschlossenen Augen an. »Ich bin zu voll, um irgendwohin zu fahren, Süße.«

»Das sehe ich, aber könnte mich nicht jemand anders begleiten? Bitte, John, ich habe solche Angst, dass Reilly sie umbringt!«

»Worum geht's denn, John?«, fragte ein anderer Mann mit Schultern, so breit wie ein Scheunentor. »Wo will die Dame hin?«

»St. Margaret's Bay, Kumpel«, sagte Sloane. »Hast du deine Karre da, Lance? Kannst du uns hinfahren?«

Jilly sah den hünenhaften Mann flehend an. »Es geht um meine Freundin Katy. Sie ist entführt worden, und ich glaube, sie befindet sich in einem Haus, das Ed Reilly gehört. Es liegt an einer unbefestigten Straße oben auf dem Hügel, ein Stück oberhalb der Stadt. Bitte, Lance, ich hab solche Angst um sie!«

Lance schien verwirrt. Er war vorhin nicht im Pub gewesen, wusste also nichts von den Zusammenhängen. Das schien auch Sloane zu begreifen, so betrunken er war.

»Hör zu, Kumpel, die Sache ist wirklich ernst. Ich erkläre dir alles unterwegs.«

Dass Sloane trotz seines Zustands auf dem Vorhaben beharrte, gab den Ausschlag. Lance erklärte sich einverstanden und grinste Jilly ziemlich dümmlich an.

»Wo steckt denn der feine Pinkel?«, fragte Sloane, als sie im Auto saßen und aus Dover hinausfuhren. Er saß auf dem Beifahrersitz, Jilly hinten. Als er sich zu ihr umdrehte, wehte ihr zwar immer noch eine starke Whiskyfahne entgegen, aber er schien ein bisschen nüchterner geworden zu sein.

»Auf dem Polizeirevier. Ich konnte es plötzlich nicht mehr ertragen, all diese Polizisten tatenlos herumstehen zu sehen«, sagte sie. »Ständig haben sie gefaselt, dass es Probleme gibt, wenn sie ohne Durchsuchungsbefehl in ein Haus eindringen. Aber ich kann heute Abend unmöglich nach London zurückfahren, solange ich nicht weiß, ob Katy tatsächlich in dem Cottage ist, tot oder lebendig.«

Sie berichtete, was Reilly sonst noch angestellt hatte. Als sie von dem Feuer erzählte, das er gelegt hatte und in dem zwei Frauen umgekommen waren, stieß Sloane einen Pfiff aus. »Scheiße, warum haben Sie mir das nicht schon heute Nachmittag erzählt? Der Typ gehört aufgeknüpft!«

»Das ist noch nicht alles. Katys Vater wurde der Brandstiftung beschuldigt und eingesperrt, und weil sie seine Unschuld beweisen wollte, hat sie angefangen, auf eigene Faust Detektiv zu spielen.«

»Wenn sie in diesem Haus ist, holen wir sie da raus«, sagte

Sloane mit fester Stimme. »Und keine Sorge, weil ich einen sitzen habe, Schätzchen. Ich arbeite am besten, wenn ich ein bisschen getankt habe.«

Die Kälte und die Schmerzen setzten Katy immer mehr zu. Ihr Arm tat furchtbar weh, und ihre Füße waren so nass und erfroren, dass sie bei jedem Schritt das Gefühl hatte, auf Messerspitzen zu laufen. Durch ihre dick verschwollenen Augen konnte sie kaum etwas sehen, schon gar nicht in der Dunkelheit die Steine erkennen, die immer wieder auf dem Weg lagen und sie zum Stolpern brachten.

»Bald hast du die Straße erreicht«, sagte sie laut. »Und irgendein Autofahrer wird kommen und dich mitnehmen.«

Aber kaum waren die Worte aus ihrem Mund, als sie schon wieder stolperte und hinfiel. Sie prallte mit der Stirn auf einen harten Gegenstand, und durch ihren Knöchel schoss ein stechender Schmerz.

Ein, zwei Sekunden lang sah sie Sterne.

Dann wurde ihr schwarz vor Augen.

»Jetzt kann es nicht mehr weit sein!«, rief Jilly und lehnte sich auf ihrem Sitz vor, um auf einen Kilometerstein zu zeigen, der am Straßenrand vom Scheinwerferlicht erfasst wurde. »Ich kann mich erinnern, den gesehen zu haben, kurz bevor der Taxifahrer anhielt, der Weg muss also irgendwo da vorn links abbiegen.«

Lance verlangsamte sofort das Tempo. »Ich hab Ed Reilly noch nie ausstehen können. Der war schon immer komisch, sogar als Kind.«

»Na ja, mit einer Mutter, die eine Trinkerin und Hure war und ein Balg nach dem anderen in die Welt gesetzt hat, konnte wohl nicht viel aus ihm werden«, meinte Sloane. »Guck mal da!« Er zeigte auf die Abbiegung.

»Der Taxifahrer wollte hier nicht weiterfahren, und wir mussten zu Fuß gehen«, sagte Jilly, als Lance in den Weg einbog und der Wagen über ein Schlagloch rumpelte. »Mann, ist die holperig!«

»Ich schick dir dann ne Rechnung für neue Stoßdämpfer«, sagte Lance. »Herr im Himmel, was ist das denn?«

Er trat scharf auf die Bremse. Im Licht der Scheinwerfer war etwas auf dem Weg zu erkennen, das wie ein Bündel aussah.

Wieder lehnte Jilly sich vor. »Rotblondes Haar – ich glaube, das ist Katy!« Sie schoss aus dem Wagen und rannte los, mitten durch eine Pfütze.

Die beiden Männer folgten ihr hastig.

»Es *ist* Katy! Sie ist bewusstlos«, rief Jilly über die Schulter zurück, während sie sich neben ihre Freundin kniete und ihr das Haar aus dem Gesicht strich, das übel zugerichtet war. »Was für ein Gemetzel! Der Kerl hat sie grün und blau geschlagen. Ohne ihre Haare hätte ich sie nicht erkannt. Können wir sie in den Wagen heben?«

»Herr im Himmel! Das sieht wirklich schlimm aus!«, rief Lance, als er bei Katy war und ein Streichholz anzündete, um einen Blick auf sie zu werfen. »Sollen wir sie überhaupt bewegen?«

»Wenn wir sie nicht schnell von hier wegschaffen, erfriert sie«, sagte Sloane. »Die arme Kleine! Na warte, bis ich den Mistkerl in die Finger bekomme!«

Er hatte das Gefühl, im Scheinwerferlicht einen Klumpen Fleisch zu sehen, kein menschliches Gesicht. Männer, die beim Raufen in Stücke zerlegt wurden, hatte er schon oft gesehen, aber noch nie eine Frau in einem derart entsetzlichen Zustand. »Nimm sie bei den Füßen, Lance, ich packe sie an den Armen. Dann ab auf den Rücksitz und ruckzuck ins Krankenhaus!«

Erst als Katy in Dover in der Notaufnahme des Krankenhauses versorgt wurde, dachte Jilly daran, auf dem Polizeirevier anzurufen und Charles mitzuteilen, was passiert war.

Katys Zustand war kritisch; sie verlor immer wieder das Bewusstsein. Ihr Arm, ein Knöchel und zwei Rippen waren gebrochen, dazu kamen eine Lungenentzündung und unzählige Verletzungen von den Schlägen, die Ed Reilly ihr verpasst hatte.

Charles war nach ihrem Anruf so schnell im Krankenhaus, dass Jilly sofort wusste, wie viel ihm an ihrer Freundin lag. Sein Gesicht war kreidebleich, seine Augen voller Angst.

»Wir dürfen noch nicht zu ihr«, sagte sie zu ihm, als er sofort in die Station stürmen wollte. Der Arzt hatte ihr mitgeteilt, es würde Wochen dauern, bis Katy sich erholt hätte, und vermutlich Jahre, bis die seelischen Wunden verheilt wären. »Sie ist wirklich in einem schlimmen Zustand und muss operiert werden, um die Brüche zu fixieren.«

»Ich war sauer auf Sie, als Sie plötzlich aus dem Revier verschwunden waren«, gestand Charles. »Ich hatte die blöde Idee, Sie wären nach London zurückgefahren. Ich hätte es wirklich besser wissen müssen.« Sein Blick wanderte zu Sloane und seinem muskulösen Begleiter. Die beiden warteten zusammen mit Jilly und wirkten genauso nervös wie sie. »Sie haben die Kavallerie gerufen?«

Die zwei Männer grinsten verlegen.

»Ich kann Ihnen gar nicht genug danken«, sagte Charles.

»Für ein Mädel in Nöten bin ich immer da«, sagte Sloane. »Sie hätten uns gleich mitnehmen sollen. Wir hätten Reilly zu Brei geschlagen.«

»Wie konnte Katy entkommen?«, fragte Charles. Er hatte diese neue Wendung der Ereignisse noch nicht wirklich verdaut.

»Das wissen wir nicht«, sagte Jilly. »Wir haben sie auf der Straße liegend gefunden. Das Einzige, was sie gesagt hat, als sie im Auto kurz zu sich kam, war: ›Bist du das wirklich, Jilly?‹ Aber gleich danach war sie wieder weg.«

»Dann wissen wir also nicht, wo Reilly ist?«, sagte Charles. »Nach Ihrem Anruf bei der Polizei, Jilly, meinte der Sergeant, sie würden direkt zu dem Cottage fahren. Aber wahrscheinlich ist er mittlerweile über alle Berge.«

Ed Reilly war keineswegs getürmt. Nachdem das Licht ausging, hatte er es geschafft, sich blind zum Bett vorzutasten. Die Verbrennungen an Gesicht und Hals taten höllisch weh, und noch dazu hatte er sich mit der Hand am Heizgerät verbrannt, als er darüber stolperte. Aber was am meisten wehtat, war die Tatsache, dass er von einem Mädchen ausgetrickst worden war.

Er wusste, dass er die erste Tür vermutlich eintreten, aber bei der zweiten mit Sicherheit scheitern würde. Sie war aus massiver Eiche – und bestimmt hatte Katy die Riegel vorgeschoben. Ihm blieb also nichts anderes übrig als zu warten, bis die Polizei kam.

Police Constable Withers ging sofort vom Gas, als sie in die Hart Lane einbogen. Weder er noch Perkins kannten Reillys Haus oder auch nur diese Straße; man hatte ihnen nur mitgeteilt, das Cottage wäre hinter Bäumen verborgen. Außerdem war der Weg voller Schlaglöcher, einige tief genug, um einen Achsbruch zu verursachen.

Withers wäre gern früher gekommen, eigentlich seit dem Moment, als dieser Anwalt aus London sie bestürmte, sofort zu überprüfen, ob Reilly das Mädchen dort festhielt. Aber Sergeant Forbes neigte nicht dazu, spontan zu handeln, geschweige denn, Vorschriften zu missachten. In Withers' Augen war der Mann ein absoluter Waschlappen. Wenn das Leben eines Menschen auf dem Spiel stand, konnte man ruhig mal ein paar Regeln brechen und etwas riskieren.

»Da steht sein Auto!«, rief Perkins und zeigte auf den Jaguar, der im Scheinwerferlicht ihres Polizeiwagens auftauchte. »Was meinst du, brauchen wir Verstärkung?«

»Unsere Schlagstöcke sind die Verstärkung«, sagte Withers grimmig. »Ich persönlich würde mich freuen, wenn er versucht, sich zu wehren. Nach allem, was wir gehört haben, hat er eine Abreibung mehr als verdient.«

»Nirgendwo Licht«, stellte Perkins fest, als sie ausstiegen.

»Ein guter Grund, die Tür einzutreten«, meinte Withers erfreut, und nach einem kräftigen Tritt seiner Stiefel in Schuhgröße 46 flog die Tür auf.

Withers drückte auf den Lichtschalter, aber nichts tat sich. Perkins leuchtete mit seiner Taschenlampe in die dunkle Diele und entdeckte den Sicherungskasten. »Der Strom ist abgedreht worden. Ob diese Katy das gemacht hat, bevor sie geflüchtet ist? Das wär ja ganz schön clever.«

Nachdem er die Hauptsicherung wieder eingeschaltet hatte, schauten sie in den ersten Raum zur Rechten. In dem Zimmer befand sich nichts außer einer schäbigen blauen Couch, bei deren Armlehnen schon die Füllung herausquoll. Alte Zeitungen lagen herum – die neueste über eine Woche alt –, und auf dem Fensterbrett stand ein übervoller Aschenbecher. Im Kamin fanden sich Asche und Anmachholz, die ausgeblichenen Chintzvorhänge waren zugezogen.

Im gegenüberliegenden Zimmer stand lediglich ein Doppelbett, auf dem ein Kissen und ein Schlafsack lagen.

Weiter ging es in die Küche im hinteren Bereich des Hauses. Es war wie eine Reise in die Vorkriegszeit: ein Tisch mit einer Wachstuchdecke, ein betagter Kohleofen, ein altmodisches Keramikspülbecken und eine Anrichte mit Klapptür und Emailverzierungen. Zum Kochen hatte Reilly einen Camping-Gaskocher benutzt. Gleich daneben standen ein Topf und eine Bratpfanne, und im Schrank fanden sich Konservendosen mit

Corned Beef, Suppe und Baked Beans. Aber es sah nicht so aus, als hätte er hier in letzter Zeit eine Mahlzeit zubereitet.

»Maxwell, der Immobilienmakler, hat gesagt, dass er das Cottage vor ein paar Jahren gekauft hat, um es herzurichten und darin zu wohnen«, bemerkte Withers nachdenklich. »Wenn das wirklich seine Absicht war, sollte man doch meinen, dass hier Säcke mit Zement, Bauholz und Sachen für Installationen herumliegen. Aber da ist gar nichts. Warum hat er mit der Arbeit noch nicht angefangen? Und wo ist er jetzt?«

Ein schwacher Laut ertönte. Die beiden Männer drehten sich um und entdeckten eine weitere Tür in dem kleinen Flur. Im Gegensatz zu allen anderen Türen war sie sehr massiv gebaut. Zwei schwere Metallriegel verschlossen sie von außen, und im Schloss hingen Schlüssel.

»Da wird er drin sein!«, rief Withers. »Bestimmt führt die Tür in den Keller. Schau dir diese Riegel an! Kein Mensch montiert solche Dinger an einer Innentür, es sei denn, er hat vor, jemanden darin einzusperren. Guter Gott, das Mädchen muss den Spieß umgedreht haben!«

»Wäre nicht schlecht, ihn ein paar Tage da drinnen schmoren zu lassen, um es ihm mit gleicher Münze heimzuzahlen«, grinste Perkins. »Aber ich fürchte, das können wir nicht machen.«

Wieder hörten sie ein Geräusch. Withers zog die Riegel zurück und sperrte die Tür auf. Die Treppe dahinter war steil, und unten befand sich eine weitere Tür.

»Polizei! Treten Sie von der Tür zurück und nehmen Sie die Hände hoch!«, befahl Withers mit lauter Stimme. Er warf Perkins einen Blick zu und grinste. »Der soll ruhig glauben, dass wir bewaffnet sind«, flüsterte er seinem Kollegen zu.

Perkins schloss die zweite Tür auf, und Withers, der erwartete, dass Reilly versuchen würde, sich an ihnen vorbeizudrängen und zu entwischen, hob seinen Schlagstock.

Aber stattdessen hockte der Mann auf dem Bett und presste ein Stück Stoff an sein Gesicht. Er rührte sich nicht und zeigte auch keinerlei Regung, als Withers zu ihm sagte, dass er wegen Entführung, Brandstiftung und zweifachen Mordes verhaftet wäre, und ihn anschließend über seine Rechte belehrte.

»Ich habe mit alldem nichts zu tun«, sagte Reilly schwach. »Sie haben den Falschen erwischt.«

»Na klar, Sonnyboy, und der Mond besteht aus Schimmel käse«, sagte Perkins. »Du hast das Falsche Mädchen erwischt, würde ich sagen. Die hat dir gezeigt, wo's langgeht.«

Withers legte dem Mann ziemlich unsanft Handschellen an. Erst jetzt bemerkten die beiden Polizisten die Verbrennungen, die sich über eine Gesichtshälfte zogen, und seine versengte Hand.

»Tut weh, was?«, sagte Withers.

Reilly nickte.

»Gut so. Sie haben Schmerzen mehr als verdient.«

Perkins ging als Erster die Treppe hinauf, gefolgt von Reilly. Withers bildete die Nachhut.

»Wir sollten lieber ein paar unserer Leute herschicken, um Beweismaterial zu sichern«, sagte Perkins. »Durch die aufgebrochene Eingangstür könnte schließlich jeder reinkommen.«

KAPITEL 18

In den ersten zwei Tagen im Krankenhaus nahm Katy kaum etwas von ihrer Umgebung wahr. Sie erinnerte sich vage, wie sie aus dem OP gekommen war, nachdem man ihre Brüche gerichtet und in Gips gelegt hatte, und dass eine Krankenschwester zu ihr gesagt hatte, man habe ihr ein Einzelzimmer gegeben. Aber die Schmerzmittel, die sie bekam, waren so stark, dass sie immer nur kurz zu sich kam, wenn ihr Blutdruck und ihre Temperatur gemessen wurden, und gleich darauf wieder einschlief.

Aber am dritten Tag war sie munter genug, um nach einem Spiegel zu fragen, und hatte sogar ein bisschen Appetit. Die Stationsschwester meinte, das wäre ein Beweis, dass Katys Genesung Fortschritte machte. Als Katy beim Anblick ihres zerschundenen Gesichts erschrak, zeigte sie zwar Verständnis, wies aber darauf hin, dass die Schwellung bereits zurückgegangen sei und die blauen Flecken bald verblassen würden.

Katy fand selbst, dass sie wegen ihres Aussehens nicht jammern sollte; immerhin hatte sie überlebt. Und wenn sie all die Blumen und Karten in ihrem Zimmer betrachtete, hatte sie das Gefühl, wirklich geliebt zu werden. Die extravaganten rosa Rosen waren zusammen mit einer hübschen Karte von Charles gekommen; er schrieb, er würde sie besuchen kommen, sobald es ihr besser ginge. Alle Angestellten von Frey, Hurst and Herbert hatten Blumen geschickt, ebenso Ken und Joan.

Am liebsten mochte sie die lustige Karte von Jilly. Sie zeigte eine Frau in einem flauschigen Bettjäckchen, die mit vollem Make-up im Bett lag und Schokolade aß, und der Text lautete: »Manche Leute machen einfach alles für ein bisschen Aufmerksamkeit.« Katy musste jedes Mal lachen, wenn ihr Blick auf die Karte fiel.

Dann kam zu Katys maßloser Überraschung ihre Mutter ins Krankenhaus. Sie trug ihren Mantel aus braunem Bisampelz mit dem dazu passenden Hut: Sachen, die sie nur zu ganz besonderen Anlässen anzog. Außerdem duftete sie nach dem Parfüm *Tweed*, was Katy sofort sonntägliche Kirchgänge in ihrer Kindheit in Erinnerung rief.

»Was machst du denn hier?«, rief Katy.

»Sieht so aus, als würde ich dich besuchen kommen«, antwortete Hilda, während sie einen kleinen Koffer aufs Bett hob und einen Strauß Frühlingsblumen darauflegte. »In dem Koffer sind frische Nachthemden und Waschzeug und Sachen zum Anziehen, wenn du nach Hause kommst. Da hast du dir ja eine schöne Suppe eingebrockt!«

Wenn Katy nicht so gerührt über den Besuch ihrer Mutter gewesen wäre, hätte sie sich über den vorwurfsvollen Ton geärgert, zumal sie sich immer noch recht elend fühlte. Aber dass Hilda extra von Bexhill gekommen war, bewies, dass ihr mehr an ihrer Tochter lag, als sie je zugeben würde.

»Ich freue mich so, dich zu sehen!«, sagte Katy und streckte ihren gesunden Arm aus, um ihre Mutter zu drücken.

Zu ihrer Überraschung trat Hilda näher und umarmte sie innig. »Ich habe mir solche Sorgen gemacht. Rob hat geglaubt, dass dieser Mann dich töten würde.«

»Hat er aber nicht, und ich habe es geschafft, ihm zu entkommen. Aber im Moment fühlt es sich nicht nach einem großartigen Triumph an, dafür tut mir alles noch viel zu weh.«

»Dein hübsches Gesicht ist ja ganz zerschlagen«, sagte Hilda und strich behutsam über Katys Wange. »Was für eine furchtbare Sache! Und wie dünn du geworden bist!«

»Das wird schon wieder. Immerhin habe ich jetzt wieder Appetit.« Katy wollte grinsen, aber jede noch so leichte Bewegung des Gesichts tat ihr nach wie vor weh. »Setz dich doch, Mum, und erzähl mir, wie es dir ergangen ist.«

Hilda zog einen Stuhl ans Bett und setzte sich, die Handtasche auf den Knien und mit beiden Händen fest umklammert, als hätte sie Angst, man könnte sie ihr entreißen. Katy wartete. Sie konnte förmlich sehen, was im Kopf ihrer Mutter vorging. Sollte sie sich entschuldigen? Einfach so tun, als hätte sie sich nie schrecklich verhalten? Vielleicht sogar hoffen, ihre Tochter könnte das Gedächtnis verloren haben?

»Na?«, sagte Katy betont.

»Es tut mir leid wegen der Dinge, die ich gesagt habe, und auch, dass ich nicht zugänglicher war, bevor du nach London gezogen bist. Aber ich hatte Angst um dich, und wie man sieht, hatte ich damit ganz recht.«

Katy hätte beinahe lachen können. Wie typisch für ihre Mutter, ihr Verhalten zu rechtfertigen!

»Du warst gemein, Mum«, sagte sie müde. »Aber jetzt bist du hier, also sollten wir vielleicht einen Schlussstrich unter das Ganze ziehen. Wie geht es Dad? Du hast ihm doch nicht wirklich das Haus verboten, als er freigelassen wurde, oder?«

»Nein«, sagte Hilda, und jetzt sah sie wirklich beschämt aus. »Er ist heimgekommen, und wir hatten ein langes Gespräch. Er hat mich heute hergebracht und kommt dich nachher mit Rob besuchen.«

Katy freute sich, dass ihre Eltern anscheinend versuchten, ihre Ehe zu kitten, und sie war überglücklich bei dem Gedanken, bald ihren Bruder wiederzusehen. »Das sind echt gute Neuigkeiten«, sagte sie. »Aber wenn ich wieder zu Hause bin, müssen wir uns richtig unterhalten, Mum. Es gibt so vieles an dir, was ich nicht verstehe, und ich denke, du solltest erklären, was in dir vorgeht, und auch über deine Vergangenheit reden. Machst du das?«

»Ich werde es versuchen«, sagte ihre Mutter und starrte zu

Boden, als wünschte sie, diese Heimsuchung wäre schon vorbei. »Soll das heißen, du gehst nicht mehr nach London zurück?«

»Doch, Mum. Auch wenn meine Stelle nicht mehr frei ist, möchte ich in London leben.«

»Dieser Charles… ist das dein Freund?«

»Ich war nur einmal mit ihm aus, Mum, von daher lässt sich nicht viel sagen.«

»Aber er ist wie ein Wahnsinniger herumgejagt, um dich zu suchen. Er war es auch, der uns angerufen hat, um uns zu sagen, dass du gefunden worden bist. Ehrlich gesagt, er klang, als wäre er in dich verliebt.«

Katy brachte ein glucksendes Lachen heraus. »Wer hätte gedacht, dass du so romantisch sein kannst!«

»Ich habe mir für dich immer einen guten, liebevollen Ehemann und ein schönes Zuhause gewünscht.«

»So wie du es hast?«

»Ja, ich habe das alles. Aber ich habe es wohl nicht immer zu schätzen gewusst. Michael Bonham, der Anwalt deines Vaters, war bei mir. Er hat mir erzählt, was manche Frauen mit ihren Ehemännern durchmachen. Jetzt ist mir klar, dass Gloria Reynolds eine sehr gütige Frau war.«

»Sag mal, bist du wirklich meine Mum oder eine Hochstaplerin?«, sagte Katy im Scherz. Sie konnte kaum fassen, dass ihre Mutter tatsächlich zugab, sich geirrt zu haben. »Wie geht es Rob?«, fragte sie, weil sie es für besser hielt, das Thema zu wechseln, statt auf weitere Entschuldigungen zu drängen.

»Seit du gefunden wurdest, hat er sich beruhigt, aber vorher war er völlig mit den Nerven fertig. Na ja, das waren wir alle.« Hilda hielt inne und umklammerte ihre Handtasche noch fester. Ihre Lippen bebten. »Du kannst dir einfach nicht vorstellen, welche Angst wir ausgestanden haben. Wir dachten wirklich, du wärst tot. Und alles, woran ich denken konnte, war, dass ich dir nie gesagt hatte, wie viel du mir bedeutest.«

»Oh, Mum!« Katys Augen füllten sich mit Tränen. Nie, nicht einmal in ihren wildesten Träumen, hätte sie sich vorgestellt, so etwas von ihrer Mutter je zu hören. »Ich habe auch viel an dich gedacht. Es hat mir geholfen, diese kalten, einsamen Stunden im Keller zu überstehen. Aber jetzt ist das alles vorbei, und ich kann es kaum erwarten, eine von deinen köstlichen Mahlzeiten vorgesetzt zu bekommen.«

Hilda stand auf und beugte sich vor, um ihre Tochter noch einmal zu umarmen und ihr einen Kuss auf die Wange zu geben. »Ich war sehr dumm, nicht wahr?«, sagte sie gepresst. »Michael Bonham hat mir erzählt, dass seine Frau ganz ähnliche Probleme hatte und deswegen Medikamente bekam, die ihr auch geholfen haben. Ich gehe gleich morgen zum Arzt. Mal sehen, ob er etwas für mich tun kann.«

»Sehr gut, Mum! Wir werden alle tun, was wir können, um dir zu helfen.«

»Im Moment bist du diejenige, die all unsere Hilfe braucht«, sagte Hilda. »Du hast Furchtbares durchgemacht. Du musst geglaubt haben, dass du sterben würdest. Und das wirst du so schnell nicht vergessen, wenn überhaupt.«

»Wer wird denn so schwarzsehen, Mum«, scherzte Katy. »Und ich dachte, ich kann schon in ein paar Tagen die Stadt unsicher machen.«

Zu ihrer Überraschung lächelte Hilda. »Du hattest schon immer die Gabe, die Dinge von der heiteren Seite zu nehmen. Aber jetzt gehe ich deinen Vater und deinen Bruder holen, sie können es kaum erwarten, dich zu sehen.«

Rob stürmte in das kleine Zimmer, umweht vom Geruch nach Frittiertem. Seine Eltern blieben ein wenig zurück.

»Du hast ausgiebig gefrühstückt, das kann ich riechen«, sagte Katy, als er sie umarmte. »So etwas könnte ich jetzt auch vertragen.«

»Und genau das bekommst du, sobald wir dich wieder daheim haben«, sagte Albert und schob seinen Sohn mit dem Ellbogen beiseite, damit auch er Katy in die Arme nehmen konnte.

»Du siehst ziemlich abgemagert aus«, stellte Katy fest. Sie hob ihre Hand und legte sie an die Wange ihres Vaters. Sie fühlte sich trocken und spröde an, wie ein verdorrtes Blatt.

»Das Essen im Gefängnis war grauenhaft. Und natürlich habe ich mir große Sorgen um deine Mutter und dich gemacht. Aber ein paar gute Mahlzeiten mit euch allen zusammen daheim, und alles ist wieder in Butter.«

Als sich die drei um ihr Bett scharten, dieses eine Mal friedlich vereint, spürte Katy, wie eine Woge von Liebe zu diesen Menschen in ihr aufstieg. Noch hatte sie nicht die Kraft, ihnen mehr von ihrer furchtbaren Erfahrung zu erzählen oder ihnen auch nur Fragen zu stellen. Vielleicht würde sie auch nie besonders viel über das Erlebte sprechen wollen, aber ihr Zuhause schien auf einmal der einzige Ort auf der Welt zu sein, an dem sie sein wollte.

»Ich habe mit deinem Arzt gesprochen, und er will dich noch mindestens eine Woche hierbehalten«, sagte Albert, als hätte er ihre Gedanken gelesen. »Deine Lungenentzündung ist noch nicht ausgeheilt, und außerdem muss er wissen, ob du außerhalb des Krankenhauses zurechtkommst. Schließlich ist nicht nur dein Knöchel gebrochen, sondern auch dein Arm, das heißt, dass du nicht an zwei Krücken gehen kannst, sondern mit einer herumhumpeln musst. Ich habe ihm versichert, dass wir dir ein Bett ins Erdgeschoss stellen und dich im Rollstuhl herumschieben können, aber er hat trotzdem Nein gesagt – fürs Erste jedenfalls.«

»Ich möchte so gern nach Hause«, seufzte Katy. »Und für euch ist die Fahrt zum Krankenhaus zu weit, um mich ständig besuchen zu kommen.«

»Wenn ich Rob und deine Mutter heimgebracht habe,

könnte ich zurückkommen und in Dover bleiben«, bot Albert an.

»Ach, Dad, das würde dir gar nicht gefallen. Du würdest dich zu Tode langweilen.«

»Sie hofft wohl, dass Charles sie besuchen kommt«, scherzte Rob. »Nach allem, was ich gehört habe, hat er die ganze Nacht, in der du gefunden wurdest, hier im Krankenhaus herumgehangen.«

»Wirklich?«, fragte Katy.

»Nicht nur er, Jilly war auch da. Sie sind erst gegangen, als der Arzt ihnen sagte, Besucher würde er einstweilen nicht erlauben«, warf Albert mit einem breiten Lächeln ein. »Das habe ich von der Dame am Empfang gehört. Ich kann es kaum erwarten, den Mann kennenzulernen, der alles in Bewegung gesetzt hat, um meine Tochter zu finden.«

»Jilly war genauso toll und auch sehr mutig«, fügte Hilda hinzu. »Sie hat ein paar Männer aus einem Pub überredet, sie zu diesem Haus zu fahren. Sie hat dich gefunden, draußen in der Kälte, bewusstlos in einer Schlammpfütze. Wenn sie gewartet hätte, bis die Polizei aktiv geworden wäre, wärst du vielleicht schon tot gewesen. Es tut mir schrecklich leid, dass ich immer so eine schlechte Meinung von ihr hatte.«

Katy konnte nur von einem Gesicht zum anderen schauen, das Herz voller Liebe. Sie wusste, dass sie darauf brannten, alles von ihr zu erfahren, aber sie fühlte sich zu schwach, um auch nur den Versuch zu machen, sich alles von der Seele zu reden. Sie hatte nicht einmal die Energie, zu fragen, was aus Reilly geworden war.

»Es ist so schön, euch alle zu sehen, und ich wünschte, ich wäre ein bisschen munterer«, sagte sie. »Aber ich bin echt müde, also ist es vielleicht besser, wenn ihr jetzt wieder nach Hause fahrt. Ehe ihr euch verseht, habt ihr mich wieder.«

Sie wirkten ein kleines bisschen enttäuscht, widersprachen

aber nicht. Rob sagte, er müsse am nächsten Morgen wieder zur Uni, und auch Albert meinte, es sei höchste Zeit, sich wieder um seinen Betrieb zu kümmern. »Damit keiner dort auf den Gedanken kommt, ich wäre überflüssig«, fügte er mit einem Lächeln hinzu.

Hilda trat ans Bett und umarmte Katy. »Ich kann es kaum erwarten, dich bei mir daheim zu haben und dir alle deine Lieblingsspeisen zu kochen«, sagte sie.

Katy winkte ihnen ein letztes Mal zu, als sie hinausgingen, und ließ sich dann in ihre Kissen zurücksinken. Die letzten Worte ihrer Mutter klangen ihr noch in den Ohren, und sie fragte sich, ob es ihr beim nächsten Mal nicht sehr viel schwerer fallen würde, ihr Zuhause zu verlassen.

*

»Charles, wie schön, dich zu sehen!«, rief Katy, als der junge Anwalt unerwartet mit einem riesigen Blumenstrauß zur Tür hereinkam.

Mittlerweile war eine Woche vergangen, seit sie Reilly entkommen war, und vier Tage seit dem Besuch ihrer Familie. Sie hatte allmählich schon geglaubt, Charles hätte das Interesse an ihr verloren oder wäre zu beschäftigt, um extra von London nach Dover zu fahren und sie zu sehen. Zum Glück hatte sie gestern die Krankenschwester gebeten, ihr die Haare zu waschen, und sie trug das neue himmelblaue Spitzennachthemd, das ihre Mutter ihr mitgebracht hatte.

»Ich wollte schon vor Tagen kommen, aber die Stationsschwester hat mir gesagt, dass deine Lungenentzündung nicht abklingt und du sehr erschöpft von den Besuchen der Polizei wärst.«

Ihr wurde klar, dass Charles täglich im Krankenhaus angerufen haben musste. Die Stationsschwester war ein ziemlicher

Drache. Sie beharrte darauf, dass Katy viel Ruhe brauchte und ihren gebrochenen Knöchel hochlagern musste und die Polizisten sie nicht mit ihren ständigen Fragen ermüden sollten.

»Jetzt ist die Lungenentzündung praktisch ausgeheilt, Gott sei Dank«, sagte Katy. »Es war ziemlich schlimm, immer wenn ich husten musste, hat es furchtbar wehgetan, und ich habe mich hundeelend gefühlt. Ich bin wirklich froh, dass ich in diesem Einzelzimmer bleiben kann. Da werde ich jedenfalls nicht von anderen Patienten angegafft, wenn wieder mal die Polizei kommt.«

»Es war auch wichtig, die Journalisten fernzuhalten«, sagte Charles. »Ein paar lungern gerade unten herum. Die lassen nicht so schnell locker.«

Charles setzte sich aufs Bett, beugte sich vor und küsste sie sanft auf die Lippen. Sie waren immer noch gesprungen und ein bisschen geschwollen, genau wie Katys Gesicht. Trotzdem bewirkte sein Kuss, dass ihr ein wohliges Prickeln über den Rücken lief.

»Hmm«, murmelte er. »Ich träume schon so lange davon, dich zu küssen.«

»Und es macht dir nichts aus, dass ich so ein schlimmer Anblick bin?«, fragte sie.

Er legte eine Hand zärtlich an ihre Wange. »Das bist du in meinen Augen überhaupt nicht. Für mich bist du das tapferste Mädchen, das ich je kennengelernt habe, und jeder blaue Fleck ist eine Auszeichnung für deinen Mut.«

»Oder für meine Dummheit«, meinte sie. »Hätte ich doch bloß irgendjemandem gesagt, wo ich hinwill, oder Ednas Notizbuch bei Ken und Joan gelassen! Aber genug von mir! Wie kommt es, dass du mitten in der Woche herkommen kannst? Hast du keine Klienten zu verteidigen?«

»Ich habe umdisponiert«, sagte er und strich ihr die Haare aus dem Gesicht. »Ich hatte zu große Sehnsucht nach dir, um noch länger zu warten. Erzähl mir, was passiert ist. Hat dich die Polizei mit ihren Fragen sehr genervt?«

»Meine Aussage zu machen war echt mühsam. Wir mussten das immer wieder durchgehen: was Reilly gesagt hat, was ich gesagt habe, wie er mich geschlagen hat und warum, alles bis ins kleinste Detail. Ich glaube, am meisten hat sie verwirrt, dass ich gesagt habe, er wäre manchmal eigentlich ganz nett gewesen.«

Sie erzählte Charles von der Nacht, in der sie krank war, und Ed ihr die Daunendecke und den Heizstrahler gebracht hatte und sogar bei ihr geblieben war. »Ich glaube, er wusste nicht, wie er mich töten soll«, erklärte sie. »Wahrscheinlich hat er davor zurückgeschreckt, es direkt zu machen, durch Erstechen oder Erdrosseln zum Beispiel. Wird man ihn hängen?«

Charles zuckte die Achseln. »Das bezweifle ich. Die Gegner der Todesstrafe bilden eine immer breitere Front, und grundsätzlich bin ich der Meinung, das ist auch gut so. Aber wenn ich daran denke, was Edward Reilly getan hat, fällt es mir schwer, Milderungsgründe für ihn zu finden.«

»Dann wird er lebenslänglich bekommen?«

»Ja, aber das wird nicht von heute auf morgen passieren. Es gibt noch einiges, was die Polizei näher untersuchen muss. Sie glauben, er könnte weitere Verbrechen begangen haben. Die Ehefrau des Chirurgen aus Hampstead und ihre Kinder werden immer noch vermisst; anscheinend hat Reilly sich mit ihr getroffen, als sie in der Nähe von Eastbourne lebte. Außerdem werden alte ungelöste Fälle, die ähnlich liegen, noch einmal aufgerollt. Was mich verwundert, ist, dass es ihm zwar gelungen ist, Gloria, Edna und die Frau des Arztes aufzuspüren, nicht aber Deirdre. Könnte die Fürsorgebeamtin im Whittington Hospital etwas ausgeplaudert haben? Oder vielleicht die ältere Dame in King's Cross? Von ihr werden wir allerdings nichts mehr erfahren, weil sie letztes Jahr gestorben ist.«

»Vielleicht gesteht er ja alles«, sagte Katy.

»Auch das bezweifle ich«, sagte Charles. »Ich hätte liebend gern Gelegenheit, ihn zu befragen und dahinterzukommen, wie er zu dem werden konnte, der er jetzt ist. Was ich von seinen Tanten und auch von Deirdre über ihn erfahren habe, ist sehr aufschlussreich. Und dann sagst du, dass er nett sein konnte und du den Eindruck hattest, dass er nicht wusste, wie er dich töten soll. Alles höchst faszinierend!«

»Also, ich will jedenfalls nicht mehr an ihn denken«, sagte Katy fest.

Charles lächelte und streichelte ihre Wange. »Nein, wohl kaum. Es war taktlos von mir, ihn überhaupt zu erwähnen. Außerdem würde ich viel lieber über uns reden.«

»Über uns?«

Er lächelte über ihr verwirrtes Gesicht. »Mist, jetzt habe ich schon wieder den Mund aufgemacht, ohne vorher nachzudenken. Weißt du, es ist so: Seit du verschwunden warst, konnte ich einfach an nichts anders denken als an dich, und irgendwie habe ich gehofft, dass es dir genauso geht. Aber für dich war es wohl wichtiger, ans Überleben zu denken, oder?«

»Ehrlich gesagt, ich habe ziemlich oft an dich gedacht«, gab sie zu und wurde vor Verlegenheit knallrot. »Du hast mich von meiner Angst vorm Verhungern abgelenkt.«

Charles grinste. »Also, das ist eine Premiere! So etwas hat noch niemand zu mir gesagt.«

Katy lächelte, wurde aber gleich wieder ernst. »Ich fürchte, eine Weile kann es kein ›uns‹ geben. Wenn ich entlassen werde, gehe ich nach Bexhill und bleibe dort, bis meine Brüche verheilt sind, also schätzungsweise sechs Wochen.«

»Ich könnte dich an den Wochenenden besuchen.«

Katys Herz machte einen Freudensprung. »Das fände ich toll, aber ich bezweifle, dass du die Gesellschaft meiner Mutter genießen würdest. Sie ist ein ziemlich harter Brocken.«

»Ich kann in einer Pension absteigen und dich daheim besuchen, meinetwegen auch im Rollstuhl herumschieben. Leg mir jetzt bitte keine Hindernisse in den Weg!«

»Ich werd's versuchen. Ich fürchte, ich habe Angst, es könnte dir langweilig werden, darauf zu warten, bis ich wieder ganz die Alte bin.«

Er rückte näher zu ihr und nahm sie in die Arme. »Ich möchte dir dabei helfen, wieder gesund zu werden. Damit meine ich nicht nur deinen Knöchel und deinen Arm, sondern dich als Ganzes. Niemand, der auf diese Weise entführt und eingesperrt wird und ständig um sein Leben fürchten muss, kehrt danach ohne Weiteres zur Tagesordnung zurück. Deshalb musst du bei deinen Eltern sein, die Geborgenheit deines Zuhauses spüren und wissen, dass du mit mir darüber sprechen kannst, wann immer dir danach zumute ist. Ob es sechs Wochen oder sechs Monate dauert, ist mir vollkommen egal. Ich werde dir helfen, das durchzustehen.«

Katy schmiegte sich an seine Schulter. Es tat unendlich gut, ihm so nah zu sein. Genauso wie sie es in dem Keller geschafft hatte, ihr Elend für kurze Zeit zu vergessen, indem sie an Charles dachte, konnte sie jetzt eine Anwandlung von Panik unterdrücken, indem sie seinen Duft nach Seife und Aftershave einatmete. Sie hatte niemandem, auch nicht den Ärzten und Krankenschwestern, von diesen Panikattacken erzählt, weil sie das Gefühl hatte, sie würden länger und intensiver, wenn sie darüber sprach.

Eine Polizistin, die zu ihr gekommen war, kurz nachdem Katy das Bewusstsein wiedererlangt hatte, hatte sie gefragt, ob Reilly sie vergewaltigt hätte.

»Nein, so war er nicht«, lautete Katys Antwort. Sie spürte, dass die Frau ihr nicht glaubte und vermutlich dachte, Katy würde es leugnen, weil sie sich schämte. Aber Reilly hatte tatsächlich keine Annäherungsversuche gemacht. Als er in jener Nacht, als Katy krank und völlig wehrlos war, bei ihr schlief, hatte er nicht einmal versucht, sie an sich zu ziehen. Dennoch ließ es seine Gewalttätigkeit ihr gegenüber seltsamerweise noch schlimmer erscheinen.

Aber schließlich hatte er sie nicht entführt, weil er eine Frau wollte, sondern nur, um zu verhindern, dass sie seine Verbrechen aufdeckte. Dann hatte er sie am Hals und wusste nicht, wie er sie wieder loswerden sollte.

Immer wieder musste sie an den Tag denken, an dem sie entkommen war. Was hätte er getan, wenn sie ihn nicht attackiert hätte? War ihm vielleicht eine Idee gekommen, wie er sie töten könnte? Oder hätte er sie einfach nur wieder in dem Keller zurückgelassen, weil er weder imstande war, sie umzubringen, noch sie freilassen konnte?

Er blieb ein Rätsel, und wahrscheinlich würde sie nie Antworten auf all ihre Fragen bekommen.

Bedeutete das, dass sie nie frei von ihm sein würde?

KAPITEL 19

»Wie schön, endlich wieder heimzukommen!«, seufzte Katy glücklich, als sie mit ihrem Vater über das Shakespeare Cliff Richtung Folkestone fuhr.

Es war ein strahlender, wolkenloser Tag, und das Meer unterhalb der Klippen zu ihrer Linken spiegelte das Blau des Himmels wider, als wollte es ihnen sagen, dass der Frühling vor der Tür stand. Hier und dort erspähten sie Mandelblüten und Flecken voll blühender Krokusse, Narzissen und Kamelien. Aber der Sonnenschein war trügerisch; es war immer noch sehr kalt.

Auch endlich wieder ihre eigenen Sachen zu tragen tat gut. Der schwarzweiß gestreifte Hemdkragenpullover, den ihre Mutter ausgewählt hatte, hatte ihr schon immer gut gefallen, und die weiten schwarzen Hosen verbargen das Gipsbein. Aber es war ein komisches Gefühl, nur einen Schuh zu tragen und am anderen Fuß eine dicke Wollsocke.

»Und es wird schön sein, dich wieder daheim zu haben«, sagte Albert und lächelte sie an. »Deine Mutter hat in den letzten Tagen wie im Rausch gebacken, genug Kuchen für ein Straßenfest. Vielleicht sollten wir tatsächlich so etwas machen; ständig erkundigen sich Leute nach dir und wollen wissen, wie es dir geht.«

»Die wollen doch bloß die grausigen Details hören«, meinte Katy. »Komisch, dass sie nicht auf die Idee gekommen sind, ihre Hilfe anzubieten, als man dich verhaftet hat.«

»Komm, sei nicht so«, ermahnte Albert sie. »Deiner Mutter tut es gut, sie plaudert jetzt tatsächlich mit anderen Frauen. Außerdem wohnen in unserer Straße viele Leute, die dich aufrichtig gernhaben.«

Katy war nicht überzeugt, ließ es aber dabei bewenden. Ihr Vater war nun mal einer jener Menschen, die in jedem nur das Gute sahen.

»Wie stehen denn jetzt die Dinge bei dir und Mum?«, fragte sie ihn. »Eine ehrliche Antwort, wenn ich bitten darf.«

»Viel besser«, sagte er. »Sie kann sich nicht über Nacht ändern, aber sie bemüht sich. Ich wünschte, ich könnte entschlüsseln, was in ihr vorgeht und was sie so …« Er brach ab, als wollte er es nicht aussprechen.

»So unausstehlich macht? Aufbrausend? Schwierig?«, schlug Katy vor. »Such dir etwas aus! Also, ich habe vor, der Sache auf den Grund zu gehen. Und ich werde nicht lockerlassen. Im Krankenhaus war ein Psychiater bei mir, ich habe ein paar gute Hinweise von ihm bekommen.«

»Was wollte er denn von dir wissen?«

Katy zuckte die Achseln. »Was ich empfinde, wenn ich an Reilly denke, ob ich Albträume von ihm habe, solche Sachen. Ich habe ihn gefragt, was mit Reilly passiert sein könnte … wie aus jemandem, der sich gut um seine kleinen Geschwister gekümmert hat, ein Mann werden konnte, der Frauen misshandelt, und letzten Endes ein Mörder. Der Psychiater meinte, es wäre der Hass auf seine Mutter gewesen, und dass Reilly in allen Frauen in seinem Leben quasi seine Mutter gesehen hat. Aber ich finde, das ergibt keinen Sinn. Charles hat gesagt, Deirdre ist eine nette, stille Frau, keine Schlampe oder Säuferin. Wie auch immer, nichts von dem, was der Psychiater gesagt hat, erklärt, warum Reilly Gloria und Edna töten wollte.«

»Weil sie ihm Deirdre genommen haben? Auch wenn es allein an seinem Verhalten lag, dass sie vor ihm geflohen ist. Und was sind das für Hinweise, die dir bei deiner Mutter weiterhelfen könnten?«

»Sie spricht nie über ihre Kindheit, oder?«

»Sie spricht überhaupt nicht über ihre Vergangenheit. Ich habe versucht, sie dazu zu bringen, aber sie wechselt regelmäßig das Thema. Und wenn ich nicht lockerlasse, wird sie böse.«

»Na ja, dann werde ich mal mein Glück bei ihr versuchen.«

»Viel Glück.« Albert lachte leise. »Ich denke, ich verziehe mich in meinen Schuppen, bis es überstanden ist.«

Er schwieg eine Weile und seufzte dann. »Es gibt da etwas, Katy. Etwas wirklich Schlimmes. Es steht mir nicht zu, es dir zu erzählen; das würde sie mir nie verzeihen. Aber ich glaube, du hast recht, es wird Zeit, die Skelette aus dem Schrank zu holen. Morgen arbeite ich den ganzen Tag, das könnte also eine gute Gelegenheit sein. Aber sei bitte nicht böse auf mich, wenn das Ganze total in die Hose geht.«

Katy jubilierte innerlich vor Freude, als sie zu Hause ankamen. Der Vorgarten war voller blühender Narzissen, und die große Kamelie, die sich an der Hausmauer emporrankte, war mit leuchtend roten Blüten besetzt.

Noch bevor ihr Vater den Motor abgestellt hatte, ging die Tür auf und ihre Mutter kam freudestrahlend herausgestürzt und riss die Beifahrertür auf. »Es ist so gut, dich wieder daheim zu haben«, sagte sie mit einer Wärme, die sie gewöhnlich vermissen ließ.

»Ich hole schnell den Rollstuhl aus dem Kofferraum«, sagte Albert.

Es überraschte Katy nicht, dass ihr Vater eine kleine Rampe gebaut hatte, um den Rollstuhl über die Schwelle zu bekommen; er hatte es schon immer gut verstanden, an alles zu denken. Sie schaffte es, auf einem Bein vom Auto zum Rollstuhl zu hüpfen, und er schob sie ins Haus.

»Dein Vater meint, du würdest lieber oben schlafen«, sagte Hilda, als Katy in die Küche gerollt wurde.

»Ja, stimmt. Ich kann auf dem Po die Treppe rauf und runter rutschen, und das nur einmal am Tag, weil wir unten ja auch ein Bad haben.«

»Kommst du da auch rein?« Hilda wirkte skeptisch.

»Na klar. Mit einem Arm kann ich mich auf der Krücke abstützen. Mach dir meinetwegen keine Sorgen, ich gewöhne mich bestimmt schnell daran.«

»Nun, ich gebe zu, ich war nicht wirklich erpicht darauf, dein Lager hier unten aufzuschlagen«, sagte Hilda und bewies damit, dass sie sich doch nicht so sehr verändert hatte, sondern nach wie vor extrem auf Ordnung bedacht war. »So, und jetzt trinken wir erst mal Tee, und du erzählst mir, was es Neues gibt. Ist die Lungenentzündung endgültig abgeklungen? Tut dein Knöchel weh? Dein Arm?«

»Die Lungenentzündung ist weg, in Arm und Knöchel ziept es manchmal noch ein bisschen. Aber ich hasse den Gips; es ist gar nicht so leicht, nachts damit zu schlafen.«

»Das muss nun mal sein«, sagte Hilda und sah ihre Tochter forschend an. »Du bist immer noch sehr blass und dünn, aber dein Gesicht sieht schon viel besser aus, und die Verfärbungen werden bald verblassen.«

Katy selbst fand, dass sie zum Fürchten aussah. Die anderen mochten ihr noch so oft versichern, dass sich ihr Aussehen bedeutend verbessert hatte, aber rund um ihre Augen leuchtete ihre Haut in allen Farben von Lila bis Gelb. Doch sie hatte sich geschworen, nicht darüber zu jammern. Immerhin konnte sie sich glücklich preisen, noch am Leben zu sein.

In dieser Nacht schätzte sie sich allerdings überhaupt nicht glücklich. Mühsam hatte sie sich rücklings die Treppe hinaufgehievt und war ins Badezimmer gehopst, nur um dort festzustellen, dass sie ihre Zahnbürste in ihrem Zimmer vergessen hatte. Also auf einem Bein zurückgehüpft, dann wieder ins Bad, um sich die Zähne zu putzen. Als sie endlich in ihrem Zimmer war, war sie völlig erschöpft.

Als sie im Bett lag, verfing sich der Gips an ihrem Bein mit der Decke und kratzte an ihrem anderen Bein. Ihr eingegipster Arm machte es ihr unmöglich, sich auf die rechte Seite zu drehen. Sie war gezwungen, auf dem Rücken zu liegen, und die Aussicht, noch fünf Wochen lang so schlafen zu müssen, war deprimierend.

Kaum hatte sie das Licht ausgeknipst, als auch schon die Erinnerungen kamen. Der Geruch des Kellers, die Kälte, der Hunger, die Angst. Sie spürte jeden Schlag, den Reilly ihr versetzt hatte, und sah immer wieder den irren Ausdruck in seinen Augen vor sich. Dennoch hatte es auch diese sanftere Seite an ihm gegeben. Er war wirklich nett gewesen, als es ihr so schlecht ging, und eine Zeitlang hatte sie sich tatsächlich eingebildet, es wäre eine Wende eingetreten und er würde sie freilassen.

Aber es war nicht nur die qualvolle Zeit in dem Keller, die ihr keine Ruhe ließ. Sie sehnte sich danach, ein Bad zu nehmen, etwas Hübsches anzuziehen, draußen spazieren zu gehen.

Wieder ein ganz normales Leben zu führen.

Katy wartete den folgenden Nachmittag ab, bis sie sich ihre Mutter vorknöpfte. Hilda gehörte nicht zu den Hausfrauen, die untätig herumsaßen. Vormittags war sie beschäftigt mit Putzen und Polieren, Waschen und Bügeln, Kochen und Geschirrspülen, und Katy hatte schon in früher Kindheit gelernt, dass nichts Hilda von dieser Routine abhalten konnte. Selbst wenn sie krank oder erkältet war, werkelte sie unermüdlich weiter.

Aber nachdem sie zu Mittag gegessen – selbst gemachte französische Zwiebelsuppe – und abgewaschen hatten, forderte Katy ihre Mutter auf, sich zu ihr an den Kamin zu setzen.

»Es gibt einiges zu bügeln, und ich muss noch schnell zu *Home & Colonial*, weil ich Käse brauche«, sagte Hilda und rang nervös die Hände, wie immer, wenn jemand sie unerwartet um etwas bat.

»Das Bügeln kann warten, und morgen wirst du mehr aus dem Lebensmittelladen brauchen als ein bisschen Käse«, sagte Katy. »Setz dich hin, Mum, es ist wichtig.«

Hilda kauerte sich auf die Sofakante und verschränkte die Hände im Schoß.

»Lehn dich zurück, Mum, und entspann dich. Du siehst aus, als wärst du bei einem Vorstellungsgespräch.«

»Was ist denn so wichtig?«, brauste Hilda auf. »Stimmt etwas nicht bei dir?«

»Bei mir stimmt alles, Mum, aber bei dir nicht. Im Krankenhaus hast du mir versprochen, mit mir zu reden, und jetzt ist es so weit. Fang bitte einfach damit an, wer deine Eltern waren und wo du aufgewachsen bist.«

Sie sah, wie sich die Gesichtszüge ihre Mutter verspannten. Viel lieber hätte sie über das Rezept für ihren Obstkuchen oder die Tatsache gesprochen, dass im Gästezimmer neue Vorhänge nötig waren.

»Da gibt es nicht viel zu erzählen«, sagte Hilda schließlich mit einem Seufzer. »Meine Eltern besaßen eine kleine Landwirtschaft in der Nähe von Salisbury. Sie züchteten Hühner und bauten Gemüse an und verkauften ihre Erzeugnisse in einem kleinen Schuppen beim Tor.«

»Geschwister?«

»Ich hatte einen älteren Bruder, Richard, aber er starb, als ich zwölf war. Irgendwas war mit seiner Leber nicht in Ordnung. Meine Eltern sind nie darüber hinweggekommen.«

Ein ganz schön schwerer Brocken, diese Neuigkeit, fand Katy und wunderte sich, wie jemand so etwas jahrelang für sich behalten konnte.

»Haben deine Eltern dir zum Vorwurf gemacht, dass du gesund warst?«

Hilda wirkte angesichts dieser Frage eher nachdenklich als verärgert. »Ja, ich denke schon. Weißt du, sie brauchten Richard für die schwere Arbeit, Graben und Umstechen und dergleichen. Ich hatte das Gefühl, dass sie mich für nutzlos hielten, obwohl ich Unkraut jätete, die Hühner fütterte und mich um die Beetpflanzen kümmerte, die wir aus Samen zogen und im Sommer verkauften. Sobald ich von der Schule nach Hause kam, musste ich arbeiten.«

»Was hast du dabei empfunden?«

Hilda runzelte die Stirn. »Empfunden? Als ich ein Mädchen war, hat es niemanden interessiert, was man empfindet. Das war einfach kein Thema.«

»Mag sein, aber ich wüsste trotzdem gern, wie du dich gefühlt hast.«

»Ausgenutzt, würde ich sagen. Ich träumte davon, ein Leben zu führen, wo ich Spaziergänge machen, faulenzen und Bücher lesen, hübsche Kleider tragen und viele Freundinnen haben konnte. Ich habe eigentlich nie eine richtige Freundin gehabt, weil ich einfach keine Zeit dafür hatte.«

»Und deine Eltern haben immer wieder darüber geredet, warum Richard bloß sterben musste, so lange, bis du dir gewünscht hast, du wärst an seiner Stelle gestorben?«

Hilda starrte ihre Tochter erstaunt an. Ihr Mund öffnete und schloss sich, aber es kam kein Wort heraus.

»Ich weiß, das klingt brutal, aber war es so?«, fragte Katy.

»Ja«, antwortete ihre Mutter zögernd. »Ich hatte das Gefühl, überhaupt nicht zu zählen, und manchmal wünschte ich mir, ich würde krank werden, damit sie sich mehr um mich kümmern.«

»Und was hast du gemacht, nachdem du die Schule verlassen hattest?«

»Ich ging mit vierzehn von der Schule ab, das war neunundzwanzig. Drei Tage in der Woche arbeitete ich als Wäschemagd bei den Colridges, das waren die Großgrundbesitzer in unserem Dorf, und die restliche Zeit bei meinen Eltern. Aber neunzehnhunderteinunddreißig starb meine Mutter ganz unerwartet, an einem Herzanfall, hieß es. Sie hatte sich immer schrecklich wegen der Wirtschaftskrise aufgeregt. Die Lage war für die meisten Menschen angespannt, es gab viele Arbeitslose, aber für uns änderte sich eigentlich nicht viel. Mein Vater versicherte ihr immer wieder, dass wir nie Hunger leiden würden, weil wir unsere Nahrungsmittel selbst anbauten und genug zum Verkaufen übrig blieb, um uns ein bisschen Geld einzubringen, aber sie war eine absolute Pessimistin.«

»Das tut mir leid. Dann bist du mit deinem Vater allein zurückgeblieben? Wie war das? Du warst doch noch viel zu jung, um ohne Mutter auszukommen.«

Hilda lief eine Träne über die Wange. »Es war furchtbar. Jeden Abend ging er in die Kneipe und blieb den halben Tag im Bett liegen. Ich musste versuchen, alles allein zu bewältigen. Mein Vater rührte keinen Finger mehr. Weil wir kein Geld für Futter hatten, verkaufte er die Hühner und vertrank das Geld. Ohne Eier, die wir verkaufen konnten, und mit immer weniger Gemüse zum Essen oder Verkaufen waren wir erledigt. Er war so gemein zu mir; er nahm mir das Geld weg, das ich mit der Wäsche verdiente, und vertrank es einfach. Und er verprügelte mich. Irgendwann konnte er die Pacht nicht mehr bezahlen, und wir verloren den Bauernhof. Mrs Colridge hatte Mitleid mit mir und stellte mich als Hausmädchen ein. Den meisten Dienstboten hatte sie kündigen müssen, weil es auch für sie und ihren Mann schwere Zeiten waren. Darum war ich bei ihnen so etwas wie das Mädchen für alles.«

Katy hatte das Gefühl, die Erklärung für viele Eigenheiten ihrer Mutter bekommen zu haben. Ihre Knauserei, die Missbilligung von Alkohol, ihre Unfähigkeit, einmal fünfe gerade sein zu lassen. Tröstend legte sie ihre Hand auf die ihrer Mutter.

»Kein Wunder, dass du nie über diese Zeiten sprichst«, sagte sie. »Das muss wirklich schlimm gewesen sein.«

»Bei den Colridges war es besser als bei meinem Vater«, sagte Hilda. »Wenigstens bekam ich genug zu essen und wohnte in einem anständigen Haus, und niemand brüllte mich an oder schlug mich. Mrs Colridge war eigentlich recht nett. Sie verließ sich völlig auf mich.«

»Und dein Vater? Was wurde aus ihm?«

»Er hat sich zu Tode getrunken«, spie Hilda heraus und verriet damit, wie viel Bitterkeit sie immer noch empfand. »Ein paar Mal hat er versucht, Geld aus mir herauszuholen, aber ich verdiente nicht viel und wollte es ihm nicht für seine Trinkerei geben. Er wurde tot in den Wäldern gefunden, kurz vor Kriegsausbruch. Er lebte wie ein Vagabund und starrte vor Schmutz. Eine richtige Schande!«

Jetzt verstand Katy, warum ihre Mutter so hohe Ansprüche in puncto Reinlichkeit, Ordnung und Selbstbeherrschung stellte. Aber sie wollte unbedingt etwas über diese »schlimme Sache« erfahren, die ihr Vater erwähnt hatte, und durfte jetzt nicht lockerlassen.

»Wie furchtbar für dich, Mum«, sagte sie. »So demütigend und auch sehr traurig. Bist du damals weggegangen, um Arbeit für den Krieg zu leisten?«

Falls Hilda das Gefühl hatte, das Thema Vater wäre recht kurz abgehandelt worden, ließ sie es sich nicht anmerken.

»Ja, ich meldete mich zum Kriegsdienst und wurde in eine Fabrik nach Southampton geschickt.«

»Damals warst du vierundzwanzig. Wie hat dir die Fabrikarbeit gefallen? Das muss doch nach dem Leben in einem kleinen Dorf sehr ungewohnt für dich gewesen sein.«

»Es hat mir wirklich sehr gefallen. Ich verdiente gut, lernte andere Mädchen in meinem Alter kennen, und weil wir alle fort von daheim waren, hatten wir viel gemeinsam. Die Arbeit war eintönig, laut und schmutzig. Wir bauten kleine Teile für Panzer und Flugzeuge, alles Mögliche. Aber an den Samstagabenden konnten wir tanzen gehen, und ich fand es schön, mit den anderen zusammenzuleben. Ich war immer diejenige, die den Hausputz erledigte.«

Katy musste lächeln. Sie konnte sich ihre Mutter in der Rolle der Haushälterin gut vorstellen. »Und gab es auch ein bisschen Romantik? Jungs?«

»Ja, da gab es ein paar junge Burschen, aber ich war zu scheu, um mich in ihrer Gesellschaft wirklich wohlzufühlen. Hübsch war ich auch nicht. Ich bin mir so unbeholfen vorgekommen.«

»So geht es uns allen«, sagte Katy. »Ich hatte vor meinen ersten Tanzveranstaltungen richtige Panik und habe immer wieder zu Jilly gesagt, dass ich auf keine Partys mehr gehen will. Wie hat sich dann alles für dich verändert? Du hast Dad kennengelernt, und alles war gut?«

»Was soll das eigentlich? Ist das ein Verhör?«

Katy erschrak über den plötzlich so aggressiven Ton ihrer Mutter. Bis jetzt hatte sie den Eindruck gehabt, dass ihr Gespräch ganz gut verlief.

»Ein Verhör?«, wiederholte sie. »Es interessiert mich einfach, etwas über deine Vergangenheit zu hören, wie du als junges Mädchen warst, wie du Dad kennengelernt hast. Darüber müssen wir reden, Mum. All diese Dinge haben dich geprägt und zu dem Menschen gemacht, der du heute bist. Diese schreckliche Erfahrung mit Reilly würde sich wahrscheinlich auch auf mich auswirken, wenn ich nicht darüber reden könnte.«

»Wie kommst du darauf, dass ich eine schreckliche Erfahrung gemacht habe?«

»Weil du irgendetwas verbirgst, Mum. Und schöne Erlebnisse verheimlicht man im Allgemeinen nicht.«

»Du hältst dich für so schlau!«, fuhr Hilda ihre Tochter an, sprang auf und starrte Katy beinahe hasserfüllt an. »Du hast schon immer geglaubt, dass du alles weißt. Na schön, du weißt *nicht* alles, und manche Dinge, die Menschen passieren, bleiben besser in der Vergangenheit.«

»Mum, ich möchte dich doch nur verstehen«, sagte Katy ruhig. »Ich habe viel gebetet, als ich in diesem Keller eingesperrt war. Und ich habe viel an dich und Dad und Rob gedacht. Ich war sicher, dass ich nicht am Leben bleiben würde, aber ich dachte mir, wenn Gott mich verschont, muss ich versuchen, zu dir durchzudringen, herauszufinden, was dich manchmal so unglücklich macht – und dir vielleicht helfen, damit es dir besser geht.«

»Mir kann niemand helfen, und wenn ich es dir erzähle, wirst du mich hassen.«

»Hast du jemanden umgebracht? Eine alte Dame überfallen oder ein Kind verletzt?«

»Nein, natürlich nicht«, erwiderte Hilda erzürnt und setzte sich wieder hin, blieb aber auf der Sofakante hocken.

»Na ja, das wären die einzigen Sachen, für die ich dich hassen könnte«, meinte Katy. »Es wäre mir egal, wenn du eine Bank ausgeraubt, eine Katze ertränkt oder in Hastings nackt auf dem Pier getanzt hättest. Jeder hat schon mal etwas gemacht, von dem er glaubt, andere würden ihn dafür hassen. Und meistens irren sich die Leute damit.«

Sie streckte eine Hand nach ihrer Mutter aus, aber Hilda stieß sie weg. »Lass mich in Ruhe, Katy. Das willst du nicht wissen; es ist zu schlimm.«

Katy sah, dass ihre Mutter weinte. Dicke Tränen kullerten geräuschlos ihre Wangen hinunter. »Ich will es aber wissen, ganz gleich, wie schlimm es ist. Ich verspreche dir, dich nachher noch ganz genauso lieb zu haben.« Sie legte beide Arme um ihre Mutter und zog sie an sich. »Na los, komm schon! Du kannst es mir ins Ohr flüstern, wenn du es nicht laut aussprechen magst.«

Eine Weile sagte Hilda nichts. Ihre Schultern bebten, und

Katy spürte die Nässe ihrer Tränen auf ihrem Pullover, aber ihre Mutter gab keinen Laut von sich.

»Ich wurde vergewaltigt.«

Es kam im Flüsterton heraus, aber so leise es war, Katy konnte es deutlich hören.

»Erzähl mir davon«, sagte sie.

»Das kann ich nicht.«

»Doch, das kannst du. Erzähl einfach, wo du warst, wer bei dir war. Ich denke, den Rest kann ich mir zusammenreimen, ohne dass du ins Detail gehen musst.«

Wieder herrschte eine Weile Schweigen. Katy wartete geduldig. Sie spürte, dass ihre Mutter es brauchte, diese Geschichte zu erzählen.

»Vier von uns gingen zu einer Tanzveranstaltung in Aldershot«, sagte Hilda schließlich. »Nancy, eins der anderen Mädchen, hatte einen Freund, der dort stationiert war, und arrangierte für uns eine Mitfahrgelegenheit. Ich hatte mir ein neues Kleid genäht, rosa mit weißen Blumen drauf, und die Mädchen fanden mich sehr hübsch darin. Und ich fühlte mich auch hübsch. Es war ein warmer Abend, und ich war voller Vorfreude.« Sie machte eine Pause. »Und es war auch schön. Die Halle war mit Papiergirlanden und Ballons dekoriert, und die Band war erstklassig. An diesem Abend tanzte ich mit vielen Männern, und ich hatte einige Drinks, weil wir ein bisschen Gin mitgenommen hatten. Ich fand mich endlich nicht mehr so schüchtern und linkisch, und ich war richtig glücklich. Aber es wurde in der Halle sehr warm, und irgendwann ging ich raus, um frische Luft zu schnappen.«

Sie löste sich von Katy, richtete sich auf und starrte in die Ferne, als wäre sie wieder in dieser Halle.

»Das Gebäude befand sich an einer schmalen Landstraße, und natürlich brannte wegen der Verdunkelung nirgendwo Licht. Aber der Mond schien hell, und ich ging ein Stück von der Halle weg. Ich hörte Enten quaken, sie waren sogar noch lauter als die Musik. Da war ein Teich, und der Mond schien direkt auf das Wasser und die Enten, die im Kreis herumschwammen, und machte alles taghell. Und dann war plötzlich dieser Mann da. Er war nicht in Uniform, sondern trug ein offenes Hemd und eine dunkle Hose. Er machte eine Bemerkung, wie hell der Mond schien, und fragte mich, wo ich herkomme. Er hatte eine sehr kultivierte Stimme, und er sah nett aus mit seinem hellen Haar, das im Mondlicht schimmerte. Ich flirtete ein bisschen mit ihm, und er schlug vor, einen kleinen Spaziergang zu machen. Ich weiß selbst nicht, warum ich mich darauf einließ, ich kannte ja nicht mal seinen Namen. Wahrscheinlich dachte ich, es wäre eine gute Geschichte, um sie den anderen Mädchen zu erzählen, ein kleines Abenteuer. Aber es war kein Abenteuer, ganz und gar nicht. Er fasste mich an der Hand, zog mich weg vom Weg in die Büsche und fing an, mich zu küssen. Ich bekam es mit der Angst und sagte, ich müsste zurück, und da schlug er mir ins Gesicht, so fest, dass ich hinfiel. Er hatte so eine Art Halstuch umgebunden und in den offenen Hemdkragen gesteckt. Das riss er ab und knebelte mich damit. Und dann machte er es mit mir. Es tat schrecklich weh, und ich versuchte, mich zu wehren, aber er war zu stark für mich und schlug mich immer wieder und wieder. Als er fertig war, stand er auf, versetzte mir einen richtig brutalen Tritt in den Bauch und verschwand.«

Katy konnte kaum glauben, was sie gehört hatte. Es wäre in jedem Fall schockierend gewesen, so etwas zu hören, egal, wem es passiert war, aber zu wissen, dass es ihrer Mutter zugestoßen war, dieser auffallend zurückhaltenden und gehemmten Frau, machte es ungleich schlimmer.

»Oh, Mum, wie furchtbar!« Jetzt weinte auch Katy. Sie nahm ihre Mutter wieder in die Arme. »Was hast du dann gemacht?«

»Ich schaffte es, das Halstuch abzunehmen, und rief um

Hilfe. Ich versuchte aufzustehen, aber ich konnte einfach nicht das Gleichgewicht halten, so sehr tat mir mein Bauch weh. Und dann war plötzlich dieser Soldat da. Er kam angelaufen und half mir auf. Ich musste ihm nicht erklären, was passiert war. Mein Schlüpfer lag noch auf dem Boden, wo der Mann ihn hingeworfen hatte. Der Soldat half mir, ihn wieder anzuziehen.«

»Bist du zur Polizei gegangen?«

»Nein. Ich wusste, wie das ausgehen würde. Man würde denken, es wäre meine Schuld, weil ich mit dem Mann ins Gebüsch gegangen war.«

»Aber wollte denn der Soldat, der dir geholfen hat, nicht die Polizei holen?«

»Ja, aber ich habe es verhindert. Ich habe ihm gesagt, es würde für mich bloß alles schlimmer machen, ich könnte sogar meinen Job verlieren.«

»Deinen Job verlieren! Ein Mann vergewaltigt dich, und auf einmal bist du die Böse?«

»So war das damals eben.« Hilda zuckte mit den Schultern. »Wahrscheinlich ist es heute nicht viel besser. Wie auch immer, der Soldat ging zu der Tanzveranstaltung zurück und sagte meinen Freundinnen, er würde mich heimbringen. Und das hat er auch gemacht, in einem Jeep der Armee. Er war so nett!«

»Hast du je herausgefunden, wer der Mann war, der dich vergewaltigt hat?«

»Nein. Ich habe nie jemandem davon erzählt. Als die anderen heimkamen, lag ich schon im Bett.«

»Aber wie konntest du mit einem so schrecklichen Geheimnis leben?«

»Es gab ja jemanden, der davon wusste. Der Soldat, der mir geholfen hat. Er kam mich immer wieder besuchen, und mit ihm habe ich auch darüber gesprochen.«

»Wie war sein Name?«

»Corporal Albert Speed.«

Einen Moment lang glaubte Katy, ihre Mutter hätte da etwas durcheinandergebracht.

Aber Hilda wiederholte den Namen und sah ihre Tochter unverwandt an.

»Dad!«, rief Katy. »So habt ihr euch kennengelernt?«

KAPITEL 20

»Dad!«, wisperte Katy. Es schockierte sie zutiefst, dass ein so grauenhaftes Ereignis ihre Eltern zusammengeführt hatte.

»Ja, Albert. Wenn er nicht gewesen wäre, hätte ich mich wahrscheinlich umgebracht. Glaub mir, Katy, ich war buchstäblich die Unschuld vom Lande und völlig ahnungslos, was *das* anging.«

Katy wusste, dass ihre Mutter Sex meinte. Über dieses Thema hatte sie kaum jemals offen gesprochen, nur in vagen Andeutungen, meistens mit geschürzten Lippen, als wäre allein die Vorstellung abstoßend. Katy bezog all ihre Kenntnisse über menschliche Fortpflanzung und körperliche Beziehungen zwischen Mann und Frau aus Büchern und von ihren Freundinnen. Etwaige Lücken hatte Jillys Mutter fröhlich und unverblümt gefüllt.

Jetzt war Katy klar, warum ihre Mutter nicht darüber sprechen konnte. Aber hätte ihr die Tatsache, dass sie seit diesem Vorfall zwei Kinder bekommen hatte, nicht darüber hinweghelfen sollen?

»Und Dad ist nicht mit dir zur Polizei gegangen?«

»Das wollte er, aber ich habe es abgelehnt.« Hilda hob trotzig das Kinn. »Ich konnte doch unmöglich mit einem Polizisten über so etwas reden. Außerdem hatte ich Angst, man könnte behaupten, es wäre meine Schuld gewesen. Ich hatte getrunken, und ich war mit dem Täter im Dunkeln spazieren gegangen.«

Dafür hatte Katy Verständnis. Eine Schulfreundin von ihr war zur Polizei gegangen, nachdem sie vergewaltigt worden war, und dort hatte man ihr gesagt, sie hätte sich eben von dem

Mann nicht nach Hause fahren lassen sollen. Von Mitleid keine Spur.

»Wann war das, Mum?«, fragte Katy.

»Ende Juni neunzehnhundertvierzig. Wir waren zu dem Tanz nach Aldershot gefahren, weil der Liebste meiner Freundin, genau wie Albert, einer der Soldaten war, die beim Rückzug aus Frankreich dabei waren und bei Dünkirchen gerettet wurden. Sie hatten beide das Glück, unversehrt nach Hause zu kommen.«

Katy hatte nicht einmal gewusst, dass ihr Vater in Dünkirchen gewesen war. Aber er machte ja immer nur Scherze, wenn es um seine Zeit bei der Armee ging.

»Was hast du getan? Einfach weitergemacht, als wäre nichts geschehen?«

Hilda starrte ihre Tochter aus trüben Augen an. »Das habe ich versucht. Aber manche Dinge kann man einfach nicht vergessen. Es war Albert, der mich aufrecht hielt. Er schrieb mir, und drei Mal nahm er den Zug und kam mich besuchen.«

»Wurde England damals schon bombardiert?«, wollte Katy wissen.

»Nein, wir hatten damals den sogenannten Sitzkrieg, als alle noch warteten, ob und wann etwas passiert. Aber nach Dünkirchen fegten die Deutschen durch Europa. Holland, Belgien, Frankreich – alle diese Länder fielen. Und Anfang Juli kam es zu den ersten Bombardierungen tagsüber in England. In London begann der Blitzkrieg am 23. August, aber für uns in Southampton fing die schlimmste Zeit Ende November an.«

»Blieb Dad in Aldershot stationiert?«

»Nein, sein Regiment wurde nach Nordafrika geschickt. Damals wusste ich nicht, wo er war – das durften die Soldaten niemandem sagen –, aber er schrieb mir. Ich arbeitete weiter, und es war sehr beängstigend, als die ersten Bomben auf Southampton fielen. Die Stadt war ein Hauptangriffsziel, nicht nur wegen des Hafens und der Schiffe, sondern auch wegen der Fabriken, die alles von Gewehren bis hin zu Panzern herstellten. Wir lebten alle in ständiger Angst. Ich glaube, deshalb habe ich gar nicht mitbekommen, dass ich in anderen Umständen war.«

»Oh, Mum!«, rief Katy. »Der Vergewaltiger hatte dich geschwängert?«

»Nun, ein anderer kam ja nicht in Frage«, gab Hilda indigniert zurück.

Auf einmal traf Katy die Erkenntnis wie ein Blitz aus heiterem Himmel. Sie war im März 1941 zur Welt gekommen.

Sie war das Kind des Vergewaltigers.

Es war, als würde sie in einen tiefen Abgrund stürzen. Kindheitserinnerungen jagten bruchstückhaft durch ihren Kopf, als hätte sie eine letzte Gelegenheit, noch einen flüchtigen Blick auf alles zu erhaschen, was ihr lieb und teuer war, bevor es ihr endgültig entrissen wurde.

»Dann hat Albert dich aus Mitleid geheiratet?«, stieß sie entsetzt hervor. »Und du hast mich all die Jahre in dem Glauben gelassen, er wäre mein Vater? Wie konntest du das tun?«

In der Hitze des Augenblicks vergaß Katy ihren gebrochenen Knöchel und sprang auf, um sich so weit wie möglich von ihrer Mutter zu entfernen. Doch schon beim ersten Schritt sank sie auf die Couch zurück und brach in Tränen aus. Ihre ganze Welt zerfiel in Trümmer, und sie konnte nicht davonlaufen.

»Es tut mir leid, Katy. Ich war zu direkt; ich hätte dir nie erzählen dürfen, was mir passiert ist. Aber nachdem ich erst einmal angefangen hatte, darüber zu reden, musste ich bis zum bitteren Ende weitermachen. Du wolltest die Wahrheit hören. Jetzt kennst du sie.«

»All die Jahre! All diese aufgestaute Wut, mit der ich zurechtkommen musste, dein ständiges Belauern und Nörgeln. Du hast die ganze Schlechtigkeit dieses Mannes in mir gesehen, oder?«

Jetzt weinte auch Hilda. Tränen liefen über ihr Gesicht. »Nein, ich habe nie etwas Schlechtes in dir gesehen. Ich habe nicht einmal mehr daran gedacht, wer dein Vater ist – nicht seit dem Moment, als du geboren wurdest und ich dich in meinen Armen hielt. Albert ist in jeder Hinsicht immer dein Vater gewesen. Ständig hat er mir geschrieben und sich nach dir erkundigt, und als er im Juli einundvierzig heimkam, hat er mich gefragt, ob ich ihn heiraten will.«

»Und was hat ihm diese Ehe eingebracht?« Katy war so böse auf ihre Mutter, dass sie ihr wehtun wollte. »Eine kalte, bittere Frau mit dem Kind eines Vergewaltigers. Seit ich denken kann, hast du ständig auf ihm herumgehackt, nichts war jemals gut genug für dich. Warum in aller Welt hat er dich gewollt?«

»Er sagt, dass er sich an jenem Abend nach dem Tanz in mich verliebt hat, als er mich nach Hause fuhr. Aber ich habe ihm nicht geglaubt. Welcher Mann würde schon verdorbene Ware wollen?«

»Dann hast du ihn also nur ausgenutzt? Willst du das damit sagen?«

»Nein, Katy, so war es nicht. Ich habe mich auch in ihn verliebt. Er war so gütig, so sanft und doch stark. Wenn ich nicht vergewaltigt worden und ihm unter anderen Umständen begegnet wäre, hätte ich mich einfach in ihn verliebt, und alles wäre gut gewesen, ein Traum, der wahr geworden wäre. Die Vergewaltigung hat alles in mir zerstört. Aber du darfst nicht denken, ich hätte Albert ausgenutzt. Ich habe mich auf ihn gestützt, weil ich niemanden sonst hatte, aber ich habe ihn damals geliebt und liebe ihn noch heute.«

So zornig und verletzt Katy auch war, hörte sie dennoch die Wahrheit aus Hildas Worten heraus. Aber so leicht würde sie ihre Mutter nicht davonkommen lassen.

»Immer, wenn ich dich gefragt habe, warum ich rotes Haar und grüne Augen habe, obwohl du, Dad und Rob alle braunäugig und dunkelhaarig seid, hättest du mir die Wahrheit sagen können.«

»Kannst du mir verraten, wie man einem Kind sagt, dass sein Daddy nicht sein Daddy ist? Oder dass man einen Unterschied zwischen Bruder und Schwester macht? Glaubst du nicht, dass es wie ein Dorn in meinem Fleisch war? Du bist in jeder Beziehung, auf die es ankommt, Alberts Tochter. Er hat dir die Windeln gewechselt, dich bei deinen ersten Schritten an der Hand gehalten, dir beigebracht, zu schwimmen und Rad zu fahren, dir bei den Hausaufgaben geholfen. Erzähl mir nicht, du wüsstest nicht, dass er dich liebt, das hat er dir jeden einzelnen Tag deines Lebens bewiesen. Ich bin oft eifersüchtig, weil er dich mehr liebt als mich.«

»Ich wünschte, ich könnte aus diesem Haus und von dir wegkommen«, schleuderte Katy ihrer Mutter entgegen und wandte den Kopf, damit sie Hilda nicht mehr anschauen musste. Sie hörte sie weinen, aber sie dachte nicht daran, sich umzudrehen und um Verzeihung zu bitten.

Nach einer Weile stand Hilda auf und ging in die Küche. Katy zog den Rollstuhl zu sich heran und hievte sich mithilfe ihrer Krücke hinein. Dann rollte sie zur Treppe, stieg ab und robbte rücklings die Stufen hinauf.

In ihrem Zimmer angelangt, knallte sie die Tür, sperrte hinter sich zu und kroch auf ihr Bett, um sich auszuweinen.

Katy fühlte sich, als wäre ihr ganzes Leben eine einzige Lüge. Wenn ihr echter Vater im Krieg gefallen wäre und ihre Mutter Albert irgendwann kennengelernt und geheiratet hätte, wäre sie damit zurechtgekommen, in Albert ihren Vater zu sehen.

Aber durch eine Vergewaltigung gezeugt zu werden! Wie sollte sie darüber je hinwegkommen? Und wer war dieser namenlose Mann, der eine junge Frau in einem Wald vergewaltigt und dann einfach zurückgelassen hatte? Welche Charakterzüge hatte sie von ihm geerbt? Wie konnte sie sich je wieder in Gegenwart von Rob und ihrem Vater unbefangen fühlen, wenn sie wusste, dass sie nur eine Halbschwester beziehungsweise Stieftochter war?

Diese erschütternde Neuigkeit tat schrecklich weh. Sie hatte geglaubt, wenn sie sich von Reilly befreit hätte, wäre sie alle Sorgen los. Jetzt wünschte sie fast, er hätte sie getötet. Nichts konnte so schlimm sein wie das Wissen, dass der leibliche Vater ein Vergewaltiger war und die eigene Mutter eine Lügnerin.

Um halb sechs klopfte ihre Mutter an ihre Tür und bat Katy, zum Abendessen nach unten zu kommen. »Dein Vater kommt bald, und er wird sich furchtbar darüber aufregen, dass du dich hier eingesperrt hast«, sagte sie. »Bitte, Katy! Es tut mir leid, dass ich dir das alles erzählt habe, aber du wolltest ja unbedingt die Wahrheit wissen.«

Katy ignorierte ihre Mutter und zog sich ein Kissen über den Kopf. Sie fühlte sich zu elend, um etwas zu essen, und Albert wollte sie auch nicht sehen.

Albert kam gegen sechs nach Hause. Katy hörte gedämpftes Gemurmel, dann Hildas Stimme, die etwas schriller wurde, als sie ihrem Mann erzählte, was vorgefallen war. Danach wurde es still im Haus.

Katy fragte sich, ob die beiden ausgegangen waren. Normalerweise war es daheim nicht so ruhig.

Dann hörte sie kurz nach sieben Albert die Treppe hinaufkommen. Seine Schritte klangen müde und schleppend; das verriet ihr, wie verstört er war.

»Mach auf, Katy!«, rief er, als er vor ihrer Tür stand. »Ich habe Tee und belegte Brote für dich mitgebracht, und wir müssen miteinander reden.«

»Geh weg! Ich will nicht mehr reden, und ich will auch keine belegten Brote essen!«, schrie sie zurück.

»Wenn du jetzt nicht die Tür aufmachst und dich wie eine

Erwachsene benimmst, trete ich sie ein. Jede Geschichte hat zwei Seiten, und du wirst dir meine Seite anhören, und wenn ich dich dazu zwingen muss.«

Diesen strengen Ton gebrauchte er nur, wenn er wirklich erzürnt war. Katy wusste, dass sie die Tür aufmachen musste, sonst würde er seine Drohung wahrmachen. Widerstrebend humpelte sie zur Tür und sperrte auf, bevor sie sich wieder auf ihr Bett fallen ließ.

Albert machte hinter sich die Tür zu, zog den Stuhl, der vor ihrem Frisiertisch stand, ans Bett und setzte sich.

»Hilda wusste die ganze Zeit unserer Ehe hindurch, dass sie dir eines Tages die Wahrheit sagen muss«, begann er. Seine Gesichtszüge waren angespannt, seine Augen sorgenvoll. »Das Ganze für sich zu behalten hat ihr schwer auf der Seele gelegen, aber sie hat es nie über sich gebracht, es dir zu sagen. Ich hätte es selbst getan, nur war es nicht an mir, dir das zu erzählen. Aber angesichts deiner Reaktion bin ich der Meinung, du solltest dir auch meine Sicht der Dinge anhören.«

»Was habt ihr beide denn erwartet? Dass ich sage: ›Ach, wie fein, ist ja toll, einen Vergewaltiger zum Vater zu haben‹?«

»Sei nicht albern, Katy«, tadelte er sie. »Wie wäre es, wenn du einmal versuchst, das, was passiert ist, aus einem anderen Blickwinkel zu sehen, nämlich aus dem deiner Mutter?«

Katy verschränkte die Arme vor der Brust und starrte trotzig an die Decke.

»Hilda hatte eine schwere, unglückliche Kindheit. Sie hat Dinge mitgemacht, die du dir nicht einmal annähernd vorstellen kannst. Und dann ist sie durch den Tod beider Eltern endlich frei und geht nach Southampton, um dort in einer Fabrik zu arbeiten, und kann sich zum ersten Mal in ihrem Leben mit anderen jungen Frauen, die in derselben Lage sind wie sie, ein bisschen amüsieren. Der Krieg stellt eine Bedrohung dar, aber Ende Juni neunzehnhundertvierzig steht er noch nicht direkt vor der Tür. Sie und ihre Freundinnen fahren zu einer Tanzveranstaltung nach Aldershot. Fast alle Soldaten dort, einschließlich mir selbst, sind aus Dünkirchen gerettet worden und deshalb in Hochstimmung. Ich kann mich noch an den Moment erinnern, als Hilda die Halle betrat. Sie sah ein bisschen verschüchtert, aber sehr hübsch aus in ihrem rosa Kleid und mit dem rosa Band in ihrem kastanienbraunen Haar. Ich spürte, dass sie es nicht gewohnt war, tanzen zu gehen, dass sie scheu war und vermutlich wünschte, sie wäre nicht gekommen. Aber gerade als ich zu ihr gehen und sie zum Tanz auffordern wollte, wurde ich weggerufen. Zwei Männer aus meinem Regiment hatten draußen eine Prügelei angefangen, und als Corporal musste ich mich darum kümmern, bevor die Militärpolizei kam.«

Katy verzog das Gesicht. Albert war immer so verdammt vernünftig und konnte Geschichten gut genug erzählen, um andere umzustimmen. Aber bei ihr würde ihm das jetzt nicht gelingen!

»Leider war ich fast zwei Stunden abwesend; einer der Männer hatte eine ziemlich schlimme Verletzung, und ich musste ihn zur Basis zurückbringen. Als ich wiederkam, war es schon dunkel, und ich hielt nach Hilda Ausschau. Sie unterhielt sich mit einem Mann, den ich ziemlich gut kannte, Roy, ein netter Typ, und sie war beschwipst. Anscheinend hatten ihre Freundinnen Gin mitgebracht und den Orangensaft ein bisschen aufgepeppt. Pech gehabt, dachte ich mir, aber Roy wird schon auf sie aufpassen. Dann ging ich mit einem anderen Mädchen auf die Tanzfläche, und es dauerte eine Weile, ehe ich merkte, dass Roy allein dastand und Hilda verschwunden war. Deshalb ging ich nach draußen, um sie zu suchen.«

»Warum hast du dich für eine wildfremde Person verantwortlich gefühlt?«

»Ach, Katy, gerade du weißt doch genau, warum einige von

uns auf Schwächere aufpassen. Das hast du deine ganze Schulzeit über gemacht. Wie dem auch sei, ich konnte sie nirgends entdecken. Ein paar Pärchen knutschten herum, aber von Hilda war keine Spur zu entdecken. Natürlich wusste ich damals noch nicht, wie sie hieß. Deshalb fragte ich einen Burschen, den ich kannte, ob er ein Mädchen im rosa Kleid gesehen hätte, und er sagte, sie wäre mit einem Zivilisten den Weg in den Wald hineingegangen. In der Halle hatte ich keine Zivilisten gesehen, also hatte ich das Gefühl, ich sollte ihr lieber nachgehen.«

»Aber du bist zu spät gekommen, es war schon passiert?«

»Ja, tragischerweise. Sie lag ein paar Hundert Meter vom Haus entfernt im Wald auf dem Boden und weinte. Den Rest kennst du.«

»Und es ist der Rest, den ich nicht begreife. Ich kann verstehen, dass sie nicht zur Polizei gegangen ist – seien wir ehrlich, dort hat man nicht sonderlich viel Mitleid mit Frauen –, und auch, dass du sie nach Hause gebracht hast. Aber Mum ist nicht gerade der Charme in Person, warum also hast du dich auf eine feste Bindung mit ihr eingelassen?«

Albert warf ihr einen langen, missbilligenden Blick zu.

»Warum hat Charles nach dir gesucht? Du hattest nur ein Date mit ihm«, entgegnete er. »Was war so besonders an dir?«

Katy wusste nicht, was sie darauf sagen sollte. Sie schämte sich ein bisschen.

»Die Wahrheit ist, dass ich mich an diesem Abend in Hilda verliebt habe. Okay, vielleicht war es am Anfang hauptsächlich Mitleid, aber nicht nur. Und irgendwann wurde mehr daraus. Ich traf mich drei Mal mit ihr, bevor ich nach Nordafrika abkommandiert wurde, und bei jedem Treffen war ich mehr und mehr davon überzeugt, dass sie die Richtige für mich war. Natürlich musste ich sehr behutsam vorgehen – sie hatte etwas Schreckliches erlebt –, aber sie war warmherzig und lustig, und sie wollte das, was ihr passiert war, hinter sich lassen. Kurz bevor ich England verließ, schrieb ich ihr, dass ich sie liebte. Als sie merkte, dass sie schwanger war, schrieb sie mir einen Abschiedsbrief: Sie habe mich sehr gern und sei mir dankbar für meine Güte, aber sie wolle nicht mein Leben ruinieren. Ich war schockiert, aber entschlossen, sie auf keinen Fall im Stich zu lassen, also setzte ich mich hin und schrieb ihr genau das. Die ganze Schwangerschaft hindurch war sie unglaublich tapfer. Ihre Briefe an mich waren liebevoll, sie jammerte nicht über ihre Situation, und sie arbeitete bis zwei Tage vor deiner Geburt. Sie musste mit der Bombardierung Southamptons leben und in ein schäbiges kleines Zimmer ziehen, wo du geboren wurdest, die einzige Unterkunft, die zu haben war. Sie hatte kein Geld, ihre Freundinnen von der Arbeit hatten sich in Luft aufgelöst, aber von dem Moment an, als sie dich im Arm hielt, liebte sie dich. Ich habe die Briefe, die sie mir damals schrieb, immer noch. Immer wieder betonte sie, dass sie zwar gern ihr Leben mit mir teilen würde, mich aber nicht binden wollte, und dass ich ihr nichts schuldete. Doch als ich auf Heimaturlaub zurückkam und sie wiedersah, wusste ich, dass ich sie heiraten wollte. Es war einfach Liebe, und ich wollte euch beide, für immer.«

»Aber sie war immer so unausstehlich, Dad! Hast du vergessen, dass du gesagt hast, du würdest sie verlassen?«

»Nein, das habe ich keineswegs vergessen. Aber dich um ein Haar zu verlieren, hat alles verändert und mir bewusst gemacht, was wichtig ist und was nicht. Es war ihr furchtbares Geheimnis, das sie so schwierig gemacht hat, vielleicht sogar ein bisschen verrückt. Kannst du dir vorstellen, wie es sein muss, so etwas ständig mit dir herumzuschleppen?«

»Irgendwie schon«, gab Katy widerwillig zu.

»Ich hätte stark sein müssen und dir schon vor Jahren die Wahrheit sagen sollen. Aber wann ist schon der richtige Zeitpunkt für eine derartige Enthüllung, Katy? Ein Kind würde es nicht begreifen, und je älter ein Kind ist, desto schwieriger wird es. Schau dir doch an, wie du heute reagiert hast. Du wärst um ein Haar von einem Irren umgebracht worden, und jetzt bist du völlig am Boden zerstört und vertraust den zwei Menschen nicht mehr, die dich am meisten lieben.«

»Was hast du erwartet? Dass ich sage: ›Schon gut, Dad, nicht du bist mein Vater, sondern irgendein perverser Mistkerl, der das Leben meiner Mutter zerstört hat‹? Hätte ich Mum in die Arme nehmen und sagen sollen: ›He, macht doch nichts, dass du mich zwanzig Jahre lang belogen hast‹?«

Albert stieß einen tiefen Seufzer aus. »Denk doch mal darüber nach, was du tun würdest, wenn Reilly dich vergewaltigt hätte und du jetzt schwanger wärst. Das hat er nicht, ich weiß, und du bist auch nicht schwanger, aber was wäre, wenn? Deine Mutter und ich hätten uns natürlich um dich gekümmert. Wir hätten dir vermutlich zu einer Abtreibung in einer Privatklinik verhelfen oder dir empfehlen können, das Kind zur Adoption freizugeben. Aber viel wahrscheinlicher ist, dass wir dich überredet hätten, hierzubleiben, um das Kind gemeinsam aufziehen zu können. Hilda stand damals keine dieser Möglichkeiten offen. Vielleicht hatte sie immer den Gedanken im Hinterkopf, dass ich sie nur aus Mitleid heiraten will. Aber das stimmt nicht. Ich habe sie damals geliebt, und ich liebe sie heute noch.«

Die Zimmertür ging auf, und Hilda kam herein. Ihrem Gesicht war deutlich anzusehen, dass sie gehört hatte, was ihr Mann gerade gesagt hatte.

»Du hast deinen Tee nicht getrunken und dein Brot nicht gegessen, Katy. Wenn du denkst, dass ich mich noch elender fühle, wenn du in Hungerstreik trittst, täuschst du dich. Noch elender kann ich mich gar nicht fühlen. Mach bitte deinem Vater keine Vorwürfe. Alles, was er getan hat, hat er aus Liebe getan. Ich hoffe von ganzem Herzen, dass wir eines Tages erleben, wie du einen Mann heiratest, der auch so einen guten Charakter hat.«

Sie machte auf dem Absatz kehrt und ging wieder hinunter. Katy fühlte sich, als hätte sie einen Schlag ins Gesicht bekommen.

»Na, Katy?« Albert setzte sich zu ihr aufs Bett. »Bist du jetzt fertig damit, mich zu hassen?«

Katy ließ den Kopf hängen. »Ich könnte dich nie hassen. Wie Mum ganz richtig bemerkt hat, warst du der Held. Und ich muss zugeben, dass es wohl nie einen Zeitpunkt gegeben hätte, an dem das, was ich heute erfahren habe, nicht furchtbar wehgetan hätte. Ich will, dass du mein Vater bist.«

»Und das bin ich, mein Liebling«, sagte er und nahm sie in die Arme. »In jeder Hinsicht, auf die es ankommt. Lass dir von mir etwas erzählen. Nach dem Krieg kamen unzählige Männer von der Front nach Hause und fanden daheim ein Kind vor, das nicht von ihnen war. Eine große Mehrheit akzeptierte diese Kinder. Diesen Männern war klar, dass der Krieg bei Menschen die ungewöhnlichsten Verhaltensweisen hervorruft, und vielleicht hatten sich einige der Männer in dieser Zeit auch anderen Frauen zugewandt. Sie wussten, wie einsam und verängstigt ihre Frauen sich gefühlt haben mussten. Aber vor allem ist ein Kind immer unschuldig, und es verdient, angenommen und geliebt zu werden. Ich liebe dich, seit ich dich zum ersten Mal in meinen Armen gehalten habe, und daran hat sich nie etwas geändert. Ich wünschte nur, ich hätte Hilda überreden können, dir das schon vor Jahren zu sagen – nicht nur deinetwegen, sondern auch ihretwegen. In jener Nacht in Aldershot ist ihr ein großes Unrecht angetan worden, und diese Last hat sie vierundzwanzig Jahre lang getragen. Hast du die Größe, ihr wenigstens einen Teil dieser Last zu nehmen, Katy?«

Katy brach in Tränen aus und schmiegte sich schluchzend in seine Arme. Ihr Zorn und ihr Schmerz waren verflogen; wie konnten derartige Gefühle Bestand haben, wenn ein so wunderbarer Mensch wie ihr Vater ihr Halt gab.

Irgendwann richtete sie sich auf, schnäuzte sich und trocknete ihre Augen. Dann aß sie die belegten Brote.

Albert zog fragend eine Augenbraue hoch.

»Auf leeren Magen bin ich Hilda nicht gewachsen«, bekannte sie.

Katy lenkte den Rollstuhl ins Wohnzimmer, wo ihre Mutter auf sie wartete. Die Vorhänge waren zugezogen, im Kamin prasselte ein Feuer, und alles war so warm und gemütlich, wie es seit jeher gewesen war.

Sie hievte sich vom Stuhl auf die Couch zu ihrer Mutter. »Es tut mir leid, Mum. Du hattest es nicht verdient, dass ich so hässlich zu dir war. Ich hätte mich in deine Lage hineinversetzen müssen.«

Hilda lächelte schwach und streckte ihre kleine, schmale Hand nach ihrer Tochter aus. »Als du verschwunden warst, hatte ich Angst, dir könnte dasselbe passieren wie mir, nur dass dieser Mann dich hinterher töten würde. Ich war wie gelähmt vor Angst. Ich konnte mit niemandem telefonieren oder deinen Vater besuchen, ich konnte nicht einmal etwas essen. Ich wusste, wie lieblos mein Verhalten erscheinen musste, dabei stand genau das Gegenteil im Hintergrund. Aber zum Glück hat dieses Monster dich nicht vergewaltigt oder es geschafft, dich umzubringen. Plötzlich konnte ich wieder atmen, und ich war entschlossen, dir endlich alles über meine Vergangenheit zu erzählen.«

»Alles ist gut, Mum.« Katy ließ sich von ihrer Mutter umarmen. »Du hast ein Problem damit, Gefühle zu zeigen, nicht nur wegen dieses Vorfalls in Aldershot, sondern wegen deiner Kindheit. Aber mir ist jetzt klar, dass deine selbst gebackenen Kuchen und herrlichen Mahlzeiten und das blitzblanke Haus auch ein Liebesbeweis sind. Jetzt kannst du ein bisschen lockerlassen, einfach mit Dad und mir dasitzen und plaudern und lachen. Und wenn Charles zu Besuch kommt, versuch bitte, ein bisschen öfter zu lächeln.«

Hilda strich Katy das Haar aus dem Gesicht und lächelte, und diesmal erreichte das Lächeln auch ihre Augen. »Ich glaube, mir ist endlich bewusst geworden, wie viel Glück ich gehabt habe«, gestand sie. »Ob wir jetzt wohl die Vergangenheit ruhen lassen können?«

Katy nickte. Sie hatte das Gefühl, sie würde sofort wieder in Tränen ausbrechen, wenn sie nur noch ein einziges Wort sagte.

KAPITEL 21

»Geht es in Ordnung, wenn Charles dieses Wochenende an meinem Geburtstag zu Besuch kommt?«, fragte Katy ihre Mutter am Freitagnachmittag. »Ich habe ihm gesagt, ich rufe zurück, falls es nicht passt.«

»Ja, natürlich, Liebes«, strahlte Hilda. »Das wird bestimmt schön für ihn, das Wetter soll von Tag zu Tag besser werden. Endlich ist der Frühling da!«

Eine Woche war seit den aufwühlenden Enthüllungen innerhalb der Familie vergangen, und in dieser Zeit war Katy deutlich ruhiger und auch sehr viel beweglicher geworden. Die blauen Flecke und Blutergüsse waren völlig verblasst. Erst gestern hatte Hilda sie im Rollstuhl zum Friseur geschoben, damit sie ihre Haare waschen, schneiden und föhnen lassen konnte: alles Dinge, die längst überfällig waren. Sie kamen an Katys altem Arbeitsplatz vorbei und schauten kurz herein, um Hallo zu sagen. Es war nett gewesen, ihre ehemaligen Kollegen wiederzusehen, und einige der jüngeren hatten sie eingeladen, abends mit ihnen auszugehen. Katy hatte gelacht und gemeint, sie würde erst dann wieder ausgehen, wenn sie den Gips los war und tanzen konnte.

Glorias Geschäft war verkauft worden. Ein Schild im Fenster verkündete, dass es derzeit wegen Renovierungsarbeiten geschlossen war, aber die Mädchen in der Anwaltskanzlei hatten die neue Besitzerin bereits kennengelernt. Sie war eine von Glorias Lieferantinnen und ihr von der Art her sehr ähnlich.

Aber das wichtigste Ereignis der vergangenen Woche war, dass Ed Reilly endlich seine Verbrechen gestanden hatte. Abgesehen von dem Brandanschlag auf Gloria und ihre Tochter und dem Mordversuch an Edna hatte er zugegeben, eine Beziehung mit Margaret Foster gehabt zu haben, die anfing, als Margaret noch in Hampstead lebte, und kurz wiederauflebte, als sie in ein Dorf in der Nähe von Eastbourne zog. Er blieb allerdings hartnäckig bei seiner Behauptung, er hätte sie weder geschlagen, noch sie und ihre Kinder entführt und keine Ahnung, wo sie sich momentan aufhielten.

Diese Information hatten sie von Michael Bonham erhalten. Katy rechnete damit, in Kürze wieder von der Polizei befragt zu werden, um etwaige lose Enden zu verknüpfen. Aber einstweilen freute sie sich nur auf das kommende Wochenende und auf Charles.

»Ich werde das Bett im Gästezimmer frisch beziehen und eine Wärmflasche hineinlegen, damit es schön warm ist«, sagte Hilda am Freitagabend. »Fein, dass wir den jungen Mann endlich kennenlernen!«

»Sei bitte nicht zu direkt«, ermahnte Katy ihre Mutter. »Ich weiß, dass ich ihn wirklich mag, aber bis jetzt hatten wir erst ein Date. Es ist also keine großartige Romanze.«

Hilda lächelte, als wüsste sie es besser.

Seit sie ihr Geheimnis preisgegeben hatte, war sie wie ausgewechselt: fröhlich, gesprächig, gut gelaunt. Es gab kein nervöses Händeringen oder ständiges Saubermachen mehr. Als es an ein paar Tagen in dieser Woche regnerisch und feucht war, setzten sie und Katy sich ins Wohnzimmer, um eine Schachtel mit alten Familienfotos durchzusehen und in Alben zu kleben.

Viele glückliche Erinnerungen wurden beim Betrachten der Fotos aus Katys und Robs Kindheit wach, und es war ein Schock, zu sehen, dass Hilda wirklich sehr hübsch und kess gewesen war, bevor sie anfing, so stark abzumagern.

»Du warst ungefähr zwölf, als ich immer nervöser wurde und laufend Gewicht verlor«, gestand Hilda. »Ich kann mich noch erinnern, wie ich einmal ein Sommerkleid anprobierte und zu meinem Entsetzen feststellte, dass es viel zu weit war. Damals gewöhnte ich mir an, immer eine Strickjacke zu tragen, weil meine Arme so mager und sehnig waren, und ich traute mich nie mehr, einen Badeanzug anzuziehen. Albert drängte mich ständig, zum Arzt zu gehen, aber je mehr er mir zusetzte, desto gereizter wurde ich. Ich glaube, ich hatte Angst, der Arzt könnte zu viele Fragen stellen.«

»Na, bis der Sommer da ist, haben wir dich aufgepäppelt, damit du wieder einen Badeanzug tragen kannst.« Katy griff nach einem Schnappschuss, auf dem zu sehen war, wie Hilda mit beiden Kindern paddelte. Das Schwarzweißfoto musste aus dem Sommer 1946 stammen; damals hatte Hilda eine schlanke, aber sehr weibliche Figur gehabt. »So kannst du wieder aussehen!«

Hilda lachte. »Schau dir bloß diesen fürchterlichen Badeanzug an! Er war überall mit Elastik-Rüschen besetzt, die sich beim Schwimmen mit Wasser füllten. Ich musste alles herauspressen, wenn ich aus dem Meer kam.«

»Ich hatte auch so einen«, erinnerte Katy sich und wühlte in den alten Fotos, bis sie das richtige gefunden hatte. »Er war knallrot, und ich fand ihn todschick, viel besser als den gestrickten, den ich vorher hatte.«

Von 1953 an war auf den Fotos deutlich zu erkennen, wie sich Hildas Zustand allmählich verschlechterte. Auf einem Bild, das während des Straßenfests anlässlich des Krönungstags aufgenommen worden war, sah sie aus, als wäre sie den Tränen nahe.

»Ein Stück weiter unten an der Straße lebte eine Frau namens Alice Manders«, erklärte Hilda. »Ständig machte sie Bemerkungen darüber, wie unähnlich Rob und du einander wärt. Sie witzelte sogar, ich wäre im Krieg wohl ›ein schlimmes Mädchen‹ gewesen. Sie hat mir den ganzen Tag verdorben, und von da an schien es mir immer schlechter zu gehen.«

»An dem Abend habe ich gesehen, wie du in der Küche geweint hast«, erinnerte Katy sich. »Du hast behauptet, dir wäre etwas ins Auge gekommen. Ich wusste, dass das nicht stimmt, und dachte, du bist enttäuscht von mir, weil ich dich blamiert hatte. Du weißt doch, ich war auf der Feier richtig verfressen und habe viel zu viel Kuchen gefuttert.«

»Wie konntest du so etwas nur denken? Für den Krönungstag wurde die Zuckerrationierung aufgehoben, und wir Mütter waren überglücklich, dass unsere Kinder all die guten Sachen naschen konnten, von denen wir fast nicht mehr wussten, dass sie existierten. Ich habe für die Feier an die zweihundert Muffins gebacken, von den zehn großen Trifles ganz zu schweigen!«

Es war schön, endlich eine echte Beziehung zu ihrer Mutter aufzubauen, die weichere und liebevollere Seite an ihr kennenzulernen und auch – noch überraschender! – ihren Sinn für Humor. Manchmal lief Hilda ganz schnell, wenn sie Katy im Rollstuhl schob, und drohte lachend, die Griffe loszulassen.

Die Mahlzeiten fanden nicht mehr in angespannter Atmosphäre statt, mit einer Mutter, die gereizt mit Töpfen und Pfannen herumklapperte. Früher hatte Katy mit ihren Eltern kaum ferngesehen, weil Hilda als strenge Sittenrichterin, die sie war, alles, was auch nur eine Idee gewagt war, strikt verurteilt hatte. Jetzt lachte sie bei Komödien herzhaft mit, fast, als wäre ihr Sinn für Humor unerwartet zum Leben erwacht. Nicht einmal an leicht schlüpfrigen Witzen nahm sie Anstoß.

Aber so gut es tat, eine sehr viel nettere Mutter zu haben, bedrückte es Katy immer noch, dass Albert nicht ihr leiblicher Vater war. Sollte sie es Rob erzählen, wenn er das nächste Mal nach Hause kam? Würde das etwas an seinen Gefühlen für sie ändern? Sie konnte es sich nicht vorstellen, dazu war er zu vernünftig und ausgeglichen, aber es beschäftigte sie trotzdem.

Natürlich war es angenehm, sich jetzt, da sie in ihrer Beweglichkeit stark eingeschränkt war, zu Hause verwöhnen zu lassen.

Aber eigentlich wollte sie gern nach London zurück, um wieder mit Jilly zusammen zu sein und natürlich, um Charles öfter sehen zu können.

Sie telefonierte fast jeden Abend mit Jilly. Ihre Freundin traf sich zurzeit mit einem jungen Mann namens Guy, der auch im Zoo arbeitete, und brannte darauf, endlich eine eigene Wohnung zu haben, vor allem, wie sie freimütig gestand, weil sie mit Guy ins Bett wollte. Seine Zimmerwirtin hatte etwas gegen Damenbesuch, zu ihm konnten sie also nicht gehen.

Jilly hatte noch ein paar Urlaubstage und wollte sie Ende nächster Woche in Bexhill verbringen. Sie machte Witze darüber, wie Katy einen Schwips bekommen würde, auch wenn sie im Rollstuhl saß.

Vor dem Wiedersehen mit Charles fürchtete Katy sich ein bisschen. Einerseits freute sie sich, aber im Rollstuhl fühlte sie sich ziemlich erbärmlich und kein bisschen sexy. Vielleicht würde er sofort einen Rückzieher machen, wenn er sie sah. Außerdem war seit ihrer ersten Verabredung so viel passiert, dass sie sich nicht einmal mehr sicher war, was sie eigentlich für ihn empfand. Das Ganze war ein bisschen, als wäre er ein Produkt ihrer Phantasie, nicht eine reale Person.

Sie vertraute Jilly ihre Ängste an, aber ihre Freundin lachte bloß. »He, was soll der Blödsinn, der Typ ist spitze! Und alles, was er will, bist du!«

Vielleicht hatte Jilly recht. Einstweilen blieb Katy nichts anderes übrig, als das Beste zu hoffen.

Charles traf Samstagmorgen ein, auf dem Gesicht ein strahlendes Lächeln, in der Hand einen riesigen Frühlingsblumenstrauß.

Albert machte ihm die Tür auf, und Katy lenkte ihren Rollstuhl zur Wohnzimmertür, um ihn zu begrüßen.

»Jilly hat recht«, dachte sie. »Er ist ein toller Typ. Gott sei

Dank sind meine Haare frisch gemacht und die blauen Flecken verschwunden!« Es war auch kein Fehler gewesen, das neue blassrosa Twinset anzuziehen, das ihre Mutter ihr gekauft hatte. Zwar musste sie weite Hosen tragen, um den Gips zu verbergen, doch zumindest ihre obere Hälfte sah frisch und attraktiv aus.

»Hallo, Charles«, sagte sie und stellte ihn ihren Eltern vor. Er hatte schon mit beiden am Telefon gesprochen, kannte sie aber noch nicht persönlich.

»Ich freue sehr, Sie endlich kennenzulernen«, sagte er, während er ihre Mutter auf die Wange küsste und ihrem Vater die Hand schüttelte. »Sie müssen durch die Hölle gegangen sein.«

»Das war vorbei, als wir wussten, dass Katy lebt«, sagte Albert. »Und soweit ich weiß, ist das vor allem Ihnen und Jilly zu verdanken, nicht der Polizei.«

»Lassen wir das, bitte«, sagte Katy. »Ich glaube, zu diesem Thema ist alles gesagt worden. Komm rein, Charles, und setz dich. Du bist sicher müde von der langen Fahrt.«

»Ja, wirklich, Charles«, warf ihre Mutter ein. »Ich stelle Katys Blumen schnell ins Wasser. Möchten Sie vielleicht eine Tasse Tee?«

»Sehr gern, Mrs Speed«, sagte er. »Aber die Blumen sind für Sie. Katys Geschenk ist noch im Wagen und wird bis morgen auch dort bleiben.« Er überreichte den Strauß Hilda, die errötete wie ein Schulmädchen.

Als sie im Wohnzimmer saßen, Tee tranken und von Hildas selbst gebackenem Shortbread kosteten, wünschte Katy, ihre Eltern würden verschwinden, damit sie Charles endlich küssen konnte. Es gefiel ihr, wie er ihre Mutter anschaute, aufmerksam und interessiert, auf den Lippen ein leichtes Lächeln. Er hatte unleugbar sehr gute Manieren. Bestimmt fragte er sich jetzt schon, wie er ein ganzes Wochenende mit Smalltalk durchhalten sollte, aber er ließ sich nichts anmerken.

»Es ist so ein schöner Tag, wollen wir nicht ein bisschen frische Luft schnappen?«, schlug Katy unsicher vor. »Das heißt, wenn es dir nichts ausmacht, meinen Rollstuhl zu schieben.«

»Ob es mir etwas ausmacht? Nein, das würde ich liebend gern tun!« Er sprang auf. »Ist es weit bis zum Meer?«

»Nein, gar nicht. Aber denkt dran, pünktlich um eins zum Mittagessen wieder da zu sein«, sagte Hilda.

»Ich hoffe, es ist keine allzu üppige Mahlzeit, Mrs Speed. Ihr Einverständnis vorausgesetzt, würde ich Katy heute Abend gern zum Essen ausführen«, sagte er. »Ich habe in Battle im *Grey Goose* einen Tisch reserviert. Das Lokal hat einen sehr guten Ruf.«

»Und sehr hohe Preise«, bemerkte Hilda mit einem Anflug des alten bissigen Tonfalls. »Aber das Essen soll hervorragend sein.«

Charles half Katy in ihren Mantel und in den Rollstuhl und lächelte höflich, als Albert ihnen die Haustür aufhielt. Dann schob er den Rollstuhl über die Schwelle und versprach, um eins zurück zu sein.

Am Gartentor blieb er kurz stehen und betrachtete Glorias abgebranntes Haus auf der anderen Straßenseite. Die verkohlten Holzbalken und Mauern waren mittlerweile abgerissen, aber noch nicht entfernt worden, und der Anblick war deprimierend.

»Das Schlimmste ist, dass auch das Nebenhaus, in dem Mr und Mrs Harding gewohnt haben, abgerissen werden muss«, sagte Katy. »Die Schäden waren zu groß. Die beiden sind in einen Bungalow in Cooden Beach umgesiedelt worden. Jammerschade, denn für Rob und mich waren sie fast so etwas wie Großeltern. Sobald ich wieder gehen kann, muss ich sie unbedingt besuchen.«

»Weiß man schon, was mit dem Grundstück passieren soll?«, erkundigte sich Charles.

»Angeblich will ein Bauunternehmer dort ein großes Einfamilienhaus hinstellen. Ein paar der Nachbarn sind absolut dagegen. Aber ein schickes, großes Haus ist auf jeden Fall besser als ein Wohnblock, finde ich.«

»Irgendjemand hat immer etwas gegen Veränderungen«, meinte Charles lächelnd. »Es ist mir ein Rätsel, warum die Leute sich nicht einfach darüber freuen können. In London laufen derzeit so viele Projekte an, um Kriegsruinen und Elendsviertel zu beseitigen. Ich finde es spannend, aber viele Leute empfinden es als bedrohlich.«

»Gehen wir lieber, sonst kommt Mum noch raus, um mir eine Decke über die Knie zu legen«, scherzte Katy. »So was macht sie nämlich gern – als ob ich achtzig wäre!«

In der Sonne war es warm, und unten am Strand fand Charles eine windgeschützte Stelle für den Rollstuhl. »Schon besser«, sagte er und setzte sich hin. »Jetzt kann ich dich richtig ansehen.« Er beugte sich vor, um sie lange und zärtlich zu küssen, und Katy spürte sofort, wie das Kribbeln, das sie an jenem Abend bei seinem ersten Kuss überlaufen hatte, wiederkehrte.

»Ich habe auf der Fahrt hierher an nichts anderes gedacht«, sagte er. »Und ich kann es kaum erwarten, bis du deinen Gips los bist und ich dich an irgendeinen Ort bringen kann, wo wir allein sind.«

Katy empfand einen Moment lang Panik. Hieß das, dass er mit ihr schlafen wollte? Dafür fühlte sie sich noch nicht bereit, und sie mochte auch nicht glauben, dass das alles war, was er von ihr wollte.

»Es gibt Neuigkeiten über Reilly«, sagte sie, um sich auf ein weniger gefährliches Terrain zu begeben, und erzählte ihm, was sie von Michael Bonham erfahren hatte. »Ich bin allerdings ein bisschen verwirrt wegen dieser Frau des Chirurgen. Wie passt sie ins Bild? Und wo ist sie?«

»Ich habe mit dem Polizeibeamten gesprochen, der Reilly verhört hat«, sagte Charles. »Wie es scheint, kannte Reilly Margaret Foster, seit er in ihrem Haus in Hampstead eine kleinere Arbeit übernommen hatte. Das liegt ein paar Jahre zurück, und er hatte damals eine kurze Affäre mit ihr. Sie vertraute ihm an, dass ihr Mann sie misshandelte und sie gern von ihm loskäme, aber nicht wüsste, wie sie das anstellen sollte. Reilly mochte sie wohl wirklich, aber was sie ihm erzählte, veranlasste ihn, einen Rückzieher zu machen: Sie hatte zwei Kinder, ihr Mann war nicht nur einflussreich, sondern offenbar völlig skrupellos, und natürlich war er selbst verheiratet. Deshalb sagte er zu Margaret, er würde ihr gern helfen, aber leider ginge das nicht, und beendete die Affäre.«

»Sehr ritterlich!«

Charles nickte zustimmend. »Na, jedenfalls hat er ausgesagt, dass achtzehn Monate vergingen, ehe er Margaret wiedersah, zu dem Zeitpunkt noch in London. Sie vertraute ihm an, dass sie Kontakt zu zwei Frauen aufgenommen hatte, die geschlagenen Frauen halfen, einen Neuanfang zu machen, und demnächst ihren Mann verlassen würde. Sie verriet ihm auch, wie die beiden hießen und dass sie in Bexhill lebten. Weil Reilly den Verdacht hatte, es könnte sich dabei um dieselben Frauen handeln, die Deirdre geholfen hatten, gab er vor, sich immer noch für Margaret zu interessieren, um mit ihr in Verbindung bleiben zu können.«

Katy verzog das Gesicht. »Wie furchtbar, eine misshandelte Frau zu benutzen, um eine andere zu finden«, sagte sie entrüstet. »Margaret hätte damit ihr eigenes Todesurteil unterschreiben können!«

»Richtig. Aber der Polizeibeamte glaubt nicht, dass Reilly Margaret etwas getan hat. Seiner Meinung nach – und ich neige zu derselben Ansicht – hat Reilly sie nur besucht, um sie über Gloria und Edna auszuhorchen. Als Margaret in der Zeitung über den Brand las, in dem Gloria umgekommen ist, bekam sie es mit der Angst zu tun und suchte das Weite.«

»Trotzdem, komisch ist es schon, dass sie nicht mal ihren Eltern gesagt hat, wo sie ist.«

»Ich bin sicher, jetzt, wo alles über Reilly in der Presse steht, wird sie das nachholen. Ungefähr zu der Zeit, als Margaret aus Eastbourne verschwand, wurde auf der Fähre über den Kanal eine Frau mit zwei Kindern gesehen, auf die ihre Beschreibung passt.«

»Hoffen wir, dass sie es war. Ihre Eltern müssen außer sich sein vor Sorge«, sagte Katy.

»Reilly war auf jeden Fall ein ausgezeichneter Planer«, sagte Charles. »Er hat zugegeben, Monate vor der Brandstiftung in Glorias Haus eingebrochen zu sein, um Informationen über Deirdres Verbleib zu suchen. Aber er konnte nichts finden. Er hat viel Zeit damit verbracht, die beiden Frauen zu beobachten und zu verfolgen, und das Feuer hat er aus reinem Zorn gelegt. Natürlich behauptet er, er hätte nicht gewusst, dass Gloria zu Hause war, wird also bei der Mordanklage auf nicht schuldig plädieren.«

»Ich kann mir nicht vorstellen, dass die Geschworenen ihm das abkaufen«, sagte Katy. »Gott sei Dank wurde er gefasst, bevor er noch andere Frauen aus Ednas Notizbuch aufspüren konnte. Glaubst du, er hatte das vor?«

»Ich weiß es nicht.« Charles machte ein nachdenkliches Gesicht. »Und falls er das geplant hatte, wird er es nie gestehen. Wenn ich ihn verteidigen müsste, was ich Gott sei Dank nicht muss, würde ich ihm raten, auf Unzurechnungsfähigkeit zu plädieren. Ich fürchte, es wird nicht gerade angenehm für dich, wenn man dich in den Zeugenstand ruft.«

»Darüber mache ich mir nicht allzu viele Gedanken. Ich meine, schließlich gibt es bei mir keine dunklen Geheimnisse, die im Kreuzverhör zu Tage gefördert werden könnten.«

Charles grinste. »Schade. Ich hatte mich schon darauf gefreut, dich heute Nachmittag eindringlich zu befragen!«

Katy lachte. »Aber ganz im Ernst, ich würde auch sagen, dass Reilly seelisch unausgeglichen ist; er war fast wie Dr. Jekyll und

Mr Hyde. Wenn er ruhig war, konnte er richtig nett sein, sogar charmant. Ich kann verstehen, warum Frauen ihn anziehend fanden.«

Sie legten noch ein Stück Weg auf der Uferpromenade zurück, gingen einen Kaffee trinken und machten sich dann auf den Heimweg.

»Hast du immer noch Albträume?«, fragte Charles, als sie in die Collington Avenue einbogen.

»Nur hin und wieder«, antwortete sie. »Es tut gut, wieder in meinem alten Zimmer zu sein, wenigstens so lange, bis ich wieder auf den Beinen bin. Dann komme ich nach London zurück. Ich halte das ständige Bemuttertwerden nur bis zu einem gewissen Grad aus.«

Charles lachte. »Mir ist schon aufgefallen, dass deine Mutter manchmal ein bisschen übereifrig sein könnte.«

»Ich habe dir eine Menge über meine Familie zu erzählen«, sagte sie und wandte den Kopf. »Aber nicht jetzt gleich, sonst läufst du auf und davon.«

»Ich laufe nirgendwohin, nur zu dir nach Hause«, sagte er und flitzte so schnell mit dem Rollstuhl dahin, dass sie quietschte.

»Großartig, dieses Steak!«, verkündete Katy, als sie und Charles am Abend im *Grey Goose* saßen. Sie hatten einen Ecktisch in der Nähe des offenen Kamins bekommen, und bei gutem Essen und Wein und mit Charles, der ihr gegenübersaß und einfach phantastisch aussah, fühlte Katy sich wie im Himmel. Der Rollstuhl war zu Hause geblieben; Katy war, gestützt von Charles, mithilfe ihrer Krücke unterwegs.

»Und jetzt erzähl mir bitte das Familiengeheimnis«, sagte er. »Ich hatte schon letzte Woche, als ich anrief, das Gefühl, dass sich schwerwiegende Dinge ereignet haben. Außerdem schien deine Mutter nicht ganz dem Bild zu entsprechen, das ich mir nach Jillys und deinen Schilderungen von ihr gemacht hatte.«

»Kein Wunder, dass du dich für ein Jurastudium entschieden hast«, sagte Katy. »Du hast ein Näschen für geheime Machenschaften. Aber wenn ich es dir erzähle, lass dir bitte meinen Eltern gegenüber nicht anmerken, was du weißt. Ich glaube, das wäre ihnen ganz und gar nicht recht.«

»Meine Lippen sind versiegelt«, sagte er und tat so, als würde er seinen Mund mit einem Reißverschluss verschließen.

Sie erzählte die Geschichte so kurz und prägnant wie möglich. Charles wirkte schockiert.

»Das muss schlimm für dich gewesen sein und noch schlimmer für deine arme Mutter«, sagte er und legte seine Hand auf ihre. »Tut mir wirklich leid.«

»Es war schrecklich, als sie es mir sagte. Aber mein Vater machte mir begreiflich, wie es für meine Mutter war und was es aus ihr gemacht hat, so etwas ein Leben lang mit sich herumzuschleppen.«

»Du bist wirklich ein bemerkenswerter Mensch«, stellte er mit einem Lächeln fest. »So viel Mitgefühl, aber auch sehr viel gesunder Menschenverstand. Natürlich ist dein Vater ein wahrer Held, und ich vermute, deine Stärke hast du zum größten Teil von ihm. Ich glaube, wir erben diese Dinge nicht nur über unsere Gene, sondern durch das Zusammenleben mit jemandem, der uns als Vorbild dient.«

»Ja, das glaube ich auch. Ich hatte schon immer eine sehr enge Bindung an meinen Vater. Ich habe immer gewusst, wie er auf manche Sachen reagiert und was ihm wichtig ist.«

»Am meisten bewundere ich ihn dafür, dass er deiner Mutter geschrieben hat, sie soll ihn als deinen Vater ins Geburtenregister eintragen lassen. Damals hatte er dich noch nicht einmal gesehen. Er hätte in Nordafrika fallen können, aber er wollte euch beide schützen, was auch immer ihm selbst passieren mochte. Respekt, kann ich da nur sagen.«

»Er hat mir erzählt, dass er sich an dem Abend in sie verliebt hat, als er sie im Wald fand. Glaubst du, dass es so etwas wirklich gibt?«, fragte sie.

»Ja.« Er lächelte und strich mit seinem Finger über ihre Wange. »Ich wusste ja auch gleich bei unserem ersten Date, dass du die Richtige bist.«

»Das konntest du doch gar nicht wissen«, sagte sie vorwurfsvoll.

»Oh doch. Und am nächsten Tag bist du mir nicht mehr aus dem Kopf gegangen. Ich wollte dich an jenem Sonntag unbedingt sehen, nur deshalb habe ich bei Jillys Verwandten angerufen. Nachdem ich erfahren hatte, dass du Samstagabend ausgegangen und nicht zurückgekehrt warst, wusste ich, dass ich nicht ruhen würde, bis ich dich gefunden hatte. Ich hatte furchtbare Angst, Reilly könnte dich töten, aber ich klammerte mich an den Glauben, dass du noch am Leben bist. Dasselbe hat Jilly getan. Ein großartiges Mädchen übrigens!«

»Sie findet dich auch schwer in Ordnung«, gestand Katy. »Ich weiß nicht, was ich ohne sie tun würde. Sie ist eine so gute, zuverlässige Freundin. Nächste Woche kommt sie her, und ich kann es kaum erwarten, sie wiederzusehen. Sie hat mir gefehlt.«

»Und was ist mit mir? Werde ich dir auch fehlen?«

»Ich denke, das weißt du ganz genau.«

»Du hast ein bisschen erschrocken ausgesehen, als ich sagte, ich würde dich gern an einen Ort entführen, wo wir beide allein sein können. Warum?«

Katy wurde rot. »Weil ich noch nie etwas Ernstes mit einem Mann gehabt habe. Du weißt schon.«

»Du meinst, du bist noch Jungfrau und hast ein bisschen Angst vor dem ersten Mal? Oder bist du gegen vorehelichen Sex?«

»Du bist sehr direkt, und eine direkte Frage verdient eine direkte Antwort: Ersteres.«

»Ich würde dich nie zu etwas drängen, was du nicht wirklich

willst«, sagte er. »Aber ich glaube, irgendwann kommt der Zeitpunkt, wo zwei Menschen einfach mehr wollen.«

Katy sah in seine ausdrucksvollen braunen Augen und hatte das Gefühl, dass dieser Zeitpunkt fast schon erreicht war. Lediglich der Gips an ihrem Bein könnte sich noch eine Weile als Hindernis erweisen.

Auf dem Heimweg blieb Charles am Straßenrand stehen. »Ich möchte dich nur küssen«, sagte er. »Ich weiß, dass das nicht mehr geht, wenn wir wieder bei dir daheim sind.«

Er konnte besser küssen als jeder Mann, den sie je gekannt hatte. Ihr ganzer Körper verlangte nach mehr, und als er seine Hand unter ihre Bluse gleiten ließ und mit seinem Finger zärtlich über ihre Brustwarzen strich, wünschte sie, sie wären in einem Hotelzimmer und nichts könnte sie aufhalten.

»Wir müssen heimfahren«, sagte er nach einer Weile.

Die Autofenster waren beschlagen, und Katys Knöchel pochte schmerzhaft, weil sie ihr Bein nicht richtig ausstrecken konnte.

»Wenn wir jetzt nicht fahren, steht dir morgen früh ein Kreuzverhör bevor. Ich werde heute Nacht in eurem Gästezimmer liegen und mir wünschen, ich hätte den Mut, zu dir ins Bett zu kriechen.«

»Bitte nicht, Charles! Mum hat Ohren wie ein Luchs.«

»Nein, versprochen, aber ich werde mir ausmalen, was ich alles mit dir machen würde, wenn ich bei dir wäre.«

Sie hätte ihn gern dazu gebracht, sich näher zu diesem Thema auszulassen, aber sie traute sich nicht.

Charles fuhr Sonntagabend um acht nach London zurück. Es war der schönste Geburtstag gewesen, den Katy je erlebt hatte. Charles schenkte ihr einen wunderschönen Silberarmreif, und von ihren Eltern bekam sie einen cremefarbenen Regenmantel, den sie in einer Zeitschrift bewundert hatte, als sie im Krankenhaus lag. Rob hatte ihr einen winzigen Porzellanbären mit Krücke geschickt.

»Eine Kindheitserinnerung«, sagte sie, als sie Charles' erstauntes Gesicht sah. »Als wir klein waren, haben wir beide kleine Porzellanbären geliebt und uns immer welche geschenkt, die zu uns oder einem besonderen Anlass passten. Rob bekam meistens welche mit Cricketschläger oder Fußball. Es wundert mich, dass er neben seinem Studium die Zeit gefunden hat, diesen hier aufzustöbern.«

Zum Mittagessen gab es Roastbeef mit allem Drum und Dran, danach fuhren Charles und Albert sie im Rollstuhl spazieren. Als sie zurückkamen, hatte Hilda den Geburtstagstisch schon gedeckt. Es gab Tee und dazu Lachssalat, geröstete Brötchen mit Butter, Trifle und natürlich eine Geburtstagstorte mit Kerzen.

»So einen Nachmittagstee habe ich schon seit Jahren nicht mehr bekommen«, rief Charles begeistert. »Meine Großmutter hat so etwas immer gemacht, und ich habe regelmäßig davon geträumt, wenn ich wieder im Internat war. Bei meiner Mutter gab es immer nur Marmeladenbrot und Sandkuchen.«

Albert zündete die Kerzen auf der Torte an. »Nicht zu fassen, dass du wirklich schon vierundzwanzig bist«, sagte er zu Katy. »Mir scheint, es ist erst einen Tag her, seit du fünf geworden bist und auf einem Stuhl knien musstest, um deine Kerzen auszupusten.

»Vergiss nicht, dir etwas zu wünschen!«, rief Hilda, als Katy sich bereit machte, die Kerzen auszublasen.

Nein, das würde sie bestimmt nicht vergessen, dachte Katy. Sie wünschte sich, Charles zu heiraten, in einem Haus auf dem Land zu leben und vier Kinder zu bekommen.

Ob das ein bisschen zu viel verlangt war?

EPILOG

Tunbridge Wells, 1972

Katy kam von draußen herein, wo sie gerade die trockene Wäsche von der Leine genommen hatte, stellte den Korb auf den Boden und ließ sich mit einem gewaltigen Seufzer auf einen Küchenstuhl sinken.

Es war Juli, ein extrem heißer Tag, und in einer Woche war ihr Baby fällig. Ihr zartrosa Leinenkleid mit der Folkloresticke-rei auf dem Vorderteil klebte ihr am Leib. Katy fächelte sich mit einer Hand mit einem alten Briefumschlag Luft zu und streichelte mit der anderen ihren gewölbten Bauch.

»Jetzt dauert's nicht mehr lange, mein Kleines«, sagte sie. »Bald kommt Daddy heim, und wir setzen uns alle im Garten in den Schatten und trinken die selbst gemachte Limonade, die ich in den Kühlschrank gestellt habe.«

»Selbstgespräche zu führen, ist ein Zeichen von Geisteskrankheit.«

Katy blickte auf und sah June Pettigrew in der offenen Tür stehen. Sie lächelte und hatte ebenfalls eine Hand auf ihren Bauch gelegt. Auch sie würde auf ihr Baby nicht mehr lange warten müssen; es sollte in einem Monat zur Welt kommen. Sie wohnte zusammen mit ihren beiden Kindern Matthew und Angela bei Katy und Charles, seit ihr Ehemann sie vor drei Monaten krankenhausreif geprügelt hatte.

»Die Gemeinde hat ein Haus für mich«, fuhr June freudestrahlend fort. »Du hattest übrigens völlig recht, Katy. Dein Rat ›Der stete Tropfen höhlt den Stein‹ hat sich ausgezahlt. Ich glaube, die waren so genervt davon, mich Tag für Tag in der Behörde zu sehen, dass sie klein beigegeben haben.«

»Das ist ja großartig!«, rief Katy. »Wie sieht es aus? Hast du es dir schon angeschaut?«

»Klar, ich bin sofort hin. Es ist sehr nett, drei Schlafzimmer, ein Garten, alles gut in Schuss. Ein Maler hat gerade ein paar Stellen ausgebessert, als ich dort war. Ich konnte kaum fassen, wie hübsch das Haus ist. Ich dachte, man würde mir die letzte Bruchbude geben.«

Katy erklärte June, dass sie Anspruch auf Beihilfe vom Sozialamt hatte, um lebensnotwendige Sachen wie Betten, Herd und Kühlschrank anzuschaffen. Außerdem konnte sie ihr die Besitzerin eines Second-Hand-Shops empfehlen, die Frauen in schwierigen Umständen mit Möbeln aushalf.

June umarmte Katy stürmisch. »Was hätte ich ohne Charles und dich bloß gemacht?«, fragte sie mit Tränen in den Augen. »Ihr habt uns aufgenommen, als wir einen Zufluchtsort brauchten, uns mit Essen und Kleidung versorgt, mich über meine Rechte aufgeklärt, meine Kinder zum Lachen gebracht. Ihr habt uns ein neues Leben geschenkt. Wie kann ich das je wiedergutmachen?«

»Dass du endlich wieder glücklich wirst, ist die einzige Belohnung, die wir uns wünschen«, sagte Katy. »Du kennst doch die Gründe, warum wir uns entschlossen haben, Frauen in deiner Situation zu unterstützen, oder? Obwohl wir bald selbst ein Baby haben werden, hoffen wir, auch weiterhin Menschen helfen zu können. Zum Glück wird der Öffentlichkeit dank Menschen wie Erin Prizzey mit ihrem Heim für misshandelte Frauen in Chiswick und all der Aufmerksamkeit, die sie dafür bekommen hat, immer stärker bewusst, welche Grausamkeit und Gewalt manche Frauen erleiden müssen. Aber jetzt hast du ein eigenes Zuhause und kannst ganz neu anfangen!«

»Und ich muss anfangen zu packen. Ich bekomme schon

morgen die Schlüssel«, sagte June. »Die Kinder schlafen drüben bei Marlene.«

Marlene hatte ebenfalls ein paar Monate bei Charles und Katy in ihrem Haus namens *The Old Rectory* verbracht, bis sie von der Gemeinde eine Unterkunft zugewiesen bekam. Sie half Katy immer noch bei der Hausarbeit und bei der Wäsche und stand neuen Mitbewohnerinnen stets gern mit Rat und Tat zur Seite.

Als June nach oben gegangen war, setzte Katy sich wieder hin und dachte darüber nach, wie sehr sich ihr Leben seit ihrem vierundzwanzigsten Geburtstag verändert hatte. Damals war sie vor allem damit beschäftigt gewesen, darauf zu warten, endlich ihre Gipsverbände loszuwerden, und zu hoffen, ihre Albträume von Edward Reilly würden irgendwann aufhören.

Charles und Jilly war es zu verdanken, dass sie sich schnell erholte. Sie telefonierten oft mit ihr, schrieben ihr Briefe und kamen sie in Bexhill besuchen, waren einfach für sie da, als sie die beiden am meisten brauchte. Jilly brachte sie zum Lachen, lackierte ihr die Nägel, erzählte ihr alle möglichen Geschichten über ihre Freunde und Kollegen im Zoo. Aber es waren die wundervollen Gefühle, die Charles in ihr weckte, die ihr halfen, ihren düsteren Gedanken zu entkommen. Die freudige Erregung, ihn zu sehen, die Berührung seiner Hand oder seine Lippen auf ihren zu spüren, ließen sie ihre Ängste vergessen. Wenn sie im Bett lag, quälte sie sich nicht mehr mit Erinnerungen an jene grauenhafte Zeit in Reillys Keller, sondern malte sich lieber aus, wie schön es wäre, eine Nacht mit Charles zu verbringen.

Davon wollte Charles allerdings nichts wissen, ehe sie ihren Gips los war und wieder in London lebte und arbeitete. Er machte gern Witze, was passieren würde, wenn ihre erzürnte Mutter sie beide erwischte. Bestimmt würde sie ihn sofort hinauswerfen! Aber im Grunde wollte er nur absolut sicher sein, dass sie ihn wirklich wollte, davon war Katy überzeugt.

Jilly trieb für sie beide eine billige, wenn auch ziemlich schäbige Zweizimmerwohnung in Camden Town auf, die sie neu strichen und auch ansonsten verschönerten, so gut es ging. Zu Frey, Hurst and Herbert im Inns of Court kehrte Katy nicht zurück. Charles und sie waren beide der Meinung, ihre Beziehung könnte sich an ihrem Arbeitsplatz als problematisch erweisen. Stattdessen nahm sie eine Stelle als Sekretärin bei Whitehouse, Gibson und Alton an, einer Anwaltskanzlei in der Chancery Lane.

Die größte Hürde, die es 1965 zu nehmen galt, war Edward Reillys Gerichtsverhandlung. Mordprozesse erregten immer großes Aufsehen, und die Presse lechzte nach Informationen. Zum Glück fand keiner der Reporter heraus, wo Katy und Jilly wohnten oder wo Katy arbeitete, aber Katys bedauernswerte Eltern sahen ihr Haus ständig von Journalisten umlagert, als der Prozess begann.

Reillys Behauptung, er habe die Verbrechen in einem Zustand geistiger Umnachtung begangen, hielt nicht stand. Der renommierte Psychiater, der ein Gutachten erstellte und vor Gericht aussagte, machte unmissverständlich klar, dass Reilly genau wusste, was er tat. Obwohl es mildernde Umstände gab, nämlich die Tatsache, dass Reilly in seiner Kindheit unter der Grausamkeit seiner Mutter und ihren Männerbekanntschaften leiden musste, war er nicht geistesgestört.

Katy war nur eine Stunde lang im Zeugenstand, auch wenn es ihr weit länger vorkam. Sie hasste es, dass Reilly nicht eine Sekunde den Blick von ihr wandte, und fand es irritierend, wie beharrlich der Verteidiger auf die freundlichen Gesten Reillys hinwies, indem er seiner Gefangenen einen Wasserkessel und ein Heizgerät brachte. Er betonte sogar, dass Katy den Kessel als Waffe benutzt hatte, um Reillys Gesicht mit kochendem Wasser zu überschütten, und forderte die Geschworenen auf, sich die Verbrennungen genau anzusehen.

Katy hätte am liebsten laut herausgeschrien, dass niemand in diesem Gerichtssaal auch nur die geringste Ahnung hatte, wie es war, eingesperrt zu sein, ausgehungert und geschlagen zu werden. Würde nicht jeder die einzige Waffe, die zur Verfügung stand, gebrauchen, um flüchten zu können?

Aber so schmerzlich es für sie auch war, das Mitgefühl aller Anwesenden im Gericht war ihr sicher, wie Charles ihr in Erinnerung rief, und der Staatsanwalt sagte, sie wäre nicht nur sehr tapfer gewesen, sondern auch gescheit genug, Reilly zu überrumpeln.

Niemand rechnete ernsthaft damit, dass Reilly hängen würde. Die Gegner der Todesstrafe hatten in letzter Zeit immer mehr an Zulauf bekommen und deutlich an Einfluss gewonnen, und da Katy das Hängen schon immer barbarisch gefunden hatte, fühlte sie sich in ihrem Gerechtigkeitsgefühl vollkommen bestätigt, als sie hörte, dass Ed Reilly zu einer lebenslangen Haftstrafe verurteilt worden war. Endlich war sie in der Lage, nach vorn zu schauen und einfach eine von vielen jungen Frauen zu sein, die ihr Leben in London genossen.

London war in jenem Sommer des Jahres 1965 ein aufregender Ort. Die Röcke wurden von Woche zu Woche kürzer, die Männer ließen ihre Haare immer länger wachsen, und überall schossen neue Boutiquen mit ausgefallener Mode aus dem Boden. Es gab Diskotheken und Rockkonzerte. Katy hatte das Gefühl, zum ersten Mal richtig zu leben, nicht nur die Zeit totzuschlagen wie in Bexhill, das als Highlight der Woche samstagabends Tanzveranstaltungen im *De La Warr Pavilion* zu bieten hatte. Sie verbrachte nicht ihre ganze Freizeit mit Charles, weil er sich häufig längere Zeit in anderen Städten aufhalten musste, um dort Klienten zu vertreten. Weil er fand, sie sollte ruhig ausgehen und sich amüsieren, machte sie genau das, mit Kolleginnen von der Arbeit oder Jilly und ihren neuen Freunden vom Zoo.

Es war am *Bank Holiday* im August, fast sechs Monate, nachdem es ihr gelungen war, Reilly zu entkommen, als Charles ihr sagte, dass er sie liebte. Er und Katy waren zusammen mit Jilly und ihrem Freund Guy mit der Bahn nach Southampton gefahren, um dort den Tag zu verbringen. Es war sehr warm, und Katy trug weiße Shorts und ein knappes weißes Oberteil.

Sie standen in der Schlange vor dem *Wild Mouse Ride*, einer atemberaubenden Achterbahn mit so schmalen Wagen, dass man nicht nebeneinander, sondern nur hintereinander sitzen konnte. »Ich liebe dich«, sagte Charles genau in dem Moment, als er einstieg und Katy schon in dem Sitz vor ihm Platz genommen hatte.

Der Augenblick war nicht gerade günstig für eine derartige Erklärung, und obwohl sie darauf brannte, ihm zu sagen, dass sie ihn schon seit einer Ewigkeit liebte, erwiderte sie nichts.

»Und ich will dich heiraten!«, brüllte er ihr ins Ohr, als die Fahrt begann.

Die kleinen Wagen schossen mit halsbrecherischer Geschwindigkeit dahin und legten sich so scharf in die Kurven, dass Katy vor Angst, sie könnten aus den Schienen springen, laut kreischte. Aber Charles beugte sich zu ihr vor, sodass sie seinen warmen Atem in ihrem Nacken spürte, und als die Wagen das letzte schwindelerregende Gefälle hinunterstürzten, flüsterte er ihr ins Ohr: »Im Ernst jetzt, willst du mich heiraten?«

In jenem Sommer hatte Katy bereits die Entdeckung gemacht, dass Charles sehr viele Facetten hatte. Da gab es einmal den ruhigen, gemessenen Anwalt, das Produkt von Privatschulen und wohlhabenden Eltern, den Charles, der Anzüge aus der Savile Row trug und seine Hemden bei *Hawes & Curtis* in der Jermyn Street kaufte, mit dem gepflegten Akzent der Oberschicht sprach und tadellose Manieren hatte.

Aber fern von der Anwaltskanzlei und den Gerichtshöfen

trug Charles am liebsten Levi's-Jeans, T-Shirts und Schnürstiefel aus Wildleder. Er hörte gern laute Rockmusik und hatte eine Vorliebe für »vulgäre Freizeitvergnügen«, wie er es nannte: Jahrmärkte und Hunderennen. Er war auch einer der ersten Anwälte, die sich von dem klassischen Haarschnitt »hinten und an den Seiten kurz« trennten. Er konnte streitbar und stur und rechthaberisch sein, aber er war auch ebenso zärtlich wie leidenschaftlich und hatte ein gutes Herz. Katy einen Heiratsantrag in der Achterbahn zu machen entsprach seinem Sinn für Humor. Der formelle Antrag, bei dem man vor der Angebeteten kniete, war nichts für ihn. Vielleicht hatte er vor, Katy auch während ihrer gemeinsamen Zukunft eine wilde Achterbahnfahrt zu liefern!

Katy nahm seinen Antrag nicht sofort an. Nicht etwa, weil sie zweifelte, ob er wirklich der Richtige war. Aber sie hatte vor, auf das nächste Wochenende zu warten, das sie zusammen in einen Landgasthof in der Nähe von Tunbridge Wells verbringen wollten. Ihre Unschuld hatte Katy schon vor ein paar Wochen in seiner Wohnung verloren, aber dieses Wochenende in Tunbridge Wells sollte besonders romantisch werden, immerhin ging es um ihre erste gemeinsame Nacht. Katy war es gelungen, ihren Arzt zu überreden, ihr die neue Antibabypille zu verschreiben. Eigentlich war dieses Mittel nur für verheiratete Frauen gedacht, aber sie konnte den Arzt umstimmen, indem sie sagte, sie und Charles wären verlobt. Auch er war der Meinung, dass die Pille eine gute Vorsichtsmaßnahme war.

Dieses Wochenende war in jeder Beziehung perfekt. Es war ihre erste Gelegenheit für ungestörte Zweisamkeit und die Aussicht auf eine heiße Liebesnacht. Das Wetter war traumhaft, das Hotel ebenfalls. An ihrem ersten Abend nahm Katy beim Essen Charles' Antrag an. Als sie am Samstagmorgen auf der Suche nach einem Verlobungsring durch Tunbridge Wells schlenderten, hatten sie beide das Gefühl, dass sie an diesem hübschen Ort gern den Rest ihres Lebens verbringen würden. London war mit der Bahn gut zu erreichen, und auch Katys Familie in Bexhill und die von Charles in Hampshire waren nicht allzu weit entfernt.

Charles kaufte ihr zur Verlobung einen wunderschönen funkelnden Brillantring. Sie beschlossen, im nächsten Frühling zu heiraten – und sie wollten sich in Tunbridge Wells nach einem Haus umsehen.

Schon bei ihrem zweiten Besuch in der Stadt fanden sie ihr Haus. *The Old Rectory*, wie es hieß, war ein geräumiges, aber renovierungsbedürftiges altes Haus aus mattrotem Backstein mit einer Veranda an der Vorderseite und einem großen, verwilderten Garten. Mit seinen Bogenfenstern und zwei witzigen kleinen Türmchen auf beiden Seiten des Hauses wirkte es leicht gotisch. Da man in die Renovierung einiges Geld stecken musste, konnten sie es für 2000 Pfund kaufen. Ein absolutes Schnäppchen.

Die Hochzeit musste verschoben werden, und die einfachste und kostengünstigste Methode, die erforderlichen Sanierungen am Haus vornehmen zu lassen, bestand darin, einige der Handwerker mit dort wohnen zu lassen, bis sie mit ihrer Arbeit fertig waren. Die meisten Leute rieten ihnen davon ab. Aber tatsächlich funktionierte es wie geschmiert, weil Katy und Charles begabte und engagierte Leute anheuerten, die nicht nur an Geld interessiert waren. Das Haus wurde zu einer Art Kommune, einem Ort, erfüllt von Lachen und Musik, wo ständig Leute kamen und gingen. Charles vereinbarte für jeden Auftrag einen festen Preis, und Katy führte den Haushalt.

Ihre Nachbarn bezeichneten sie als »Hippies« oder »Blumenkinder« und behaupteten, sie würden alle auf Matratzen auf dem Fußboden schlafen und freie Liebe propagieren, aber das kümmerte weder Charles noch Katy. *Love and Peace* lagen in der Luft, und das sprach sie beide an.

Anfang 1968, als die Renovierungsarbeiten abgeschlossen waren, wurde Charles und Katy bewusst, dass sich etwas ändern musste. Ständig kamen Leute zu ihnen, um sie um Rat zu fragen, um etwas zu essen oder einen Platz zum Schlafen zu bitten. Sie konnten nicht länger für all diese Menschen die Verantwortung übernehmen.

»Es hat viel Spaß gemacht, aber wir müssen uns auf unser eigenes Leben konzentrieren«, sagte Charles entschlossen. »Wir haben immer wieder davon gesprochen, Frauen dabei zu helfen, gewalttätigen Ehemännern zu entkommen, und ich denke, genau das sollten wir tun. Aber zuerst müssen wir heiraten. Dann kaufen wir anständige Möbel und werden ehrbare Leute.«

Über die »ehrbaren Leute« musste Katy schrecklich lachen. Eine Respektsperson war Charles ohnehin in der Kanzlei und vor Gericht, und bestimmt hatten sich ein paar besonders versnobte Nachbarn schon gefragt, was es mit dem gediegen gekleideten jungen Mann auf sich haben mochte, der jeden Morgen mit einer Aktentasche in der Hand aus diesem Irrenhaus kam.

Zum Glück hatten sie zu dieser Zeit nur einen einzigen Untermieter, Tom, alle anderen waren auf den Hippie-Routen durch Marokko, Indien oder Afghanistan unterwegs.

Charles erklärte ihm die Situation, und Tom nahm es sehr gut auf. »Die Zeit hier war ein echter Hit«, sagte er fröhlich. Sein Haar hing ihm bis auf die Schultern, und jetzt, im Sommer, trug er nichts außer einem Paar Shorts, nicht einmal Schuhe. Er hatte Maurerarbeiten übernommen, Wände verputzt und Rohre verlegt und fast ein Jahr bei ihnen gelebt. »Aber alles Gute hat einmal ein Ende, und ihr zwei braucht sicher ein bisschen Zeit für euch allein.«

Tom hatte recht, genau das brauchten sie. Jahrelang hatten sie beide fünf Tage in der Woche in der Londoner Innenstadt gearbeitet, und ihre Wochenenden bestanden nicht nur aus

Hausarbeit, Kochen und dem Beschaffen von Baumaterialien, sondern auch darin, sich die Probleme anderer Leute anzuhören.

Sie nahmen sich beide im März Urlaub und verbrachten volle zwei Wochen damit, ihr Haus eingehend zu begutachten. Dabei notierten sie alle Dinge, die noch getan werden mussten, und erstellten eine Liste der Einrichtungsgegenstände, die sie brauchten. Den Rest der Zeit verbrachten sie im Bett.

Katy erinnerte sich, wie sie eines Tages im Frühling unter dem blühenden Kirschbaum im Garten saßen und ihr Haus einfach nur betrachteten. Sie hatten sich auf den ersten Blick in das Anwesen verliebt, aber dann waren immer so viele Menschen um sie herum gewesen, dass sie viel zu abgelenkt waren, um die Schönheit noch bewusst wahrzunehmen. Jetzt konnten sie wieder deutlich erkennen, was ihnen so gut gefallen hatte: der schöne alte Backstein, die skurrilen Fenster und Türmchen.

»Das Haus wartet auf eine Familie«, stellte Katy fest. »Stell dir auf der Veranda einen Kinderwagen mit einem drallen, strampelnden Baby drin vor. Ein kleiner Junge, der auf Bäume klettert, während seine ältere Schwester auf der Schaukel sitzt.«

»Drei Kinder also?«, lächelte Charles. »Warum nicht ein paar mehr?«

»Eigentlich dachte ich an vier, aber das können wir später entscheiden«, sagte sie. »Was machen wir mit der Hochzeit?«

»Ich dachte, wir heiraten im Juni«, sagte Charles. »Damit bleibt uns genug Zeit, hier alles auf Hochglanz zu bringen. Der Garten ist im Sommer richtig schön, das heißt, wir könnten den Empfang hier draußen in einem gemieteten Festzelt abhalten und uns in der hiesigen Kirche trauen lassen. Das Essen kann ein Partyservice liefern.«

Es tat gut, zu hören, wie Charles wieder Pläne schmiedete. In letzter Zeit hatte er sich ein bisschen treiben lassen.

Jilly kam sie in diesen zwei Wochen besuchen und freute sich sehr, als sie hörte, dass die beiden endlich zur Einsicht gekommen waren. »Ihr hattet das Haus voll netter Leute, und es hat hier ein paar echt denkwürdige Partys und riesig viel Spaß gegeben, aber jetzt wird es Zeit, dass ihr zwei an euch selbst denkt.«

Guy war in Jillys Wohnung in Camden Town eingezogen. Sie redeten zwar ständig vom Heiraten, aber irgendwie schienen sie über das Reden nie hinauszukommen.

»Wie viele Leute wollt ihr zu der Hochzeit einladen?«, wollte Jilly wissen.

»Die Hippies fragen wir lieber nicht«, bemerkte Charles augenzwinkernd. »Sonst werden wir sie nachher womöglich nie wieder los.« Er warf Katy einen fragenden Blick zu. »Geben wir doch einfach bekannt, dass die Trauung im engsten Familienkreis stattfindet, plus unsere besten Freunde und ein paar Kollegen von der Arbeit. Was meinst du?«

»Perfekt«, sagte sie. »Unsere zwei kleinen Nichten nehmen wir als Blumenkinder, weil sie so niedlich sind. Und Jilly wird Trauzeugin und Ehrenbrautjungfer.«

So wurde es gemacht. Sie reinigten das Haus von oben bis unten, kauften gute Möbel, und am Hochzeitstag klappte alles wie am Schnürchen. Katy trug ein sehr schlichtes cremefarbenes langes Kleid, die Blumenkinder und Jilly erschienen in Rosa. Pat war Charles' Trauzeuge, und Albert führte Katy den Mittelgang der Kirche entlang bis zum Altar, wo der Bräutigam wartete. Sogar Edna kam extra aus Broadstairs.

Aber zu zweit in einem großen Haus herumzugeistern, das entsprach nicht ihrer Natur. Deshalb redete Katy schon kurz nach der Hochzeit mit der Fürsorgebeamtin im hiesigen Krankenhaus und zwei Sozialarbeiterinnen, um ihnen mitzuteilen, dass sie gerne bereit war, Frauen, die unter Gewalt in der Ehe litten, zu helfen.

Es fing eher zögerlich an, mit einer Frau und ihrem Baby, die nur fünf Nächte blieb, bevor sie zu ihrem Mann zurückging, aber daraus wurden zwei, drei und mehr. Manchmal hatten sie bis zu acht Frauen mit insgesamt sechzehn Kindern im Haus.

Weihnachten 1968 waren nur zwei Mütter, Pat und Gwen, und fünf Kinder bei ihnen. Charles sagte, die Glückseligkeit auf den Gesichtern dieser Kinder zu sehen, als sie in Ruhe und Geborgenheit, weit weg von ihren gewalttätigen Vätern, ihre Weihnachtsgeschenke auspackten, wäre Entschädigung genug für den Lärm und die Unordnung, die sie erzeugten. Mehr als genug.

Noch größere Befriedigung empfand Katy, als sie beobachten konnte, wie Pat und Gwen, zwei Frauen, die nur die Misshandlungen in ihren Ehen verbanden, gute Freundinnen wurden und schon bald einen gemeinsamen Haushalt gründeten. Sie hatte das eigenartige Gefühl, dass Gloria von oben zuschaute und applaudierte.

Anfang 1969, als immer mehr Frauen bei ihnen Zuflucht suchten, gab Katy ihren Job auf. Diese Frauen hatten oft schwere Verletzungen davongetragen und brauchten nicht nur einen Ort, an dem sie in Sicherheit waren, sondern auch Pflege und Betreuung, bis sie wieder für sich selbst sorgen konnten.

Manchmal schliefen an die zehn Kinder auf Matratzen in einem Raum, und ihre Mütter lagen dicht gedrängt wie Sardinen in anderen Zimmern. Katy ging zu Kirchenbasaren oder bat Frauengruppen wie das *Women's Institute* oder die *Mothers' Union*, für die Kinder und Frauen Kleidung zu spenden, da sie oft mit nicht mehr als dem bei ihr ankamen, was sie am Leib trugen.

Sie bekam Übung darin, Gemüsehändlern und Bäckern Waren abzuschmeicheln, die am Ende des Tages übrig geblieben waren, und überredete die besser situierten Damen von Tunbridge Wells, Wohltätigkeitsveranstaltungen ins Leben zu rufen, um Geld für Katys Schützlinge aufzutreiben.

Charles hingegen gab den Frauen, die es brauchten, juristischen Beistand, sei es, um das Familienheim für sie zu beanspruchen, sei es, um einen Ehemann, der seiner Frau schwere Verletzungen zugefügt hatte, vor Gericht zu bringen.

Viele Leute äußerten, es wäre ihnen unbegreiflich, wie Katy und Charles ihr Haus zu einem Großteil anderen überlassen könnten, und meinten damit natürlich, ohne es laut auszusprechen: noch dazu Menschen, die häufig der Unterschicht entstammten.

Gelegentlich warf Katy Charles einen verstohlenen Blick zu und hoffte fast, er würde sagen, es wäre an der Zeit, damit aufzuhören, sie hätten ihren Teil geleistet. Aber das tat er nicht, weil er genau wie sie fand, dass sie weitermachen mussten. Für diese Frauen waren er und Katy der einzige Rettungsanker. Mittlerweile wurden Frauenhäuser eröffnet, aber Katy hatte gehört, dass dort oft eine angespannte, aggressive Atmosphäre herrschte, die dazu führte, dass die Frauen aufeinander losgingen. Die Kinder hatten genug mitgemacht; in *The Old Rectory* mochte es beengt sein, aber es war ein echtes Zuhause, und die Kinder lernten schnell, ihrer neuen Umgebung mit Respekt zu begegnen.

Und man wurde belohnt, wenn man zum Beispiel erlebte, wie June jetzt anderen Frauen half, so wie man ihr selbst geholfen hatte, oder sah, wie verängstigte Mütter endlich einen Platz fanden, an dem sie in Sicherheit waren. Hinzu kam das Wissen, Kindern beigebracht zu haben, dass Gewalt immer falsch ist und sie nicht im Geringsten an all den schlimmen Dingen schuld waren, die sie erlebt hatten.

Kurz vor Weihnachten 1971 stellte Katy fest, dass sie schwanger war. Davon hatte sie geträumt, es ersehnt und manchmal schon befürchtet, ihre Rolle im Leben könnte sich darauf beschränken, die ewige Tante für die Kinder anderer Frauen zu sein.

»Kann es noch besser werden?«, fragte sie Charles an dem Abend, als sie es ihm erzählte.

»Ja, und zwar dann, wenn wir dieses Haus voller Kinder haben«, lachte Charles.

Als Katy jetzt in der Küche saß, zärtlich über ihren Bauch strich und über die Vergangenheit nachdachte, fragte sie sich, ob sich Hilda damals, als Katys Geburt kurz bevorstand, genauso gefühlt hatte, wie sie sich heute fühlte.

Seltsamerweise war Hilda trotz ihrer ewigen Nörgelei von Charles' und Katys Plan, ihr Haus misshandelten Frauen zu öffnen, begeistert gewesen. Oft kam sie und blieb für eine Woche oder länger, brachte den älteren Kindern bei, Kuchen zu backen, machte überall im Haus sauber und putzte die Fenster, bis man sich in den Scheiben spiegeln konnte. Aber die größte Überraschung für Katy war es, zu sehen, wie ihre Mutter mit Säuglingen umging. Sie liebte sie überschwänglich und wiegte sie stundenlang in den Armen, wenn sie Gelegenheit dazu bekam. Und genau deshalb wollte Katy jetzt wissen, was Hilda kurz vor der Geburt ihrer Tochter empfunden hatte.

Sie griff zum Telefon und rief ihre Mutter an.

Sie hatten nie über Katys Geburt gesprochen. Die von Rob war gesprächsweise erwähnt worden, ihre aber nie.

»Hallo, mein Liebes«, begrüßte Hilda sie. »Sieht dir nicht ähnlich, mich mitten am Nachmittag anzurufen. Hast du etwa schon Wehen?«

»Nein, Mum, ich habe bloß in der Küche gesessen und meinen Bauch gestreichelt und mit dem Baby geredet und mich gefragt, ob du das bei mir auch gemacht hast.«

»Ja, natürlich«, antwortete Hilda, ohne auch nur eine Sekunde zu zögern. »Ich habe dir erzählt, wie das Wetter ist oder was ich gegessen habe, einfach alles.«

»Du hast mich also nicht abgelehnt?«

»Natürlich nicht. Ehrlich gesagt, habe ich in den letzten Schwangerschaftswochen wie in einer Seifenblase gelebt. Ich war überglücklich; nichts, was von außen kam, hat mich berührt. Ich hatte Alberts Briefe, in denen er über all die Dinge schrieb, die wir zusammen machen würden, wenn er wieder da wäre. Ich malte mir aus, wie wir mit dir im Kinderwagen durch den Park bummeln würden. Es war ein denkbar schlechter Anfang für uns beide, mein Liebling, aber sobald ich zum ersten Mal gespürt habe, wie du dich in mir bewegst, wusste ich, dass ich dich lieben würde.«

Mehr hatte Katy nicht hören wollen. Charles hatte recht. Es kam nicht darauf an, wer ihr biologischer Vater war.

Nachdem sie den Hörer aufgelegt hatte, blieb sie noch ein Weilchen sitzen. In der Küche war es angenehm kühl, und es war ein Genuss, bei der Hitze auf den roten Natursteinplatten zu gehen, auch wenn es eine Hundsarbeit war, sie zu polieren.

Auf einmal erfüllten sie tiefe Ruhe und Frieden, das Gefühl, völlig im Einklang mit der Welt zu sein. Noch immer beobachtete sie gern aus den Fenstern im oberen Stockwerk ihre Nachbarn und malte sich aus, wie ihr Leben sein mochte. Charles neckte sie manchmal damit, eine neugierige Nase zu sein, wie er es nannte, aber das stimmte eigentlich nicht. Sie wollte sich bloß überzeugen, dass die Familien in ihrer Straße glücklich und zufrieden waren.

Sie und Charles würden auch in Zukunft misshandelte Frauen und ihre Kinder in *The Old Rectory* willkommen heißen, wenn auch vielleicht nur ein, zwei Frauen auf einmal, nicht mehr die Scharen, die sie früher beherbergt hatten.

Und sie würde ihre Eltern oft einladen; sie sollten eine enge Beziehung zu ihrem neuen Enkelkind aufbauen.

An Edward Reilly dachte sie nicht mehr. Diese elende Geschichte war für sie in dem Moment abgeschlossen gewesen, als er ins Gefängnis wanderte.

Sie hatte Glück gehabt, genau wie ihre Mutter. Sie beide hatten großartige Männer bekommen, die nicht den Wunsch hatten, sie zu unterdrücken, sondern sie wie gleichberechtigte Partnerinnen behandelten.

Wieder strich sie mit einer Hand über ihren Bauch. »Wenn du ein Mädchen wirst, musst du gut darauf achten, einen Mann wie deinen Vater zu finden«, sagte sie. »Und wenn du ein Junge wirst, werde ich aus dir den perfekten Ehemann machen.«

DANK

Danke, Louise Moore und Yasmin Morrissey von Penguin Books für all eure Hilfe und Unterstützung und mehr noch für eure grenzenlose Begeisterung. Ohne euch beide hätte ich es nie geschafft.